百年散文探索丛书／孙绍振 陈剑晖 主编／

精神的表情

现代散文论

丁晓原 著

SPM 南方出版传媒
广东人民出版社
·广州·

图书在版编目（CIP）数据

精神的表情：现代散文论 / 丁晓原著. —广州：广东人民出版社，2017.6（2020.1重印）
（百年散文探索丛书）
ISBN 978-7-218-11842-0

Ⅰ. ①精… Ⅱ. ①丁… Ⅲ. ①散文评论—中国—现代 ②散文评论—中国—当代 Ⅳ. ①I207.67

中国版本图书馆CIP数据核字（2017）第126997号

Jingshen De Biaoqing：Xiandai Sanwenlun
精神的表情：现代散文论
丁晓原 著

出 版 人：肖风华

责任编辑：胡扬文
文字编辑：罗 丹
排 版：友间文化
装帧设计：礼孩书衣坊
责任技编：吴彦斌

出版发行：广东人民出版社
地 址：广州市海珠区新港西路204号2号楼（邮政编码：510300）
电 话：（020）85716809（总编室）
传 真：（020）85716872
网 址：http://www. gdpph. com
印 刷：阳谷毕升印务有限公司
开 本：787毫米×1092毫米 1/16
印 张：23.5 插 页：1 字 数：300千
版 次：2017年6月第1版
印 次：2020年1月第2次印刷
定 价：65.00元

总 序

■ 孙绍振 陈剑晖

散文是“文体之母”，也是中华民族文化和精神的凝聚。在古代、“五四”时期，散文都取得了辉煌的成就。二十世纪九十年代以来，散文更是一路走红，成为最受出版商、读者尤其是大学生欢迎的文体。但与这种蓬勃态势极不相称的是散文理论的贫困，其学术积累，其受关注的程度，其对创作的影响，均远逊于诗歌、小说乃至戏剧。造成散文理论贫困的原因，在我们看来有如下几方面：其一，缺乏有较高认同度且具一定操作性的核心范畴；其二，缺乏流派思潮意识，更缺乏以流派思潮为标志的论争；其三，观念落后，理论陈旧，缺乏建构属于自己的散文理论话语的自觉；其四，一些散文研究者缺乏应有的自信，总觉得研究散文低人一等，而学界对散文研究有意或无意的贬低与漠视，又在一定程度上加重了这种自卑感。正是这几个方面的合力，导致了散文这种奇特的景观：一方面是创作红红火火，异彩纷呈；另一方面是理论冷冷清清，长期萎靡疲软、欲振乏力。当然，这是从总的方面，从与小说、诗歌等主流文体相较而言的。应该说，进入新世纪以后，在一批有志于振兴散文理论的中青年学者努力下，特别是随着一批原先研究小说、诗歌的著名老一辈学者的加盟，散文研究队伍不仅日渐发展壮大，而且提高了散文研究的起点，改变了以往只重收集整理资料，探讨散文创作技巧，尤其只重作家作品评论而轻理论建构的研究局面。散文研究开始由边缘向中心位移的标志是：一些散文研究者开始从学理上研究散文的概念范畴，试图建构散文的理论体系；一些研究者将研究中心从社会学、思想内容研究转向文体研究；甚至连一向不受重视的流派思潮研究，散文研究中的哲学问题、方法论问题也有学者关注。至于“大散文”“纯散文”“复调散文”“文化散文”“学者散文”“小女子散文”“艺术散文”“生命散文”“新散文”“在场散文”“原散文”等众多散文观念、主张或口号的提出，也从一个侧面反映了当下散文领域的热闹。总而言之，随着散文创作的繁荣，散文研究者主体意识的加强，以及研究者质疑精神、批判意识的觉醒，散文研究已告别了原先备受冷落歧视的尴尬境地，开始有了一些自信，开始引起了人们的关注，并逐渐拥有了属于自己的话语权。这是事实，也是我们必须明确的理论前提和总体判断。

不过，我们也必须清醒地看到：尽管散文研究与以往相比有了很大的改观，也提出了不少新的观念和主张，但迄今为止，相较于小说、诗歌研究，散文研究还是落后的，还远远未达到我们的期待。具体表现在：第一，散文理论、散文批评和散文理论史的研究虽进入众声喧哗的繁盛期，但由于在基本理念上缺乏共识，这样对散文成就的评价便缺乏统一尺度，常常陷入混乱、自相矛盾的困局。第二，新世纪以来虽有众多的散文理论，但大多是理论家各自的独白，并未获得散文研究者的普遍认可，作家似乎也不太买账。第三，时下的散文研究，基本上是各自为政，单兵作战，虽然发表了不少单篇评论和单本著作，但由于没有策划，宣传不到位，因而难以形成规模效应，在影响力上大打折扣。

有鉴于此，我们决定组成一个强大的作者阵容，出版“百年散文探索丛书”，从各个不同的角度和层次，对二十世纪至本世纪初期的散文进行全方位且具原创性的欣赏、梳理与阐释，同时建构起新的散文理论话语，最大可能地为散文立论、立法。我们认为，这样不仅能推动我国当代散文创作的发展，而且能在一定程度上结束散文缺乏共识、标准混乱的局面，从而提高散文研究的学术品位，使散文研究在人文学术领域有更大的影响。这是我们策划出版这套丛书的第一个想法。

我们策划出版这套丛书的第二个想法，也可以说是更深层的原因，是考虑到自“五四”以降，文学理论已发生了翻天覆地的变化。在我国古代，小说、戏剧理论十分薄弱，古代有关文章的理论，基本上都是散文理论，所以散文理论在古代可以说是正宗，享有很高的地位。但“五四”之后，随着小说、诗歌日渐占据上风，加之西方文学理论大规模涌入我国，并在理论建设和批评实践中完全压倒了传统的古典文论。如此一来，既没有西方现成理论可资借鉴，又没有思潮流派可以师承的散文研究自然成了弃儿，更不可能像小说、诗歌研究那样丰富多彩、风光无限。不过正所谓“寸有所长，尺有所短”，散文研究虽不似小说、诗歌研究那样有西方的理论资源作支撑，但它那份心定神闲，那份“任凭风吹雨打，我自闲庭信步”的气度，却是因过分追逐西方各种文学新潮和表现技巧而变得心浮气躁、“各领风骚三五天”的小说、诗歌研究所不及的。正因贫困，正因没有太多现成理论可依持，说不定散文研究的天地更加开阔，更有可能建构起带有原创性的东西。这样看来，散文研究不仅不是“白茫茫一片真干净”，事实上还是大有可为的。

我们策划出版这套丛书的第三个想法，是基于这样一种情况：目前国内尚无关于现当代散文研究和批评的丛书系列。因此，本丛书的成功出版，无疑填补了散文研究方面的空白，具有开拓与创新之功。若能好好经营，完全有可能成为一个有影响力的学术品牌。

最后，再简单说说本丛书的一些特色。第一，丛书体现创新性，强调学理性，又兼顾可读性。同时，为了让读者更好地了解散文，提高阅读兴趣，丛书将尽量回避过于“学院化”的表述，用生动优美的文字来探讨散文问题。第二，丛书以目前国内最重量级、最具名气、最有号召力的散文研究名家为作者群，旨在全面展现当代学者在这一领域所取得的学术创新成果，力求能够在学科内外产生较大的社会影响。第三，丛书不拘一格，系统论著、专题研究、文体解读、批评随笔皆可。关键是要有特色，有创新性，有可读性，尽量做到雅俗共赏。第四，我们力求把丛书打造成可持续的产品链。

一套丛书的出版，是一项复杂、系统的工程，也是一件不容易的事情。真诚地感谢广东人民出版社在当下急功近利之风盛行、学术著作出版困难之际，以不世的眼光和气魄，接纳了这套显然不会获利丰厚的丛书，为当代散文的创作和研究，为继承和发扬传统的文脉做出了卓越的贡献。还要感谢长期致力于散文研究的学者。他们甘于寂寞，享受冷遇。没有鲜花，没有掌声，没有大红大紫，但他们却安之若素，以纯正的精神去接近散文的精神，以炽热的心去拥抱散文的心。因此，“百年散文探索丛书”的出版，既是一个学术群体探索思考的展示，更是一种坚守精神的见证。但愿本丛书的出版，能吸引更多的人关注散文，并推动当代散文研究和批评更上一层楼。

目录

contents

散文史论

一、媒体，作为中国散文现代转型的生态

我们曾经在一段较长的时间内，对中国现代文学作“非历史”的研究。这是一种将研究对象置于某种自足的体系中所做的相当闭锁的研究，即只就“现代”研究“现代”。这有违于历史作为一种具有内在关联的演进过程的逻辑。其实文学本身是一种整体性的历史存在。就现代文学而言，除了现代自身以外，它的历史的逻辑起点“前现代”，从某种意义上说对于确认研究对象的存在或许更为重要。

于我而言，更感兴趣的当然是现代散文的“前现代”。而这种兴趣的发生，是因为我对学界于现代散文“前现代”研究大致阙如的不满。这与我们专业的过度细分以及由此造成的学科之间的人为割裂有关。散文是中国文学中的重要存在。晚清至“五四”的散文，是研究中国各体文学现代转型的重要标本。研究散文的学者人数并不算少，但研究古代散文的学者，在他们构建中国散文史的研究框架时，往往将晚清的散文作为某种“后缀”，语焉不详，更无暇顾及“五四”散文；研究现代散文的学者，他们虽注意了晚清“文界革命”与现代散文之间的关联，但囿于研究对象重心的预设，他们很少用力于晚清至“五四”过渡时期散文研究，更少有从中国散文现代转型的角度系统深入而有新意地对晚清“五四”散文作整体的研究。

（一）“公共空间”与散文

中国散文现代转型，这是一个内含要素丰富而复杂的课题。促成中国散文由古代、近代形态进化为现代形态的因素很多，它是由历史多种合力共同作用所产生的结果。在诸多的因素中，媒体是一个更具有直接意义的要素。其时，所谓媒体实际主要就是报刊。晚清“五四”期间的报刊，对推进中国散文的现代转型，具有显见

的历史意义。我在这里给出了“媒体生态”的概念。“生态”就其本质而言，是一种结构性的系统联系。“媒体生态”的命名，意指将媒体（报刊）置于一个系统关联的结构中加以考察。就特定的历史时段而言，是指晚清“五四”时期与媒体生成发展有关的各构成要素之间相互关联所出现的形态，所形成的一种具有特征性的文化结构。它包括社会（国家）与媒体，世界（西风东渐）与媒体，地缘文化与媒体（如《循环日报》于香港、《时务报》于上海、《新民丛报》于日本、《新青年》于北京大学等），媒体与媒体的主持人，媒体与媒体作家或作家群，媒体与媒体文体（报刊体散文）等。媒体，作为中国散文现代转型的生态，则主要涉指作为散文载体的媒体与媒体的主持人，媒体与媒体散文作家或作家群，媒体与媒体散文文体等关联性构成。

晚清“五四”时期的媒体（报刊），成为散文存在的基本载体，这可谓是不争的史实。此间的报刊何以成为散文的重要渊薮，是因为它已经生成了别于以往报刊的根本特性。中国有被称为世界上最早的报纸的唐朝“邸报”。“邸”自然联结着“官”，“邸报”是“官报”，是在封建体制内运作的报纸。而晚清“五四”间大量出现的深受西方新闻影响的报纸，则成为面向社会的公共传播方式。而且这一历史时期的报刊很多地体现着不同于主流意识形态的，反映出知识阶层某种在批判中建构的思想文化诉求。它们在中国报业史上是最接近于哈贝马斯（Jürgen Habermas）所命名的“公共领域”或“公共空间”的。“哈贝马斯的‘公共领域’恰好是现代—启蒙的产物。所谓‘公共领域’，就是私人聚在一起，议论、讨论公共事务，形成意志，达成共识”；“是指政治权力之外，作为民主政治基本条件的公民自由讨论公共事务，参与政治的活动空间”。[①]李欧梵解释为：“谈天的空间、舆论的空间与印刷的空间逐渐构成了所谓公共领域。从哈贝马斯的立场来讲，公共领域的

① 张汝伦：《哈贝马斯和帝国主义》，《读书》1999年第9期。

造成基本依靠的仍旧是印刷媒体——报纸和小说。”[①]径言之，晚清“五四”时期的许多报刊，是作为其时文化启蒙者和社会代言人面向公共言说的论坛。“公共性”是此间报刊的显著特征，而这种特征又是关联着报刊体散文的。媒体的公共空间的性质，决定或部分地决定了晚清“五四”的主流散文，并不是一般的书写个人情志的文人散文，而是一种襟怀天下激扬文字于时世的知识分子散文。这样的质性迥然异于古代散文，同时又立定了现代散文的主题的基调。

在中国现代散文转型的历史进程中，有若干个“里程碑”直接标有报刊的位置。可以说，我们是不能并且也是无法绕开它们去历史地呈现出散文现代演进的真实历史的。这些标志主要有转型起始期王韬的《循环日报》，承前启后期梁启超的《时务报》《新民丛报》，走向“完型”期的陈独秀（鲁迅等）《新青年》、周氏兄弟等《语丝》。《循环日报》1874年2月4日创刊于香港，对中国散文现代性元素的生成意义颇著，其中特有关联者就是它差不多形成了一个报章政论的中心，参与创造了中国报章体政论散文，并直接造就了王韬这位重要的政论散文家。《循环日报》报址在香港，这是一个天高皇帝远的地方。南方，这一地缘文化区位成为疏离中心的边缘化的象征。这是一个较为易于自由言说的处所，是一个可以构建理想的“公共空间”的处所。而主笔王韬偏又是一个有话要说并且能够言说的人物。在有清的封建系统中，王韬无疑是一个“异类”，招致朝廷通缉；同时他又是其时的文化先锋，较多地参与中外文化的交流，游历欧西诸国以及日本，在不同文明形态的比较中，更能深刻地洞察到晚清中国的种种症结。这些情况，使王韬有了更多的言说的冲动；而《循环日报》是他自己为自己置备的言说平台。王韬在主持《循环日报》的十年间，写作了大量的政

① 李欧梵：《中国现代文学与现代性十讲·“批评空间”的开创》，复旦大学出版社2002年版，第8页。

论。从1874年到1884年，《循环日报》大约刊发了800多篇论说文章，其中绝大多数出自主笔王韬之手。1882年王韬自编《弢园文录外编》，共12卷，185篇文章。这些文章的大部分是作者居港期间所写的倡言变法，鼓吹洋务，论议时政的报章体论说文。梁启超被公认为19世纪和20世纪交替之际中国第一报人，同时又被视为晚清散文新文体的最重要的代表作家。梁启超主持的报纸中影响大者有《时务报》《清议报》和《新民丛报》等，其对散文的影响从晚清新散文的“时务文体”“新民体”等的命名中可见一斑。“时务”“清议”“新民”诸类的语词已经昭示了报刊的价值取向与报人的文化立场，这也规定了时务散文或“新民体”散文的大致理路了。梁启超基于报刊所创造的“新民体”，在“体”的建构上是可以与《新青年》“随感录”体相对应的。被胡适指称为“中国文学史和思想史上划分一个时代的刊物”的《新青年》，对于促成中国散文现代转型的最后“完型”至关重要。从研究文化史或文学史的角度看，我更愿意将1915年9月创刊至1926年7月终刊的《新青年》分成两个时段加以考察。前期至1920年初的《新青年》大体上是一个知识分子化的文化刊物，后期则是政党主持的理论刊物。前期的《新青年》差不多是一个众声喧哗旨归相近的“讲坛”，是一个以激进的知识分子、自由的知识分子为主同时兼容了具有其他倾向的知识分子的进行多声部合唱的“公共空间”。比之于《循环日报》《时务报》等，《新青年》是一个更为标准的“公共空间”。陈独秀、胡适、鲁迅、李大钊、钱玄同、刘半农、周作人、吴虞等将《新青年》建成“谈天的空间、舆论的空间”，他们同声相应，倡言科学民主，鼓吹人性，批判纲常。这样《新青年》就成了新文化运动的“司令塔”。适应文化精英言说的需要，《新青年》自1918年4月15日起特设“随感录”专栏，共发表陈独秀（55篇）、鲁迅（27篇）等人的杂感130多篇。《新青年》“随感录”是现代杂文发生的重要基地；文化《新青年》的个性张扬与自由精神的酿造，不仅为中国现代散文的精神成长创造了基础，而且也为现代散文作家队伍的形成构筑了平台。作为中国现代散文“双子星座”的周氏兄弟，《新青年》在他们生命的行旅中是一个重要的站点。

我们在这里概述了《循环日报》《时务报》《新青年》与本题相关的一些基本情况，凸显的基本事实是，这些直接与中国现代散文的转型发生联系的报刊，实际是为时潮所激荡应运而生或激荡了时潮，参与了或部分参与了其时思想文化史进程的“公共空间”，其主持人或介入其中或与之有关的作者（起始期以王韬为中心，包括郑观应等，启后期以梁启超为中心，包括谭嗣同、严复、康有为等，完型期以陈独秀、鲁迅为中心，包括周作人、李大钊等），他们大多扮演着文化启蒙者的社会角色。散文发表载体的特殊类属和特殊功能、主持者（作者）特殊的文化身份和立场，从根本上制导着散文的品格和形态。并且“公共空间”作为召唤力颇强的“公器”，也影响了一代散文创作的风气。

（二）媒体生态与散文现代性

中国散文由古代、近代而为现代，其进化并不是时间维度上的指向，而是主要指关联着特殊的时空背景的新的品质和形态的生成。其实，现代并不就是“无根”，现代和古代之间存有部分联通的关系。我们所说散文在精神品格、结构形态以及语言方式等方面体现出的“现代面孔”，并不意指其中拒绝传统的因素，而是强调“现代”的整体性和程度的加深。在我看来，中国散文现代转型富有深度并且具有整体性的标志是：基于主体意识自觉的散文自由精神品格的建构；面向西学东渐背景的散文话语空间的开放和异质因素的导入；适应公共传播需要的语言通俗化（白话）表达自由化。晚清“五四”时期若干重要的报刊，对于中国散文现代性的生成不仅提供了可能，而且它们事实上从多个方面推进了中国散文整体性的现代转型。

“公共空间”从一定意义上说亦可谓之“自由空间”。具有这种性质的报刊，往往能超拔体制的某种规范，为在这一空间活动的人士提供自由言说的可能条件。在民族国家处于累卵之危的时期，抱负天下的有识之士激义饮冰，无法顾及莫谈国是的古训，论议风发，将批判的矛头直指专制的统治者。不同于古代散文的一些泛化批判或只有少数作家操持批判的状况，晚清“五四”时期，以批判立旨的书写已经成为某种时尚。这一方面当然表示了封建统治行将终结，“王纲解纽”大势所趋，另一方面也表明不少文化人士因为主体意识的觉醒，开始独立思考，说自己的话。观察晚清“五四”时期的散文作家，我们可以发现那些选择“公共空间”作为思想情志表达阵地的作家，往往倾向于选择文化批判、社会批判的写作立场，往往比较多地写作论议性散文。他们对于东西方文化的态度大致是明晰的：质疑中国封建文化，认同（部分地认同）传输欧西文化，以文化批判，社会批判为己任。王韬的报章政论基本的主题取向是批判。他批判专制的封建统治：“惟知耗民财，殚民力，敲‘骨’吸髓。”“夫设官本以治民，今则徒以殃民；不知立官以卫民，徒知剥民以奉官。”梁启超的批判主要不直接针对现实的封建统治，而用力于揭示并否定民族文化中的负性存在，从而达成“新民”的目的。陈独秀、鲁迅等人以倡导新思想新文化为己大任，因而对传统的封建文化作更为全面和深刻的批判，杂感成了他们得心应手的批判的武器。批判的意义不在于批判本身。从散文文体的“体格”建构而言，批判所体现出的主体情志的自由，实际成为散文何以现代的精神核心。散文作家的精神自由是现代散文的灵魂。这种精神自由既可指向论议批判，也可推至闲趣自适。晚清“五四”一些报刊散文家的散文观念中包含了对自主、自由写作的诉求。王韬主张“纪事述情，自抒胸臆”，梁启超提倡“文界革命”，以“欧西文思”入文，周作人等创办《语丝》原是为了能够“自由说话”。

报刊媒体散文，其所前置的不仅仅是它的存在方式。基于报刊的散文，报刊对于散文的影响是全方位的。报刊作为一种新闻媒体，一种面向社会的传播方式，使报刊散文从题材内容、主题话语，到语言表达诸方面生成许多报刊的特征。从内容主题看，报刊散文自然具有某种新闻性。晚清的新文体被称为“报章体”“时务文体”，由此可见，它的题材选择更多地体现出时务关注。所谓时务并不就是一般时新之事，而是关联着社会全体，与民族国家命运攸关的大端事项，表达的是时代的核心主题。“变法”“洋务”是王韬政论中的主题词，“维新”“新民”是梁启超文章中所热衷鼓吹的思想，而“科学”“民主”则是《新青年》作家反复阐释的关键词。报刊散文作家对时务的充分关注，对时代主题的敏感和讨论的投入，表明了他们有积极的入世精神。这种精神被林毓生指称为“五四”精神之一。而在我看来这似乎也可说是“晚清精神”。入世是浸润着儒家思想的中国士人的基因，但长期的专制统治使得士人欲入世而不得，入世的基因被冷藏了。晚清“五四”社会时局大变，担道义而著文章的志士走到社会的前台，发出自己应有的声音。总体观察，现代散文不是冷的，是热的，是入世的，不是隐逸的。也正如郁达夫所说的散文的社会性增强了。出现这种变化的原因无疑诸多，但与“过渡时代”报刊散文特殊制式的影响不无关联。晚清“五四”数十年间，时务重大者有洋务、维新和新文化运动。其存在的背景是中国并不自觉地被纳入到了世界的格局中，中西文化交流前所未有地活跃了起来。有着新闻敏感的报刊或报刊散文家一方面会自觉地反映这种具有新闻价值的存在，另一方面他们在批判或倡导时大多会基于域外文明作为参照系，他们对于洋务、维新和新文化的种种鼓吹，大多本于西方的思想精神资源。另外，不少报刊散文家，有游历欧美日本等国的经验。王韬、梁启超、康有为等都有记写亲历亲验域外的游记刊布。这些情况也就决定了晚清“五四”散文话语空间拓展的必然。大量的域外（欧西）人事物景思想理念，成为散文反映的对象，陌生化的信息丰富了原来相对闭锁的中国散文的内存。特别重要的是精神资源的导入，诸如自由、民主、法制、人权、人性、博爱等，这不仅使其时的散文多了富有意义的异质，而且也为后来的散文作家置备了思想的养料。

在考虑媒体对于散文现代转型产生影响的可能因素时，有一种因素是重要而醒目的。这就是媒体与媒体散文表达景观生成的关联。首先从语言的历史语境看，晚清“五四”之季，适应思想文化启蒙和各类知识信息传布的需要，创办白话报刊成为应时者的要务。“中国人要想发愤立志，不吃人亏，必须讲究外洋情形，天下大势；要想讲究外洋情形、天下大势，必须看报；要想看报，必须从白话起头，方才明明白白。”（《演义白话报·白话报小引》）应于此，白话成为当时语用的趋向。其次从新闻体的语言通例看，“盖新闻者，浅近之文也”（郑观应：《盛世危言·日报（上）》），要求“文字通俗，不只为士大夫所赏，亦为工农商贾所通晓”，“内容有国家政治、风俗变迁、中外交涉、商贾贸易以及一切可惊可喜之事，使之不出户庭而能知天下之事”。（《申报》创刊号，1872年4月30日）再次从我们具体论及的对象看，主流的报刊散文，作者并不求取其传世的价值，而旨在“觉世”。“传世之文，或务渊懿古茂，或务沉博绝丽，或务瑰奇奥诡，无之不可。觉世之文，则辞达而已矣。当以条理细备，词笔锐达为上，不必求工也。”（梁启超《湖南时务学堂学约》）以报刊这种公共空间作为发表园地，以公共时务为题材，以思想文化启蒙为大旨的报刊散文，为了实现写作价值传播的最大化，其语言的通俗平易就是题中应有之义的了。大致说来，从晚清到“五四”，报刊散文的语言是由文言通俗化到文白结合再到《新青年》（1918年4月号后）及其以后的完全的白话化。至此，现代散文的语言“现代”化就算实现了。至于表达形态的随意洒脱，梁启超曾有言说：“至是自解放，务为平易畅达，时杂以俚语、韵语及外国语法，纵笔所至不检束。学者竞效之，号新文体，老辈则痛恨，诋为野狐。然其条理明晰，笔锋常带感情，对于读者，别有一种魔力焉。”[①]再从《新青年》“随感录”栏目的称名，我们大致也可看出编者的用意和写者的追求了。以上种种，在我看来，无不与报刊媒体有关。

① 梁启超：《清代学术概论》，东方出版社1996年版，第77页。

二、“公共空间”与晚清散文开新

法国哲学家、文学家保罗·萨特曾经说过：“写作的自由包含着公民的自由，人们不为奴隶写作。散文艺术与民主制度休戚相关，只有在民主制度下散文才保有一个意义。”[①]晚清的时代远不是一个民主的时代，但“王纲解纽”的社会存在，为知识分子的“自民主”创造了条件。所谓“自民主”，就是说这种民主并不是来自体制内的自上而下的“给予”，而是知识分子在特定的社会历史背景中，基于本我主体性的自觉，感受着民族困境的深度刺激而生成的一种思想自主言说的精神样态。晚清的主流散文——以宏大的时代话语作为基本的言说要素的散文，无疑是其时散文作家（很多是以启蒙为其职志的知识分子）进行“自民主”的一种重要的存在方式。晚清散文作家“自民主”的实现，有赖于他们自身“非自奴化”的精神空间的拓展和文体传播的物质空间的建立。

（一）“公共空间”与公共知识分子

言及晚清散文的精神空间与物质空间，我们容易联想到哈贝马斯所谓的“公共领域”或“公共空间”。诚然哈贝马斯使用的概念是有具体指涉的，“不能把它和源自欧洲中世纪的‘市民社会’的独特发展历史隔离开来，使之成为一种理想类型（Idealtype），随意应用到具有相似形态的历史语境当中”。[②]但择其概念的基本意义用以描述或借指某种存在物，也不是不可以的。晚清中国虽然并没有生成欧洲式的“市民社会”，但知识分子类群的出现，由于他们自身的某种身份规定性，必然地会营构公共的“活动空间”，以“议论”“讨论公共事务”。对晚清知识分子类群的“活动空间”

---

① 萨特：《为什么写作》，收入戴维·洛奇编：《二十世纪文学评论》（下），上海译文出版社1993年版，第29页。

② 哈贝马斯：《公共领域的结构转型》，曹卫东等译，学林出版社1999年版，第1页。

或“活动空间”的一种，李欧梵有具体的指说：“自晚清（也可能更早）以降，知识分子如何开创各种新的文化和政治批评的‘公共空间’？所谓‘公共’，这里指的不一定是‘公民’的领域，而是梁启超的言论——特别是所谓‘群’和‘新民’的观念——落实到报纸而产生的影响。换言之，我认为晚清的报业和原来的官方报纸（如《邸报》）不同，其基本的差异是：它不再是朝廷法令或官场消息的传达工具，而逐渐演变成一种官场以外的‘社会’声音。”[①]在李欧梵看来，作为大众（社会）传播媒体的报刊，正是晚清诸种“公共空间”中的一种重要的存在形式。“谈天的空间、舆论的空间与印刷的空间逐渐构成了所谓公共领域。从哈贝马斯的立场来讲，公共领域的造成基本依靠的仍旧是印刷媒体——报纸和小说。”[②]

晚清报纸，作为一种公共空间，或者作为一种营造公共空间的公共空间，它的出现不只是中国新闻史上一个重大事件，而且在中国思想史、文学史上都具有重要的意义。在中国根深蒂固的封建专制体制中，作为体制之外的民间自由言说的机制并不存在。因此，尽管中国有世界上最早的报纸形态《邸报》，但我们从它的命名之中就可以知道，它是在封建机构与官吏之间流通的用以传播朝政信息的“官报”，与近代作为大众（社会）传播媒介的报刊并无关涉。中国近代报业的兴起导源于西方传教士和商人在华办报行为的刺激。教会的报刊占了很大的比例。据统计，从19世纪中叶到90年代，先后出版的报刊有七八十种，其中“十之六系教会报”。[③]而商业报纸中影响显著者有《上海新报》《申报》等。西方传教士和商人在华开办报刊，他们当然怀具各自的目的，但同时在客观上

---

① 李欧梵：《中国现代文学与现代性十讲·“批评空间”的开创》，复旦大学出版社2002年版，第128–129页。

② 李欧梵：《中国现代文学与现代性十讲·“批评空间”的开创》，复旦大学出版社2002年版，第8页。

③ 李提摩太：《中国各报馆始末》，《时事新论》卷一，上海广学会1898年版。

为近代中国输入了西方报刊的形态模式，增强了久于闭关自守的中国士人的新闻意识，其中有的报纸则成为当时议论公共事务的“公共空间”；进而中国开始形成自己的报业，一种非官方的可以传播各种信息的载体，其中像《循环日报》《时务报》《新民丛报》等成为近代中国知识分子自由论坛。这些报纸，作为最为重要的“公共空间”，它一方面聚合起了知识分子的类群，另一方面又为他们的价值实现提供了必要的物化条件。知识分子往往通过向社会发言来实现他们参与社会事务、建立公共价值观念的职志的。这样，作为社会传媒的报纸，不仅激发了他们思想的机能，而且为他们思想的表达提供了阵地。晚清的主流散文，一种思想性写作的形态，无疑其中很大部分就来自于知识分子在报纸这一“公共空间”所作的言说。这样一种特殊的情况，部分地生成并决定晚清散文的若干特质。因此，我们研究晚清散文，就不能不关注报纸对散文所产生的影响。

显见的史实是，晚清报刊是晚清散文得以存在并发展的最为重要的渊薮。散文写作的方式在晚清时发生了带有某种根本性的变化。传统的散文写尊君卫道释经讲义、文人雅好诸类的题材。以刻印等方式，主要在文人圈子内流通，散文写作成为文人之为文人的一种身份象征。这种写作在晚清仍然存在着。但另一种面向社会，作大众传播的新的写作方式，顺应了时代的需要应运而生了。这样的写作中包含着特定社会的重要的主题词和时代内容，作家通过对社会现实的观照、对时代宏大话语的阐释，表示对国运民生的关注，对社会思想文化启蒙工程的参与。因此，寻求一种可供作广泛的社会传播的载体，就成为这一类“公共写作”实现其价值最大化的关键之所在。与此同时，近代的新闻媒体，主要是报刊，它要产生足够广泛的影响力，从而获得预设的商业目标，它也必须注意导入足以影响读者注意力的有关民生国运的核心要素。这样主体的写作意旨与媒体发展的设计之间就有了一种可以对接的相生关系。一方面散文写作的效值因得媒体之便而被扩大化，另一方面媒体也因刊发独具信息强势的散文，而成为受众瞩目的焦点。正因为这样晚清很多散文就发表在报刊上，而很多报刊也热衷于刊发散文。

（二）散文天地：《申报》和《循环日报》

《申报》是一份对近现代中国报业产生重要影响的报纸。创刊于清同治十一年（1872）的《申报》，其创办者是英国商人美查（Ernest Major）。作为商人，营利是他办报的目的："本报之开馆，余愿直言不讳焉，原因谋业所开者耳。"（《本馆作报本意》，《申报》1875年10月11日）具有商业头脑的报人美查生财有道，他注重贴近中国的实际，策划《申报》的措置。他用华人主持编务："本馆虽西人开设，而秉笔者则华人，其报系中西人所共成者。"（《主客答问》，《申报》1875年1月28日）《申报》的目标读者也明确为华人："所卖之报，皆属卖与华人，故依恃者惟华人。"（《本馆作报本意》）据此，《申报》取事报道十分注意读者的现实关切。因此，《申报》所载从一个侧面反映出其时中国社会演进的史程和时代的状貌。在1901年2月14日出版的《申报》上，刊有《本报第一万号记》的文章，内称《申报》"历二十余年如一日，未敢有失坠之时，盖报虽非中国所有，而大至朝章，小至庶事，纪载详尽，传播四方，足以开人之智慧，广人之见闻。揭上下蒙蔽之情，通内外隔阂之弊。化成天下，报其一端"。这一段文字中自然有庆祝报纸出版一万号的自夸成分，但检视《申报》的林林总总，我们不难发现其中所具有的某种真实的历史价值。

从《申报》发表的散文就可以认为它参与了晚清中国社会主流话语的建构。《申报》在1872年4月30日的创刊号上刊出《本馆条例》，公开征集可以免费发表的文类，一类为文艺作品："如有骚人韵士有愿以短什长篇惠教者，如天下各地区竹枝词及长歌纪事之类，概不取值。"另一类为言论文章："有名言谠论，实有系乎国计民生，地理水源之类者，上关皇朝经济之需，下知小民稼穑之苦，附登斯报，概不取值。"《申报》所刊散文有记事写人的，如刊于1878年4月19号的《豫行日记》，也有如《静安寺游记》的状物写景之作，论议类散文占有很大的比重。这与晚清散文的基本格局是相一致的。《申报》重视言论的刊发，在其编排体例中专设论说一栏，且往往置于头版首条。由此可见，论说一体在《申报》中的分量。“报纸者舆论之公言也。”（《说报》短评，《申报》1909年9月19日）《申报》声言：“褒贬必秉至公，论断悉衷于一是。无偏无党，有物有恒。”（《新闻纸缘始说》，《申报》1890年1月26日）由于《申报》主持人的立场倾向所决定，它的言论不可能尽是“至公”的“公言”，但我们也应该承认它所刊载的论说散文，评议国家事务时有精论，抨击邪恶丑陋可见正义公理。

学西学，变成法，图自强，成为《申报》言论的基本主题。《申报》论者像当时许多有识之士一样，对中国旧有的教育模式多有否定，主张引入西学的内容以教授培养人才。《申报》1874年3月23日刊《书论创设格致书院后》一文，批评中国的“制艺取士”无所裨益，认为当学习“西国取材”之法，使“聪明之士，皆尽心竭力于有用之学，而不愿为空虚无益之事”。而对当时洋务运动取法西学存在的舍本求末的做法也持有异议，有论以为：“诚欲挽回大局以与强大争衡，岂在兵精粮足，船坚炮利之间？”而“兴学术、培人才、移风俗、新制度、核名实、任贤哉、改科举、扩商务”等也只是“治标之善策，但恐小小补苴，无补于国家盛衰之大计”。在持论者看来，要使中国从根本上改变内弱外患的危境，走上富强鼎盛的道途，必须进行政治体制的改革：“必也设立上下议院，一如英德等国之君民共国，法制相维，庶上下之情相通，合中国五百兆人之心为一心，合中国五百兆人之力为一力，利害与共而忧乐与同。”“欲中国之富强，当自参民政始！”（《论重民则国以富强》，《申报》1888年7月8日）对西方议会制的称誉的文字，早在《申报》开办初期就可见诸报端，1873年5月9日有《论创行议院事》一篇，说“议政院一举，泰西及美洲诸国固创行已久”，“国家政治即民人亦得参与其间焉”。

《申报》的言论不作空泛玄说，往往从内外形势的大端中，选择具体的论题言说。《申报》1884年3月31日发表一篇论说文字《论闽防不宜缓防》，此篇从中法战争后走势的把握中，针对闽防松弛的问题，提出闽防应予加强的观点。作者在文中指出："中法战争后，广州为第一重要门户，其次则是福州，愚以为闽与粤防同也，今值海防告惊，福州当道竟在操兵打靶时误伤多人。统兵者如此无能，他日设有战事，能用以拒敌乎！"在此文发表半年后，法军果然袭击福建，守军大败。事情竟为论者所言中，由此可以看出，《申报》论说体所具有的特殊意义了。《申报》作为西人所办报纸，在一定程度具有某种言论自由的便利。所以它有时能言人所未言，人所未敢言，正如它所标示的那样，"凡事之有损于国家者，不辞苦口，不惮逆耳，为文劝阻，虽批逆鳞，触忌讳，在所不辞"。（《新闻纸之益》，《申报》1886年8月1日）《申报》某种"直言"的结果，在客观上影响着当时中国的舆论环境。

在19世纪90年代以前，中国人自办的对其时散文发展具有特别重要贡献的报纸当是《循环日报》。《循环日报》1874年2月4日创刊于香港，为香港中华印务总局所有，"总司理"是陈蔼廷，"正主笔"为王紫诠。印务总局告示称"本局创设循环日报，所有资本及局内一切事务，皆我华人操权，非别人新闻纸馆可比"。（《本局布告》，《循环日报》1874年2月12日）《循环日报》对近代散文的发展作用颇著，其中特有关联者就是它差不多形成了一个报章政论的中心，参与创造了中国报章体政论散文，并直接造就了王韬这位重要的政论散文家。美国学者柯文在论及近代中国报纸的特点时曾说："在中国近代新闻业初期，出版报纸仅是为了获利，很少对某问题表态或影响群众舆论。王韬的报纸却是少见的例外。经常刊登社论，且多出自王韬本人手笔。"[①]近代中国自办的报纸自然不如《申报》那样有更多的言论自由，而《循环日报》能成为例

① 柯文：《在传统与现代性之间——王韬与晚清改革》，江苏人民出版社1993年版，第75页。

外，与主持人的文化立场，报纸所处的地理位置有关。主持人王韬是一个在封建文化生态中未曾遂意且遭朝廷通缉的士人；同时他又较多地参与中外文化的交流，在不同文明形态的比较中，更能深刻地洞察到晚清中国的种种症结。这些情况，使王韬有了更多的言说的冲动；而《循环日报》是他自己为自己置备的言说平台，这样他言说的冲动就能方便地形诸于文字，得以刊布；此外《循环日报》报址在香港，这是一个天高皇帝远的地方，且多西风浸染，皇朝统治的余威在这里很难发挥其本有的禁锢作用。这是一个较为易于自由言说的处所，是一个可以构建理想的"公共空间"的处所。所谓"公共空间"应该是一个"自由空间"。王韬借一个相对少了束缚的"公共空间"《循环日报》得以如意地表达。

王韬在主持《循环日报》的十年间，写作了大量的政论。从1874年到1884年，《循环日报》大约刊发了800多篇论说文章，其中绝大多数出自主笔王韬之手。1882年王韬自编《弢园文录外编》，共12卷，185篇文章。这些文章的大部分是作者居港期间所写的倡言变法，鼓吹洋务，论议时政的报章体论文。因其地缘关系和作家的独立的持奉，王韬的论说更具有批判性以及由此生成的言论力度。他批判专制的封建统治，"惟知耗民财，殚民力，敲'骨'吸髓"。"夫设官本以治民，今则徒以殃民；不知立官以卫民，徒知剥民以奉官。"（《弢园文录外编·重民下》）王韬无不讽刺意味地指出："今观中国之所长者无他，曰因循也，苟且也，蒙蔽也，粉饰也，贫罔也，虚骄也。"这样的批判入木三分，淋漓尽致，显示出作者的胆量与见识。学者对王韬在《循环日报》所发议论的结集《弢园文录外编》评价甚高。戈公振曾说：《弢园文录外编》它"集该报（即《循环日报》）论文之精华而成。其学识之渊博，眼光之远大，一时无与甚"。[①]我们可以这样论定，没有一张特异的报纸《循环日报》，就没有一个特异的报章政论家王韬。

---

① 戈公振：《中国报学史》，三联书店1955年版，第154页。

当然，反过来说也是，没有特异的王韬，也就没有一个特异的《循环日报》。这两者是相得益彰的：一张近代化的报纸，运作在一个具有启蒙主义思想质素的人手中，这就创造了一种两者相得的机缘。一方面《循环日报》使得王韬进行思想探索、政治鼓吹和文体实验有了一个阵地或载体；另一方面《循环日报》因着王韬的创造而具有了某种信息库或思想库的功能。

作为一个报人散文家或散文家的报人，王韬在晚清是一个具有普泛意义的典型。散文写作之于报人，实际上是报人职业分内的一项工作。所谓报人并不是纯粹作管理的人，他们往往主持笔政并且自己直接从事写作。报纸往往设有社论或论说专栏，社论或论说又被视为报纸的灵魂，因此，此类写作常常由主笔自己承当。晚清报纸的主笔，许多是启蒙主义思想家或具有启蒙主义思想倾向。具有这样的思想品质的报人，有一种通过言说而作思想启蒙的渴望。这样，论说性文体，这种便于激扬文字、鼓吹思想的文体，就成为他们写作的首选，所以晚清的报章政论就显得特别的繁富可观。我们说报纸是晚清散文存在的渊薮，究其实是因为晚清的不少报纸从某种角度来看是散文家的报纸。王韬以外，康有为、梁启超、严复、谭嗣同以及后来的革命派章士钊、章太炎、秋瑾等也都是散文家报人。

晚清散文家王韬、梁启超等有为于报业，并在有为报业中有为于散文，这与他们所禀具的新闻思想有关。近代以前中国并没有有关新闻的思想资源。近代报人关于新闻的观念，一方面取自于对西方新闻的了解，另一方面来自他们对自身办报实践的体认。王韬在《弢园文录外编》中有《论日报渐行于中土》一篇，专门介绍欧美新闻和在华刊行的华字报纸，他对“泰西日报”“持论蜂起，无一不为庶人之清议”，“其立论一秉公平，其居心务期诚正”，“国家有大事，皆视其所言以为准则”的情况很是推崇。王韬还撰有《论各省会城宜设新报馆》《论中国设西方日报之利》等文章，论说办报的作用，并在《重民》《变法自强》等篇论及新闻的意义。

可以说，王韬的办报和他的报章政论写作是他新闻观念的一种积极而成功的实践。散文家郑观应算不上是报人，但他在《盛世危言》中有《日报》一题，分上下两篇而作，从通达民情，变法自强，纠正西方报刊的歪曲事实等方面论说了报纸的作用。他以为：“欲通之达之，则莫如广设日报”（《日报上》）；“欲变法自强，宜令国中各省、各府、各州、各县设报馆”（《日报下》）；遇中外“交涉不平之事，据理与争，俾天下共评曲直”（《日报下》）也宜开设报馆。郑观应的写作没有王韬那样有自编自写的便利，但他的一些文章也刊发于报纸，《盛世危言》的雏形稿本《易言》也由香港印务总局1880年出版，王韬为其写有《杞忧生易言跋》。郑观应对自己的写作情况曾有说明：“蒙向与中外达人哲士游，每于耳酣酒热之余，侧闻绪论，多关安危大计，且时阅中外日报所论安内攘外之道，有触于怀，随笔札记。历年既久，积若干篇，犹虑择焉不特，语焉未详，待质高明以定去取。而朋好见辄持去，猥付报馆及《中西闻见录》中。曾将全作邮寄香港就正王紫诠广文，不料竟为付梓，旋闻朝鲜、日本亦经重刊。”（《盛世危言初刊自序》）由此可见，郑观应的写作与报刊也是有着因缘的。

（三）“觉世之文”：维新与革命

到了19世纪90年代以后，中国自办报业发达了起来。报纸多了，报人也多，随之报人散文家也众。报业对于散文发展的推动作用愈加显著，许多重要的散文刊发于报纸，产生重要的舆论影响。1895年，严复在德国人在天津开办的《直报》上发表了《论世变之亟》《原强》《辟韩》《救亡决论》等系列文章，主张学习西学，变法图存，更生自强。1897年10月，严复与夏曾佑等在天津创办《国闻报》，以求“通上下之情”、“通中外之情”，以达成“吾之群强”、“吾之国强”（严复《国闻报缘起》，《国闻报》1897年10月26日），成为其时维新派的重要舆论阵地。严复自己在《国闻报》上发表了不少论说文字。19世纪90年代中国思想界舆论界的主题话语是维新变法。维新变法并不只是一个历史事件，而且也是一个历史的进程，以报纸作为维新变法鼓吹的舆论阵地，对这一进程的推动起到了特别的作用。维新变法的核心人物是康有为、梁启超。他们深知报业对于实现其政治理想深有关系。康有为向朝廷奏请要为报业取得合法的地位，在《公车上书》中，康有为条陈变法的建议，其中就有“宜纵民开设”报馆一条，言说新闻“见土风”“通时务”“裨政教”等好处：“近开报馆，名曰新闻，政俗备存，文学兼述，小之可观物价，琐之可见土风。清议时存，等于乡校；见闻日辟，可通时务。外国农业、商业、天文、地质、教会、政律、格致、武备各有专门，以为新报，尤足以开拓心思，发越聪敏，与铁路开通，实相表里。且纵民开设，并加奖劝，庶裨政教。”

此外，康梁着手营建维新变法所亟需的公共空间——学会和报纸。对设学会、办报纸如何措置，康梁以为“先以报事为主”。康有为说：“中国风气，向来散漫，士夫戒于明世社会之禁，不敢相聚讲求，故转移极难。思开风气，长知识，非合大群不可，且必合大群而后力厚也。合群非开会不可。”“办事有先后，当以报先通其耳目，而后可举会。”[①]梁启超也有同感：“欲开会非有报馆不可，报馆之议论既浸渍于人心，则风气之成不远矣。”[②]于是《万国公报》先于强学会于1895年8月17日在北京创刊，强学会于1895年11月在北京成立。《万国公报》后更名为《中外纪闻》，作为强学会的机关报于1895年12月16日起在北京出版。后强学会在上海设分会，分会机关报《强学报》于1896年1月12日在上海创刊。“专录中国时务，兼译外洋新闻，凡于学术治术有关切要者，巨细毕登。”（《上海强学会章程》）“广人才，保疆土，助变法，增学问，除舞弊，达民隐。”（《强学报》第一号）康梁集团致力于

① 《康南海自编年谱》，光绪二十一年条，中华书局1992年版。
② 丁文江等编：《梁启超年谱长编》，上海人民出版社1983年版，第40页。

报纸和学会的建设，在当时对于改善思想文化环境，开拓知识分子的公共言说平台等具有重要的意义。散文，特别是讨论公共事务的论说类散文，它的发展特别需要有一种可以自由言说的文化生态条件。证之于后来梁启超等人散文新文体写作的实绩，充分证明康、梁此时对于知识分子公共空间营构的历史价值。士人，同时拥有学会和报纸，在此前的中国历史上是没有的。这作为具有标志性意义的历史事件，表征了中国知识分子作为一个类群，他们集体地成长。知识分子走向社会的前台，作集体的亮相，演绎他们思想的姿势，这表明或预示着一个思想的时代的到来。而一个思想的时代，也往往就是一个散文的时代。

梁启超被公认为近代中国第一报人，同时又被视为晚清散文新文体的最重要的代表作家。“第一报人”对于近代中国新闻事业的发展作出了多方面的贡献。梁启超参与或主持的报纸很多，其中有影响很大的《时务报》《清议报》和《新民丛报》等。对于《时务报》，梁启超颇为自傲：“数月之间，销行至万余份，为中国有报以来所未有，举国趋之，如饮狂泉。”（《本馆第一百册祝辞并论报馆之责任及本馆之经历》）而《清议报》《新民丛报》也获得了很大的成功，获得社会的广泛称誉。黄遵宪曾致信梁启超，认为：“《清议报》胜《时务报》远矣，今之《新民丛报》又胜《清议报》百倍矣。惊心动魄，一字千金，人人笔下所无，却为人人意中所有，虽铁石人亦应感动，从古至今文字之力之大，无过于此者矣。”“吾辈……惟其合掌膜拜而已。”[1]其实，与其说是梁启超所主持的报纸的成功，倒不如说是梁启超本人写作的成功。《时务报》昌言鼎新革故，梁启超的《变法通议》大约可算维新派改革纲领的宣示，于《时务报》刊载二十多期，声势颇足，自然有不同凡响之功效。郑孝胥致信《时务报》经理汪康年，称“《时务报》灿然而出，如挈白日，照耀赤县，可谓杰哉。梁君下笔，排山倒海，

① 丁文江等编：《梁启超年谱长编》，上海人民出版社1983年版，第274页。

尤有举大事、动大众之概”。[①]通俗小说家包天笑在其回忆录中，对当时《时务报》和梁启超的文章的影响记忆犹新：“《时务报》在上海出版了，这好像是开了一个大炮，惊醒了许多人的迷梦”，“尤其像我们那样的青年，最喜欢读梁启超那样通畅的文章”，“不但是梁启超的文章写得好，还好像是他所说的话，就是我们蕴藏在心中所欲说的一般”。[②]《时务报》期间梁启超的文名不胫而走，而《清议报》《新民丛报》时期他又以《少年中国说》《呵旁观者》《新民说》等挟情入理的论说文字，召唤着读者的阅读注意力，成为牵引当时舆论风向的精神领袖式的人物。梁启超实现了一个报人散文家所期望实现的“双赢”目标：报纸因文章的魅力而成为人们一时关注的信息中心，而文章又借助于报纸而广泛流布，使作者的写作价值有了一种极大化的可能。从某种意义上说，是新闻造就了梁启超，而梁启超又造就了新闻。这样一种情由，可能昭示着启蒙主义时代，知识分子作家价值实现的捷径。以思想启蒙为己任的作家，自然设计启蒙优先的话语策略，在审美与宣传的选择中，他们会取宣传而弃审美。这样他们与新闻合成就成为了必然。梁启超的一段话对此作了注释。他说：“吾辈之为文岂其欲藏之名山，俟诸百世之后也。应于时势，发其胸中所欲言。”（《三十自述》）这里梁启超表达了写作意在传播的思想，“应于时势”的写作观念是吻合新闻的基本精神的。“应于时势”不仅揭示写作取材的现实方位，而且也表示写作旨在社会传播的价值期待。

晚清的散文写作大致分为两种类型，即文人的自在写作和知识分子的公共写作。一些文人，仿佛有些遗世独立，在写作园记、楼记、山水游记、人物琐记和诗文序跋等活动中，守着属于他们自己的空间；而知识分子型的作家以社会作为他们的写字间，在“应于时势”的写作中，履行着他们作为“应时者”所肩负的社会责任。

---

① 《汪康年师友书札》，上海古籍出版社1986年版，第2971页。

② 包天笑：《钏影楼回忆录》，香港大华出版社1971年版，第150—151页。

晚清中国社会的特殊情形，需要或规定着作家的写作更多求取现实的功利性。正是这样的历史语境，造就了人数可观的报人散文家的队伍。当社会的主题由维新变换成革命，当维新派作家蜕化为保守派作家，开始从历史的舞台上淡去的时候，新起的革命派他们同样认识到新闻之于革命的重大意义。辛亥革命胜利后，孙中山在《民立报》为他举行的欢迎茶会上致词时，曾对报纸对于革命所起的推进作用给予了高度的评价："此次革命事业，数十年间屡仆屡起，而卒成于今日者，实报纸鼓吹之力。报纸所以能居鼓吹之地位者，因能以一种之理想普及于人人之心中。其初虽有不正当之舆论淆惑是非，而报馆记者卒抱定真理，一往不渝，并牺牲一切精神、地位、财产、名誉，使吾所抱之真理，屹不为动，作中流之砥柱。"（《民立报》1912年4月17日）革命派主持或开办许多以"革命排满"为宗旨的报纸，相应地也出现了不少报人散文家，其中最著名的要数章太炎了。章太炎是20世纪初年以文章排满的一员骁将。他是"苏报案"的主角之一，遭到清廷的监禁。章太炎之所以遭受清廷迫害，是因为他在《苏报》刊发《驳康有为论革命书》等文章昌言革命，嘲骂清廷，并且为邹容的《革命军》作序推介。1906年6月章太炎出狱，东渡日本，加入了同盟会，并接任同盟会机关报《民报》的主编。在此期间，章太炎为《民报》写作了近60篇文章，其中时评、论说40多篇，有《演说录》《中华民国解》《讨满洲檄》《排满平议》《国家论》等，鼓吹民族主义，民权主义，进行革命的宣传，成为卓尔不群的报刊政论作家。在报人散文家中还有一位"鉴湖女侠"秋瑾，也是不应该被我们遗忘的。秋瑾的文学贡献主要在诗词方面，但于散文也有建树。她的散文主要刊发她所创办的《白话》《中国女报》上。《白话》创刊于1904年日本东京，出版6期，《中国女报》1906年创办于上海。秋瑾的散文主要有《敬告中国二万万女同胞》《敬告姊妹们》，《中国女报发刊辞》等，这些作品差不多用白话表达了批判现实，争取女权的基本主题。

（四）新文体：从冯桂芬到梁启超

考察晚清散文史，我们已发现报纸对于这一时期散文史的构成深有关联。报纸成了晚清主流散文赖以存在并蔚然可观的主要载体，报人成了这种类型的散文的主要写手，报人散文家被用以指称主体复合化的一种身份。晚清散文主体与载体所具有的特殊的因素，加上散文所反映的独特的时代内容这诸多的特异集合起来，作用于其时的散文本体，无疑会形成不同于前代散文的文体特征。这样一种新的散文形态在晚清生成了。

梁启超对晚清新的散文形态有一描述，并给出了“新文体”的称名：“启超夙不喜桐城派古文，幼年为文，学晚汉魏晋，颇尚矜炼。至是自解放，务为平易畅达，时杂以俚语、韵语及外国语法，纵笔所至不检束。学者竞效之，号新文体，老辈则痛恨，诋为野狐。然其条理明晰，笔锋常带感情，对于读者，别有一种魔力焉。”[①]梁启超这里并没有指出“新文体”的具体命名者，他揭示新文体之“新”关键所在。新文体，是对旧文体，对桐城派古文束缚的“解放”，是一种没有规矩的（“纵笔所至不检束”）的自由的文体。思想上解放，精神上自由，可以视为新文体区别于传统古文的最主要的特质。对于新文体有人喜欢，“竞效之”，也有人“痛恨”，视为“中国文学之厄”的表征。我们也可以从否定者的述说中，看到新文体的特点。刘师培的《论近世文学的变迁》中，对晚清以来的文坛状况颇为不满：“近岁以来，作文者多师龚、魏，则以文不中律，便于放言，然袭其貌而遗其神。其墨守桐城文派者，亦囿于义法，未能神明变化。故文学之衰，至近岁而极。文学既衰，故日本文体，因之输入于中国。其始也，译书撰报，据文直译，以存其真。后生小子，厌故喜新，竞相效法。夫东籍之文，冗芜空衍，无文法之可言，乃时势所趋，相习成风，而前贤之文

① 梁启超：《清代学术概论》，东方出版社1996年版，第77页。

派，无复识其源流，谓非中国文学之厄欤？”刘师培特重散文文派的渊源承绍，所以对“后生小子，厌故喜新”而创的没有源流的文体多有微词。新的文体中有日本文体的元素，但显然刘师培对此是否定的。

基于不同的视角，对新文体有着不同的命名。从它内存的品质因素和外在形态不同于传统散文这一点看，它被指称为“新文体”。而从这一类文章的话题选择、话语设置来看，它更多地关注现实社会的重大的公共时务，因此，又被命名为“时务文学”或“时务文体”。陈子展就说：“谭、梁诸人为了鼓吹‘维新’的缘故，常常做点宣传文章。这种文章系当时一种独创的‘新文体’，因为它是从八股文、桐城派文、骈文里面解放出来，中间夹杂些他们所知道的外来的新知识，新思想。他们用这种文体来向当道上书，来向报馆投稿，来向人家讲富强之学，来谈一切时务，故可以说这种文章为‘时务文学’。”[①]除“新文体”“时务文体”外，谭嗣同将晚清刊载于报纸的文章称为“报章文体”。谭嗣同撰有《报章文体说》（一名《报章总宇宙之文说》，发表在《时务报》第29、30册上）。谭嗣同作此文章是为了回应“乡党拘墟之士”对报章文体的责难：“居今之世，吾辈力量所能为者，要无能过撰文登报之盖矣，而遇乡党拘墟之士，辄谓报章体裁，古所无有，时时以文例绳之。嗣同辨不胜辨，因为一《报章总宇宙之文说》以示人，在湘中诸捷给口辨之士，而竟无以难也。”[②]谭嗣同以为在民族救亡图存的时代大局中，“撰文登报”以作舆论的鼓吹，是士人以尽社会责任的主要方式。守旧人士因为报章体的“古所无有”而无以用旧有的“文例绳之”，由此而生指责。有鉴于此，谭嗣同的《报章文体说》驳诘“乡党拘墟之士”对报章体的责难，从古今文体的流变中，论说报章体出现的必然性和它的诸多文体优长，认为

---

① 陈子展：《中国近代文学之变迁·最近三十年文学史》，上海古籍出版社2000年版，第70页。

② 《致汪康年（三）》，《谭嗣同全集·增订本》下册，中华书局1981年版，第494页。

文体种种，“其斯事体大，未有如报章之备哉灿烂者也”。

论及晚清新文体，学界是颇为看重梁启超的。或将“梁启超”作为新文体的定语词，称“梁启超的”新文体，如游国恩的《中国文学史》认为“梁启超的新体散文，对一切传统古文是一次猛烈的冲击，为晚清的文体解放和‘五四’的白话文运动开辟了道路”；[①]或径言梁启超创立了新文体，如袁行霈的《中国文学史》指认梁启超“创造”了“新文体散文”。[②]不少论著也都这样认定。《中国近代新闻思想史》有这样的表述：“梁启超在创办《时务报》时期……创立了‘时务报章文体’，进而在主办《新民丛报》时期使这种文体臻于成熟并固定下来，实现了近代中国报界的第一次新闻文体变革。”[③]最近出版的《晚清报业史》也有类似的观点：“梁启超在当时的影响，主要是通过报章文字来实现的。在介绍西方新思想和阐发自己的政治主张时，他创造了一种‘新文体’”。[④]许多学者之所以这样高评梁启超，首先是因为梁启超“新文体”写作的实绩确实卓然不凡，其次也是受到了梁启超有关新文体描述的影响。梁启超自述中有一种独揽新文体创体之功的嫌疑。毋庸置疑，就影响而言，梁启超是晚清新文体的第一大家。新文体，或曰报章体，时务文体，经梁启超的成功实践而立定了在文坛的地位，因此，梁启超是新文体写作中最具有标志性意义的代表作家。但是，如果将新文体的创体之功归为梁启超一人，这既不符合晚清散文发展的史实，也不符合文体发生的一般规律。文体的创始或如一角冰山，可见的一角底下是一个硕大的基础，它虽然不为人所看见，但它却顶托着冰山。晚清新文体的发生发展是一个历史的过程，它由一代散文家集体创造而成，梁启超是这一文体的完形者。

---

① 游国恩主编：《中国文学史》，第4册，人民文学出版社1979年版，第344页。
② 袁行霈主编：《中国文学史》，第4册，高等教育出版社1998年版，第481页。
③ 胡太春：《中国近代新闻思想史》，山西人民出版社1987年版，第87页。
④ 陈玉申：《晚清报业史》，山东画报出版社2003年版，第131页。

在我看来，晚清散文新文体其内在的文体精神是主体的独立，思想的解放，是近代启蒙主义思想家或具有思想者品质的作家进行政治鼓呼的一种特殊的方式。所谓特殊的方式是指散文以报纸这种社会媒体为载体并以此进行传播，而其外在的体征则呈现出对传统古文的束缚化解后所具有的某种随意性和开放性，明确了这一点，再将新文体置于特殊的历史语境中加以观照，我们就可以比较容易梳理出新文体运行的大致线索。

新文体的文体精神是思想自主自由。因此，从总体上看，这一文体的发生需要有一种主体争取思想自由，思想可以自由和能够自由的社会文化生态。晚清封建统治面对外压内乱的局面其势大弱，地主阶级的开明派、资产阶级的维新派，一切有识之士自主自由的思想意识潜滋暗长，逐渐汇成社会思潮。基于这样的认识，我们在研究晚清新文体的生成时，甚至不能忘却了龚自珍。梁启超曾说："语近世思想自由之向导，必数定庵。吾见并世诸贤，其能为现今思想界放光明者，彼最初率崇拜定庵，当其始读《定庵集》，其脑识未有不受其激刺者也。"（《论中国学术思想变迁之大势》）作为新文体的主创者，梁启超的所说应该是有说服力的。梁启超这里不便将自己指认为"现今思想界放光明者"，其实也不必自己指认，事实当是如此。因此梁启超的这一段话，我们可以视之为现身说法。

新文体，或曰时务体，报章体，从语言表达形式上看它是一种论说体，所论为时务，关系经国政治之事，因此，新文体也可名之为报章政论体，政论在这里是一个中心词。我们以梁启超为新文体高端极点，由此向前回溯，可见晚清时期有为于政论的散文家为数不少。王韬、郑观应诸人，他们以政论写作名世，尤其是王韬"他是中国历史上以报纸为讲台，宣传变法图强的第一人，也是中国新闻史上第一个报刊政论家"。[①]而"谭嗣同虽殉戊戌维新运动而

---

① 王凤超：《中国的报刊》，人民出版社1988年版，第39页。

死，但他的思想，可以代表那时从旧思想解放出来的大胆的思想；他的文章也可以代表那时从旧文学解放出来的特创的文体"[①]。可以说他们这些政论作家是推动新文体发展的中坚力量。而再往前检索，便可以发现冯桂芬无疑是新文体萌生期的重要的奠基者。对冯桂芬的散文业绩，有些恃才傲物的梁启超也有持平之论。他以为："《校邠庐抗议》一书，虽于开新条理未尽周备，而于除弊之法，言之甚详，亦我国政论之稍佳者也。"[②]由以上的梳理可见，从冯桂芬到王韬（郑观应）到梁启超，他们以觉世为旨的政论，其文脉是相通的，他们分别代表了晚清散文新文体演进过程中的三个节点：冯桂芬居于起始点，王韬、郑观应处于推进点，梁启超则站在了新文体的高端。

从他们政论的基本内容看，其中也有相承应合处。冯桂芬的《校邠庐抗议》更多的是"破旧"，揭露诸多弊端，以引起疗救，此为"问题政论"。王韬的《弢园文录外编》，郑观应的《盛世危言》，于"破"中立"新"。在他们这社会改良所设计的方案中，西学的分量明显增多。而梁启超作为近世重要的启蒙主义思想家，他的政论将人的精神性存在的改良视为要务，"新民"是其新文体散文的一个关键词。再看他们对古文的态度和他们自身写作的形态，也多有相通共同之处。冯桂芬"独不信义法之说"，以为"文之佳者……不烦绳削而自合，称心而言，不必有义法也"，公开表示了对桐城派文则的拒绝。他的政论以"抗议"命题，有不惧怕，不苟合，尊重主体思想的意思在内，其政论虽有古文味，但明显已不受古文法所拘了。王韬对于"古文辞之门径则茫然未有所知"，而"知文章所贵在乎纪事述情，自抒胸臆"（《弢园文录外编·自序》），因此，他的政论已疏离古文，显现出一种新的面目。梁启超"夙不喜桐城派古文"，"纵笔所至不检束"，所以他的政论古

① 陈子展：《中国近代文学之变迁·最近三十年中国文学史》，上海古籍出版社2000年版，第70页。

② 《中国近代史资料·戊戌变法（二）》，上海人民出版社1957年版，第40页。

文味甚少，俨然自成一体了。

（五）新文体的新景观

以“新”概括梁启超等晚清散文家创造的文体特征，是非常得体的。文体的“新”质导源于社会新的存在。作家新的角色身份，文本新的传播方式等。分而言之，新文体的文体特征体现为选材的时务关注，立意的“欧西文思”，语言的平易求新以及文体型态上的论议偏至等。

从新文体所涉及的话题可知，这一类写作不是一般的文人写作，它并不指向纯粹的个人生活空间和泛化的人类生命景象，而是指向社会现实，言说的是公共题材，是社会成员所普遍关注的时务。无疑，晚清的时务是救亡图存，维新自强，革命排满。新文体作家大多是以这些时务为其写作题材的。他们的写作应于时势，着重于经世致用，而不像传统的散文致力于对义理的阐释，往往玄虚踏空。如《校邠庐抗议》，卷上、卷下凡42篇，每篇以“议”命题，所议无不有具体所指而又事关大局，如《公黜陟议》《汰冗员议》《免回避议》《原养廉议》《许自陈议》《易胥吏议》等是有关吏治的论说；《变科举议》《改会试议》《广取士议》等是有关人才选拔的献计；《制洋器议》《善驭夷议》《采西学议》涉及洋务西学。《盛世危言》取材视野较之于《校邠庐抗议》开阔，涉及“通论”“礼政”“吏政”“刑政”“户政”“兵政”“工政”等，作为近代重要的工商家，郑观应更多地关注“盐务”“银行”“商务”“海防”“边防”“铁路”“技艺”等有关强国卫国的具体事务，同时也有“道器”“议院”“日报”等篇，表达了他对中西文化的态度，对西方某种政治制度等推崇。

时代不同，时务自然也有异。到维新变法及20世纪初年，梁启超等人的文章则更多地从体制、人的精神建构等层面选题论议，尤其是重视对“新民”的思考。在《新民说》的总题下，梁启超分别从“公德”“国家思想”“自由”“私德”“自尊”等具体的角度论说民何以“新”的道途。此外，他还针对国民中的“旁观派”“浑沌派”“为我派”“呜呼派”“笑骂派”“暴弃派”“待时派”等所表现出的精神状态作了批评。梁启超之所以亟亟于新民之说的设计，是因为在他看来“欲其国之安富尊荣，则新民之道不可不讲”（《新民说·叙论》）“今日欲抵挡列强之民族帝国主义，以挽浩劫而拯生灵，惟有我行我民族主义之一策，而欲实行民族主义于中国，舍新民末由。”（《新民说·论新民为今日中国第一急务》）由此可见，在梁启超这里“新民”即是时代的“急务”。晚清新文体与时务的这种密切关联，是由写作主体的报人散文家的独特角色所决定了的。报人散文家是一种公共知识分子的类群。这一类群通过（借助）公共领域（报纸）来表达他们对公共事务的看法。这里有着双重的必然，一方面公共知识分子深具现实关怀的情结，这是他们身份的必然；另一方面，近代报纸，作为社会传播媒介，它的存在与发展，也必然需要关注现实，以此营造舆论的中心，以影响视听。

新文体立意的“欧西文思”自然与取材的时务关注有关。晚清中国的问题，史无前例的国家民族危机，是在与世界的关联中被凸现出来的。新文体作家在为濒危的晚清建言献策的时候，并不能从中国的传统中获得更多的思想资源，而以一种开放的心态和国际的视野，从西方文化中借取可以为我所用的精神元素，同时也对国际事势作出中国人的评判。“欧西文思”首先表现为作家的写作有一种世界视角，他们往往从世界的背景中观照中国的问题，以对西方现代文明的参照，来解析中国变法自强的理路。在言说改良中国政制时，新文体作家大多对西方的议院设置多有肯定；对于开通言路，他们对欧美的日报推介甚多；对于人才培养的设计，他们又多否定八股取士之法，以为应引入西学作为士人学习、考核、选拔的重要内容；对于国民精神的塑造，他们也注意借取欧美伦理道德的价值观念。新文体作家大多具有一种自觉的开放意识，他们以为：“时至今日，泰西通商中土之局，将与地球相始终矣。至此时而犹

作深闭固拒之计，是直妄人也而已。”（王韬《弢园文录外编·睦邻》）

其次，“欧西文思”表现为作家对西方现代自由精神的接受。接受了西方现代自由精神影响的新文体作家，获得了作家应该而且可以自由言说的意识和机能，他们的政论常常论当所当，议当不可不议。论议国事，原先为中国封建统治的规约所不允，但在晚清政论家这里已全无这样的规矩，他们的论议对象涉及政治、经济、文化、教育、军事、外交等各个方面，而且往往能够直陈现实的种种弊端，以至于作出深刻的批判，有时直接批判皇朝最高的统治者。由于晚清政论作家普遍地具有批判意识，所以，“批判”显著地成为新文体的重要价值。此外，获得了西方自由精神浸润的作家，精神解放而使原来被压抑的情感得到释放，作用于写作，使行文中充盈着一种情势。激情洋溢，融情于论，情助理胜，是梁启超政论的一大特点。胡适曾说：“梁先生的文章，明白晓畅之中，带有浓挚的热情，使读的人不能不跟着他走，不能不跟着他想。”（《四十自述》）梁启超自己也认为：“我是感情最富的人，我对于我的感情都不肯压抑，听其尽量发展。”（《“知不可而为”主义与“为而不有”主义》）“笔锋常带感情”，他的《少年中国说》为这些说法作了例证。篇末写道：“红日初升，其道大光；河出伏流，一泻汪洋……前途似海，来日方长。美哉我少年中国，与天不老！壮哉我少年中国，与国无疆！”文章中有着一种挟情入理的气势，给读者一种激动不已的感染。这种情状实与主体精神的放逸相关。

语言的平易求新是新文体显见的表达景观。传统的散文主要在文人之间流通，用文言表达，语言追求古雅。新文体主要是一种报章文体，其写作的旨归与传播的方式等已大不同于古文。新文体大约可以视为一种思想启蒙的文体，作者借此向更为广泛的受众传播新的思想信息。这样，纯粹采用文言表达就不容易实现这种写作的应有的功能。当时的有识之士认识到文言的诸多不便，配合改良维新，革命排满的政治运动，利用开办白话报，兴起颇有规模的白话运动。裘廷梁主办《无锡白话报》，撰写《论白话为维新之本》的文章，发表在《苏报》，从维新的高度言说推行白话的意义，认为："愚天下之具，莫文言若；智天下之具，莫白话若"，"文言兴而后实学废，白话行而后实学兴；实学不兴，是谓无民"。《无锡白话报》发刊前一年，1897年有《演义白话报》创办于上海，其第一号《白话报小引》有云："中国人要想发愤立志，不吃人亏，必须讲究外洋情形，天下大势；要想讲究外洋情形、天下大势，必须看报；要想看报，必须从白话起头，方才明明白白。"新文体作家以启蒙为担当，因而他们中的多数人有一种追求语言通俗自然的自觉，虽然他们所写的作品并不是纯然的白话，发表在白话报，但他们写作的是报章体，为新闻一类。"盖新闻者，浅近之文也。增人智慧，益人聪明，明义理以伸公论，俾蒙蔽欺饰之习一洗而空。"（郑观应：《盛世危言·日报（上）》）"浅近文学"的某种规约，也促使作者写作尽可能地如梁启超所说的"务为平易畅达"了。平易之外，新文体语言中多有新名词出现，这既关涉文章反映对象的趋新，又表示作者求新意识的增强。王韬的政论中有"民主""电气""公司"等词语，梁启超的作品中新名词更多，如"民族主义""帝国主义""社会主义""国民""人权"等，这些也给新文体增添了新的色彩。

新文体，从表达形式上看是一种论说体散文。由于它被赋予了更多的启蒙使命，因而作者往往注重求取其"觉世"的宣传功能，而忽视其审美因素的灌注。这样文章在整体上就有某种思想偏至的倾向，离审美的散文有着相当大的间距。"传世之文，或务渊懿古茂，或务沉博绝丽，或务瑰奇奥诡，无之不可。觉世之文，则辞达而已矣。当以条理细备，词笔锐达为上，不必求工也。"（梁启超《湖南时务学堂学约》）从新文体的形态看来，它不属"传世之文"诸类，而是一种"辞达而巴矣"的"觉世之文"。我们虽不能说它言而无文，但是应当说从总体看新文体文采并不蔚然可观，这种情况并不表示新文体作家缺乏文学的意识。这种情况的出现实由他们所出演的时代角色所规定了的："在近代中国，由于公共领域的建构直接与救亡和变革这些政治问题相关，因此，致力于公共领域建构的新型士大夫，不是以文学而是直接以政治作为中介聚焦起来。其讨论的主题，不是所谓公共的文学艺术问题，而是民族国家的建构和传统制度的改革。中国的公共领域，从一开始就表现出明显的政治性质。"[①]从这一点看来，晚清新文体作家，也就是我们所说的报人散文家，或可谓之报人思想家、政治家，他们的写作有思想或政治的偏至，应当是题中应有之义了。

① 许纪霖：《中国早期现代化中的公共领域》，《光明日报》2003年1月21日。

三、《新青年》与现代散文精神

《新青年》杂志，作为新文化运动的一种标志将被永久地载入史册。《新青年》的意义是这样的重大，它被视为开启一个时代的重要存在。蔡元培指认“《新青年》杂志为五四运动时代之急先锋”，胡适则认为“《新青年》是中国文学史和思想史上划分一个时代的刊物”。美国约克大学历史系教授陈志让在论及1895至1920年从改良运动到五四运动历史演进时，也持有这样的观点：“1915年9月，一种由著名的激进主义者、人文学科教授陈独秀主编的杂志《新青年》创刊。它的出版正式开创了中国新文化运动。”[①]在现代中国，还没有哪一个杂志像《新青年》这样具有划时代的意义。

（一）散文史中的《新青年》

《新青年》的划时代意义体现在多个方面。概而言之，主要体现思想文化革命与文学革命两端。毛泽东曾回忆说：“《新青年》是有名的新文化运动杂志，由陈独秀主编，当我还在师范学校读书的时候，我就开始读这一本杂志。我特别爱好胡适、陈独秀的文章。他们代替了梁启超和康有为，一时做了我的模范。梁、康二人我早已抛弃了。”[②]毛泽东在这里主要是言指《新青年》所倡导的思想革命对他所发生的影响。《新青年》刊发了胡适的《文学改良刍议》、陈独秀的《文学革命论》，成为鼓吹文学革命的重镇。《新青年》在新文学史上不可或缺的。正如司马长风所说的那样，《新青年》“在新文学诞生期（1918—1921），它是文学革命的司令塔，尽了播种育苗的使命，它集中了当时最优秀的作家，刊载了

① 见费正清主编：《晚清剑桥中国史》（上），中国社会科学出版社1993年版，第444页。
② 埃德加·斯诺：《西行漫记》，新华出版社1984年版，第129页。

最具影响的作品”。[1]“像胡适那篇离经叛道的文章，除了‘新青年’可能找不到其他刊物发表。其后几篇响应的文章以及新文学最初的试作也都是在‘新青年’上发表的；可以说‘新青年’是新文学的温床，也是新文学的产婆。”[2]

就具体的文类而言，新文学的倡导者将《新青年》作为他们进行富有新质的文体实验的一处场所。鲁迅刊发于《新青年》第4卷第5号（1918年5月15日）的小说《狂人日记》以“忧愤的深广”“表现的深切和格式的特别”[3]，成为开启一个文学新时代的具有标高意义的作品。新诗体，《新青年》早在第2卷第6号（1917年2月1日）就刊载了胡适的“白话诗八首”，戏剧则有胡适的《终身大事》，发表于《新青年》6卷3号（1919年3月15日）。论及散文，言者往往将《新青年》与现代议论性散文的发轫关联起来。俞元桂就说：“《新青年》创办初期，陈独秀、李大钊等人的一些议论文，思想新颖，激情充沛，又写得生动活泼，平易畅达，可说是白话散文的一种最初形式。该刊从1918年4月号起开辟‘随感录’专栏，专登短小泼辣的议论文字。这些具有文学意味的杂感短评便是后来统称为‘杂文’一类作品的先导。”[4]

要之，《新青年》既是新文化运动的主阵地，也是新文学运动的“产婆”。但在我们的论域内，更感兴趣的是这一杂志对于新文学创造的意义。“我们在考察‘新青年社’时，应首先视其为一个文学社团——一个既具有文化功能，但更重要的是又具有文学功能的新文学作者群体……以该社团为组织形式的一个文学团体——一个在中国文学史上靠团体的力量完成了一项重大历史使命的作家群体。”[5]具体到散文这一文体，我们更关注《新青年》与现代散

① 司马长风：《中国新文学史》（上），香港昭明出版社1980年版，第78页。
② 司马长风：《中国新文学史》（上），香港昭明出版社1980年版，第41页。
③ 鲁迅：《中国新文学大系·小说二集导言》，上海良友图书公司1935年版。
④ 俞元桂等：《中国现代散文十六家综论》，华东师大出版社1989年版，第4页。
⑤ 张光芒：《决绝与新生——五四文学现代化转型新论》，中国文联出版社1999年版，第18页。

文之间的某种关联。就这一课题而言，我们可以发现以往的研究者比较多的是涉论了这一杂志对议论性散文的直接造就。林非在《五四以来散文发展的轮廓》一文中指出："在现代散文史上，议论性的散文创作是最早发端的。它起源于《新青年》第四卷第四号（1918.4）开始设立的'随感录'这个栏目"。王瑶也持同样的观点。他认为"现代文学中最早出现的散文作品是以议论为主的杂感，着重在抨击和讽刺旧社会不合理现象，战斗的锋芒十分锋利"。[①]最先倡导这类杂感的就是《新青年》，"《新青年》设《随感录》始于四卷四期（1918年4月），当时在这一栏写杂感最多的是鲁迅、陈独秀、钱玄同等人；从开始起这种文体就是进行文化战斗的有力武器"。[②]许志英、倪婷婷的论析更为具体："现代散文，尤其是议论性散文，也是在新文化运动扫荡旧思想、旧文学的声浪最早问世的文学样式。《新青年》创刊后，适应着反封建思想革命的需要，不断刊登如陈独秀的《抵抗力》、李大钊的《青春》等说理明晰，激情澎湃的议论散文，鼓动民众奋起除旧创新。从第四卷第四号起，《新青年》又开辟随感录栏目，发表短小精悍、锋芒锐利的杂感，以在新文化运动中充当冲锋陷阵的尖兵，与'桐城谬种'、'选学妖孽'直接形成对立。"[③]

以上的指说据于史实，因而无疑是正确的。鲁迅自己也将他写作杂感的起始点定在《新青年》。他说："我从在《新青年》上写《随感录》起，到写这集子（指《且介亭杂文二集》——引者注）里的最末一篇止，共历十八年，单是杂感，约有八十万字。"[④]但是，以往的研究多数囿于形而下的具体视角，只是观照到了表象的文体存在，未得对象本质性的形而上的意义。在我看来，《新青

---

① 王瑶：《中国现代文学史论集》，北京大学出版社1998年版，第218页。

② 王瑶：《中国现代文学史论集》，北京大学出版社1998年版，第11页。

③ 贾植芳主编：《中国现代文学社团流派》，江苏教育出版社1989年版，第37页。

④ 鲁迅：《且介亭杂文二集·后记》，《鲁迅全集》第6卷，人民文学出版社1981年版，第451页。

年》对于中国现代散文至少有两方面的贡献。一方面如我们已经指说的实体性的贡献，即《新青年》刊布的“随感录”等议论性散文，成为现代散文的先导；另一方面应该视之为更重要的一端，就是《新青年》营造的精神氛围从根本上滋生着现代散文的文体之魂。简而言之，《新青年》对于现代散文既有实体性的意义，又有精神性的价值。而后一方面，尤其不应该被我们所忽略不计。

现代散文的精神是什么？这是一个应有多解的有意义的问题。我以为郁达夫《中国新文学大系·散文二集导言》中的一段表述，对现代散文的精神特质的揭示是颇有启发意义的。他认为：“现代散文的最大特征，是每一个作家的每一篇散文里所表现的个性，比以前的任何散文都来得强。”“我们只消把现代作家的散文集一翻，则这个作家的世系、性格、嗜好、思想、信仰以及生活习惯等等，无不活泼泼地显现在我们的眼前。这一种自叙传的色彩是什么呢？就是文学里最可宝贵的个性的表现。”创作的个人性或曰个人化，无不关联着特定时代的独特的文化生态。散文作家对于创作个人性的追寻以及文本独特个性的凸现，这正是散文“现代性”实现所不可短缺的构成要素。从某种意义上说，散文的现代性也就是它的个人性。而个人性的实现导源于主体精神自立。因此，情志自由可以视为是现代散文的一种文体精神。

现代散文这一文体的特异之处有多端显现。而不应该被我们所忽视的是，散文实际上作为文人或曰知识分子的某种精神居所，是他们一种“自由与朴素的存在方式”①。个人性的散文需要有主体丰裕的精神存在与之相应。而这又必须置备一方得以放飞思想的自由言说的精神空间。自由、自主是现代散文生成的前置条件。作为现代散文主要创造者之一的周作人，他的指说是很有意味的。“小品文是文学发达的极致，它的兴盛必须在王纲解纽的时代。”这样的时代，“处士横议，百家争鸣，正统家大叹其人心不古，可是

① 王尧：《乡关何处——20世纪中国散文的文化精神·引言》，东方出版社1996年版。

我们觉得有许多新思想好文章都在这个时代发生”。“王纲解纽”与小品文发达之间具有某种因果的关系。在周作人看来，“小品文则在个人的文学之尖端，是言志的散文，它集合叙事说理抒情的分子，都浸在自己的性情里”。[①]散文由个人的性情酿造而成，而个人性的存在需要拒绝社会的思想禁锢与自我泯灭的“非我”心理。

精神自由是散文之魂。对此，中外学者有着一致的指认。德国学者洪堡特将“精神”作为诠释现代散文的关键词。他指出：“诗歌只能够在生活的个别时刻和在精神的个别状态之下萌生，散文则时时处处陪伴着人，在人的精神活动的所有表现形式中出现。散文与每个思想、每个感觉相维系。在一种语言里，散文利用自身的准确性、明晰性、灵活性、生动性以及和谐悦耳的语言，一方面能够从每一个角度出发充分自由地发展起来，另一方面则获得了一种精微的感觉，从而能够在每一个别场合决定自由发展的适当程度。有了这样一种散文，精神就能够得到同样自由、从容和健康的发展。”[②]在这里，“精神”意指着主体情志的超逸，不为所拘。作家的精神自由造就散文文体的人文品格，而作者、读者由此也能获得某种精神的自在。这正是现代散文要旨之所在。

显然，在中国的历史传统中，有关自由自主的精神资源是十分匮乏的。对个人性的抑制与排拒，本是封建政治的伴生之物。历史进入近代，封建王朝开始在风雨飘摇中“解纽”。西风东渐，域外自由民主的思想逐渐影响人心。但这是一个颇为艰难的历史过程。辛亥革命是一个影响历史发展的重大事件，然而正如许华茨所说：“中国的辛亥革命常常被认为是‘表面的’。它没有引起社会的革命。”[③]这里所说的“社会的革命”，意指更为普泛，更具深度的社会思想文化革命。辛亥革命虽然推翻了漫长的封建统治，但是封建思想依然根深蒂固。不过历史毕竟不同往昔。一些得风气之先怀

① 周作人：《知堂序跋·〈近代散文抄〉序》，岳麓书社1987年版。
② 转引自林贤治：《五十年：中国与自由的一种观察》，《书屋》2000年第1期。
③ 见费正清主编：《晚清剑桥中国史》（上），中国社会科学出版社1993年版，第470页。

抱使命的自由知识分子正在20世纪初的中国社会中生长。他们掀动的新文化运动的浪潮，以“民主”与“科学”相号召。思想革命，求取的是思想的解放与精神的自由。正如李大钊所说：“我以为一切解放的基础都在精神解放。”[①]五四新文化运动的重大历史意义就在于它促进了中国人前所未有的精神解放。而这正是《新青年》所力倡的，是它贡献于现代中国的最重要的精神质素。就散文而言，它直接滋养了这一文体所需的自由精神。

我们这样评价《新青年》，需要对《新青年》作一界定。《新青年》创刊时名为《青年杂志》，第1卷第1号于1915年9月15日发行于上海，为16开本月刊，文化类综合性刊物。由陈独秀编辑，上海群益书社发行。出至第1卷第6号，休刊半年。1916年9月1日复刊，标为第2卷第1号，更名为《新青年》，并成立青年杂志社，由陈独秀主撰。1916年12月，陈独秀应北京大学校长蔡元培之聘，任北大文科学长，杂志社随之迁往北京。1918年1月《新青年》宣布所有撰译悉由同人担当，实行编辑集议制，陈独秀、胡适、李大钊、钱玄同、沈尹默、吴虞等参与其事。至1919年初出版第6卷时，实行轮流主编制，由陈独秀、钱玄同、高一涵、胡适、李大钊、沈尹默6人分任主编。1920年夏，陈独秀到上海筹建共产主义小组，杂志社随迁至沪上。杂志社实际上成为上海共产主义小组的机关，《新青年》成为机关刊物。1923年6月改出季刊，由瞿秋白任主编，杂志成为中共中央主办的理论性机关刊物。1926年7月25日终刊，总计出版63期。从《新青年》行世10余年历程中，我们可以看出，自创刊至1920年初，《新青年》大体上是一份知识分子的文化刊物；此后至终刊则演变为一份由党派主持的具有阶级色彩的政治刊物。1920年，是《新青年》队伍分化的时期。陈独秀、李大钊更多地参加实际的政治斗争。刘半农、钱玄同则致力于学术研究。胡适、高一涵倡导整理国故，呼吁组建“好人政府”，只有鲁

① 《李大钊选集·精神解放》，人民出版社1959年版，第309页。

迅、周作人等仍在文学的园地耕耘。这样一种状况，使《新青年》的面目与此前有了大不同。我们言说《新青年》对现代散文具有实体性与精神性的双重意义，主要是就作为知识分子的文化刊物的《新青年》而言的。

现代散文的个人性由禀具自由精神的主体所造就。在纲常名教主宰个体言行的传统社会中，人的精神自由几成奢望，个性招致泯灭。社会进入现代的时域，对主体精神自主的诉求就成为人的一种广泛而又强烈的渴望。《新青年》的创刊与自由知识分子的成长密切相关。在我看来，激进知识分子在特定的历史语境中，是自由主义知识分子的一种代表。激进正是自由的一种表现，而自由生成激进。《新青年》的风行，与其拥有一方自由主义的生态环境有关。

北京大学是中国酿造自由主义精神的摇篮。在由近代思想向现代思想嬗替的历史进程中，北大是一个至关重要的站点。有学者曾指出："中国思想转变时期的背景，已有几个必要的发展阶段"，而列其首者就是北大，"首先是北京大学（一般简称北大）已建设成为现代化的高等学府"。①而北京大学的"现代化"与蔡元培的赴任有关。这位民国首任教育总长于1917年担任北大校长。由于他的出现，使这所曾是朝廷诏办的京师大学堂开始与西方现代高等教育接轨。美国著名的汉学家格里德博士在论及中国五四文学革命时，认为"国立北京大学"就是"这场生机勃勃的反传统运动之物质的与精神的中心"，而蔡元培"任北大校长，他为把北大提高到其学术上和思想上的杰出地位做出了重大贡献。他的愿望是把北大建成一所真正自由的学校，一所能容忍所有观点的学校。由于他本人就是某种意义上的激进派，一位转向革命的古典学者，所以毫不足怪，北大在他的主持下很快就成了怀疑派和反抗者的聚集之

① 许华茨语。见费正清主编《晚清剑桥中国史》（上），中国社会科学出版社1993年版，第470页。

地。”[①]蔡元培办学奉行“兼容并包主义”：“弟在大学，则有两种主张：一、对于学说，仿世界各大学通例，循思想自由原则，取兼容并包主义。……无论有何种学派，苟其言之成理，持之有效，尚不达自然淘汰之运命者，虽彼此相反，悉听其自由发展。二、对于教员，以学诣为主；……其在校外之言动，悉听自由……”[②]

历史的发展有着其不以人的意志为转移的规律，但其中有些细节却不无某种偶合因素。蔡元培之任校长，陈独秀之被聘任，《新青年》社之北迁，既有着其必然的一面，同时也有偶然的契机。设若《新青年》不居于自由知识分子栖息的北京大学，没有一批怀具自由主义情志的北大教授唱和鼓吹，则《新青年》后来的发展就未必如历史已然如斯。北大滋育了《新青年》，而《新青年》作为自由主义知识分子自我实现的一个论坛，从某种意义上说，又成为北大的一个标志，构成并丰富了北大的精神——自由的精神，而这种精神成为造就现代散文品格的精魂。

（二）新思想建设中的“人的文学”

《新青年》提倡新道德，反对旧道德。其同人对自由自主的倡扬，成为这一刊物的基本主题。理性的自由自主，是人之为人的要旨，是构成人的主体性的要素。长期的封建统治，使中国人成为异化之物，他们的主体性渐被剥离。因此，中国之强，关键在于立人，这也是思想革命、文学革命的要义。鲁迅在《文化偏至论》中指出：“欧美之强，莫不以是炫天下者，则根柢在人，而此特现象之末，本原深而难见，荣华昭而易识也。是故将生存两间，角逐列国事务，其首在立人，人立而后凡事举；若其道术，乃必尊个性而张精神。”[③]这种“尊个性而张精神”的“立人”思想，在《新青

---

① 格里德：《胡适与中国的文艺复兴——中国革命中的自由主义（1917-1937）》，江苏人民出版社1996年版，第85—86页。

② 转引自《胡适文萃》，作家出版社1991年版，第10页。

③ 《鲁迅全集》第1卷，人民文学出版社1981年版，第33页。

年》这里得到了回应与强化。正如鲁迅所说："最初，文学革命者的要求是人性的解放。"对个性自由的召唤，成为《新青年》的一项基本的使命。

《敬告青年》这是《青年杂志》的开篇，是一份昭告这一刊物大旨的宣言。陈独秀"属望于新鲜活泼之青年，有以自觉而奋斗耳！"为此"谨陈六义"："自主的而非奴隶的""进步的而非保守的""进取的而非退隐的""世界的而非锁国的""实利的而非虚文的""科学的而非想象的"。在这里陈独秀运用是非对举取是舍非的句式，泾渭分明地表达了他所求取的价值观念。列于"六义"之首的是"自主的而非奴隶的"一条，这表明了陈独秀对人的精神独立所具有的意义的看重。对"自主"而非"奴隶"，陈独秀作有自己的阐释。他以为"脱离夫奴隶之羁绊，以完其自主自由的人格"，具有这种人格的人，"一切操行，一切权利，一切信仰，唯有听命各自固有之智能，断无盲从隶属他人之理"。陈独秀在《今日之教育方针》中陈列了"现实主义""唯民主义""职业主义""兽性主义"等教育观念。其中的"兽性主义"，就关涉主体自主的体格与人格的创构："兽性之特长谓何？曰：意志顽狠，善斗不屈也；曰，顺性率真，不饰伪自文也。"①"兽性"在这里或可谓之自主的代称。"兽性"之操持者，既能不为自然力量所役，不能直立于彷繁复杂的社会。"顺性率真"，无需"饰伪自文"，正是人的精神独立自由的一种表征或境界。在《一九一六年》这篇重要文章中，陈独秀在谈到青年"思想动作，果何所适从乎"这一问题时，特别强调应该"尊重个人独立自主之人格，勿为他人之附属品"。②

新文化运动中的思想精英高擎"民主"与"科学"的大旗。胡适也呼吁发展人的个性。他认为过往"社会最大的罪恶莫过于摧

① 陈独秀：《今日之教育方针》，《青年杂志》第1卷第2号，1915年10月15日。
② 陈独秀：《一九一六年》，《青年杂志》第1卷第5号，1916年1月15日。

折个人的天性，不使他发展”，而“社会是个人组成的，多救出一个人，便是多备下一个再造社会的分子”。“救人”也就是“立人”，就是要将被“摧折的个人的天性”加以恢复，加以发展。在他看来，“发展个人的个性”，最关键是“须使个人有自由意志”。[①]他们对民主情有独钟。而民能自主、主国，就必须使民获得一种精神的自由。中国社会缺乏有关民主自由的思想资源。因此，思想者在借取西风之时，更多地关注域外具有现代性特质的思想。高一涵这位在日本接受过西方观念陶冶的政治学家，是《新青年》的重要作者。他的文章传输西方现代的政治理念。在高一涵看来，个体的自由是这种理念的核心。“共和国家，毕竟平等，一切自由，无上下、贵贱之分，无束缚、驰骤之力。凡具独立意见，皆得自由发表；人人所怀之意向、蕲求、感情、利害，苟合于名学之律，皆得尽量流施，而无所于惧，无所于阻。”“民情舒放，活泼自如，绝不虞抑郁、沉沦，以销磨其特性，而拘梏其天机。”[②]王叔潜在论述“新旧问题”时，对“新”作有界说，将“新”直接与西洋文化关联起来。他说：“所谓新者无他，即外来之西洋文化也”，“欧美现今一切之文化，无不根据于人权、平等之说”，“人生之观念变，于是乎尊重自由，而人类之理性始得完全发展”。[③]这里显见，在新文化创造者的视界中，“人权”“平等”是西方文化的基本内核。应该说西方文化的内涵林林总总，并不能一言以蔽之。王叔潜等将其作出简化的表述，这反映了他们根据自身的体认，对当时所需建构的人文精神作出选择与强化的价值取向。

值得注意的是，《新青年》时期阐释的自由观念与晚清梁启超等人的理解有着不同的指向。梁启超所说的自由，更多地强调集体的自由。他明确指出：“自由云者，团体之自由，非个人之自由

---

① 胡适：《易卜生主义》，《新青年》第4卷第6号，1918年6月15日。

② 高一涵：《共和国家与青年之自觉》，《青年杂志》第1卷第1号，1915年9月15日。

③ 王叔潜：《新旧问题》，《青年杂志》第1卷第1号，1915年9月15日。

也。”[①]一些人将团体（国家）的自由与个体的自由视为相斥的矛盾物：“个人不可太自由，国家要得到完全自由。到了国家能够行动自由，中国便是强盛国家，要这样做，便要大家牺牲自由。”[②]与团体自由观不同的是，《新青年》的同人所意指的自由更多的是一种个人性的存在。这样的理解比较接近于西方文化语境中自由的意蕴。陈独秀的《东西民族根本思想之差异》，专论东西文化之间存有的异质性，其中有言：“西洋民族以个人为本位，东洋民族以家庭为本位。”在对“个人本位”与“家族本位”的比较中，作者取舍的倾向是十分明确的。陈独秀以为西洋是“彻头彻尾个人主义之民族也”。“举一切伦理、道德、政治、法律、社会之所向往，国家之祈求，拥护个人之自由权利与幸福而已。思想言论之自由，谋个性之发展也。法律之前，个人平等也。”他指出以家族为本位的宗法制度所具有的“恶果，盖有四焉：一曰损坏个人独立自尊之人格；一曰窒碍个人意思之自由；一曰剥夺个人法律上平等之权利……一曰养成依赖性，戕贼个人之生产力”。[③]由陈独秀对泯灭个人性的宗法制度的抨击，可见他对“个人主义”的倾心。这里陈独秀所秉持的自由观是偏于个人的，而非集体的。

这种反传统的观念，在《新青年》这一论坛上差不多成为一种通识。李亦民主张“顺人性之自然，以个人主义为前提，以社会主义为利益个人之手段”。[④]在这里个人与社会的关系被倒置了，作者强调的是“顺人胜之自然”。高一涵也持相同的观点，认为：“社会集多数小已而成者也，小已为社会之一员，社会为小已所群集。故不谋一己之利益，即无由致社会之发达。”“一已之天性，完全发展，即社会之一员，完全独立。”[⑤]个人与自我被作了

---

① 《梁启超选集》，上海人民出版社1984年版，第227页。

② 孙中山：《三民主义·民权主义第二讲》，1924年3月16日演讲。

③ 陈独秀：《东西民族根本思想之差异》，《青年杂志》第1卷第4号，1915年12月15日。

④ 李亦民：《人生唯一之目的》，《青年杂志》第1卷第4号。

⑤ 高一涵：《共和国家与青年之自觉》，《青年杂志》第1卷第1号。

史无前例的强化。易白沙径以《我》为题作文：直截了当地声言："'我'之性质，即独立的性质"，认为"西方哲人，所以能造化世界、造化国家者，无佗，各自尊重其我而已矣"。因此，易白沙指出中国的当务之急"救国必先有我"。[①]《新青年》对自我个性的这种特别的激扬，对五四时期形成个性主义的社会思潮起到极大的促进作用。

对《新青年》所具有总体性的文学史意义，我们已有了很多的论说。胡适的《文学改良刍议》、陈独秀的《革命文学论》等重要的文章对新文学的建设从形式到内容都作出革命性的设计。"活"的文学和"人"的文学，是新文学的建设者对文学革命目标的一种设定。在我看来，胡适、陈独秀等人在《新青年》上发表的文学思想，其中有不少成为现代散文的重要理论资源，直接作用于现代散文精神的生成。这是很值得现代散文研究者所重视的。

陈独秀与胡适声气相应，策动文学革命。与胡适偏重于形式改良的"八事"有所不同的是，陈独秀在《文学革命论》中"大书特书吾革命军三大主义：曰，推倒雕琢的、阿谀的贵族文学，建设平易的、抒情的国民文学；曰，推倒陈腐的、铺张的古典文学，建设新鲜的、立诚的写实文学；曰，推倒迂晦的、艰涩的山林文学，建设明了的、通俗的社会文学"。[②]对文学革命的内容作有陈述。研读陈独秀的这篇文章，我们可以发现作者在对"三大主义"作展开阐释的时候，是将古代散文作为重要论据的。一方面，陈独秀对"韩、柳崛起，一洗前人纤巧堆朵之习"的文学史意义给予高度的评价，以为"俗论谓昌黎文章起八代之衰，虽非确论，然变八代之法，开宋元之先，自是文界豪杰之士"，另一方面又对韩愈在文学史上造成的负面影响作有揭示：

---

① 易白沙：《我》，《青年杂志》第1卷第5号，1916年1月15日。

② 陈独秀：《文学革命论》，《新青年》第2卷第6号，1917年2月1日。

> 吾人今日所不满于昌黎者二事：一曰，文犹师古。虽非典文，然不脱贵族气派，寻其内容，远不若唐代诸小说家之丰富，其结果乃造成一新贵族文学。二曰，误于“文以载道”之谬见。文学本非为载道而设，而自昌黎以讫曾国藩所谓载道之文，不过抄袭孔孟以来极肤浅、极空泛之门面语而已。余尝谓唐宋八家文之所谓“文以载道”，直与八股家之所谓“代圣贤立言”，同一鼻孔出气。

陈独秀对韩愈的部分否定，反映了他新的文学理念。在他看来文学应当是时代的言志的，他呼唤那种“目无古人、赤裸裸的抒情写世、所谓代表时代之文豪”。“文以载道”是封建时代对文学的一种普遍的规约，而所载之“道”当然不是“人道”，而是对儒学教义的一种阐释。这种教义其基本的功能在于通过对个体性情的扼杀，去维护封建统治的纲常秩序。在各体文类中，散文的“载道”之功是最为彰显的。流弊久远，以至到晚清乃至民初，“桐城派”散文等依然为文坛主流之一脉。“今日吾国文学，悉患承前代之敝。所谓‘桐城派’者，八家与八股之混合体也；所谓‘骈体文’者，思绮堂与随园之四六也……”这些文章“所谓宇宙，所谓人生，所谓社会，举非其构思所及”。据此，陈独秀对桐城派散文的价值存在进行了全面的颠覆：“归、方、刘、姚之文，或希荣誉墓，或无病而呻，满纸之乎者也矣焉哉。每有长篇大作，摇头摆尾，说来说去，不知道说些什么。此等文学，作者既非创造才，胸中又无物，其伎俩惟在仿古欺人，直无一字有存在之价值。虽著作等身，与其时之社会文明进化无丝毫关系。”陈独秀对桐城派散文的否定，其本旨在于对卫道文统的排拒，对个性文学的倡导。他所说的“赤裸裸的抒情写世”文学，正是一种充盈着人性的激扬着主体生命意识的文学。尽管后来陈独秀的文学主张或实践与《文学革命论》中的观点有所变化，但他在这里所表达的思想，对散文文体的解放无不积极的意义。

胡适的《文学改良刍议》，“言文学改良，须从八事入手”。其论“八事”，偏重于形式一端，可谓具体而微。他以为新的文学当“须言之有物”，“不摹仿古人”，“须讲求文法”，“不作无病之呻吟”，“务去烂调套语”，“不用典”“不讲对仗”，“应避俗字俗语”。其中列其首的“须言之有物”一条，关乎写作的内容。对于“物”的含义，胡适作有说明。“吾所谓‘物’，约有二事：（一）情感……（二）思想。”在胡适看来，旧文学的大敝在于“既无高远之思想，又无真挚之情感，文学之衰微，此其大因矣”。[①]胡适的这种解说不免有些语焉不详，从文面上看也没有直接指说散文，但其精神则与散文密切相关。散文一体如无情思之物为其经纬，纯然作丽词秀语的铺排，则无异于文字游戏。“高远之思想”，“真挚之情感”，绝不是被设定的公共性的存在，而有赖于个体思想的自由与性情的放逸。这正是散文主体应拥有的一种理想境界。

傅斯年这位当时还是北京大学文科学生的文学革命积极参与者，他的《文学革新申义》，虽不若胡适、陈独秀的宏论称名一时，但作者从容迈步于漫长的文学发展历史，纵横捭阖，激扬文字，挥洒着他的智识与才情。其中有一部分论说直接批判桐城派散文。傅斯年畅言无隐，指出：“桐城家者，最不足观，循其义法，无适而可。”他以为桐城派“言理则但见其庸讷而不畅微旨也，达情则但见其陈死而不移人情也，纪事则故意颠倒天然之次序以为波澜，匿其实相，造作虚辞”。在傅斯年看来，桐城一派“桎梏拘束”，“托辞曰‘庸言之谨’，实则戕贼性灵以为文章耳”。这种“桎梏心灵，戕贼性情之矩矱”是应该“首先斩除”的。[②]从这里，我们可以发现傅斯年所认同或倡导的散文是“畅旨”“达情”“移人情”的文体，其“畅”，其“达”，则源于作者心灵的自

① 胡适：《文学改良刍议》，《新青年》第2卷第5号，1917年1月1日。
② 傅斯年：《文学革新主义》，《新青年》第4卷第1号，1918年1月15日。

由，性情的自在。他的这种散文观念与陈独秀、胡适等所秉持的是一致的。

周作人，这是新文学运动中不可或缺的一位理论家。他刊发于《新青年》第5卷第6号上的那篇《人的文学》，可以视为新文学运动中最为重要的理论成果之一。所谓“人的文学”，其要旨在于一个“人”字。人的存在，在中国的传统社会里常常是被漠视的。因此，周作人认为“现在却还讲人的意义，从新要发见‘人’，去‘辟人荒’”。而所谓“人性”，就是人灵与肉的结合。“兽性与神性合起来，便只是人性”，“人的文学”，就是“用这人道主义为本，对于人生诸问题，加以记录研究的文字”。人道主义在不同的语境中具有不同的意义。在这里周作人“所说的人道主义，并非世间所谓‘悲天悯人’或‘博施济众’的慈善主义，乃是一种个人主义的人间本位主义”。周作人强调：“我所说的人道主义，是从个人做起。”文学的人道主义就是文学的个人主义，或个性主义。以此作为评价尺度，周作人认为：“中国文学中，人的文学本来极少，从儒教、道教出来的文章，几乎都不合格。”因为这些文章“全是妨碍人性的生长”的东西。周作人的“人的文学”的理论言说的是文学的整体。但其要旨无不关系文心，如前所述，个人性是现代散文的重要特质。而这样一种特质，正是散文作者独特的主体性的一种投影。“人的文学”这一命题在散文这一文体中，其关键是在于作者对自我——作为一个特立独行的生命个体的发现与演绎。散文语境中的“人的文学”，或可解为关于作者自我的文学。

（三）自由精神与散文文体品格

《新青年》作为一个张扬文化（文学）个性主义思想的论坛，它对生成具有现代意识的散文家，其意义特别重大。哲学上的个性主义，使散文作家开始建构新的价值评价体系；文学上的个性主义，又影响他们写作的态度以及方法。可以认为，《新青年》直接造就了现代中国第一代散文家。这些散文家将《新青年》作为他们某种自由情志宣泄的精神家园。如果从文体角度分析《新青年》刊发的文章，那么散文类的著述无疑是占了多数。这样我们或可指称“散文《新青年》”了。而“散文《新青年》”，它所意指的就是精神自由。《新青年》作为一份自由知识分子操持的刊物，它以自由召唤一代知识分子的思想精英，自由的思想需要有一种自由的文体加以传载。散文成为这些知识分子思想表达首选的一种方式。《新青年》散文的意义主要是精神性的，尽管当时不少散文还是用文言写，就尚不具有现代散文的形制，但因其内含思想的新颖而具有了某种现代意味，如果没有思想主体特异的情志，那么也就没有《新青年》散文内蕴的创意。作者精神的自主造就作品思想的精警。《新青年》凸现着一代思想者独立言说无拘由性的风采。

《新青年》于第5卷第4号（1918年10月15日）首开“散文”一栏，但其后没有再作专栏标明。《新青年》刊载的属叙事抒情类的散文，只有胡适的《归国杂感》《旅京杂记》，高一涵的《皖江见闻记》等很少篇什，大量的是议论体文章。其中很多是重逻辑推演的论理文章。鲁迅在《现代小说导论》中曾说：“凡是关心现代中国文学的人，谁都知道《新青年》是提倡‘文学改良’，后来更进一步而号召‘文学革命’的发难者。”“《新青年》其实是一个论议的刊物，所以创作并不怎样看重。”鲁迅这里的“创作”，主要是指小说创作。《新青年》的“论议”，是它的同人精神世界的物化方式，呈现了作为一个综合性文化刊物的显性特征。在论议的文类中属议论性散文的主要有两类，一类是情理兼容的散文，一类是杂感体散文，即“随感录”。这些议论性散文的内核主体是卓然的思想，这种思想当然不再是某种“道”，而是由时代新风洗礼而得的现代理念。特异的思想表征着思想者个性的超拔。而思想的表达又能借象取形，出情入味，别有一种理趣。因此议论散文每每反映着作者各自不同的个性。

陈独秀，作为《新青年》的主持人，无疑是一个最重要的作者，在《新青年》上发表了大量的议论文字。“文如其人”，陈独秀其人其文是一个有说服力的个例。有学者说：陈独秀“先生书无不读，又精通日文、法文。故其读，求无不精；其文，理无不透；雄辩滔滔，长于言才。无论任何问题，研究之，均能深入；解决之，计划周详；苟能专门致力于理论及学术，当代名家，实无其匹”。“其个性过强，凡事均以大无畏不顾之一切之精神处理之。无论任何学说，必参己意以研究之，无迷信崇拜之意。”①陈独秀的“雄辩滔滔，长于言才”，源于他拒绝迷信崇拜走向自觉的现代知识分子的品性。陈独秀特立独行的个性在新的历史生态中有了相宜的生成并凸现的条件。他“个性的过强”，精神的“大无畏”，在他的文章中都有清晰的投影。鲁迅称“独秀随感究竟爽快”。②

快意畅情是陈独秀论说性著述的一个主要的特征，这是作者思想无拘情感冲突的一种外化。作者无意做一个传世的文学家，他刻意求取的文章价值在于觉世。他曾说：“著书人的意思，只要有点心得或有点意见贡献于现社会”，“不一定要是传世的作品”。他评论自己的写作，“不但不是文学的作品，而且也没有什么系统的论证，不过直述我的种种直觉罢了；但都是我的直觉，把我自己心里要说的话痛痛快快地说出来，不曾抄袭人家的说话，也没有无病而呻的说话。”③正是在这里，陈独秀的写作精神与现代散文的精神关联了起来。只有“痛痛快快”地说“自己心里要说的话”，才能最大限度活泼泼地凸现出作者与众不同的个性。陈独秀的文章重在说理，内容涉及十分广泛，但不外通过借取域外的新思想，抨击中国的旧道德、旧文学，倡扬文化文学的革命，以创建民主、科学的社会思想文化。正如他自己所说其著作“是社会思想变迁底产物”。④因此，陈独秀的论说文所具有的价值主要体现在思想文

① 王森然：《近代二十家评传》，书目文献出版社1987年版，第223—224页。
② 鲁迅：《两地书·书信·致周作人》，《鲁迅全集》第11卷，人民文学出版社1981年版，第391页。
③ 陈独秀：《独秀文存·自序》，上海亚东图书馆1922年版，第1页。
④ 陈独秀：《独秀文存·自序》，上海亚东图书馆1922年版，第1页。

化史方面。但他的许多论说文并不是一般的关于思想文化的论文，而是一种具有情势的议论性散文。《敬告青年》一篇对青年的人格进行具有现代品质的全新塑造，主张青年应该成为“自主的而非奴隶的”主体，呼唤青年能真正地“青年”其身心。文章的开篇言说青年的意义并不作抽象的言说，而是借象取譬，显得生动而煽情：“青年如初春，如朝日，如百卉之萌动，如利刃之新发于硎，人生最可宝贵之时期也。青年之于社会，犹新鲜活泼细胞之在人身。”作者用五个比喻共同修饰描写论说的对象，本体与喻体之间的关联在于活泼涌动不可扼抑的生命本性，在于求新辞旧的进取之理。

《新青年》一篇可以视为陈独秀议论性散文的代表作。文章着重剖析青年“新”与“旧”的本质差异，据此，论说“青年之精神界”应予关注的基本问题。一如作者其他的论说文字，作为一种思想性的表达方式，原有的那种散文写作规范荡然无存。思想由性而出，语言如同行云流水，行当所行，止于不可不止，体现着一切性情文字的特色。全篇以“青年何为而云新青年乎”的设问紧扣文题而领起全文。在陈独秀看来，“新青年与旧青年”之别，主要在于体魄与精神两端，尤其指后者“旧”青年“美其貌，弱其质……悉秉蒲柳之资，绝无桓武之态。艰难辛苦，力不能堪”。“一旦与世周旋，做官发财思想之触发，无不与日俱深。”这样“青年堕落，壮无能为”。而“新”的青年当“斩尽涤绝……腐败堕落诸青年”的各种腐朽思想，“精神上别构真实新鲜之信仰”。只有这样，青年“始得谓为新青年而非旧青年，始得谓为真青年而非伪青年。”[①]《新青年》这样的文字绝少论理文那种滞涩沉闷之感，作者不常用注重内在逻辑关联的长句、复句，而好用挟着情势的短句。短句与作者思想的跃动相应。

李大钊也是《新青年》杂志的重要作者，他的《青春》《“今”》等篇什是质文兼得之作。《“今”》这一篇深获司马长

---

① 陈独秀：《新青年》第2卷第1号，1916年9月1日。

风高评。司马长风在《中国新文学史》中将李大钊这篇文章与现代“美文”关联起来予以评析。他说：“在诗和小说，我们都很容易找出和鉴定第一批或第一个婴儿，可是散文就相当困难了，若论时间最早应推胡适的‘旅京杂记’（《新青年》一九一八年二月号），但以文字严谨，具周作人所说‘美文’的风味，李大钊写的那篇《‘今’》，应算是最初的一篇散文，虽然是说理形式，但含有抒情成分，刊于一九一八年四月号《新青年》上。”[①]《新青年》倡导文学革命，主张文学形式的变革，但在一段时间内所刊文章仍是用文言写的，只不过是浅近的文言罢了。因此，钱玄同在致陈独秀的信中，指出《新青年》的作者应该身体力行地用白话写作：“我们既然绝对主张用白话体做文章，则自己在《新青年》里面做的，便应该渐渐的改用白话。我从这次通信起，以后或撰文，或通信，一概用白话，就和适之先生做《尝试集》一样的意思。并且还要请先生，胡适之先生，和刘半侬，都来尝试尝试。此外别位在《新青年》里面撰文的先生，和国中赞成做的白话文章的先生们，若是大家都肯‘尝试’，那么必定‘成功’。‘自古无’的，‘自今’以后一定会‘有’。”[②]

经由《新青年》同人的“尝试”，至1918年4月15日，杂志出至第4卷第4号时，所有著述全部采用白话。李大钊的《“今”》就刊发在这期《新青年》上。《“今”》的题旨有关于时间的哲学。作者以为“世间最可宝贵的就是‘今’，最可丧失的也是‘今’。”“过去”“现在”“未来”构成时间的链环：“一掣现在的铃，无限的过去、未来皆遥相呼应。”文章运用含有滋味的语言解说原本颇为抽象的时间范畴，并且通篇以白话分析深邃的哲理，显得畅达通脱。《青春》[③]一篇更是格局寥廓，气象浩大。开篇以自然之象起，呈现一幅广远可人的春之景：“春日载阳，东风

① 司马长风：《中国新文学史》（上），香港昭明出版社1980年版，第69页。
② 《新青年》第3卷第6号，1917年8月1日。
③ 《新青年》第2卷第1号，1916年9月1日。

解冻，远从瀛岛，反顾祖邦，啸杀郁塞之象，一变而为清和明媚之象矣：冰雪冱寒之天，一幻而为百卉昭苏之天矣。”尔后转至人生社会：“致我为青春之我，我之家庭为青春之家庭，我之国家为青春之国家，我之民族为青春之民族。”全篇活动着一种跃然激扬的青春意识。“青春”成为经纬文章的一个核心意象，其中所蕴的正是一种生命的意识。作者面对浩瀚无垠的宇宙，检索逝者如斯的历史，思考生命的真谛。这里的生命，首先是个体的生命，自我的生命，所谓“宇宙无尽，即青春无尽，即自我无尽”。而无尽的自我“立于旋转簸扬、循环无端之大洪流中，宜有江流不转之精神，屹然独立之气魄”。同时也关联国家民族：“人类之成一民族一国家者，亦各有其生命焉。有青春之民族，斯有白首之民族；有青春之国家，斯有白首之国家”。青年与国家民族攸关：“青年之于社会，殆犹此种草木之于田亩也。从此广植根蒂，深固不可复拔，不数年间，将见青春中华之参天蓊郁，错节盘根，树于世界。而神州之域，还其丰穰，复其膏腴矣。则谓此菁菁茁茁之青年，即此方复开敷之青春中华可也。”在《青春》中，我们可以发现李大钊的意域是相当开阔的，而激情又始终洋溢其间。这两者都是由作者情志无所阻滞而生成。以意为主而能情意相生，使《青春》给受众以阅读的快意：

> 青年……进前而勿顾后，背黑暗而向光明。为世界进文明，为人类造幸福，以青春之我，创建青春之家庭，青春之国家，青春之民族，青春之人类，青春之地球，青春之宇宙，资以乐其无涯之生。乘风破浪，迢迢乎远矣……

议论风发，助之以情；情之所至，行文便有了一种气势。从某种角度上观察，中国现代散文的意义也许主要不在于它的文学一面，而在于它所具有的思想文化史价值。从现代散文中，我们可以照见写作主体的精神形态、人格特征，特别是其中的杂文更是如此。杂文以深刻的思想为根柢，而深刻的思想又来源于主体丰裕有容的精神存在。《新青年》与现代散文的关联，从具体的文体而言，主要就是杂文。《新青年》是现代杂文最为重要的一个原点。杂文，在《新青年》这里别有一个称名，即“随感录”。“随感录”是一个栏目的名称，首开于1918年4月15日出版的第4卷第4号《新青年》上，这一期刊发了由陈独秀、陶履恭、刘半农撰写的7篇论议性文字。这一栏目一直保留到第9卷第6号（1922年7月1日）。四年间，《新青年》发表了133篇随感录。其作者有陈独秀、陶履恭、刘半农、钱玄同、周作人、鲁迅、陈望道等10多人，写作数量最多的是陈独秀，共55篇，其次是鲁迅（唐俟）27篇，再次是钱玄同14篇。周作人也发表了5篇。在我看来，“随感录”是由“新青年精神”所孕育的一种成果。作为主体精神的一种物化形式，它见证了一代思想自主者襟怀天下，万事任我评说的那种社会评论家的风采。“随感录”的规模化推出，是现代知识分子开始走向主体自觉的一个显性标志。主体的自觉关键在于主体成为精神自由的思想所有者与表达者。由《新青年》所倡导的“随感录”很快地风行一时。《每周评论》每期都设有“随感录”专栏，由瞿秋白主持的《新社会》从第4卷起增设“随感录”一栏，《晨报副刊》则自1919年9月起开出“杂感”一栏。

这是一个告别“万马齐喑究可哀”之无言局面而见论议沸扬之景的新时代。军阀的割据混战，造成国家统治的某种弱势，欲思想禁锢而不得。而言说自由蔚然成风，最根本的还在于言说者有一种内在的思想表达的冲动，而这又得之于言说者将言说作为他们价值实现重要方式的功利驱动。在现代知识分子这里，通过自由言说进行社会文明批评，正是他们自设的一种角色或职志。由《新青年》所生成的“随感录”热，正可作其时知识分子渴望实现其社会职志的某种表征解。许多时候，知识分子往往是理想主义者，而当他们的理想与其身处的现实发生严重反差时，社会批判就成为他们履行职志的一种基本手段。在《新青年》上发表随感录的作者，大多留学海外过，接受了过西方现代思想的影响。中国与世界先进国家相比在历史进程中所存在的落差，使这些具有新思想的人变得沉重难耐，在寻找造成巨大落差的原因时，他们发现中国的社会体制与文化传统存有严重的缺失。中国要与世界现代文明同行，就必须进行社会改造与思想革命。在这样一种背景中，社会批判、文化批判就成了五四时代一种影响深广的时潮。搅动这一时潮的主要是一批思想文化精英。这样，他们所倚重的一些刊物，自然也就呈现出某种批判的价值取向。

茅盾在《现代小说导论》就揭示了《新青年》批判的特性。他说："民国六七年的时候，好像还没有纯然文艺性质的社团。那时的《新青年》杂志自然是鼓吹'新文学'的大本营，然而从全体上看来，新青年到底是一个文化批判的刊物，而新青年社的主要人物也大多数是文化批判者，或以文化批判者的立场发表他们对于文学的议论。"茅盾用"文化批判"给《新青年》及其同人定性，是颇有见地的。而随感录就是用以"文化批判"的利器，在诸种文体中，随感录尤其适用于履行批判的使命。鲁迅在致许广平的信中，曾指出许广平的"那一首诗，意气也未尝不盛，但此种猛烈的攻击，只宜用散文，如'杂感'之类"。①鲁迅之所以好作并善作"杂感"一类的文字，是因为他以为"杂感"最便于用作"猛烈的攻击"。鲁迅将发表于《新青年》的17篇随感录与发表在孙伏园主编的《晨报副镌》的14篇杂论合辑为《热风》。茅盾在论及《热风》时，指出："杂感集第一的《热风》大部分是剜剔中华民族的'国疮'。"②由此可见，鲁迅作为文化批判者的意义了。

"随感录"的称名寻常素朴，但它得其形神。"随感"者，有感而发而矣，故取材什色，行文随意，无忸怩作态之色，有直面人生社会的真意。作者观照所及，感念所兴，思考所得，形诸文字，

---

① 鲁迅：《两地书·三二》，《鲁迅全集》第11卷，人民文学出版社1981年版，第97页。
② 茅盾：《鲁迅论》，《小说月报》第18卷第11期，1927年11月10日。

便就有了随感录。无所顾忌，任意而谈是随感录体呈现出的一种基本特征。鲁迅在谈到自己写作这一类文体的情由时曾说：“有的是对于扶乩，静坐，打拳而发的；有的是对于所谓‘保存国粹’而发的；有的是对于上海《时报》的讽刺画而发的。”[①]作者之所以能这样任意“而发”，是因为他有一种自由言说的可能与必要。由随感录所反映出的一代知识分子的精神状态，至今依然为人们所津津乐道。他们怀具入世的精神，勇于任事，独立建言，担当起思想启蒙文化重建的历史使命。

鲁迅无疑是随感录作者中最具分量的，他的20多篇论议文字思想之锐敏异于时辈，表达之智性则高人一筹，成为中国现代杂文的奠基之作。鲁迅随感录的题旨大多关涉其时思想文化领域中的重要课题。如《随感录三十三》，针对“最恨科学”者“把科学东扯西拉，羼进鬼话，弄得是非不明，连科学也带了妖气”的捣乱之举，辩说真伪科学，揭露扶乩迷信的种种本相。《随感录五十七》驳斥“高雅的人”对白话的鄙薄，认为他们“明明是现代人，吸着现在的空气，却偏要勒派朽腐的名教，僵死的语言，侮蔑尽现在，这都是‘现在的屠杀者’”。而《随感录三十五》则运用生动的比喻，将守旧派“保存国粹”论予以正中要害的痛击：

> 什么叫“国粹”，照字面看来，必是一国独有，他国所无的事物了。换一句话，便是特别的东西。但特别未必定是好，何以应该保存？
>
> 譬如一个人，脸上长了一个瘤，额上肿出一颗疮，的确是与众不同，显出他特别的样子，可以算他的“粹”。然而据我看来，还不如将“粹”割去了，同别人一样的好。

---

① 鲁迅：《热风·题记》，《鲁迅全集》第1卷，人民文学出版社1981年版，第291页。

这里，作者只用一种十分寻常的现象譬说所谓“保存国粹”的悖理，言近而意远。“国粹”，实则是封建文化的别称，鲁迅作为反对封建文化的斗士，他对“国粹”的拒绝正是为了“保存我们”。“保存我们，的确是第一义。只要问他有无保存我们的力量，不管他是否国粹。”鲁迅的这种论议，直奔问题的关键。他抓住的是有关对象推演的理路，因而使文章显示着一种令人信服的逻辑力量。

“随感录”最为紧要的是作者思想之“随”。思当所思，言当不可不言，无所挂碍，无所惧怕，一切可随心所言。因此，“随感录”别是一种“自由态”。着一个“随”字，便将“随感录”与现代散文的精神贯通了。日本的厨川白村可以说是中国现代散文作家的启蒙者。鲁迅于1924年到1925年翻译出版了他的《苦闷的象征》和《出了象牙之塔》。《出了象牙之塔》中对散文的体性有散文化的描述：

> 如果是冬天，便坐在暖炉旁边的安乐椅子上，倘在夏天，则披浴衣，啜苦茗，随随便便，和好友任心闲话，将这些话照样地移在纸上的东西，就是essay。兴之所至……想到什么就纵谈什么，而托于即兴之笔者，是这一类的文章。①

厨川白村强调的是散文作者应有从容的精神空间与放任自适的心态。“随便”既是散文作者的人生态度，更是他们的一种精神方式。“随便”并不是胡为，而是主体因着精神存储的丰赡与思想的自主而臻至的一种境界。《新青年》“随感录”作者精神的“随便”，直接造就了这一体式的不受矩矱。这样的“随便”仿佛是一

① 厨川白村：《苦闷的象征·出了象牙塔》（鲁迅译），人民文学出版社1988年版，第113页。

颗种子，播种在五四散文的苑圃里，生长出了一种令人向往的文学风景。

《新青年》是酿造现代散文精神的一个渊薮。作为一个精神源头，它倡扬的个性主义的立人思想，为现代散文作家构建了全新的人文观念，为他们确立自身的主体性获得了一种理性的支撑。人的发现与确认，使文学的现代性呈现成为可能，而于散文意义更为直接。萨特曾经指出："写作的自由包含着公民的自由，人们不为奴隶写作。散文艺术与民主制度休戚相关，只有在民主制度下散文才保有一个意义。"①萨特的表述意指着散文与主体的精神自主的内在关联。民主的精神，从某种意义上说也就是一种自由的精神，而自由精神正是现代散文最为重要的文体精神。《新青年》对个性主义的崇尚，滋养的正是有利于促成现代散文作家成长的自由精神。这种精神经由周氏兄弟薪传得以发挥光大。

鲁迅与周作人亲自参与了《新青年》自由精神的创建，并且他们又以在《新青年》上的写作实践张扬了这种精神。周氏兄弟后来二水分流，走向不同的文学道途。但他们又各自成为中国现代散文史上领军人物。鲁迅的钟情于杂感，周作人的偏爱于美文，应是各得其所的选择，这原是联通着《新青年》的基本精神的。鲁迅将思想之自由施之于外，以杂文作文化批评的方式，尽着一个作家的社会责任；周作人从"叛徒"演化为"隐士"，致力于从容的个体精神世界的建构，以美文来调制生活的滋味。鲁迅与周作人的方式，体现了现代散文的多样性的形态。而作家个人性的被强化正是造就这种多样性散文形态的主要原因之一。这样我们所见的现代散文就如朱自清所说的那样，"确是绚烂极了"：

有种种的样式，种种的流派，表现着，批评着，解

① 萨特：《为什么写作》，收入戴维·洛奇编《二十世纪文学评论》（下），上海译文出版社1993年版，第29页。

释着人生的各面，迁流曼衍，日新月异：有中国名士风，有外国绅士风，有隐士，有叛徒，在思想上是如此。或描写，或讽刺，或委曲，或缜密，或劲健，或绮丽，或洗炼，或流动，或含蓄，在表现上是如此。[①]

① 朱自清：《论现代中国的小品散文》，《文学周报》第345期，1928年11月25日。

四、《语丝》：现代散文文体的自觉

《语丝》周刊，它的命名带有些游戏的色彩。主事者之一的周作人曾说："刊物的名字的来源是从一本什么人的诗集中得来，这并不是原就有那一句话，乃是随便用手指一个字，分两次指出，恰巧似懂非懂的还可以用。"[①]但正是这样的一个刊物，成为中国现代散文发展史上的一个重要的生长点，一方使散文成为亮丽风景的苑圃。《语丝》文备众体，诗歌、小说、戏剧等各种样式都有刊发，但散文类的文字无疑占了其中的多数。《语丝》促成了散文的发展，而散文生成了《语丝》的文学史价值。

如果说《新青年》于散文而言，主要在于它酿造孵化了生成散文现代性所需的某种精神，具有某种精神性的意义，那么《语丝》就在整体上使这种散文成为一种可观的实在，使精神性物化为一种具体可感的形态，具有一种重要的实在性价值。《语丝》是促成中国现代散文走向成熟的一个创作基地。它以规模化的散文创作的优势，充分显示着新文学运动的实绩。《语丝》的存在，表示散文由古典形态向现代形态转型进程的完成。《语丝》集聚成一个规模相当壮大的作家群体——"语丝派"。在《语丝》第3期中缝曾标示了撰稿的阵营："本刊由周作人、钱玄同、江绍原、林语堂、鲁迅、川岛、斐君女士、王品清、衣萍、曙天女士、孙伏园、李小峰、淦女士、顾颉刚、春台、林兰女士等长期撰稿。"就实际情形看，如鲁迅所说，所谓"语丝"社员并不十分固定，"中途出现的人，则在中途忽来忽去"[②]，由此可见与《语丝》有关的作家是相当多的。他们中的许多人，由《语丝》时期的散文创作而使其成为现代散文史上的不可或缺的作家。阿英1935年3月由上海光明书局

---

① 周作人：《〈语丝〉的回忆》，收入贾植芳主编《中国现代文学社团流派》（上），江苏教育出版社1989年版。

② 鲁迅：《我和〈语丝〉的始终》，《萌芽》月刊第1卷第2期，1930年2月1日。

出版的《现代十六家小品》，入选对象与《语丝》作家有关者就有周作人、俞平伯、朱自清、钟敬文、鲁迅、林语堂等。发表于《语丝》的散文作品《鸟声》（周作人）、《执政府大屠杀记》《太湖游记》（钟敬文）、《论“他妈的”》《再论雷峰塔的倒掉》《纪念刘和珍君》（鲁迅）等被作为代表作录入《现代十六家小品》中。由赵家璧主编，于1935年8月初版的《中国新文学大系》，内含两集散文，分别由周作人和郁达夫选编。入选作家33人，收录作品202篇，其中半数作家与《语丝》有所关联。

（一）“自由说话”与“语丝体”

《语丝》的创刊是一件偶然之中蕴有必然之意的文学史事件。就其表象而言，带有某种偶然性。这种偶然性与孙伏园直接相关。对此孙伏园在《京副一周年》中曾有具体的叙述。孙伏园任《晨报副刊》的编辑，鲁迅“是由他个人来约，投些稿件的人”，因为鲁迅与孙伏园有着师生关系，所以鲁迅“似乎也颇受优待”，“稿子一去，刊登得快”。[①]但1924年10月间，因为已经排成大样的鲁迅的《我的失恋》被抽掉，孙伏园“少年的火气，实在有些按捺不住了”，便与代理总编辑刘勉已发生冲突，由此，孙伏园“便辞去《晨报副刊》的编辑了”。《我的失恋》如鲁迅所说：“不过是三段打油诗”，“是看见当时‘阿呀阿唷，我要死了’之类的失恋诗盛行，故意做一首用‘由她去罢’收场的东西，开开玩笑的。”[②]

但《语丝》的创刊又是必然的。《语丝》诸类可以视作知识分子建构自己话语权力的一种象征。现代作家与古代作家的价值生成方式有着诸多的差异。现代作家不再以一种“藏之名山，以俟来者”的心态去写作，求取自给自足式的写作价值。媒体如报纸、期刊等，在现代作家创作价值实现的诉求中具有特别重要的意义。

---

① 鲁迅：《我和〈语丝〉的始终》，《萌芽》月刊第1卷第2期，1930年2月1日。
② 鲁迅：《我和〈语丝〉的始终》，《萌芽》月刊第1卷第2期，1930年2月1日。

言说，是知识分子身份的一种证明，但这种言说并不是一种私语，其功能在传播的过程生成。这样，现代作家就特别需要有一方适宜他们言说的论坛。五四是一个生风起潮的年代，但风潮渐息。这对于曾经思想过的或向往着自由思想的文化人而言，是一个难耐的时段。鲁迅对此的体验是非常深切的。他说："在北京这地方，——北京虽然是'五四运动'的策源地，但自从支持着'新青年'和'新潮'的人们，风流云散以来，一九二〇年至二二年这三年间，倒显着寂寞荒凉的古战场的情景。"[①]《新青年》等报刊曾是知识分子放飞精神的居所，但社会演进所产生的引力使得它的同人朝着各自设定的方向行进，由此文化的《新青年》也随之解体。孙伏园主持的《晨报副刊》对失去话语园地的文化人具有一种补偿功能，但孙伏园的突然辞职，使得这一种补偿被搁置。这一事件在鲁迅这里"心上似乎压了一块沉重的石头"。这不仅因为事关自己，自有一种歉意，而且更在于丢失了话语载体而致一种落寞。这种看似寻常的事件，却在当事人与相关人心中造成了深度的震荡。"这在二十年代的中国文坛上，是件大事。"[②]由此可见，话语阵地的构筑对于作家所具有的特殊意义了。

正因为这样，鲁迅、周作人他们在孙伏园辞职不久，就立即支持他创办新的刊物。鲁迅表示"愿意竭力'呐喊'"，周作人、钱玄同等直接参与了《语丝》的筹办，孙伏园、李小峰、川岛则"夹着《语丝》沿街叫卖"。他们的这种热情很大程度上来源于对"自办"刊物的看重。因为言说自由本是现代作家的一种宿愿。孙伏园的辞职与其说是一种遗憾，倒不如说是为作家走向独立的主体创造了一种机遇。"在孙伏园辞去《晨报副刊》的编辑以后，有几个常向副刊投稿的人，为便于发表自己的意见不受控制，以为不如自己来办一个刊物，想说啥就说啥。于是由伏园和几个熟朋友联

① 鲁迅：《中国新文学大系·小说二集导言》，上海良友图书公司1935年版。
② 孙伏园：《京副一周年》，《京报副刊》合订本第13册。

系……决定出一个周刊，大家写稿，印刷费由鲁迅先生与参与者分担。”[①]就这样，一个将对现代散文史产生重要影响的刊物应运而生了。

《语丝》的创刊及其存在，表征着现代散文开始走向一个自觉的时代。《新青年》前期新文学运动的贡献更多地在于对旧文学的破坏；充分显示新文学实绩的，则在1920年以后，整体上的新文学建设由此发端。从语言工具而言，白话的运用已为大家普遍接受，报刊相继都改用了白话文。白话文学不仅在数量上相当可观，而且质的提升也可显见。“一九二一年以后的新文学作品，已脱出文学革命时期的粗造滥制，幼稚芜杂，量的扩展已达到饱和，开始致力于质的提高。可以说是顺利成长的时期。”[②]单就散文一体视之，这个时期现代的文体意识渐次生成。《语丝》时代，散文体的意识不再仅是少数“先觉者”所具有，而为一定的群体所觉悟体认。这不是我们的一种臆想，而由“语丝”派对“体”的讨论的史实而昭示的。“语丝社同仁对‘语丝体’展开了讨论，这是在20世纪里散文批评家第一次自觉地、有意识、有目的地围绕现代散文的‘体’所进行的批评活动。”“对‘语丝体’散文的评论，表明了散文批评家的‘体’意识强化和对散文的尊重……‘语丝体’散文的讨论标志着中国现代散文批评也进入了自觉时代。”[③]范培松的这种判定揭示了史实所蕴有的史意。需要指出的是参与“语丝体”讨论的散文批评家，并不是局外的研究者，而是“语丝体”的创建者。因此他们的讨论不仅表示了现代散文批评进入了自觉的时代，而且也是现代散文创作走向自觉时代的一个重要标志。批评家“体”的意识的自觉导源他们作为散文作家对这一文类质性获得了深切感悟与体认。批评的自觉基于创作的自觉。

“语丝体”的讨论是由孙伏园引起的。他于1925年10月27日，

---

① 川岛：《说说〈语丝〉》，见《和鲁迅相处的日子》，四川人民出版社1979年版。
② 司马长风：《中国新文学史》（上），香港昭明出版社1980年版，第12页。
③ 范培松：《中国散文批评史》，江苏教育出版社2000年版，第19—20页、22页。

也就是差不多在《语丝》创刊一周年的时候，给周作人写信提出“语丝体”的命题。信以《〈语丝〉的文体》为题刊发于《语丝》52期上。孙伏园以编辑的职业敏感首先发现《语丝》杂志“体”的存在。他以为：“《语丝》并不是在初出时有若何的规定，非怎样怎样的文体便不登载。不过同人性质相近，四五十期来形成一种《语丝》的文体”，它“只是一种自然的趋势”。孙伏园并没有直接给出有关语丝体征的命名或描述，这大约是为展开讨论留出足够的空间罢了。不过从其间透露出的信息，我们还是可以知晓孙伏园所体认的《语丝》作法的。他认为，在《语丝》这里，“我们最尊重的是文体的自由，并没有如何规定的”。“我想先生的主张一定与我是一样的。先生一定说：那一位爱谈政治，便谈政治好了，那一位爱谈社会，便谈社会好了；至于有些人以为某种文体才合于《语丝》，《语丝》不应登载某种文体，都是无理的误会。”将孙伏园的这些表述作化简处理并提炼其中的要意，我们可以得知：自由随意便是孙伏园认知的“语丝”体征。

自由随意的体征，在我看来，正是《语丝》同人实践创刊初衷的一种结果。感受着不自由之不快的创刊者，对自主自由的求取显得特别的强烈。这从由周作人执笔的《发刊辞》中可以发现这一点。这一篇《发刊辞》就其大旨而言，无疑就是一群作家，文化人发出的关于自由的宣言：

> 我们几个人发起这个周刊，并没有什么野心和奢望。我们只觉得现在中国的生活太是枯燥思想界太是沉闷，感到一种不愉快，想说几句话，所以创刊这张小报，作自由发表的地方。
>
> 我们并没有什么主义要宣传，对于政治经济问题也没有什么兴趣，我们所想做的只是想冲破一点中国的生活和思想界的昏浊停滞的空气，我们个人的思想尽自不同，但对于一切专断与卑劣之反抗则没有差异。我们这个周刊的

主张是提倡自由思想，独立判断，和美的生活。

由上申明可以知道，“自由思想”“独立判断”“美的生活”，正是《语丝》同人对于理想中的人格与文体的一种设定和预约。“自由思想”与“独立判断”，反映了经过“五四”洗礼的知识分子，他们对自身现代性内涵的理解与求取；“美的生活”则表明刊物对于文学艺术的亲和，对于纯然的政治经济话语的远离，对读者提示着《语丝》的性质。这里最重要的就是对于自由的求取。

大体说来，“体”的生成表示着某种风格的形成，或可认为是一种文体成熟的标志。在孙伏园提出“语丝体”的话题后，周作人、林语堂随即就作出了回应。他们的表述自然有差异，但对“语丝体”的特质——“语丝”精神的指认却是近似的。周作人在病弱中回复孙伏园的来信。复信以《答伏园论“语丝”的文体》为题刊发于《语丝》第54期上。他强调《语丝》的“目的只在让我们可以随便说话，我们的意见不同，文章也各自不同，所同者只是要不管三七二十一地乱说”。周作人没有从学理的层面上对“语丝体”作出界定，而是以散文化的语言对其作出可以意会的描述：“《语丝》还只是《语丝》，是我们这一班不伦不类的人借此发表不伦不类的文章与思想的东西，不伦不类是《语丝》的总评，倘若要给他下一个评语。”周作人给出了“不伦不类”一词论评《语丝》之人之文。“不伦不类”其内蕴的意义就是不受矩矱，随心而为，因而它可以被“自由”一词置换，其所意指的也就是“随便说话”。周作人似乎并不关注“语丝体”的形式特征，他最为着意的是“语丝体”的内在精神品质。文体的精神品质实际上也就是主体的精神品质。周作人看重的是主体人格的独立与由此生成的精神风度。在周作人看来，主体只有秉持了独立的人格，在写作时才会“大胆与诚意”。“大胆与诚意”是无所羁绊的散文作家具有的一种精神风度。散文实际上是作家精神风度的一种语言物化形式。

林语堂也参与了“语丝体”的讨论，他在《插论〈语丝〉的文体——稳健，骂人，及费厄泼赖》一文中，先引述周作人文章中的要点，表示对此的认同，继而“插说”自己对“语丝体”的阐释。对于“语丝体”体征精神的认识，林语堂与周作人、孙伏园并无两致。他“插说”的要旨是分析《语丝》文体形成的“二大条件”，并由此强化文学个人化的意义。林语堂以为刊物要成为作者得以自由言论的说苑，就应该兼容作者种种的“偏见”。在他看来，“惟有偏见乃是我们个人所有的思想，别的都是一些贩卖，借光、挪用的东西。凡人只要能把自己的偏见充分地诚意地表示都是有价值，且其价值必远在以调和折中为能事的报纸之上”。据此，他“主张《语丝》的朋友只好用此做充分表示其‘私论’，‘私见’的机关”。林语堂将通常视作贬义词的“偏见”反转作褒义的处理。“偏见”的褒义化，是林语堂从“偏见”中取出了“个人性”的内涵。这里的“偏见”表示着因自由而得创见，表示着话语主体对公共话语的规避，对私人话语的求取。“语丝体”的随意并不是从俗，而是意指作文的自出机杼，排拒庸言。因此，这一等值于“个人性”的“偏见”，从一个独特的角度解析了包括“语丝体”在内的现代文学应具有的现代性品格。

除操守“偏见”外，林语堂认为《语丝》文体形成的第二个条件就是“我们绝对要打破‘学者尊严’的脸孔，因为我们相信真理是第一，学者尊严不尊严是不相干的事。即以骂人一端而论，只要讲题目对象有没有该骂的性质，不必问骂者尊严不尊严”。林语堂所示第二个条件与前者所谓“偏见”的条件之间有着内在的关联。偏见的禀具需要言者有一个个人的立场；而个人立场的坚守就需要主体有一种我爱吾师，我更爱真理的理性精神。只有破除了迷信、盲从的心理，言者才会取得属于他个人的“偏见”。因此，这种“偏见”应是持之者由精神自主自由而得的一种结果。

鲁迅是在《语丝》差不多自动停刊的时候，对“语丝体”特征作出归结的。他写有《我和〈语丝〉的始终》一文，对这一刊物的起讫变化的情形进行比较具体的叙述。论及《语丝》的特色时，鲁迅说："这刊物本无所谓一定的目标，统一的战线；那十六个投稿者，意见态度也不相同……但同时也在不意中显了一种特色，是：任意而谈，无所顾忌，要催促新的产生，对于有害于新的旧物，则竭力加以排击。""任意而谈，无所顾忌"这八个字是对"语丝体"特色所作的非常贴切的概括。鲁迅的这一概括其要意和周作人、孙伏园、林语堂所指认的是一致的。由此可见，在这些《语丝》派同人的意域中，没有比精神自主对于散文作家更为重要的了，他们对现代散文的基本精神有一种认同。我们之所以指认《语丝》为现代散文走向自觉的标志，是因为在我们看来《语丝》作家普遍地具有一种明晰的现代散文观念。

（二）作为以"批评为主"的周刊

《语丝》作为作家的一个自由论坛，散文作为作家精神之流的一种载体，两者是颇为相得的。这种相得，使现代散文在《语丝》时期获得了全面的发展。这种全面发展表现在散文文体的类型方面，《语丝》它建构了现代散文的基本格局，杂感形态与美文形态成为散文格局中的两种主要的存在形式。《语丝》的《发刊辞》中明确地表示："周刊上的文学大抵以简短的感想和批评为主，但也兼采文艺创作及关于文学美术和一般思想的介绍与研究。"由于《语丝》作家的积极实践，杂感与美文同时得到了长足的发展。

《语丝》无疑是一份注重进行社会批评和文化批评的周刊，所以，杂感一体的写作自然更为作家所重。《语丝》作家发表了大量的杂感，鲁迅计有70多篇，周作人有100多篇，林语堂、钱玄同、刘半农、章衣萍、川岛等也是《语丝》重要的杂感作家。鲁迅所说的"任意而谈，无所顾忌"，指说的主要就是杂感写作。《语丝》上的杂感，在精神上继承了《新青年》的"随感录"。《语丝》对新事的催促，对旧物的排击，对"一切专断与卑劣"的反抗等，无不承接了《新青年》的基本品格。这种承接对于《语丝》杂感作者而言是十分自然的事情。因为鲁迅、周作人、钱玄同、刘半农等本来就是《新青年》“随感录”的主要的或重要的作者。《语丝》对杂感的重视，体现在栏目的设置上，可见它像《新青年》一样也设有“随感录”一栏且设置的时间很长，始设于创刊时的第2期，终刊前2期，即第5卷第50期还发表随感录2篇。在“随感录”栏中发表的文章总计230篇以上。此外，《语丝》还推出“我们的闲话”“大家的闲话”专栏，分别刊载本社同人和社外作者的杂感，另有“闲话集成”“闲话拾遗”等。对于杂感的着力倡导，使这一体式的写作颇成气候。

作家对文体的择取，并不只是对某种形式的选择，它实际上关涉着作家对写作价值取向的认定，对一定的意识形态的主观倾向。从某种意义上说，作家选择杂感（杂文）这一文体，也就意味着他取重的是写作的“觉世”功能，意味着他对现实意识形态，特别是主流形态持一种批评的态度。现代杂文文体的重要源头应是晚清风行一时的“报章体”政论，其时梁启超亲炙这一文体，写作了大量的“别有一种魔力”的论评性文字，“开文章之新体，激民气之暗潮”。梁启超通过这种写作，宣泄着一个改良主义思想家的一腔政治激情。《新青年》时期陈独秀、鲁迅等大量写作“随感录”，以此表示着知识分子对现实社会的关注，表示着对当时社会主流意识形态进行解构的努力。由杂感的文体流变史中，我们可以发现这一文体已被附加了某种意识形态的质性。

《语丝》作家充满热情地写作杂感，这说明他们注意从写作与社会的沟通关联中实现自身的价值。杂感之“感”从作者观察社会、人生，思考现实、历史中得来，写作杂感需要作者怀具一种社会责任感。杂感又不应是一种包蕴甜味的文体，文体的意义在作者论议批评对象的过程中生成。它是一种应有风骨的文体。《语丝》的杂感作者与梁启超、陈独秀、李大钊等有所不同，他们只是作家，是一群文化人，而不是政治家，或具有政治激情的人。他们更多的是站在作家或者说人文知识分子的立场进行社会批评、文明批评，这种批评是个体的，而不是阶级的、集团的，是自由知识分子对社会作出的一种自由言说。同时，因为是在写作杂感，所以他们不能像艺术派作家可以远离政治，营造个人艺术天地；作为社会派、人生派作家对社会政治进行观察、思考。政治往往是社会现实存在中的结点，杂感作家往往有一种试图打开这种结点的驱动力。

《语丝》杂感就取材题旨而言，约有社会批评、文化批评两类。前者主要针对现实中的政治性事件进行论议，后者侧重于对思想文化领域的情由作出批评。

作社会批评的杂感，体现了作者鲜明的反对封建主义和帝国主义的态度。钱玄同的《恭贺爱新觉罗·溥仪君迁升之喜并祝进步》，周作人的《致溥仪君书》等篇是就末代皇帝出宫所发的议论，内中洋溢着因反封建取得胜利而感觉到的喜悦之情。在他们看来，溥仪出宫不只是他本人“回到自由的天地里去”，而更是封建政制终结的一个标志，他们与其说是恭喜“爱新觉罗·溥仪君从此超出帝籍，恢复他固有的人格和人权了”，毋宁说是在庆祝反封建大业的成功。《关于反抗帝国主义》《日本人的好意》等感触的也是政治话题。钱玄同有感于“五卅惨剧”的发生，为如何保国图存而激扬文字：

> 不爱中华民国，国必亡！甘愿托庇于“洋大人”之胯下，国必亡！守住已死的“鸟国粹”，国必亡！拒绝现代的文化，国必亡！要不亡国，除非由有脑筋的人们尽力去做“唤醒国人”的工作，使国人把这种亡国的心理反过来。[①]

周作人对日人《顺天时报》对李大钊烈士的恶意中伤加以驳诘。《顺天时报》的短评诬称李大钊不肯“自甘淡泊”而“作非分之想”，结果“担了许多的罪名，有何值得”。李大钊与周作人曾

---

① 钱玄同：《关于反抗帝国主义》，《语丝》第31期，1925年6月15日。

是《新青年》的同人，周作人对李大钊被害自有一种痛悼之情，而见烈士遭致污蔑，便有一股怒不可遏之气了：“《顺天时报》上也登载过李大钊身后萧条等新闻，但那篇短评上又有‘如肯自甘淡泊，不作非分之想’等语。我要请问日本人：你何以知道他是不肯自甘淡泊，是作非分之想？如自己报上的记载是事实，那么身后萧条是淡泊的证据，还是不甘淡泊的证据呢？日本人的汉字新闻造谣鼓煽是其长技，但象这样明显的胡说霸道，可以说是少见的了。”“日本人不妨用本国的文字去发表谬论或非谬论，但决用不着他们用了汉文写出来教训我们。”[①]《日本人的好意》以严辞厉句直逼对象，体现出周作人作为斗士一面的精神。论议的“无所顾忌”正是“语丝体”特色的写照。周作人后来成为汉奸为人不齿，但周作人也曾抨击过日人的悖谬。这就是历史的种种了。

《语丝》作家对于专制的抗争，最为可圈可点的篇章，是他们对于“三·一八”惨案制造者段祺瑞执政府暴行的批判。这是《语丝》作家的一次集体出场，张定璜的《檄告国民军》、林语堂的《悼刘和珍杨德群女士》、鲁迅的《纪念刘和珍君》《无花的蔷薇之二》、周作人的《关于三月十八日的死者》《新中国的女子》、朱自清的《执政府大屠杀记》、陆晶清的《从刘和珍说到女子学院》等大量的文章，彰显牺牲者的品行，揭露专制者的残暴，具有很强的战斗性。在这些文章中，作者与被害的烈士一样表现得无所畏惧，把批判的矛头直接指向专制独裁者。张定璜直截了当地点出戕害年轻生命的凶手：“在首都里，在光天化日之下……洁白的青年饮弹而死了，死在堂堂的中华民国国务院前面，死在中华民国政府的卫兵手里！”林语堂指骂统治者是“亡国官僚瘟国大夫”，朱自清则以激语表达一腔愤懑：“我们国民有此无脸的政府，已何以自容于世界！——这正是世界的耻辱呀！”历史事件本身似乎已被尘封，但《语丝》作家的这些文字所见证的一代知识分子守

---

① 周作人：《日本人的好意》，《语丝》第131期，1927年5月14日。

望正义批判邪恶的精神却依然风采照人。

《语丝》杂感中，旨在进行文化批评的占了多数。《语丝》原是一班文化人的天下。文化人对于各类文化事象有一种职业性的敏感，他们所奉行的自由言说的主张，使他们得以比较从容随意地论说文化人物、文化事件。这足以体现出他们对文化的某种关怀精神，而这种关怀对于当时的文化界（知识界）来说是十分需要的。正如在场者林语堂所说的那样："记得民国六七年，《新青年》时代，我们的知识界是一致革命的，不打算荏苒十载，今日已是民国十五年，不但思想革命没有弄成功，知识界方面自己软了腿，一方面讲革命，一方面正在与旧势力妥洽。"[①]由这个背景可以看出，《语丝》同人对于文化批评的执着，是因为这些《新青年》时代的前卫或受其时新思想洗礼过的知识者有意于以推进思想革命为己任。因此，文化批评类的杂感其基本主题就是对封建旧文化、旧道德及其相关者的批判。

对封建文化的批判，在鲁迅这里是一如既往的。发表在《语丝》创刊号的《论雷峰塔的倒掉》是一杂文名篇。鲁迅由雷峰塔倒掉的新闻展开联想议论。作者巧妙地从民间传说的演绎中，提取出反对专制，倡扬反抗的精神。《看镜有感》一篇由"翻衣箱，翻出几面古铜镜子来"的琐事起兴，从"海马葡萄镜"的由来，"遥想汉人多少闳放"的开放求新的气魄。鲁迅以"镜"作为回溯历史的线索，展开历史的情境并与现实的某些景况相对照，其显见的用意在于批评文化保守主义。当时文化上的复古倾向触目皆是。"许多雅人，连记年月也必是甲子，怕用民国纪元。"而在鲁迅看来，"要进步或不退步，总须时时自出新裁，至少也必取材异域，倘若各种顾忌，各种小心，各种唠叨，这么做即违了祖宗，那么做又像了夷狄，终生惴惴如在薄冰上，发抖尚且来不及，怎么会做出好东西来。所以事实上，'今不如古'者，正因为有许多唠叨着'今不

---

① 林语堂：《讨狗檄文》，收入张梁编《〈语丝〉作品选》，人民文学出版社1988年版。

如古’的诸位先生们之故。”鲁迅认为应该“放开度量，大胆地，无畏地，将新文化尽量地吸收”。[①]

（三）“语丝”杂感的艺术化

《语丝》之于杂感有一种定体的意义，这是可以显见的。杂感在《新青年》那里发轫，当时的作者也不少，而以鲁迅的成绩为最著。但整体上还没有形成一种文体的风格。《语丝》同人讨论“语丝体”，以自由随意作为“语丝体”的基本精神。这里所说的“语丝体”，实际上主要是指“任意而谈，无所顾忌”的杂感。仅就这一点而言，《语丝》杂感与《新青年》同类文字的内在精神是相贯通的。在我看来，《语丝》对于杂感所具有的定体意义，在于由这一文体内在精神而衍化出了一种基本的文体风格。在《新青年》时期，“随想录”一类的文字，更多的是一种议论，而到《语丝》时代，它已成为艺术化了的论议，成为一种呈现着某种风格的文体存在形式。这种风格概而言之就是泼辣与幽默。泼辣与幽默风格的形成，使杂感差不多成为一种文学化的体式。

对《语丝》杂感的这种风格，文学史家陈子展在《最近三十年中国文学史·文学革命运动》一节中已有指称，他认为，“语丝文体”“有生辣的深刻的批评文”，这些文章“最富于俏皮的语言，和讽刺的意味”。曹聚仁有大意近似的表达。他说：“《语丝》在北京创刊之初，也只是那一伙人的一时即兴之作，没有一定的文艺形式。到了周年纪念增刊上，他们才想到《语丝》的文体，他们那一伙人，有意无意之中形成了一种文章风格，比较注意风趣，对社会人生，采取了讽刺批评的态度，其间，就有着幽默的文字。”[②]《语丝》上的杂感文作为一种社会批评、文化批评的文字，它当然需要体现出批评的深刻。但这种深刻不同于纯粹的思想家或政治家

---

① 鲁迅：《看镜有感》，《语丝》第16期，1925年3月2日。

② 曹聚仁：《我和我的世界》，转引自施建伟《中国现代文学流派论》，陕西人民出版社1986年版，第175—176页。

的文本主要依靠逻辑推演的方式实现，而是以一种作家的方式展呈的。《语丝》杂感的“泼辣”或“生辣”，既意指这一文类内含的深刻，思想的犀利，又表示其表达上所形成的一种风致。作者对讽刺幽默等手法的娴熟的运用，又直接作用于《语丝》杂感“泼辣”风格的生成。讽刺不仅是一种表达的形式，更显现着主体的一种态度，在将“批评”作为基本功能的杂感中，讽刺就变得不可或缺了。但这种讽刺不应该是骂街式的，而应该成为作家智慧的表征，就是说讽刺作为一种艺术存在着。从“语丝派”的杂感中，我们可以看出他们已经作出了努力。讽刺与幽默的相生，既反映出作者基本的价值取向，又凸现着他们的精神形态。

《语丝》杂感是战斗的，鲁迅的写作对此作有极好的注解。文学的功能有种种，作家的生存方式也不一而足。但是作家存在的重要意义就在于他们是作为人类正义、人道的代言人、守望者而出现的。他对人类基本精神的诉求，需要其对一切反人类、反人性的邪恶作出批判。鲁迅作为这一类作家中的一个典型，以对反动的主流的意识形态的颠覆以及对一切戕害人性自由、践踏人道规范的抨击作为自己的使命。这些使他成为一个知识分子类型的作家。鲁迅的“语丝”杂感塑造了作者这样的一种形象。这是《无花的蔷薇之二》中文字：

> 中华民国十五年三月十八日，段祺瑞政府使卫兵用步枪大刀，在国务院门前包围虐杀徒手请愿，意在援助外交之青年男女，至数百人之多。还要下令，诬之曰“暴徒”，如此残虐险狠的行为，不但在禽兽中所未曾见，便是在人类中也极少有的，除却俄皇尼古拉二世使可萨克兵击杀民众的事，仅有一点相象。[①]

① 《语丝》第72期，1926年3月29日。

鲁迅在这篇文章的末尾对写作日期作有特别的标注："三月十八日，民国以来最黑暗的一天，写。"所谓"最黑暗的一天"，也就是军阀统治者残害年青生命的一天。面对专制的淫威，种种的人士或缺席退避，或缄默沉寂。甚至有人性异化者诬陷无辜，为独裁者鼓舌。这是一个亟须良知公理出场的时刻。《语丝》作家集体登台了，他们以极其沉郁而犀利的笔墨抨击军阀政府的天良沦丧。鲁迅在这里表现了战将的无私无畏的精神。面对专制暴行已无丝毫的怯懦，有的就是不吐不快的入木三分的揭露。这些文字，将鲁迅作为一代人文知识分子杰出代表的品格雕刻得棱角分明。

《语丝》杂感又是艺术的。作者普遍地运用讽刺幽默的手法论事析人，这样不仅使读者感受到作者思想之剑的锐利，而且也由作者思想表达的机巧而生出无限的趣味。就内容而言，"语丝体"大多是比较严肃的，但许多时候作者能从中调制出一种所谓的"幽默味"来，对《语丝》的幽默化，曾有人持有异议，对此周作人却颇不以为然。他在致一位叫伯亮的通信中说："来函说《语丝》大多滑稽分子，有变成《晶报》之虑，盛意可感。有好些人都这样说，所以你的话大约是对的，但是我却不是这样想。我以为滑稽不论多少，都没有什么妨碍，只要有人会说，有人会听。我只觉得我们不很能说'为滑稽的滑稽'，所说的大抵'为严正的滑稽'……"[①]周作人所说的"严正的滑稽"正好道出了《语丝》幽默的性质。

《语丝》同人对幽默有一种偏好。在我看来，这是有关于他们的艺术志趣的。其中的林语堂是以倡导散文幽默而出了名的。同时又与《语丝》这一群体的构成是分不开的。《语丝》同人是一群自由知识分子，他们创办《语丝》是因为他们认为"自由发表文字的机关之不可少"，有了自由的论坛，他们就有了"随便说话"的方便。幽默是主体性情的放射，是其情志丰腴从容的表征。鲁迅曾对幽默颇有微辞，但他反对的是那种"为笑笑而笑笑"的幽默，是

① 《语丝》第8期，1925年1月5日。

在“风沙扑面，狼虎成群的时候”，将幽默小品作为“小摆设”的作派；[1]对“严正的滑稽”，鲁迅不仅认可，而且在写作中多有操行。他在《从讽刺到幽默》一文中对幽默的发生作有说明：“人们谁高兴做‘文字狱’中的主角呢，但倘不死绝，肚子里总还有半口闷气，要借着笑的幌子，哈哈的吐他出来。笑笑既不至于得罪别人，现在的法律上也尚无国民必须哭丧着脸的规定，并非‘非法’，盖可断言的。”[2]这一段表述本身也够幽默的了。

周作人是娴熟于幽默手法运用的高手。《上下身》可谓是周作人幽默杂感中的代表作。这篇文章的主旨是讽刺“贤人”的假正经，批判封建礼教的荒唐悖谬。人的身体本是一个不可分割的整体，但“贤人必强分割之为上下身，——大约是以肚脐为界”。“上下变而为尊卑，邪正，净不净之分了：上身是体面绅士，下身是‘该办的’下流社会。”作者竭力将此作荒诞化的处理；“平时沐浴时候（幸而现在贤人们还不很多），要备两条毛巾两只盆两桶水，分洗两个阶级，稍一疏忽不是连上便是犯下，深于德化有妨。”[3]这里周作人设置了颇具喜剧效果的情景。荒诞的情景是虚拟的，而礼教的荒唐却是实然存在的。读者从作品幽默快意的感悟中获得联想，思考“圣道”“德化”的可笑可鄙。林语堂于幽默的运用，常常是信手拈来，涉笔成趣，而趣中又有深意。《谬论之谬论》[4]文题就含有幽默的意味。作者针对“遗老与遗少反对学生爱国运动的论调”进行驳论。遗老或遗少者言，学生应该“勿谈政治”“闭门读书”“读书救国”，林语堂的驳论不作逻辑文的三段论式的推理状，而是用一种近似说笑的方式，将驳诘对象的某种“非理”性状凸现出来，从而收到类似于“归谬”论证的效果：

---

① 鲁迅：《南腔北调集·小品文的危机》，《鲁迅全集》第4卷，人民文学出版社1981年版，第576页。

② 《申报·自由谈》，署名何家干，1933年3月7日。

③ 《语丝》第12期，1925年2月2日。

④ 《语丝》第52期，1925年11月9日。

> 学堂是学堂，人生是人生，学生“唯一的职务”是闭门读书，“人们”才可以闭门救国。“人们”犹如田鸡，学生犹如tadpole（蝌蚪），“人们”犹如一种灯蛾，学生却只是一种larva（幼虫），这些“拉微哀”于未成灯蛾时也只好听其“拉微哀”而已。所可虑者灯蛾仍旧要由“拉微哀”变来，倘是未毕业的学生可以“闭门念书”，除非continuity of personality（人体的连续发语）忽然停止……

作者在这里表达的本意是不该人为地限定哪类人可谈政治，哪类人不可谈政治。但他并不直说，而是取譬述理。在他看来人为地划分人的类别无异将人视作田鸡、蝌蚪、灯蛾、幼虫。调侃中自有一种讽刺的意思。

（四）“语丝”与现代散文的格局

我们指认《语丝》为现代散文文体自觉的代码，这不仅在于《语丝》散文展呈了主体自主自由的现代性的精神内质，而且也因为《语丝》完整地建构了现代散文的格局。《新青年》时期散文以议论体为主，这大约是应思想革命之运而生的一种特点。现代散文由议论体向叙事体、抒情体的发展，并形成多体共荣的局面，则表示着这一文类在现代的完形。胡适在《五十年来中国之文学》中论及五四散文：“白话散文很进步了，长篇议论文的进步，那是显而易见的，可以不论。这几年来，散文方面最可注意的发展，乃是周作人等提倡的‘小品散文’。这一类的小品，用平淡的谈话，包藏着深刻的意味，有时很象笨拙，其实却是滑稽。这一作品的成功，就可彻底打破那‘美文不能用白话’的迷信了。”[①]胡适对新文学运动中散文的成绩给予了很高的评价，这大体上是符合文学史的实际情形的。周作人的“美文”观念及其实践，在当时获得了初步的

① 《五十年来中国之文学》，《胡适全集》第二卷，安徽教育出版社2003年版，第343页。

成功。但是我们可以注意到胡适的评价是讲究分寸的。“这一作品的成功，就可彻底打破那‘美文不能用白话’的迷信了。”这一句使用的是假设性语式，“就可彻底打破”这一种委婉表达，意味着当时的美文（1922年）已有卓然可观的成绩，但尚未获得完全的成功。《语丝》的时代是一个美文的时代，许多报刊倡导这一体式，如《晨报副刊》《小说月报》《现代评论》等，而《语丝》无疑是一个展示美文风景的重镇。

作为《语丝》主持者之一的周作人，是最早生成现代散文文体意识的。他于1921年6月在《晨报副刊》发表了《美文》，首次将散文中“记述的，是艺术性的”一类的作品，命名为“美文”，认为这种美文“可以分出叙事与抒情，但也很多两者夹杂的”。周作人强调美文“须用自己的文句与思想”。由此可见，他已从文体之形之心两端说明美文的体征内质。这对后来散文作家文体意识的普遍自觉具有重要的启发意义。在现代散文文体的格局中，周氏兄弟是“双柱”，分别代表了杂文（杂感）与美文创作的最高成就。在《语丝》这里，是以杂感为主的，但美文类的写作也颇受重视。鲁迅《秋夜》等自称为“散文诗”的20多篇作品发表在《语丝》上，后来结集为《野草》。周作人不仅是美文的倡导者，而且更是这一文类的实践者。刊发于《语丝》的《乌篷船》《喝茶》《鸟声》等名篇，成为其美文创作的重要代表作。作为一方美文的天地，《语丝》同人在大量写作杂感的同时，也发表了很多叙事抒情性的散文，祖正的《山中杂记》、江绍原的《小品》、绿漪的《我们的秋天》、缪崇群的《南行杂记》等，以连载的形式刊发。韦素园有《春雨》，钟敬文有《太湖游记》，向辰有《捕萤》，蹇先艾有《雨夕》，章衣萍有《第一个恋人》《暮春》《夜夜曲》，评梅有《雪夜》，许钦文有《在湖滨》《石榴花下》，川岛有《溪边漫笔》等，一时美文的写作蔚然可观。

在我看来，杂文与美文的写作表示着现代散文作家精神存在的两种不同的向度与形态。散文作家之被冠于“现代”，主要在于他们成为思想独立精神放逸的主体，其为文不是为了代言释道，而是为了写心倾吐。他们写作杂感，部分地体现着作为人文知识分子的本性，在将写作与社会的关联中履行社会职志，实现自身存在的价值。他们写作美文，则又体现着他们作为文化人、知识者对本我生命的关注、尊重与某种意义上的自我肯定与欣赏。这两种存在并不矛盾，它们往往能在主体的写作中得到统一，这种统一归源于精神的独立自主。至于写作形式的选择，是杂感还是美文，这主要由作者写作的社会需要与个人趣味所决定。一般来说，选择杂感，就意味着选择对社会、对文化的批判；选择美文，则意味着更多地通过对作家个体生活际遇情感流变等记叙，对自然的人文的风情的描写获得一种心灵的自适或自省。批判与自适都是需要的，鲁迅主张杂文，但也写美文，周作人钟情美文，而又不弃论议之好。这种情况，在《语丝》周刊上也得到了统一。这种统一体现出《语丝》的兼容性。正是这样的兼容，才成就了它的丰富。

《语丝》的美文有着自己的旨趣，是一种偏重于个人的文学，其题材较多地关乎知识者个人化的生活领域。与杂感的浮躁凌厉比，这里的美文有一种浓淡相宜的中和与雅尔舒然的从容。这是作家将生活艺术化所得的一种成果。闲适是其中最为重要的滋味。周作人的《喝茶》《乌篷船》等可以视为美文的标本，其取材题旨与现实社会保持着间距，亲近的是一种寻常的但具有文化味的生活。《喝茶》“所想说的，只是我个人的很平常的喝茶罢了”。其中所写是作者经验中的“茶道”：“我的所谓喝茶，却是在喝清茶，在赏鉴其色与香与叶，意未必在止渴，自然更不在果腹了。”“喝茶当于瓦房纸窗之下，清泉绿茶，用素雅的陶瓷茶具，同二三人共饮，得半日之闲，可抵十年的尘梦。”[①]这种“茶道”中反映的是文化人的一种闲情逸致。《乌篷船》一篇其精神与《喝茶》相通，这并不只是写出一种文化味见浓的乡俗，作者对乌篷船的叙写实则

① 《语丝》第7期，1924年12月29日。

反映出他对放达由性的自然境界的神往："在船上行动自如，要看就看，要睡就睡，要喝酒就喝酒，我觉得也可以算是理想的行乐法。天人合一，在人与自然和谐的交响中，获得一种生命的趣味：夜间睡在舱中，听水声橹声，来往船只的招呼声，以及乡间的犬吠鸡鸣，也都很有意思。"[①]这种交响不啻是一种天籁。

论及这样的美文，往往有内容空疏，没有多少社会意义之类的评语。这样的评价差不多是反散文的。散文作为反映作者精神存在的一种方式，对主体个人性的呈现是颇为重要的。主体的个人性既展示在主体对现实社会观察思考方面，同时也体现在他对自身存在的关注与体认方面。如果说杂文更多地给人以深刻的思想启发，那么美文更多地给人以闲适的艺术享受。将美文置于现代散文演进的史程中观察，我们更可发现这种"写法也有漂亮和缜密的"体式，显示着"对于旧文学的示威"的价值，"在表示旧文学之自以为特长者，白话文学也并非做不到"。[②]美文的重要意义在于它以艺术的形制反映着散文作家丰富心灵世界中的一个重要的存在。"漂亮"的形态，显示着美文无限的艺术魅力。

《语丝》上的美文，作为一种艺术的文学，它们最值得我们品赏的是作者善于运用多种笔调创造出各色的意境、情景。这种情景或意境有着一种极强的审美召唤力，令人留连陶醉。周作人的《喝茶》《乌篷船》的那种情景有这样的魅力，钟敬文的《太湖游记》、石评梅的《雪夜》、徐祖正的《山中杂记》诸篇也各具心象相应的意境。这是钟敬文笔下的鼋头渚的春景：

> 桃花方盛开，葱绿若碧海，风过时，树声汹涌如怒涛澎湃。渚上多奇石，突兀俯偃，形态千般。我们在那里徘徊顾望，四面湖波，远与天邻，太阳注射水面，银光朗

---

① 《语丝》第107期，1926年11月27日。

② 鲁迅：《南腔北调集·小品文的危机》，《鲁迅全集》第4卷，人民文学出版社1981年版，第576页。

映，如万顷玻璃，又如一郊晴雪。

桃花，奇石，湖波，春阳，风景如画，令人心旷神怡。《雪夜》则呈现出“如梦似真的艺术化的世界”。粉妆玉琢的街市，幽美清冷；“新栽的小松上，满缀了如流苏似的雪花，一列一列远望去好像撑着白裙的舞女。”雪的世界伴奏着“悠远清灵的钟声”，将作者的情思牵引得很长很长。这样的文字显示出的大约就是美文的风致了。

美文着意将日常生活艺术化，以诗意洗涤庸常的鄙俗，营造一方作者自适的精神空间。这样的精神空间或表示与现实紧张的社会关系作消极对抗，是所谓“苦中作乐”之法；或体现散文作家禀具的一种自然无拘的心态，成为现代散文作家放飞自我的彩色的风筝。

五、《小说月报》：散文的诗意私语

《小说月报》是民国时期历时最为长久的文学刊物。1910年8月29日创刊于上海的这一刊物，原为“鸳鸯蝴蝶派”所控制。1920年11月沈雁冰接任《小说月报》主编。自1921年1月10日第12卷第1号起，刊物的面貌发生了根本性的变化。这一期刊发了由茅盾撰写的《改革宣言》，表达了改革发展的意旨：“小说月报行世以来，已十一年矣，今当第十二年之始，谋更新而扩充之，将于译述西洋名家小说而外，兼介绍世界文学界潮流之趋向，讨论中国文学革进之方法”，并且申明：“将文艺当作高兴时的游戏或失意时的消遣的时候，现在已过去了，我们相信文学是一种工作，而且又是于人生很切要的一种工作。”由此，《小说月报》成为由文学研究会骨干所主持的文学刊物。主编除茅盾外，另有郑振铎。1927年6月至1928年12月郑振铎旅欧期间，由叶圣陶代编。撰译者多数也是文学研究会的成员。《小说月报》于1931年12月终刊，历时21年，共出258期，另有号外3册。

这是一个对新文学建设具有独特贡献的重要刊物。如刊物称名所示，小说一体是该刊的主项。小说在《小说月报》上取得卓然可观的实绩。鲁迅的《社戏》《在酒楼上》，庐隐的《海滨故人》，叶圣陶的《潘先生在难中》，丁玲的《莎菲女士的日记》，茅盾的《幻灭》《虹》，老舍的《老张的哲学》，巴金的《灭亡》等重要作品都发表在《小说月报》上，它富有成效地促进了现代小说的长足发展。大约是为小说业绩之辉煌所遮蔽，为刊物名称所掩盖，除了少数新文学见证人外，学者对《小说月报》于新文学其他门类所产生的影响关注甚少，语焉不详。这里，我们试图回到《小说月报》的历史现场，去看取生长于斯的散文风景，去品味领悟其散文的意蕴，去对《小说月报》与现代散文发展的关联作一考察与评估。

（一）“小说”之名下的散文园地

朱自清作为一个重要的历史在场者，在1928年7月31日发表的《论现代中国的小品散文》[①]中论及出版业对散文发展所起的推动作用，其中就提到《小说月报》：

> 最发达的，要算是小品散文。三四年来风起云涌的种种刊物，都有意或无意地发表了许多散文。这一年这种刊物更多，各书店出的散文集也不少。《东方杂志》从二十二卷（一九二五年）起，增辟《新语体》一栏，也载有许多小品散文。……去年《小说月报》的“创作号”（七号）也特辟小品一栏。小品散文，于是乎极一时之盛。

朱自清对1922年第7号（即第18卷第7号）的《小说月报》印象特别深刻。因为就在这一期刊物上，发表了他的散文《荷塘月色》。其实在此之前，一些在现代散文史颇为有声的作品就在《小说月报》上发表了。如冰心的《笑》《往事》，许地山的《空山灵雨》《落花生》等。

《小说月报》的编者与作者，一度时期对于文体的分类并不经意。这既说明当时他们的文体意识并不自觉，同时也表明短小说与散文之间存在着跨文体或互文体的现象。一般来说，散文重设色置景抒情，其述事不求完整而常取片断，而小说则注意通过相对完整的叙事表现人物。但五四时期的短小说与散文之间存有同构的质素，所以一篇作品往往既被指称为小说，又被指称为散文。冰心的《笑》刊发于改革后的《小说月报》第12卷第1号的“创作”栏，发表时未标明作品的文体所属。作者在三十年代所写的

① 《文学周报》第345期，1928年11月25日。

《全集自序》中，将《笑》视作小说。她说1921年“文学研究会同人，主持《小说月报》。我的稿子也常在那上面发表。那时的作品，仍是小说居多，如《笑》《超人》《寂寞》等。”[①]但阿英在编选《现代十六家小品》时，将《笑》录入。文学史家王瑶、吴福辉等都将《笑》认定为散文。王瑶指出：“冰心的《笑》，就是‘五四’初期影响很大的一篇抒情散文。这篇文章虽然收于她的小说集《超人》中，其实内容完全是抒情散文。”[②]吴福辉对作为散文的《笑》所具有的文学史意义作有揭示，认为：“冰心的《笑》，发表于一九二〇年革新后的《小说月报》上，是现代文学史上第一篇引人入胜的美文作品。……很多人认为，冰心的散文实比她早年的问题小说和小诗更获成就。”[③]同在《全集自序》中，冰心将在《小说月报》发表时标注为小说的《梦》《到青龙桥去》等作品归入“散文之部”。“散文之部，有《遥寄印度哲人太戈尔》，《梦》，《到青龙桥去》，《南归》等十一篇，附《往事》三十则，《寄小读者》的信二十九封，《山中记事》十则。”像这种“重体”的现象，在当时是相当普遍的。正如王瑶所说：“其实不只《超人》一书，还有不少小说集也收有一些散文随笔，庐隐的《曼丽》，冯文炳的《竹林的故事》都是例子。就是《呐喊》中所收的《兔和猫》《鸭的喜剧》和《社戏》，文体与《朝花夕拾》相似，其实也可以称为散文。”[④]

《小说月报》与《新青年》《语丝》等杂志不同，它是一个纯文学的刊物。在文学的格局内，改革后的《小说月报》设置了论评、研究、译丛、创作、特载、杂载等栏目，其中创作一栏受到特别重视：“同人以为国人新文学之创作虽尚在试验时期，然

① 冰心：《全集自序》，收入阿英《现代十六家小品》，上海光明书局1935年版，第149页。

② 王瑶：《“五四”时期散文的发展及其特点》，收入《中国现代文学史论集》，北京大学出版社1998年版，第220页。

③ 《中国现代文学三十年》，上海文艺出版社1987年版，第128页。

④ 王瑶：《“五四”时期散文的发展及其特点》，收入《中国现代文学史论集》，北京大学出版社1998年版，第221页。

椎轮为大辂之始，同人对此，盖深愿与国人共勉，特辟此栏，以俟佳篇。”[①]第12卷第1号创作栏内刊出冰心女士《笑》，叶绍钧《母》，许地山《命命鸟》等7篇作品，作品未表明文体。创作栏的作品被标注文体类属始于第12卷第3号。在新诗在名目下，发表了叶绍钧的《感觉》《成功的喜悦》《琐闲的生活》3首诗。但其余作品的文体名未注。至第12卷第8号，创作栏内的所有作品都有了文体分类，计有庐隐女士《两个小学生》等小说4篇，朱自清等《旅路》诸诗7首。第13卷第2号创作栏内发表的作品首次被标识为“散文”。这一期发表了周作人的《西山小品》，含《一个乡民的死》《卖汽水的人》，编者将它们归为“散文”一体。由此可见，创作栏内的作品并不一律是小说体，其中也有散文。

毫无疑问《小说月报》是重视小说创作的，但自第18卷第7号起散文的地位开始得到提升。这一期首开“小品”一栏，并且以较大篇幅推出数量可观的散文作品。丰子恺的《东京某晚的事》《楼板》《女生》，佩弦的《荷塘月色》，戴菊农的《海塘上》都在栏内刊发。第18卷第8号开出“随笔”栏，发表了俞平伯的《眠月》《雪晚归船》，懋琳《我的邻》，丰子恺《艺术三昧》。在《小说月报》的后期，“随笔”成为一个经常性栏目。如20卷1、2、3号都有“随笔”一栏，署名为MD（茅盾）的《叩门》《卖豆腐的哨子》《雾》《虹》《红叶》等相继发表。“随笔”一栏开设至20卷11号，栏内刊出孙福熙《海天闷》《新嘉坡的茶点》等8篇作品。检视《小说月报》发表的作品并进行合适的辨体，我们可以发现散文是《小说月报》的一个重要的存在。据1984年书目文献出版社出版的《〈小说月报〉索引（1921–1931）统计》，“散文、杂文”类属的作品就有200多篇。而这一索引将《笑》《空山灵雨》《往事》《寄天涯一孤鸿》（庐隐）归入“小说”。因此，实际上《小说月报》所刊发的散文作品比这一数字更为可观。

---

① 茅盾：《改革宣言》，《小说月报》第12卷第1号，1921年1月10日。

（二）散文创作的“美文”自觉

《小说月报》散文的形态与意蕴，在整体上有别于《新青年》和《语丝》的作品。《新青年》散文以杂感为主。这原是一种思想革命的载体，社会批评，文化批评是其大旨。《语丝》上生成美文的风景，但随感录一体依然风行。而在《小说月报》这里，像周作人《苍蝇》这样的杂文并不多见，散文已从论议之体——艺术化的论议，演化成叙事抒情之体——美文成了《小说月报》散文的主类。散文被视为创作，作为文学的一种样式而存在着。《小说月报》上的散文作家，“对于为艺术的艺术与为人生的艺术，两无所袒”。[①]创作的主旨关乎人生，而创作作为一种文学活动，他们自然也重视艺术的生成。他们操守着为他们所认定的文艺观。

在《小说月报》作家如冰心、庐隐、朱自清、叶圣陶等看来，文学应当真实地反映种种的人生；真实的人生是独特的人生，作家应该创造性地从自我的经验出发反映这样的人生。一言以蔽之曰，文学就是一种真实的个性化的自我色彩鲜明的创造。庐隐在《小说月报》上发表了题为《创作的我见》[②]的短文，她对创作的品格作了揭示。她以为：“足称创作的作品，唯一不可缺的就是个性，——艺术的结晶，便是主观——个性的情感，这种情感绝不是万人一律的……因个性的不同，所以甲乙二人同时观察一件事物，其所得的结果必各据一面，对于其所得的某点，发生一种强烈的联想和热情，遂形成一种文艺，这种文艺使人看了，能发生同情和刺激，就便是真正的创作。”对于个性的关注与否，是区别文学非文学的一个重要的尺度，而文学个性的获得关联着文学创作的主体。冰心认为个性的文学应当是“能表现自己”的文学：“‘能表现自己’的文学，是创造的，个性的，自然的，是未经人道的，是充满

---

① 茅盾：《改革宣言》，《小说月报》第12卷第1号，1921年1月10日。

② 《小说月报》第12卷第7号，1921年7月10日。

了特别的感情和趣味的，是心灵里的笑话和泪珠。这其中有作者他自己的遗传和环境，自己的地位和经验，自己对于事物的感情和态度，丝毫不可挪移，不容假借的，总而言之，这其中只是一个字‘真’。”在这里，“真”已等值于“个性的”。“真”是无所羁绊，随心所欲的一种“原象”。拥有这样的一种“真”的境界，主体及其文本就满溢“个性”的了。冰心对“真”的文学，亦即“个性”的文学的状态作有描述：“‘真’的文学，是心里有什么，笔下写什么，此时此地只有‘我’……只听凭着此时此地的思潮，自由奔放，从脑中流到指上，从指上落到笔尖。微笑也好，深愁也好，洒洒落落自自然然的画上。……文学家你要创造‘真’的文学么？请努力的发挥个性表现自己。”[①]对于冰心的“求真”文学观，叶圣陶、朱自清等表示认同。叶圣陶强调：“我们作文，要写出诚实的，自己的话。”[②]朱自清明确地指出：“我们所要求的文艺，是作者真实话。”他借用法朗士的观点并作申说：“法朗士甚至说，一切文艺都是些自叙传。这些大约就因为力求逼近真实的缘故。作者唯恐说得不能入微，故只拣取自己的经验为题材；读者也觉作者为别人说话，到底隔膜一层，不如说自己的话亲切有味。这可叫做求诚之心。”[③]

庐隐、冰心、叶圣陶、朱自清的这些表达，虽然并不直接具体地意指散文创作。但他们所操持的文艺思想，无不影响他们的包括散文在内的写作实践。并且，就他们上述文艺观念而言，实际上更联通着散文的文体精神。如果说真实与个性是文学应予恪守的通则，那么它们更是散文主体品格造就的前提与要素。有言道：散文姓散，名真，字自我。形态之散，导源于主体精神的放逸；真诚于散文，犹如流经沙漠中的小溪，它生成作品灵动鲜亮的生命色彩。而真诚的散文，无不文中有“我”，有“我”的生存感受，生命体

① 冰心：《文艺丛谈》，《小说月报》第12卷第4号，1921年4月10日。

② 叶圣陶：《诚实的，自己的话》，《小说月报》第15卷第1号，1924年1月10日。

③ 朱自清：《文艺的真实性》，《小说月报》第15卷第1号，1924年1月10日。

验，“我”的情思意念。因此真正的散文更应当是展示“真”我风采的个性化的文学品类。

基于“我”为原点的创作理念，《小说月报》散文的内存普遍地呈现出一种“个人化”的倾向。题材的主体自我观照成为一种显性特征，题旨更多表现的是人生，而不是社会历史。《小说月报》第16卷7号刊有西谛（郑振铎）的《街血洗去后》和叶圣陶《五月三十一日急雨中》等散文。这些作品叙写的是1925年发生的“五卅”事件，内中讴歌爱国者的英勇，抨击大屠杀制造者的残暴。但这种反映重大社会政治题材的散文相当少，散文的个人化成为《小说月报》散文的主调。这种情况的出现，一方面与刊物的性质相关，文学类刊物对创作个人性的追求或许更会关注，另一方面与散文作者的文学观念相关。如上所述，冰心等十分强调通过对主体性的凸现，去创造真实而有个性的文学。许地山提出过创作的“三宝说”。“智慧宝”，“这就是创作的第一宝”。所谓“智慧宝”是“创作者个人的经验，是他的作品的无上根基”。[①]其意旨与冰心等的观点是一致的。而他们对创作个人性的强调，从根本上说，反映着现代作家自我意识的自觉与强化。

《小说月报》散文的个人化存在，获得了理论的支撑。胡梦华在17卷3号的《小说月报》上发表了一篇文论《絮语散文》。全篇包括“概论”“孟田”“孟田以后”“蓝穆和韩士立”“余论”五个部分。在概论部分，胡梦华对“絮语散文”的性质作有诠释：

> 这种散文不是长篇阔论的逻辑的或理解的文章，乃如家常絮语，用清逸冷隽的笔法所写出来的零碎感情文章。……它不象批评文或理论文带着很庄严的态度，令人看了好象纸上露着肝火很旺的样子，怒目咬牙的形状。它乃如家人絮语，和颜悦色的唠唠叨叨地说着。……至

① 许地山：《创作的三宝和鉴赏的四依》，《小说月报》第12卷第7号，1921年7月10日。

于它的内容虽不限于个人经历，情感、家常、掌故、社会琐事，然而这种经历、情感、掌故、琐事确是它最得意的题材。

胡梦华用“家常”一词修饰“絮语散文”，给出了这一类散文形态与意蕴的独特。“家常”的散文，虽然远离社会现实的前沿，但它却走近了日常的人生风景，以个人化的笔墨描绘了个性化的生命踪迹。正如胡梦华所说的那样：“我们仔细读了一篇絮语散文，我们可以洞见作者是怎样一个人：他的人格的动静描画在这里面，他的人格的声音歌奏在这里面，他的人格的色彩渲染在里面……所以它的特质是个人的（personal），一切都是从个人的主观发出来”。文学的个人性在中国传统文学的体制中是稀有的。絮语散文对于个人化领属的表现，丰富了新文学现代性的存在，体现了散文作为文学品类的价值。因此，胡梦华将絮语散文称为“是一种不同凡响的美的文学”，“是散文中的散文”。

（三）自叙与自诉的话语方式

《小说月报》散文是其作者所禀具的文学观的一种实践成果。这一类散文着意地展示写作主体的私人生活空间。主体的自我发现、自我表现等，构建了与之相应的独特的话语类型。

自叙是《小说月报》典型的话语方式。自叙的内容有关于作者日常生活。这些生活是琐屑的、边缘的，更具有个人性。我们不妨可以将叙写这类生活情形的散文，称之为某种私人的生活档案。这样深广的社会生活场景并不见有，但凡人生活的另一种滋味却尽在其中，人性的某种原生样态清晰可见。许地山《空山灵雨》的写作方式表示着这一组作品对个人生活以及主体心灵世界的亲近。睡与非睡，成为写作发生的一种特殊的情景：“在睡不着时，将心中似忆似想的事，随感随记；在睡着时，偶得趾离过爱，引领我到回忆之乡，过那游离的日子，更不得不随醒随记”。[1]这种写作情景自然容易进入最为个人化的生活天地。《笑》是《空山灵雨》中的一则短章。所写极寻常，但正是在这种寻常之中，有着一种可人的生命馥郁。“我从远地冒着雨回来，因为我妻子心爱的一样东西让我找着了，我得带回来给他。”作品开篇为下文摄取的主要生活场景的推出，提供了一个合适的背景。构成主要生活场景的有素兰，并肩坐在一张紫檀榻上的“我们”，“我们”的对话：“到底是兰花的香，是你的香？”核心细节是妻子“她说时，亲了我一下。小丫头看见了，掩着嘴笑，翻身揭开帘子，要往外走。”作者将心灵底片上中有关笑的一景取出，让这种生命的动人成为永恒。

朱自清与丰子恺有同题作品《儿女》刊于《小说月报》19卷第10号上。由题目可见这是两篇写家常事儿女情的散文。丰子恺一篇由送别一群儿女后，独处而悬念他们的事写起，叙说中颇见亲情之感人。作者整理空寂的房间，把种种物事尽数送人，“只有四双破旧的小孩子的鞋子（不知为什么缘故），我不送掉，拿来整齐地摆在自己的床下，而且后来看到的时候常常感到一种无名的愉快”。这一细节描写是白描的，但真意弥漫于字里行间。这里极其真实地写出了只有父亲或母亲才会有的行为和对亲情的那种特有的体认。现实的孤寂使得作者更向往有着一群孩子在的热闹：

> 我领了四个孩子——九岁的阿宝、七岁的软软、五岁的瞻瞻、三岁的阿韦——到小院中的槐荫下，坐在地下吃西瓜。夕暮的紫色中，炎阳的红味渐渐消减，凉夜的青味渐渐加浓起来。微风吹动孩子们的细丝一般的头发，身体上汗气已经全消，百感畅快的时候，孩子们似乎已经充溢着生的欢喜，非发泄不可了。

---

① 许地山：《〈空山灵雨〉弁言》，收入阿英《现代十六家小品》，上海光明书局1935年版，第261页。

作者在这里为我们描摹着一幅夏夜父子同乐图，他是以一种欣赏的心情去看取这幅图画的。与丰子恺笔下情趣满溢的欢畅不同的是，朱自清的《儿女》让人感受到生活的苦涩味。这本是那个时代作家生活的一种滋味。“一个媳妇，跟着来了五个孩子；两个肩头上，加上这么重一副担子，真不知怎样走才好。”生活中有太多的不如意处，所以作者将儿女视为一种折磨。“孩子们的磨折，实在无法奈何；有时竟觉着还是自杀的好。这虽是气愤的话，但这样的心情，确也有过的。后来孩子是多起来了，磨折也磨折得久了。”基于这样的心态，所以常用体罚和叱责的方式去“征服”孩子。朱自清叙写的是生活的一种实景，没有任何粉饰。但作品让读者心动的并不只是沉重的生活，更多的则来自于作者作为父亲的自责及蕴藉其间的至爱之情：

> 近来差不多是中年的人了，才渐渐觉得自己的残酷；想着孩子们受过的体罚和叱责，始终不能辩解——象抚摩着旧创痕那样，我的心酸溜溜的。

朱自清是用一种近似检讨的口吻记述自己对待儿女的种种“野蛮”的，而自责之中更可见出人类的真感情。生命不能承受之轻，作者对儿女施行“野蛮”，这本原于生活的无奈。而人类的天性，让作者反省自己，发愿“只希望如我所想的，从此好好地做一回父亲”，这朴素的真情的表达，叩人心扉。

与自叙的话语方式同在的，是自诉。自叙者是述记个人的生活故事，是外在的见形的一种存在。而自诉，它更多的是有关主体内在的情思与感念，是心灵化的一种生成。这类散文往往清晰地显形了作家颇为独特的心态，或可视为主体的精神图式的一种影象。散文更多地关注主体自我，尤其是将主体心灵的存在作为审美对象加以倾心的表现，这是“五四”时期文坛所出现的有意味的一景。受制于“文以载道”的规约，传统的散文总体上规避了对自我的反映；即便是所谓的性灵小品，对自我心灵的展呈也颇多节制，未曾肆达。晚清时际，散文被维新派或革命派视为启蒙或宣传的器具，作者的话语立场基本上是政治化的，这样公共性也就成了其时散文的一种话语模式。“五四”时期，杂文和美文奠定现代散文的基本格局。杂文基本是以个人的方式，即自由知识分子基于对理性精神的操持，进行社会批评与文化批评；而美文则成为作家——知识分子自我审美化的一种载体。作为审美对象的主体自我，不是一种模式化的作为集体类型的个案，而是个性化了的生命实体，这样的情形，导源于时代精神的沐浴洗礼。个性主义成为“五四”时代的社会思潮，得风气之先的作家不仅求取鼓吹自由之主体精神，而且也以自己独特的方式实践这样的精神。就散文一体而言，不只是有载道意旨，而且更有表现自我的情志。散文需写出作者的个性，正如周作人所说，美文“须用自己的文句与思想”，不可模仿他者。对于散文的表现自我，叶圣陶在1924年出版的散文集《剑鞘》中颇多强调，他以为作家的“工作完全表现”自己：

> 我不希望你们说人家说烂了的应酬话，我不希望你们说不曾弄清楚的勉强话，我更不希望你们全不由己纯受暗示而说这样那样的话。如其如此，我所领受的只是话语的公式，是离散的语言文字，是别人家的话语，而不是你们的心的独特的体相。[①]

在我看来，美文的意义正在于以艺术的富有情致的形式凸现了作家“心的独特的体相”。作为《小说月报》的重要散文作家，朱自清也径言自己的作品是“意在表现自己”。[②]《小说月报》的散文大多是美文化的。自叙自诉的美文表征着作家对于自我的发现、

---

① 叶圣陶：《读者的话》，收入佘树森编《现代作家谈散文》，百花文艺出版社1986年版，第31页。

② 《文学周报》第345期，1928年11月25日。

关怀，尤其是自诉式的心灵化的美文，不仅拓展了散文的话语空间，而且有效地深化了作品对于主体的表现。

《荷塘月色》是一篇典型的自诉式的美文，朱自清记写的是“心语”。作品以“这几天心里颇不宁静”开篇，奠定了全篇叙述的基调。缘何心中热躁，是社会的，或是个人生活的，作者对此并无交代。他只是选择一种适合于自诉的情景，在独处中展开心灵的对话：

> 路上只我一个人，背着手踱着。这一片天地好象是我的；我也象超出了平常的自己，到了另一个世界里。我爱热闹，也爱冷静；爱群居，也爱独处，象今晚上，一个人在这苍茫的月下，什么都可以想，什么都可以不想，便觉是个自由的人。

这种话语方式，宛若作者在自言自语，也有如知己在静听着作者的诉说。“诉”是主体情绪的一种宣泄，而宣泄正是文学的意义之一。正是在这里，自诉类的散文体现着文学本有的重要价值。作者通过“诉”或在“诉”的过程中，获得对自我心理秩序的调整。

冰心是一位倾诉型作家。她的这种心理质素使得她更适宜于写散文。对此，冰心有自知之见：“我知道我的笔力，宜散文而不宜诗。”[①]另外似也不宜小说，学者有冰心散文成绩在小说之上的论评。与自己的情绪类型相应，冰心选择“通讯”体裁作为散文写作的方式。这里所谓的“通讯体裁”并不是指新闻的样式，而是指书信体。冰心对这种体式情有独钟，是因为它最适合于作者作倾诉的抒写。冰心曾说：“一九二三年秋天，我到美国去。这时我的注意力，不在小说，而在通信。因为我觉得用通讯体裁来写文字，有个对象，情感比较容易着实。同时通讯也最自由，可以在一段文字

---

① 冰心：《全集自序》，收入阿英《现代十六家小品》，上海光明书局1935年版，第151页。

中，说天真话的。”①《寄小读者》就是显见的“通讯”体作品，作者在其间标有“通讯”的称名。其实在我看来，作品是否属于“通讯”体，并不在于是否标示其名，而在于它是否具有倾诉或谈话的意味。冰心的有些散文，如《往事》虽然未有“通讯”其名，然而是有其风致的。“通讯”味是冰心散文的一种特征。《往事（一）》先于《寄小读者》，刊于第13卷第10号《小说月报》（1992年10月），《往事（二）》则发表于《小说月报》第15卷第7号（1924年7月）。

《往事》由若干片断组合而成，它所摄取的是作者“生命历史中的几页图画”，拓印的是镂刻在作者“心版”的一些景片。作品叙写的重点并不如题目所言是过往的故事，而是追忆人生历程时所作的关于生命的畅想。因此可以将作品视作是作者心路历程的记录。《往事》中的许多短章，没有基本的情节线索，串联篇章的是作者的意念，遐思和与之相关的想象。这是《往事（一）》开篇的一段文字：

> 将我短小的生命的树，一节一节的斩断了，圆片般堆在童年的草地上。我要一片一片的拾起来看；含泪的看，微笑的看，口里吹着短歌的看。

这样的行文为《往事》给定了一个言说的模式，即是表现的而非再现的，是抒情写意的而非陈述叙事的。基于这样一种模式，作者采用自诉的方式展示主体丰富而有意趣的内心世界。与《寄小读者》有明确的言谈对象有所不同的是，《往事》的述说对象是不明确的，复合的。其中有“假如生命是无味的，我不要来生。假如生命是有趣的，今生已是满足的了”的独白，那是来自作者心灵深处的对话，更多的是对虚拟的听者的述说，她所表白的是经过咀嚼后

① 冰心：《全集自序》，收入阿英《现代十六家小品》，上海光明书局1935年版，第149页。

所得的人生况味，这种表白反映的是操守“爱的哲学”的一类知识分子对人生哲学的感悟与理解。

自诉一类的散文，是向往自由的作家对精神恣意的一种演绎，是对他们自由情志的惬意的放飞。许地山有言：“生本不乐”。身，受诸多的羁绊多有不便，但心，精神至上者对于心灵自由的求取却是本能的。所以朱自清在《荷塘月色》中以“什么都可以想，什么都可以不想”为快，而冰心则视通讯为“最自由”的表达形式。这样自诉类的散文直接体现着现代散文自由的精神。

（四）意象思维与散文的诗化

与心灵化的自诉相关的，是《小说月报》散文作者注意对主体情思作对象化的处理，即是借物设景以融入情理。冰心、朱自清、俞平伯等是对散文美化作出努力的作家，他们有丰赡的精神存在，对此常作直白的抒唱，但对于散文美的求取，使他们更愿意以一种借象的方式，艺术化地表达自我的意念情愫。作为散文家，他们考究散文作为语言艺术的特性，语言成为关联主体与表达对象的诗性载体。作家的心灵诗化着——非粗鄙的，而是精致的，非庸常的，而是卓异的，相应地展示这种心灵的语言也就有诗化的色彩。俞平伯曾说：作者“有了一种心境，就应当有一种相当的文字去表现它”，“词藻，文学的色泽，也是应付某种需要而生，并非无聊地东涂西抹，专以炫人耳目为业的。”[①]用以凸现作者“心境”的语言，外取景物之形，内得主体之神，是一种意象化的语言。不同的意象，演绎着散文作家不同的精神世界，而意象之美，则构成了意象散文共同的审美景观。这样，所谓的“漂亮”就成了冰心他们散文的一种特征。沈人文在《习作举例》推重俞平伯、朱自清的散文，以为“‘五四’以后谈及写美的散文的，常把俞、朱并举，”他们的一些创作，“代表当时抒情散文的最高点”。赵景深称丰子

---

① 俞平伯：《近代散文钞·跋》，《杂拌儿之二》，开明书店1932年版。

恺的散文“自然有一种美，文字的干净流利和漂亮，怕只有朱自清可以和他媲美”。而冰心散文的亮丽则更是有目共睹的。阿英在《现代十六家小品序》中，评析新文学运动初期“漂亮、缜密、紧凑”一类的小品文时，首先举出的就是《笑》。“提起这一阶段，我想谁都会想起冰心女士《笑》的……虽说被放在‘创作’内，实际上是一篇小品文，就是后来一般作家所认为的正统小品。”[①]冰心的散文是自成一体的，而所谓“冰心体”的散文，是诗与画合一的意象散文。冰心散文的这种特点，从某种程度上可以视为《小说月报》散文的一个特点。

意象散文体现着作者的意象思维。这种思维或可名之为借象思维，它有多种的形式，融情入景，借事寓理是常见的一种；另外还有总体性的象征等。意象可由单个独立的，还有多个意象叠加的，形态各式，意趣也有殊。《荷塘月色》是因景生情，情景相生的一篇。作者热躁的心态因着月下荷光清幽之景过滤而得以净化。眼前景，实为作者精神向往之所在。这样，作品所写，已不是自然实景，而是蕴藉了主体性的心景。朱自清刻意用画境表现心境，给人以不胜其美的快意。朱自清对以文作画的写法颇为欣赏。他在为孙福熙《山野掇拾》所写的评论中，特别地彰显孙福熙散文创作中的画意：

> 孙先生是画家。……他的文几乎全是画，他的作文便是以文字作画！他叙事，抒情，写景，固然是画，就是说理，也还是画。人家说“诗中有画”，孙先生是文中有画；不但文中有画，画中还有诗，诗中还有哲学。

在朱自清这样的论评中，正包含了他自己的散文美学思想。其创作如《背影》《绿》《荷塘月色》等无不具有一种“文中有画”

① 阿英：《现代十六家小品序》，上海光明书局1935年版，第3页。

的意境在。《荷塘月色》注意运用远、中、近、特写等不同镜别，工笔写景而极具层次感，染色融情的语言联通人的不同感觉，烘托出“光与影有着和谐的旋律”这种宁静而致远的情景。

月的意象为《小说月报》的散文作者所习用。朱自清外，俞平伯有《明月》，庐隐有《月下的回忆》，冰心有《笑》，其中多有月的关联。月华如水，牵引人之思。“床前明月光，疑是地下霜。举头望明月，低头思故乡”。月，已成为一种具有文化色彩的意象。月有一种被约定俗成了的“思”之意。在《眠月》等散文中，片断性的思忆构成了作品内存的主体。同时，月，又是一种诗化的象征物，月的意象与诗美实为共各。冰心的《笑》是一篇满盈着诗美的精致小品。作品的大旨是作者所操守信奉的博爱哲学。博爱的抽象由“笑”这一具象的情态加以阐释。这种阐释，并不一“笑”了之，而是“笑”而再三。作者用意象叠加的方法，展示内容有异，但主题同一的三幅意境，从而强化了对于“爱的哲学”的表达。月在作品中作为意境存在的背景，也作为串联三个不同场景的结构物。作品开篇作者就意调制雨止月见的情调：

> 雨声渐渐的住了，窗帘后隐隐的透进清光来。推开窗户一看，呀！凉云散了，树叶上的残滴，映着月儿，好似萤光千点，闪闪烁烁的动着。——真没想到苦雨孤灯之后，会有这第一幅清美的图画！

在这里，月成为起兴之物。作者不从正面直接描摹月的光景，而取两个侧影，显示月的别趣与美意。窗帘后的“清光”是“隐隐”透进来，给出了景象的清幽宁静，这为全篇定下了一个基调，与下文三次记写“微微的笑”是十分相得和谐的。从“残滴”的映照取景，可显示出月的光影的灵动，由此强化作品美的主题。作者将背景作了设定，继之便次序推出三幅有关“微微的笑”的图画。其一是天使之笑：“这白衣的安琪儿，抱着花儿，扬着翅儿，向着我微微的笑”；其二是孩童之笑：“他抱着花儿，赤着脚儿，向着我微微的笑”；其三是老妇人之笑：“茅屋里的老妇人——她倚着门儿，抱着花儿，向着我微微的笑。”作者将“笑”的镜头作叠映处理，这就加大了作品意境设造的艺术张力。在冰心看来，博爱就是人类生命中的“微笑”；博爱的微笑，是一种至纯至真至美的境界：“心下光明澄静，如登仙界，如归故乡。眼前浮现的三个笑容，一时融化在爱的调和里看不分明了。”《笑》的意境显现着散文诗美的一种极致。

当然，《小说月报》散文的诗美形态并不尽如《笑》和《荷塘月色》这样亮丽，像《落花生》，作者许地山是在寻常的事象中提取出人生哲理的；看似拙朴的叙述中，也贯注了感悟物理的一种诗意：人“要像花生，因为它是有用的，不是伟大、好看的东西。”①

要之，诗意的私语，是《小说月报》散文基本的话语类型。所谓诗意，也就是一种让生命感动给人生启悟的精神美质；所谓私语，意指一种有关个人生活空间的存在，它并不直接关联着重大的社会现实。诗意的私语，是《小说月报》的一种独特，其意义也就存在于这种独特之中了。

---

① 许地山：《落花生》，《小说月报》第13卷第8号，1922年8月10日。

六、“五四”散文的现代性

“五四”是一个界碑，将永远地矗立在历史的风景里。无论是激扬者，还是反思者，“五四”是无法绕开的或被障蔽的存在。永远的“五四”是一个复调化的历史结构，即所谓“文化的”“五四”和“政治的”“五四”。在我们的论域内，“文化的”“五四”其实也具有复指性——“文学的”和“人文的”“五四”。对此，“五四”新文化运动的权威发言人之一胡适曾作过分析。他在《胡适的自传》中特别给出了“中国文艺复兴的四重意义”，认为“五四”运动这一“新文化运动”“新思想运动”，首先，显见的是它适应了新的时期“对新语言、新文字，新工具——也就是新的自我表达的工具之需要”，是一次“活”的国语文学的运动；它“着重于当代西洋新思想、新观念和新潮流的介绍”，体现了“一种对人类（男人和女人）一种解放的要求。把个人从传统的旧风俗、旧思想和旧行为的束缚中解放出来”。这“是个真正的大解放时代。个人开始抬起头来，主宰了他自己的独立自由的人格维护了他自己的权利和自由”。[①]胡适的表述，揭示了“五四”对于造就了中国文学和人文的现代品格所具有的历史意义。

我们给出“五四”散文的现代性这一课题。在这一课题中包含了三个学术关键词，即“五四”，散文和现代性。研究“五四”，研究“五四”散文，研究“五四”现代性，单独地研究其中一个方面，早已不是新鲜的学术课题。但是将三者关联成一个有机的整体并加以深入的阐释，这不仅是颇有新意的，而且也将有助于中国现代散文史研究的深化。我们拟做的主要工作是研究散文现代品格的特质及其生成原由，这样“现代性”就成了研究的一个最主要的

① 《胡适的自传》，陈金淦编《胡适研究资料》，北京十月文艺出版社1989年版，第259—261页。

“视窗”。而对象发生的时空背景是“五四”时代，且“五四”与其时的散文之间存在着某种互动的关系。一方面散文的现代性由“五四”新文化运动孵化出来，另一方面具有现代品格的散文，又促进了“五四”新文化运动的展开，或成为新文化传播的载体，或直接参与了新文化的建设，成为“五四”新文化运动的重要组成部分。于是“五四”不仅成为研究的背景，而且也是研究的一个对象。研究的意义在于，一方面通过散文本体，通过一个具体的视角，去看取“五四”时代文学与文化由传统而至现代的转型图景，另一方面结合“五四”的时代语境，以“现代性”作为观照开掘的尺度，描述并论析中国散文现代性的表征及其生成因由，由此阐释“五四”散文何以成为20世纪中国散文标志或标高的内在机理。

（一）作为“范畴”的散文现代性

在展开论述前，我们先要对本论题主要涉及的学术关键词作必要的界定或解释，以使我们的研究能纳入一定的逻辑轨道。

其一是“五四”。“五四”是一座富矿。这里，我们仅就它的时间所指作一约定，因为它直接影响到研究对象的取样。学界对于“五四”关联的时间跨度，有诸种界说。诸种说法基于不同的角度，大约都有成立之理。早在20世纪30年代，茅盾在《“五四”运动的检讨》中，对“五四”的时段有一指说：“‘五四’这个时期并不能以北京学生火烧赵家楼那一天的‘五四’算起，也不能把它延长到‘五卅’运动发生时为止。这应从火烧赵家楼的前二年或三年算起，到后二年或三年止。总共是五六年的时间。”[①]茅盾的指说排除了将“五四”运动视为政治事件的狭隘的解释。文学史家王瑶在《“五四”时期散文的发展及其特点》中也涉论“五四”的时段：“我们现在所谓‘五四’时期，是指‘五四’和第一次国内革命战争这一时期，即1919年到1927年。在时间概念上与过去习

① 《茅盾全集》第19卷，人民文学出版社1991年版，第235页。

惯所指的新文学运动第一阶段并不很大差别，只是他们的出发点是由1917年提倡白话文算起，到1927年算作第一个十年而已。”[①]将“五四”时期定为“1919年到1927年”基于更多的是政治史的考虑，而将“五四”时期的起点定在1917年，则注意到了将新文学革命视为“五四”运动的有机组成部分，因此“十年说”为许多治现代文学史的学者所普遍接受。关于“五四”历时长度，我更愿意认同昌切于晚近提出的说法。昌切说：“1915年《青年杂志》在上海创刊……并迅速以其咄咄逼人的气势震撼了思想文化界，左右了舆论视听，引爆了一场波澜壮阔的思想启蒙运动——‘五四’新文化运动。1927年上海爆发震惊中外的‘四·一二’事变，国共两党分裂，思想主潮自此由民主主义向马克思主义急转。把这样两大历史事件视作‘五四’时代之始终的标志，大体上是合理的。”[②]昌切将“五四”指称“文化”的“五四”，这更符合“五四”价值生成的历史本身。他将陈独秀主持的《青年杂志》的创办，视为“五四”新文化运动发轫的标志，这也符合历史的当事者的本意。陈独秀在《一九一六年》中指出：“在一九一五年与一九一六年间，在历史上画一鸿沟之界：自开辟以讫一九一五年皆以古代史目之，从前种种事，自一九一六年死；以后种种事，自一九一六年生。吾人首当一新其心血，以新人格；以新国家；以新社会；以新家庭；以新民族。”[③]《青年杂志》于1915年9月15日创刊于上海，于次年9月1日刊出第2卷第1号时，更名为《新青年》。陈独秀是颇为自负的一个人，在《一九一六年》他虽未径言他所创办的刊物开启着一个全新的时代，但其中包含着的正有这样的意思。对此胡适也认同，他认为，《新青年》是中国文学史和思想史上划分一个时代的刊物。这样，我们所研究的“五四”散文，可以明确为是在1915年到1927年间写作的。但考虑到涉论的作家是一个整体，简单

① 王瑶：《中国现代文学史论集》，北京大学出版社1998年版，第217页。

② 昌切：《清末民初的思想主脉》，东方出版社1999年版，第98页。

③ 《青年杂志》第1卷第5号。

地以时间切割有时不利于分析的完整。因此，我们在论析鲁迅、周作人等作家时取材的时限将作比较灵活的处理。

其二是“现代性”。学界有人用“现代性汪洋”来讥讽现代性研究所出现的芜杂现象。其实，芜杂并非一定指一种否定性的存在。由于研究主体的视角或研究对象的所指等有着许多差异，所以我们所见的“现代性”就不会是划一的了。但在我看来，我们所讨论的“五四”散文的现代性，虽然或许也会出现诸多的歧说，但其总体性的指向，应该是比较清晰的，即应是指散文内在的现代品质和形态的现代特征。从品质而言，现代性求取的是普遍的价值原则：“所谓现代性，就是促进社会进入现代发展阶段，使社会不断走向科学、进步的一种理性精神、启蒙精神，就是高度发展的科学精神与人文精神，就是一种现代意识精神，表现为科学、人道、理性、民主、自由、平等、权利、法制的普遍原则。”[①]按照张辉的理解，现代性至少具有三层含义：“首先，从精神发展的历程上说，它是人的主体性确立的表征，具有现代性精神的人，按照自身的内在性（Inwardness）来对外在世界作出判断，而不是按照超验原则或传统的规范来行事；其次，从社会运行原则来说，现代性是合理性的产物……三，从知识学的意义上来说，现代性给定了不同知识模式以相对的独立性，不同的知识部门为人的主体性以及社会的合理性的发展作出了相应的知识学的证明与辩护。简言之，现代性的内涵，包含这样三个主题：精神取向上的主体性；社会运行原则上的合理性；知识模式上的独立性。无疑，这三者又是相互关联相互依存的。”[②]以上关于现代性言说的框架，大体上可以作为我们分析“五四”散文精神的基本的理论模式。诚然，我们不能教条地套用着这些理论资源去解释对象。在我看来，以上有关现代性的基本的价值原则，实际上历史地包含在“五四”新文化运动之中，

① 钱中文：《文学理论现代性问题》，《文学评论》1999年第2期。

② 张辉：《审美现代性批判》，北京大学出版社1999年版，第4页。

包含在其时的散文中，我们要做的工作是从中加以提取或提炼。

需要指出的是，我们所解析的现代性，并不指向背景更为广阔的思想史或文化史，而是一种特殊的文类。尽管“五四”散文是研究“五四”思想史或文化史的重要的材料，但散文毕竟是一种语言艺术，它的现代性有着其本体性的特征和表现形式。正如有学者所指认的那样，在文学史的系统中，现代性与文学性是关联着的：“现代性与文学性是‘兼容’的，现代性不仅表现在文学作品的思想、意识、理念中，更加体现在它们的文学性和审美性中，体现在两者的融合中。现代文学的现代性，若离开了它审美方面的现代性，根本无法得到深刻、充分的阐述。”[①]就“五四”散文而言，它的现代性除了情志意思等内蕴构成外，还包括它的形态体征、话语方式、语言工具等。形态之类并不独立于内蕴之外，它们以整体呈现着散文现代性的存在。王瑶在论述“五四”文学革命的“现代化”特征指出：“‘五四’文学革命，提倡新文学，它的历史意义就是体现了中国人民要求现代化。什么叫文学革命？就是要求用现代人的语言表现现代人的思想。现代人的语言就是白话，现代人的思想就是民主主义。”[②]将这一段论述用以指说“五四”散文也是恰当的。我们或许可以认为，散文现代性的生成，是“五四”散文“革命”的直接结果。这种“革命”体现为现代人以自己的思想方式与语言方式的合成，共构着一种新的散文文体。

（二）自由精神：“大胆地说话”

自由精神是文学的精神核心。这是文学的原初重要的命意，也是它的一种终极价值。保罗·萨特有言：“不管作家写的随笔、抨击文章、讽刺作品还是小说，不管他只谈论个人的情感还是攻击社会制度，作家作为自由人诉诸另一些自由人，他只有一个题材：

---

① 朱立元：《论现代性与中国现代文学史研究的理论预设》，《学术研究》2003年第3期。

② 王瑶：《中国现代文学史论集》，北京大学出版社1998年版，第298页。

自由。”[①]文学原本应是人类创造的关于人生、关于社会、关于生命、关于自然、关于自我等有意味的自由的书写。但是在相当长的文学发展历史中，作家写作的自由或被剥夺或被囿于一隅。尤其在中国封建文化的传统中，更缺少有关自由的精神资源。作家的写作在很大程度上恪守着具有特定内涵的“文以载道”的准则。所谓“道”也就是桐城派作家倡导的“义理”“辞章”“考据”中的“义理”，往往是一种“卫道”之道，导源于为体制所重的“经”：“文以载道，六经皆载道之文也。故言文者，必权舆于经。韩退之论文曰：‘养其根而俟其实。’经，其根也；文，其实也。又曰：‘加其膏而希其光。’经，其膏也；文，其光也。柳子厚曰：‘本之书以求其质，本之诗以求其恒，本之礼以求其宜，本之春秋以求其断，本之易以求其动。’皆所以取道之原也。”“文不宗经，譬犹木之无根，水之无源，欲其末之茂，流之长，不可得也。”[②]这是封建时代文人写作皆有所本的规约，而其旨归则在于维护或完善封建体制的运作，这样作者主体以及写作本身被淡化了。正如方苞在《古文约选》所说的那样，“群士”求取的“是以求六经《语》《孟》之旨，而得其所归，躬蹈仁义，自勉于忠孝，则立德立功，以仰鉴我皇上爱育人才之至意”。由此可见，传统的散文写作大多命定着与主体心灵的自由是无缘的。

散文之散，本有散漫无拘的意义在内。随心随意而有情味理趣性灵，正是散文审美内蕴之要素。散文写作的理想境界一如有宋文章大家苏轼所描绘的那样：“大略如行云流水，初无定质，但常行于所当行，常止于所不可不止，文理自然，姿态横生。”（《答谢民师书》）苏轼的散文有此境界，这倒并不是社会为他提供了宽宏自如的写作氛围，而恰恰相反，现实处境的逼仄险恶，人生仕进

---

① 萨特：《为什么写作》，收入戴维·洛奇编《二十世纪文学评论》（下册），上海译文出版社1993年版，第28页。

② 奕訢：《乐道堂文钞自序》（节），收入任访秋主编《中国近代文学大系·散文理论集一》，上海书店1994年版，第447页。

的失意困顿，使他身心疲惫。放达的苏轼将写作作为自我拯救的方式，通过写作，演绎心灵渴望自由放飞的梦想，以写作中获得的自由体验作为现实拘羁无奈的一种补偿。苏轼在古代文学史中只是并不多见的个例。作家生存的现实及其主体心灵普遍的“失我”，从根本上决定了散文不可能成为一种自由的文体。一个散文的时代，应是一个散文作家能够呼吸到自由空气的时代，或者是思想文化人士争取自由言说而能得到或部分地得到这一自由的时代。“五四”时代，由于国际国内特殊情势的诸多历史性因素合力所致，使其成为中国历史上对知识分子来说最为独立而自由的时代。这是一个知识分子得以自由言说的时代，无论是外向的对社会发言，还是内倾的自言自语。散文是一种逞心说话的形态。对于“说话”，鲁迅认为：“我们要说现代的，自己的话；用活着的白话，将自己的思想，感情直白地说出来。”“大胆地说话，勇敢地进行，忘掉了一切利害，推开了古人，将自己的真心的话发表出来。”[①]想说并且说着“现代的，自己的话”的并不只是鲁迅，而是“鲁迅们”。于是一个散文的时代终于到来了。

观察新文化运动中的思想文化精英，他们中的许多人同时又成为“五四”时期主要的散文作家。散文文体自我抒写的更为率性自如，论评天下的更为意气风发，使其成为他们精神存在的一种基本方式，成为他们文化启蒙的一种重要载体。《新青年》是一方新文化酿造传播的中心，同时又是造就“五四”散文作家的一个重镇。这种合二而一的“《新青年》现象”，对我们研究“五四”散文的现代性有着直接的启示意义。在我看来，散文作家的入世精神与散文本体批判性主旨的空前的凸现，是“五四”散文最可显见的现代性景观。

林毓生在谈到“五四”精神时，曾说：“什么是五四精神？

① 鲁迅：《三闲集·无声的中国》，《鲁迅全集》第4卷，人民文学出版社1981年版，第15页。

那是一种中国知识分子特有的入世使命感。”①“这种入世的使命感是令人骄傲的五四精神。”②林贤治在《五四之魂（上）》中指认“五四精神”，“就是自由的精神，解放的精神，创造的精神”。③林毓生和林贤治关于“五四”精神的标示虽然不一，但其中实有关联之处。“五四”时期中国知识分子的入世精神并不类同于儒家传统中“达则兼济天下”的思想。他们的入世，是为了拆解现存的社会秩序，让人从封建体制的束缚中解放出来，获得自由灵性，以实现文化创造和社会更生的使命。现代性是相对传统性的一种品质。因此，从某种意义上说它意味着创造或创新。晚清至“五四”知识分子对于现代性的求取，在语言上醒目地表现为“新”字：“中国人关于现代性的概念表现出一些很突出的不同之处，自清末以来，日益‘面向当前’的意识形态（与古典的面向过去的儒学相对立），无论在字面还是在象征性上都充满了‘新’的内容：从1898年的‘维新’运动到梁启超的‘新民’概念，以至五四时期出现的‘新青年’‘新文化’和‘新文学’，几乎所有为将中国从过去的桎梏中解放出来的建立‘现代’国家的社会和思想运动，都伴随着一个‘新’字。”④但“新”的大厦很难在“旧”的基础上建筑，于是破旧立新就成了其时知识分子的要务，而且由于求“新”心切，所以破“旧”之言也屡见极端。政治学家亨廷顿对现代化过程中的这种景况作过分析。他说：“在此过程中，一大堆陈旧的社会、经济、心理上的信条被侵蚀甚至粉碎，而人们也变得合乎新的社会化和行为的模式。”“在进行现代化的社会里，革命的知识分子几乎是一种普遍现象。”⑤这里所说的“革命的知识分子”，其所意指的即是除旧布新的时代“另类”。“五四”时代

---

① 林毓生：《中国传统的创造性转化》，北京三联书店1988年版，第147页。
② 林毓生：《中国传统的创造性转化》，北京三联书店1988年版，第148页。
③ 林贤治：《五四之魂（上）》，《书屋》1999年第5期。
④ 李欧梵语，见《晚清剑桥中国史》（上），中国社会科学出版社1993年版，第562页。
⑤ 亨廷顿：《变动社会的政治秩序》，上海译文出版社1989年版，第37页。

的作家不少就是这种“革命的知识分子”。

从某种角度而言，批判性也就是现代性。正如李欧梵所说：“现代性本质上就是破除对传统的迷信，并从精神上寻找新的解决途径。”中国现代文学“反映出作家们对政治环境的批判精神。这种批判态度是五四运动最持久不衰的遗产”。[①]在特定的时代，有抱负的作家历史地承担文化革故鼎新的使命，充当着思想启蒙者的角色。当其时，知识分子型的作家往往是一种文学工作者与思想启蒙者合一的身份。对此，沈雁冰在《现在文学家的责任是什么》中说得十分明白：“自来一种新思想发生，一定先靠文学家做先锋，借文学的描写手段和批评手段去发聋振聩……中国现在正是新思想勃发的时候，中国文学家应当有传播新思想的志愿，有表现正确的人生观在著作中的手段。”[②]文学家在促进社会从传统向现代转型过程中，以文学的形式传播新思想，完全不同于传统意义上的“文以载道”。因为新思想并不是体制中的“道”，而是表达了人类的普遍精神与公理原则，它对扼杀人性的文化和不合理的社会存在的批判，正表明了对人性之光的弘扬和建立现代民族国家的理想的憧憬。

“五四”散文家有着自觉的批判意识。鲁迅对作家诗人只做一些用以粉饰或作游戏的诗、小说，颇为不满，认为“最缺少的是‘文明批评’和‘社会批评’”，他以对杂感写作的热衷，作着进行“文明批评”和“社会批评”的示范，表示“虽在割去敝舌之后，也还有人说话，继续撕去旧社会的假面”。[③]杂文是一种以批判性见长的文体。“五四”时期杂文成为散文大类中的主类之一，尤其是前期成为其中的主类，表明具有知识分子角色自觉意识的作家，对于“文明批评”“社会批评”的责任的主动担当。《新青年》高张“科学”与“民主”的旗帜，但它是以批判作为手段的，

① 李欧梵语，见《晚清剑桥中国史》（上），中国社会科学出版社1993年版，第511页。

② 茅盾：《现在文学家的责任是什么》，《茅盾全集》第18卷第8页。

③ 《鲁迅全集》第11卷，人民文学出版社1981年版，第63页。

这种手段的语言表达形式即为政论、杂感。《新青年》首开“随感录”专栏，前后共刊发一百多篇文章。创刊于1918年12月的《每周评论》，正式出版36期，“随感录”作为其贯穿性的重要栏目。《语丝》周刊，虽然形成了中国现代散文杂文与美文共构的基本格局，但无疑在这一格局中，杂文是作为主体出现的。

《新青年》《每周评论》和《语丝》等刊物开设的杂感类栏目，造就了现代中国第一代杂文家。陈独秀是《新青年》杂文的主要作者，蔡元培对他杂文的主旨倾向作有总括。他在《独秀文存·序》中说：“这部文存，都是陈君在《新青年》上发表过的文，大抵取推翻旧习惯、创造新生命的态度。”[①]即使是周作人，这位倡导美文并身体力行，后来终于成为“隐士”的作家，曾经也以杂感塑造着自己作为旧文化“叛徒”的形象。在《雨天的书》“自序二”中，周作人对自己的写作有一评述：“我想破坏他们的伪道德不道德的道德，其实却同时非意识地想建设起自己所信的新的道德来。我看自己一篇篇的文章，里边都含着道德的色彩与光芒，虽然外面是说着流氓似的土匪似的话。我很反对为道德的文学，但自己总做不出一篇为文章的文章。”“检阅旧作，满口柴胡，殊少敦厚温和之气。”他的《祖先崇拜》批评的是对旧文化的自恋，认为：“我们不可不废去祖先崇拜，改为自己崇拜——子孙崇拜。”这其中包含了对旧文化的拒绝，对自我张扬的个人主义和进化论等现代理念的亲近。《关于三月十八日的死者》《碰伤》等篇则直接声讨讽刺了专制社会的残暴黑暗，表示了作者对不合理的非人道的社会的否定。鲁迅的杂文，贯注了前所未有的批判精神。他以笔名唐俟发表的第一篇白话散文《我之节烈观》，发表于1918年8月15日第5卷2号的《新青年》上，对戕害人性的封建节烈观——封建礼教进行了无情的抨击。在作品中作者宣言：“要除

---

① 蔡元培：《独秀文存序》，王观泉编《〈独秀文存〉选》，贵州教育出版社2005年版，第34页。

去世上害己害人的昏迷和强暴”，“要除去制造并赏玩别人苦痛的昏迷和强暴”。《我之节烈观》作为一种预示，表明鲁迅后续的杂文将具有的基本的话语立场与题旨。对于非理性非人道的批判，在“五四”此前的中国文学中也是存在着的，但是像“五四”时期这样以作家集体出击的方式，以一种广泛而又深度的批判性展呈——基于现代理念的批判却是第一次。批判不留情面，直捣对象要害：“我们中国人，最妙的是一面会吃人，一面又能够讲礼教。”“到了如今，我们应该觉悟：我们不是为君主而生的！不是为圣贤而生的！也不是为纲常礼教而生的！……我们如今应该明白了！吃人的就是讲礼教的！讲礼教的就是吃人的呀！”[①]虽然“五四”杂文并不全像吴虞《吃人与礼教》具有这样的直言不讳的锋芒，但批判无疑是写满了其时杂文的一个主题词。

“五四”散文批判性主旨的凸现，导源于作家作为社会良知公证人形象的自认和自认的可能。这种自认，表示了作家对“莫谈国事”，写作只为“稻粱谋”的言说规约的漠视与颠覆。“五四”杂文，是知识分子职志自守的一种写真，是知识分子精神能量的一次集体性释放。从散文文体发展的角度而言，它表示着散文作家成规模地走向了独立而自由的言说。这种独立而自由，不仅对真正的杂文写作不可或缺，而且对美文，对一切文学创作都具有前置性的意义。陈独秀在评价鲁迅兄弟“《新青年》写作”时特别地揭示了这一点：“鲁迅先生和他的弟弟启明先生，都是《新青年》作者之一，虽然不是最主要的作者，发表的文字也很不少，尤其是启明先生；然而他们两位，都有他们自己独立的思想，不是因为附和《新青年》作者中哪一个人而参加，所以他们的作品在《新青年》中特别有价值。”[②]

① 吴虞：《吃人与礼教》，《新青年》第6卷第6号。

② 《我对于鲁迅之认识》，《陈独秀文章选编》（下），生活·读书·新知三联书店1984年版，第564页。

（三）主体自觉与散文个人性

“五四”散文另一个醒目可观的现代性景观，毋庸置疑就是散文作家主体意识的自觉和散文本体个人情志的张扬。从某种角度而言，散文是一种关于“自我”的文学。这种“自我”，一方面外化为指向社会批评和文明批评，另一方面内化为抒写个人的心灵世界，展示个人化的生活空间，并由此自由地演绎个私情志。散文文体的特点是什么，人们会作出种种不同的解释，但“我”的呈现，或曰“个人性”，是不应该视而不见的。散文本质上是个人存在的直接外化，它不同于小说，而与诗歌近似。有学者认为，散文“要说特点，恐怕最简括的，还是回到个人性上面。首先，在内容方面，散文更重个人经验和内心体验。生活，劳作，读书，旅行，都是关于个人或者由个人参与的。即使作为旁观者，看重的也是个人的眼光；因此在形式上，也就十分注重所谓‘个人笔调’”。“真正的散文是不带面具的。”散文可以说是人的本质力量——精神自由的一种直接的语言物化形态，因此，“散文对自由精神的依赖超过所有文体”。①

由此可见，所谓散文作家主体意识的自觉也就是散文文体意识的自觉，而散文文体意识的自觉，也意味着作家主体意识的自觉。这是散文的一种独特。意识自觉的核心是对人作为精神主体的恢复与张扬。这成为一种时代的思想主潮。陈独秀在《一九一六》年中论及青年“思想动作，果何所适从乎”时，明确地指出：“尊重个人独立自主之人格，勿为他人之附属品。”郁达夫说得更为直白：“自我就是一切，一切都是自我。”②这些尊重个人，张扬自我的要求，成为“五四”文学的基本主旨。“人的发见，即发展个性，即个人主义，成为五四时期新文学运动的主要目标。”③胡

---

① 林贤治：《五十年：散文与自由的一种观察》，《书屋》2000年第3期。

② 郁达夫：《文化论集》，上海光华书局1926年版，第20页。

③ 茅盾：《关于“创作”》，《茅盾全集》第19卷，人民文学出版社1991年版，第266页。

适在谈到“五四”新文学运动目的时说：“一个是我们要建立一种‘活’的文学，一个是我们要建立一种‘人的文学’”。前者是“文字工具的革新”，后者是“文学内容的革新”。[1]而所谓“人的文学”，如周作人所说的“用这人道主义之本，对于人生诸问题，加以记录研究的文字，便谓之人的文学”。“我所说的人道主义……是一种个人主义的人间本位主义”，“是从个人做起”，所谓“人性”就是“兽性与神性”的结合，“人的文学”要“发见‘人’”，“‘辟人荒’”。[2]周作人在《新文学的要求》中又给出了“人生的文学”的范畴，认为“人生的文学”，“就是个人以人类之一的资格，用艺术的方法表现个人的感情，代表人类的意志，有影响于人间幸福生活的文学”。[3]

“人的文学”或“人生的文学”，强调的是作家以个人的方式表现人生与社会。作家的“个人方式”即作家主体性的另一表述。这种“个人方式”或主体性的充分实现，有赖于作家“自由文学观”的操持和实践。可喜的是“五四”文学家将应当的、可能的，变成了一种现实。许华天写有《创作底自由》，以“自由”直接标示在文题中，“我想文学的世界，应当绝对自由。有情感忍不住了需要发泄时，就自然而然地发泄出来罢了。千万不用有人来特定制造一个樊篱，应当个个作者都须在樊篱内写作。”[4]周作人虽然没有用“绝对自由”一词，但他反对“文艺的统一”，倡导文艺的“各行其是”的自由：“文艺的生命是自由而非平等，是分离而非合并。一切主张者若与这相背，无论凭了什么神圣的名字，其结果便是破坏文艺的生命，造成呆板虚假的作品”。[5]这种文学自由

---

① 胡适：《中国新文学大系·建设理论集·导言》，上海良友图书公司1935年版。

② 周作人：《人的文学》，《新青年》第5卷第6号，1918年12月15日。

③ 周作人：《新文学的要求》，《艺术与生活》1936年版。

④ 转引自周作人《文艺的统一》，郁达夫编《中国新文学大系·散文二集》，上海良友图书公司1935年版。

⑤ 周作人：《文艺的统一》，收入，郁达夫编《中国新文学大系·散文二集》，上海良友图书公司1935年版。

论或称文学主体论也反映在“五四”作家的散文观念中。刘半农在言及“散文之当改良者”时，说：“第一曰破除迷信。尝谓吾辈做事，当处处不忘——有一个我。作文亦然。如不顾自己，只学着古人，便是古人的子孙。如学今人，便是今人的奴隶。”[①]强调的是散文作者宜自主独立，彰显自我。周作人有《美文》，称美文是“记述的，是艺术性的”，其间“可以分出叙事与抒情”，他强调美文“须用自己的文句与思想”。[②]胡梦华有《絮语散文》，认为“絮语散文”是“常经验过的茶余酒后的闲谈”，“它的特质是个人的”。[③]朱自清在《论现代中国的小品散文》中，谈及自己的散文写作时说：“我自己是没有什么定则的，只当时觉着要怎样写，便怎样写了。我意在表现自己，尽了自己的力便行。”[④]“语丝派”的散文作家，更推出口号：“不用别人的钱，不说别人的话”，以求取“自由言论之资格”。[⑤]基于以上所说的主体意识和文体意识的自觉，所以“五四”作家能在他们的散文写作中自由地挥洒自我。这种自我挥洒的结果，是使散文家特立独行，各自相异，由此，将“五四”散文的星空演绎得星光灿烂。

朱自清在描述“五四”散文的情状时，用了“确是绚烂极了”一语，形容创作的多样繁盛。郁达夫将“五四”散文中所表现出的充分的“个性化”及其相关的浓郁的“自叙传的色彩”，视作“现代的散文之最大特征”。我以为两位“五四”散文在场者所作的指说，都是符合其时散文存在实际的。在我看来，散文作家主体意识的自觉和散文本体个人情志的张扬，直接促成了“五四”散文作家的风格化和美文化散文的崛起。

“五四”散文作家的风格化，并不只是体现在个别作家身上，

---

① 刘半农：《我之文学改良观》，《新青年》第3卷第3号。

② 周作人：《美文》，《晨报副刊》1921年6月8日。

③ 胡梦华：《絮语散文》，《小说月报》第17卷第3号。

④ 朱自清：《论现代中国的小品散文》，《文学周报》第345期，1928年。

⑤ 岂明（周作人）：《答伏园论“〈语丝〉的文体”》，《语丝》54期。

而是成为一代散文作家的普遍特征。缘于此，我们以为“五四”时代，是中国现代散文的一个成熟的时代。风格即人，只有当“文如其人”成为一种实际上存在的事实时，即人的本我性直接地衍化为写作中内蕴的个人特质时，我们才能指称作家是有风格的作家。毋庸赘言，鲁迅是个人风格最为鲜明的杂文家，他的杂文中贯注了他全部的人格，其文的犀利深刻源于他思想家式的内质，源于他“横眉冷对千夫指，俯首甘为孺子牛”的人生哲学。周作人虽与鲁迅为兄弟，但性情人格，人生态度以及审美取向等大异于其兄，影响及于散文，使得文中内存偏至软性，风致中多了一种温和与闲适。激扬个性，注重自我的时代风气，心仪并参与这种风气创造的散文作家，正好将散文作为自我的一种写真，其中少有遮拦，少有做作，呈现出更多的是作家更为个人化的存在。冰心的散文，是一种纯情的散文，内中滋润着母爱，儿童爱和自然爱的温馨。而此时的冰心恰似花季纯净女子，似乎是两性之情的情窦未开，因此，尽管冰心“五四”散文洋溢着情意，但是两性之情大约是少见的，是一种“无性”的散文。此情未开，别情馥郁，于是冰心倾心于博爱之情的酿造与表达中。朱自清的散文情调是复式的，既有像《春》《绿》“能够满贮着那一种诗意”的“江南风景似的秀丽文章”，[①]也有《背影》《儿女》等更带生活质感与沉重之味的作品。前者可以理解为是作者诗人本性在无挂碍的美的自然境界中的由性流露，后者则是作者现实生活的一种直接的写照。这两者都是对作者实际存在的真实反映，即所谓人在文中了。再如林语堂散文的幽默，是因为作者本身的性情若此；许地山散文中有佛意，也是因为他自己有些佛化了。“五四”时期长不过十余年，其中的核心时段仅数年而已。在这很短的几年中，产出为数甚众的有风格的作家，这在中国文学史上是仅有的。这一现象生成了文学史叙说的永久魅力，魅力来自于“五四”这一时代催生出的作家自由精神。

---

① 郁达夫：《中国新文学大系·散文二集·导言》，上海良友图书公司1935年版，第18页。

“五四”散文作家主体意识的自觉，既生成了有风格的作家，又促进了美文的兴起。美文的概念就由周作人首次提出的，它是相对于杂感（杂文）的另一种散文的形态。杂感在新文化运动中由于它能直接作用于思想革命而首先应运而生，成为“五四”时代散文中的一种强势文类，这种强势文类当然是作家精神自由主体意识自觉的生成物。但杂感（杂文）只是散文中的一种类型，而不是散文的全部。美文是散文文体中不可或缺的重要构成部分。所谓美文，是以叙事写人状物绘景抒情为主的散文，或可名之为文艺性散文。美文的自成气候，被视为新文学取得实绩的一种重要的证明。胡适在论及“五四”散文的发展时，认为“最可注意的发展，乃是周作人等提倡的‘小品散文’”，[①]“小品散文”也可指称为“美文”。杂文与美文的共存同荣，才能构成散文较为完整的文体格局。

从文类与主体精神向度的关系看，杂文与美文是主体自觉后的两种不同的表达形态，其前提都依赖于主体性的凸出，只是其指向路径与形态有异罢了。杂文是怀有现实关怀的情结的主体所作的关于社会或文化的批评，而美文则是更多地关注主体自身或通过主体自身的感悟去体察人情物理的一种言志性体式。在美文写作中，更多地存在着主体叙写主体的情况，其间如周作人所说浸透着个人的性情，因而更具有自叙的色彩。周作人等十分注重作家精神生活的质量，提倡艺术地生活；主体艺术的生活内容成为美文表现的重要题材，或喝苦茗或品美食，或读书闲话或与自然相拥，叙写之中，洋溢着作家的真性情。鲁迅的《野草》是一种自我叙写的文本，它让读者在杂文之外，能够直接地感受到关于作家自己的心灵回响；《朝花夕拾》以乡土追忆的叙事设计，打捞起曾经丢失的儿童天性。美文既是一帧作者自我体认或自赏自恋的精神自画像，又是逃离现实的紧张而建构的可得一时心灵抚慰的精神避难所，无论是哪

① 胡适：《五十年来中国之文学》，《胡适全集》第二卷，安徽教育出版社2003年版，第343页。

一种情况，美文中“盛长”着的是作家的主体性，以及主体性的关联物，读者从中可获得一种精神分享或分担。

（四）语言自由化与美的白话文

如前所言，“五四”散文的现代性不仅凸现在作家的主体精神和作品所表现的普遍的价值取向等方面，而且也可见于散文语言形式层面。“五四”散文语言的自由化以及与此相关生成的现代散文文体美学，成为“五四”散文现代性系统中又一重要的有机构成部分。“五四”文学，是“人的文学”，又是“活的文学”，“活”的文学不只是指称语言表达工具，而且它也是实现文学的“人”化的重要手段。语言是思想直接的现实，两者是不可分离的。“五四”散文文体的基本精神是自由精神，而语言的自由化直接作用于文体自由精神的生成。

语言的自由化是言文合一的白话化的另一种表达。言文脱离在中国文学中长期地存在着，尤其是在散文写作中。散文的写作与接受为少数文人所占有，这种占有，实际上体现了语言表达上的文言专门化。这与小说的情形很不相同。小说为了迎合市民文化兴起的需要，话本小说等以白话作为表达工具。散文语言的被控制，被垄断，与这种文体所具有的某种体制化的属性——“文以载道”功能设置有关。随着自由言说这一现代知识分子精神诉求的强化，随着知识分子思想启蒙使命担当的自觉，他们愈发感觉到文言对思想情志自由表达与广泛传播的阻碍作用，所以将文言化为白话作为新文化运动中的一项重要工作。胡适提出了“国语的文学，文学的国语”，将语言革新与文学革命关联了起来，成为新文学运动中具有召唤力的旗帜。他在发表于1925年10月10日《晨报副刊》的《新文学运动之意义》一文中将新文学运动统称为“是活的文学之运动”，认为：“白话是活的，用白话去作，成绩一定好。死文字不能产生活文学，要创作活文学，所以就要用白话。”新文学家之所以重视新文学的“语言文字和文体的解放”，是因为在他们看来，

“形式上的束缚，使精神不能自由发展，使良好的内容不能充分表现。若想有一种新内容和新精神，不能先打破那些束缚精神的枷锁镣铐”。[①]新文学作家身体力行地进行白话写作。认为“白话是文学的正宗”的钱玄同，致信陈独秀，说：“我们绝对主张用白话体做文章，则自己在《新青年》里作的，便应该渐渐的改用白话。我们这次通信起，以后或撰文，或通信，一概用白话，就和适之先生做《尝试集》一样意思，并且还请先生，胡适之先生和刘半农先生都来尝试尝试。此外列位在《新青年》里撰文的先生和国中赞成做白话文的先生们，若是大家都肯尝试，那么必定成功。自古无的，自今以后必定会有。”[②]《新青年》在推进白话文运动中发挥了重要的作用，它于1918年1月号刊载了白话文学作品，同年4月号，全部采用了白话写作。

散文的白话化，曾被文学保守主义者反对、怀疑，但“五四”新文学家以他们成功的写作，证明了白话散文自有优长之处。新文学家欣喜地看到了散文小品的成功，并从中提示出重要的文学史意义。在胡适看来，“这一类作品的成功，就可彻底打破那‘美文不能用白话’的迷信了”。[③]并且他深信白话散文“是能够产生有价值有生命的文学的”。[④]鲁迅在后来写的《小品文的危机》中也指出了这一点，他以为“漂亮和缜密的”的白话散文，对于旧文学是一种“示威”，“在表示旧文学之自以为特长者，白话文学也并非做不到”。[⑤]我们可以认为，“五四”散文在整体上结束了言文分离的古文时代，使散文进入到言文合一的一个新的历史时期。

“五四”散文的白话化促进了散文主体与主体自由精神的滋长，由此，也建构起现代散文的文体美学。现代散文文体美学的内

---

① 胡适：《谈新诗》，《星期评论》1919年“双十节”纪念号。

② 钱玄同致陈独秀信，收入《独秀文存》，安徽人民出版社1987年版，第734页。

③ 胡适：《五十年来中国之文学》，安徽教育出版社2003年版，第343页。

④ 胡适：《中国新文学大系·建设理论集·导言》，上海良友图书公司1935年版。

⑤ 鲁迅：《南腔北调集·小品文的危机》，《鲁迅全集》第4卷，人民文学出版社1981年版，第576页。

核自然应当对应于现代散文的精神品质。这种精神品格就本质而言就是主体自主性和本体的言志自由。与这种精神品格相应相生的是，在形态上体现出一种随意逞心的自然美。散文的文体命名中包含着随意自由的特性，而随意自由的获致，需要建立一种散文的言说机制，这种言说机制中应该包含着一种发乎性情，由乎自然的可能性，而以白话作为情志外化的语言工具，就使这种率性自然的表达可能性成为一种现实性。这种现实性可见于“随感录”“随笔”“小品文”等诸多的相关性文体称名，更见于“闲话体”“说话体”“美文体”风致的形成并凸现。“五四”作家普遍地认同将散文写作视作一种说话的方式，“说话”将传统散文写作中语言转换（言转换文）的环节去掉了，这样减少了作者思维的壅塞和表达的阻隔，使散文写作真正地进入了得之于心而笔之于手的一种畅达的自由写作的境界。散文的“说话体”模式的建构，接应的是域外现代的散文文体观念。厨川白村就将散文视作与好友“随随便便”的“任性闲话”。汉语白话无疑是使散文成为自由体的一种工具保障。

（五）现代性生成的“合力”

由上分析可见，“五四”散文的现代性及其特征是突出而鲜明的。现代性的生成并得到凸现，这是多种历史性的“合力”共同作用的结果。其中主导性的原因当然关联着特定时代的社会历史条件。辛亥革命推翻了漫长的封建王朝统治，但革命的结果却未能建立起一个统一而具有强势的政权。这真是一个“王纲解纽”，主流意识形态塌陷的时代。当此时际，知识分子变得异常活跃。东渐的西风影响着中国的思想界，许多经受过西方现代文化洗礼的知识者将西方的现代性理念带回中国。一方面是封建政体已去，而封建文化依旧的社会现实，一方面是西方文明富有力度的冲击，文明间的落差导致新思想文化运动不以人的意志为转移地兴起来了。“五四”运动，作为一次伟大的思想大解放运动，“总而言之，正如尼采所说的，‘重新估定一切价值’（Transvaluation of all values），这句话大概就可包括了我们这个运动的真义”。这是个“再造文明”的时期，“通过严肃分析我们所面临的活生生问题；通过由输入的新学理、新观念、新思想来帮助我们了解和解决这些问题；同时通过以相同的批判的态度对我国固有文明的了解和重建，我们这一运动的结果，就会产生一个新的文明来”。[①]不消说，胡适所描述的“五四”新文化运动就是创造着现代性的运动。“五四”的思想者兼散文家，他们部分地以散文的方式参与这种现代性的建构。时代所滋生的自觉了的主体性，贯注到他们的散文写作中，这样作品中的现代性景观就出现了，而具有现代特性尤其是现代思想品格的散文，直接地作用于“一个怀疑、批评、反抗的时代”。现代性的思想文化运动和现代性散文之间就具有了这样的一种互动性。

在谈及“五四”散文（或曰现代散文）所受到的影响时，“五四”新文学家鲁迅、周作人、刘大白、朱自清、郁达夫等都认为是受到外因的影响的。朱自清认为：“现代散文所受的直接影响还是外因的影响。”[②]他似乎不太认同周作人“新散文的发达成功有两重的因缘，一是外援，一是内容”[③]的内外并重的观点。可以肯定地说，“五四”散文接受域外文化的影响是很明显的。这种影响既有散文主体思想情志的影响，也有对散文创作文体观念的影响，还有一些具体的写作方法的影响。这种多方面影响的产生，与“五四”散文作家的文化背景有着密切的关联。他们大都有过留学的经历，直接受到国外思想文化的影响。周氏兄弟留学过日本，陈独秀在日本和法国学习过，明显地接受过社

---

① 胡适：《胡适的自传》，陈金淦编《胡适研究资料》，北京十月文艺出版社1989年版，第264页。

② 朱自清：《论现代中国的小品散文》，《文存周报》第345期，1928年。

③ 周作人：《中国新文学大系·散文一集·导言》，上海良友图书公司1935年版，第10页。

会主义、民族主义、无政府主义的影响，思想上表现得比较激进（新文化运动前期的周作人也属激进派），这样在他们的作品中会更多地表达社会批评和文化批评的主题。冰心、林语堂等留学美国，更多地浸润了个人主义、自由主义的思想，这在散文的写作中就更多地体现出自由率性的风格。“五四”散文作家所接受的日本思想文化，实际上是一种具有日本印记的西方思想文化。认同了西方现代思想并通过散文传播这种思想，或西方现代思想渗透进散文写作，这些相对于中国传统的散文而言，就是一种异质，一种另类。由此可见，主体的西方文化背景是造就“五四”散文现代性又一重要原因。

在言说“五四”散文现代性的生成原因时，报刊的因素是不应该被我们所忽视的。报刊是散文发表的重要园地，从某种意义上说它促成了现代散文的兴起。周作人在论及《晨报》副刊对于散文所具有的意义时说：“《晨报》第七版不久改成副刊，是中国日报副刊的起首老店，影响于文坛颇大，因为每日出版，适宜于发表杂感短文，比月刊周刊便利得多，写文章的人自然也多起来了。”[①]这里，周作人在比较分说，所以他特别提示日报副刊的作用。如果总起来看，那么报刊对散文的发展都是具有重要作用的。这种重要作用不仅具有显见的提供发表阵地的物质功能，而且更为重要的是以报刊作为聚集中心，形成现代知识分子的言说群落。像前期的《新青年》和《语丝》等刊物，差不多成了知识分子自由言说的论坛。这种论坛自由相生的构成，激活了群落成员间的情感思想表达欲念，直接培养了现代中国第一代散文作家。《新青年》《语丝》和梁启超的《时务报》《新民丛刊》很不相同，后者差不多是梁启超独家经营的“准党报”和“派报”，而文化的《新青年》和《语丝》，它们则被醒目地标以“自由”的旗帜。在自由的园地中生长着自由的风景。现代散文

---

① 周作人：《中国新文学大系·散文一集·导言》，上海良友图书公司1935年版，第5页。

“出身”的这种“地缘”规定性，无疑对生成其自由精神——现代品格具有直接的定性作用。在言及散文与知识分子群落的关联性时，我们自然应该提到作为新文化运动中心的北京大学。如果从现代中国散文史的角度而言，我以为北京大学或许可以被视为现代散文的主要的发祥地。蔡元培竭力调教出自由精神的北京大学，以其兼容并包的气度吸纳各色文化人，而怀具自由品性的文化人，如同一批候鸟迁栖于此间，在这里作自由的鸣响，引领着一时之思潮。文化保守主义的钟情者梅光迪在指说《新青年》同人时有言：“彼等之学校，则指为最高学府，竭力揄扬，以显其声势之赫奕，根据地之深固重大。甚且利用西洋学者，为之傀儡，以便依附取荣，凌傲于国人之前矣。”[①]梅光迪对《新青年》同人及其所在的北京大学当然颇为不满，但从这一段话的另一面我们可以感受到北京大学的意义。在这里聚集着陈独秀、胡适、李大钊、周作人、鲁迅等重量级的人物。他们为新文学，为新散文的发展，作出了最初的贡献。因而，北京大学在我看来是现代散文史上的一座永久的纪念碑。

恩格斯在分析现时存在物的生成时，曾作过历史唯物主义的判断：“作为分工的一个特定的领域，都只有由它的先驱传给它便由此出发的特定的思想材料作为前提。”[②]我们在观照“五四”散文现代性的生成时，也应秉持历史的观点，注意观察“五四”散文与此前散文之间可能存在的某种逻辑关联。我们讨论的是散文的现代性的课题，因此观察的基点应设置前后代散文在现代性生成中的联系。散文的现代性是现代散文相对于传统散文所具有的新品质，它主要指主体内怀的独立自主的主体性和由此生成的任性言说的文体自由精神以及表现形态。从总体上考察，中国传统文化，包括传统散文缺乏生成散文现代性的精神资源。但我们又不

① 梅光迪：《评今人提倡学术之方法》，《学衡》第2期。

② 恩格斯：《致康·施米特》，《马克思恩格斯选集》第4卷，人民出版社1995年版，第704页。

能无视现代性是一个行进中的过程的实际情况。从历史的实际看，“五四”散文现代性的前结构应是包括散文在内的具有近代性的晚清文化。径言之：晚清散文的近代性是“五四”散文现代性生成的一个重要的铺垫因素。对此，“五四”新文学家和现代学者早已作有明确的指说。钱玄同认为：“梁任公实为创设新文学之一人”“论现代文学之革新，必数梁先生”。[①]胡适指出了梁启超的影响力：“梁启超当他办《时务报》的时代已是一个很有力的政论家；后来他办《新民丛报》，影响更大。二十年来的读书人差不多没有不受他的文章的影响的。”[②]周作人也证明了鲁迅接受过严复、林纾和梁启超的影响：“在南京的时候，豫才就注意严几道的译书，自《天演论》以至《法意》，都陆续购读。其次是林琴南，自《茶花女遗事》以后，随出随买……末了是梁任公所编刊的《新小说》《清议报》《新民丛报》，的确都读过，也很受影响。”[③]梁启超影响“五四”新文学的主要是由他力倡的“新文体”，“这种新文体，不避俗言俚语，使古文白话化，使文言白话的距离比较接近，这正是白话文学的第一步，也是文学革命的第一步”。[④]“新文体”是散文的新体，是对传统古文有史以来的最为重要的文体解放。它所影响“五四”散文的一是精神层面的。“新文体”其主旨是“新民”，“五四”散文，特别是《新青年》“随感录”等杂文宣扬的是“立人”的主旨，它们在启蒙主题的建构上有着关联性，尽管启蒙的内蕴与意义是不尽相同的。其二是在形式层面上的。梁启超“新文体”务求“自解放，务为平易畅达，时杂以俚语韵语及外国语法，纵笔所至不检束”[⑤]，虽然鲁迅说杂文古已有之，但

① 钱玄同：《寄陈独秀》，《新青年》第4卷第6号。

② 胡适：《五十年来中国之文学》，《胡适文存》第2集卷2，上海亚东图书馆1924年版，第125页。

③ 周作人：《瓜豆集·关于鲁迅之二》，上海宇宙风社1937年版。

④ 陈子展：《中国近代文学之变迁·最近三十年中国文学史》，上海古籍出版社2000年版，第207页。

⑤ 梁启超：《清代学术概论》，东方出版社1996年版，第77页。

“五四”散文的直接的文体之源当是晚清“新文体”。“新文体”“纵笔所至不检束”，而鲁迅等的杂文乃是一种自由的说话。“任意而谈，无所顾忌”，表达因思想的流淌而显得随意自如，体现出杂文作为一种自由体的特征。由此可见，“五四”散文现代性的根系是连接着晚清散文的。

七、现代散文的公共性与个人性

散文的公共性与个人性，作为一个显性的真实的话题或问题，只是在现代语境中才会生成。尽管在古代对散文的文体命名以及阐释中，给出了它若干“散”的体征，表示了它对于某些规范的超逸，但是，“文以载道”始终是传统文论中衡文的终极性原则和操作范式。“文以载道，六经皆载道之文也。故言文者，必权舆于经。韩退之论文曰：‘养其根而俟其实。’，经，其根也；文，其实也。”“文不宗经，譬犹木之无根，水之无源，欲其末之茂，流之长，不可得也。”①作为儒家精神之源的“经”，体现了一种体制性写作的规约。文以此立本，其价值取向无疑会偏至于集体性的“公共”意向，由此必然会遮蔽、隐去甚至拒绝个人性的存在。正如冰心所说：“中国的旧文学，从古以来，以‘文以载道’——以文章来维持道义——为目的。文章应当为宣传伦理思想而写的。不载道的文章，不能说是正派的。换言之，中国古人写文章，是以维持世道人心为目的。当然作者想写的东西不一定都是‘载道’的东西。可是为了这种传统，想写的都不敢写出来，写出来的不得已而用匿名”，“文学本来是应该用来发抒各种感情，假使压迫了某一方面，不使它发泄，那是很不好的。这‘文以载道’就埋没了多少好的文章”。②

当然这样言说，并不意指中国古代只有载“公共”之道的文章，而无表达个人之志的作品，只是强调在传统的文化生态中，文以载道作为一种写作伦理被普遍地自觉或被动接受的实际状况。文学史的旅程告诉我们，“载道”之文构成了传统文学的基本价值

---

① 奕訢：《乐道堂文钞自序》，收入任访秋主编《中国近代文学大系·散文理论集一》，上海书店1994年版，第477页。

② 冰心：《怎样欣赏中国文学》，《冰心全集》第3卷，海峡文艺出版社1994年版，第466页。

体系，从先秦演进至有清，言说物理世情天人大端的“非私”写作，其意蕴与艺术俱佳的优秀之作灿若星辰。这是毋庸置疑的基本史实。因此，在我看来，“公共性”与“个人性”从形而上的层面说，并不表达对于文学品质唯一性的价值判断，即个人书写为高值，公共书写为低值，或与此相反。它只是表示着主体写作视阈可能的涉指以及写作价值的某种取向。只有当“公共性”或“个人性”进入到形而下的操作层面时，即何由公共、何由个人成为一种实然，公共或个人的内置及其文学存在方式可以被接受者具体感知时，价值判断才开始形成。这是一个复杂而有意义的话题。

（一）散文个人性的理论置备

散文公共性的准则是早已前置了的，这毋庸我们在此赘说。个人性则是一个现代性的生成。在传统的文学世界里，个人性不是没有表现，只是它一般不被倡扬。而在现代的时空中，个人性成为不可止抑的存在，并且具有了一种合法的可能性。这首先是现实社会情势的使然。晚清以降，中国开始被整体性地纳入世界一体的轨道运行，西方的价值观念深度地影响着我们精神体系的建构。19世纪后期至20世纪初年，正如文学史家黄人所说：“……中外一家，梯航四达，欧和文化，异质化合，乃滋新种。学术思想，大生变革。”（《清文汇·序》）西风东渐，人的主体性潜滋暗长，并且被不断地激发，“立人”演绎成一种时代的要求。鲁迅在《文化偏至论》中将“立人”视为国事之首：“欧美之强，莫不以是炫天下者，则根柢在人……是故将生存两间，角逐列国事务，其首在立人，人立而后凡事举；若其道术，乃必尊个性而精神。”[①]个性的肯定与尊重从来没有被提高到这样的高度被认知。“五四”时期更是以“民主”和“科学”为时代主题，陈独秀等新文化运动的先锋极力倡导独立自持的个性人格，在《青年杂志》的开篇《敬告青

① 鲁迅：《鲁迅全集》第1卷，人民文学出版社1981年版，第33页。

年》中，陈独秀“谨陈六义”，其中列第一的是“自主的而非奴隶的”，而所谓“自主的而非奴隶的”，即意指“尊重个人独立自主之人格，勿为他人之附属品”。[①]“五四”时代，个人与自我被作了史无前例的强化，易白沙赫然以《我》为题，直截了当地指出：“‘我’之性质，即独立的性质”，“西方哲人，所以能造化世界、造化国家者，无他，各自尊重其我而已矣”。在他看来，其时中国当务之急“救国必先有我”。[②]

由于一批思想先行者的唱和推演，个性主义成为其时影响深广的普遍的社会思潮。尽管其后社会的主题发生重大的转移，在相当长的时期，个人与自我让位于民族国家，但个性主义作为一种思想资源与精神品格，一旦具有了适宜的气候和土壤，它必然地会长成一种风景。20世纪70年代末期之后，中国进入到改革开放的新时期。“以经济建设为中心”的确立，伴生的是对个人价值的尊重以及对个人性的关怀；全球化时代西方经济政治文化等的全息影响，不仅正在改变着我们的生活方式，而且也促成了我们的精神理念等发生诸多的变异。可以说，市场经济与全球化的合谋，使得个性主义的存在有了更为自在的自由空间。这是我们在言说散文的个人性情形时应予观照的前提性存在。散文的个人性是一种特定社会时期的历史性给予。散文作为一种特殊的文类，它对于社会存在、风景人情和主体自我等写作质料，具有无中介的直接性叙写的特征。散文作家以个人的方式对对象世界的个人性作摄取与展示，散文研究者对于散文个人性的发现与阐释等，其本原皆可归结于如上简述的现代场域。

现代个性主义的存在，作为一种主体性哲学思想，对于文学创作与研究影响甚大。“五四”文学顺应其时的时代要求，高标的就是“个性文学”的大旗。茅盾认为：“人的发见，即发展个性，

---

① 陈独秀：《一九一六年》，《青年杂志》第1卷第5号。

② 易白沙：《我》，《青年杂志》第1卷第5号。

即个人主义，成为五四时期新文学运动的主要目标。”[①]胡适在规划“五四”新文学运动蓝图时，将建立“活”的文学和“人”的文学，作为两大目标。而所谓“人”的文学，周作人对此有一明晰的注释：“用这人道主义之本，对于人生诸问题，加以记录研究的文字，便谓之人的文学”，“我所说的人道主义……是一种个人主义的人间本位主义”，“是从个人做起”，人性就是“兽性与神性”的结合，“人的文学”要“发见‘人’”，“‘辟人荒’”。[②]这种个性主义文学观，被现代散文家普遍地接受，周作人已有如上表白不必重复，冰心对此也深以为是，她主张文学“能表现自己”：“‘能表现自己’的文学，是创造的，个性的，自然的，是未经人道的，是充满了特别的感情和趣味的，是心灵里的笑话和泪珠”，而“个性的”文学是“真”的文学：“‘真’的文学，是心里有什么，笔下写什么，此时此地只有‘我’……只听凭着此时此地的思潮，自由奔放，从脑中流到指上，从指上落到笔尖。微笑也好，深愁也好，洒洒落落自自然然的画上……文学家你要创造‘真’的文学么？请努力的发挥个性表现自己。”[③]由此演绎，现代散文关于“个性”散文观的确立，也就变得水到渠成，自然而然的了。

散文理论的贫乏是一个世界性现象，中国传统的散文理论资源也是稀缺的，现在可资我们借取的散文理论很多都是在“五四”时期生成的。“五四”及其此后的三十年代，是散文被给予现代命名与阐释的时代。这是一个散文现代理论的奠基时期。周作人以子严署名发表于1921年6月8日《晨报副刊》的《美文》，虽不足500字，但它却是包含了若干理论原创因素的重要文论。作者首次给出了“美文”的命名，并且给予了一些解析。周作人认为美文是“记述的，是艺术性的”，“里边可以分出叙事与抒情，但也很多两者夹杂的”。这是从内容和表达方式方面给美文划出的边界，更重要

① 茅盾：《关于“创作”》，《茅盾全集》第19卷，人民文学出版社1991年版，第266页。

② 周作人：《人的文学》，《新青年》第5卷第6号。

③ 冰心：《文艺丛谈》，《小说月报》第12卷第4号。

的是论者对其精神品格进行了定性：美文的“条件，同一切文学作品一样，只是真实简明便好”。而周作人这里所说的“一样”，其实是不一样的，他更强调美文的“真实”“须用自己的”表达意蕴和表达形式。“我们可以看了外国的模范做去，但是须用自己的文句与思想，不可去模仿他们。”“自己的”在这里显得特别重要，这是美文之为美文的关键词。“自己的”美文就是具有“个性”的散文。

周作人精要的表述为其后有关散文的言说做了一个大体的定位，稍后胡梦华、梁实秋等大致基于这样的定位进行多维的解释。胡梦华在《絮语散文》中以日常性和个人化为“絮语”散文的基本特点。在题材方面，“个人经历、情感、家常掌故、社会琐事”等“确是它最得意的”，而其内蕴则必须是具有个人姿势的：“我们仔细读了一篇絮语散文，就可以洞见作者是怎样一个人：他的人格的动静描画在里面，他的人格的声音歌奏在这里面，他的人格的色彩渲染在这里面……所以它的特质是个人的（personal），一切都是从个人的主观发出来，所以它的特质又是不规则的（irregular）、非正式的（informal）。”[①]散文家梁实秋发表在1928年10月10日《新月》上的《论散文》，更多的是从语言物化的层面，指出散文的体性的。在梁实秋看来，“一切的散文都是一种翻译，把我们脑筋里的思想情绪想像译成语言文字”，散文语言的价值旨归在于“把作者的整个的性格纤毫毕现的表现出来”。梁实秋还“发明”了散文的“文调”一说：“散文的文调应该是活泼的，而不是堆砌的——应该是像一泓流水那样的活泼流动”，“文字若能保持相当的自然，同时也必须显示作者个人的心情”。

（二）现代散文：公共性与个人性之间

由上有限的引述，我们可知作为现代散文理论形成的初始时

---

① 胡梦华：《絮语散文》，《小说月报》第17卷第3号。

期，散文的研究者对于散文的“个人性”在理论批评的认知上是大致趋同的。散文“个人性”的体性的设置，应合了散文家或散文理论批评者。作为个体的自由生命，他们对于散文“言志”的内在欲求，即他们期待的是散文能够成为主体自主地挥洒个人情志的自由空间。所谓“言志”散文是周作人对与“载道”散文相对的一种散文的指称。周作人以为“言他人之志即是载道，载自己的道亦是言志”。周作人分明是倾向于“言志”散文的，因为在他看来这种散文是“浸在自己的性情里，用了适宜的手法调理起来”的文学形式，处“在个人的文学之尖端”。[①]“言志”散文或者说是个性散文，其意义在于为个体生命的所见所闻所感所悟所思所想的表达提供了朴素而自适的精神载体。正因为散文的个人性诉求耦合了部分散文作家或散文研究者生命个性化的需求，所以尽管20世纪30年代至70年代间，由于政治文化的制导，文学的个人性言说或逐渐淡出或成为一种禁忌，但是在一些散文家和散文研究者那里，依然情有独钟，挥之不去。林语堂是一个代表。对于小品散文林语堂颇为热衷，他通过举办《论语》《人间世》等杂志来倡导并实践其散文理论观念。林语堂认为：“盖小品文，可以发挥议论，可以畅泄衷情，可以摹绘人情，可以形容世故，可以札记琐屑，可以谈天说地，本无范围，特以自我为中心，以闲适为格调，与个体别，西方文学所谓个人笔调是也。”[②]将“自我中心”和“闲适格调”作为散文小品写作的旗号，林语堂之外别无他人，这表明了他对于散文个人性的执着。尽管他的主张其时即受到以鲁迅为代表的左翼作家的强烈抨击，但他依然我言我是，在其《论文》中倡言散文的“性灵说”：“文章者，个人之性灵之表现”，“性灵就是自我”。意义更不寻常的是60年代“笔谈散文”中发出的对于散文创作多样性以及个性化的“声音”。50、60年代是一个差不多只有祖国、集体

---

① 周作人：《中国新文学大系·散文一集·导言》，上海良友图书公司1935年版，第7页。

② 林语堂：《发刊〈人间世〉意见书》，《论语》第38期。

和群众等集合性话语的年代，文学的个人性并无土壤。“散文、特写、报告文学是文学战线上的尖兵，是时代的感应神经，战斗的号角”，散文作者的任务是要把人民群众的“丰功伟绩、模范事例用最快的速度变为全国人民共同的财富，成为鼓舞生活前进的推动力量”。[①]在这样的情势中，《人民日报》首先推出“笔谈散文”的专栏，给散文作家和散文研究者提供了一个相对宽松的论坛，其后《文艺报》《文汇报》《光明日报》《花城》等报刊也发表不少探讨散文文体及其创作的文章，天津百花文艺出版社汇集这些论说，以《笔谈散文》和《笔谈散文续编》之名出版。在文学的非常态年景，“笔谈”显示着特别的价值，特别是其中秦牧的《散文领域——海阔天空》所述更值得重视。秦牧从文学“通过个性表现共性”的常识谈起，强调文学个性化的必要，由此论说在散文个性表现的意义。他认为：“在‘直诉胸臆’和倾泻感情的时候，如果一个作家回避表现自己，就不可能写出精彩动人的文字，也不可能给人任何亲切的感受。因为他只讲一般的道理，用一般的语言，而不敢写出具有个性的见解，具有独特风格的语言。而没有独特风格的文学作品又往往是缺乏生命力的。”在这里，秦牧是从问题的反面来说明“表现自己”和“写出个性”对于散文生命力生成的意义的。

进入历史发展新的时期，随着政治文化对于文学生活制导的宽松，散文作家和研究者对于旧有的散文个人性的梦寻又开始呈现。早在1981年徐开垒在《文艺报》，就以《散文要“我”》为题，书写出散文得以自主写作后的快意：“我终于在1978年以后，接待‘我’字回到散文领域里。近两年来，我写的散文”“都写到了自己”，“我觉得我真正得到了解放”。[②]晚近三十年来，言者对于散文文体的一般表述大致上是接续了“五四”时期已有的说法

① 马铁丁：《1958年散文特写选·序》，作家出版社1959年版。

② 徐开垒：《散文要“我”》，《文艺报》1981年第19期。

的，所强调的是作为散文“本性”之一的个人性。林贤治在其长文《五十年：散文与自由的一种观察》中认为，散文“要说特点，恐怕最简括的，还是回到个人性上面。首先，在内容方面，散文更中个人经验和内心体验。生活，劳作，读书，旅行，都是关于个人或者由个人参与的。即使作为旁观者，看重的也是个人的眼光；因此在形式上，也就十分注重所谓‘个人笔调’”。“真正的散文是不带面具的”，它“对自由精神的依赖超过所有文体”。[①]这里林贤治不仅复述了关于散文个人性的成说，而且涉指个人性的实现与自由文化生态之间的关联。散文个人性的充分呈现，有赖于外部的社会自由度与主体内心心态从容的可能。南帆也言及自由对于散文的意义，“散文的文体旨在颠覆文类权威，逸出规则管辖，拆除种种模式，保持个人话语的充分自由”。[②]

从上述大略的关于散文个人性理论批评存在的梳理中，我们可以知道在“文以载道”的“公共性”写作规则之外的另一种导向。从某种角度而言，散文的现代性可以表述为散文的个人性，因为散文个人性以及与此相关联的诸种性状，在传统文学的框架内是被抑制或自隐逸的。只有在现代的风致中，散文的个人性成为一种显见的特质。对于现代文学具有多方面贡献的郁达夫，在《中国新文学大系·散文二集·导言》，以一种跃然纸上的欣喜心情表达了他对现代散文特征的重要发现。郁达夫在检视了现代散文十多年的收获后，发现“现代散文之最大特征，是每一个作家的每一篇散文里所表现的个性，比从前的任何散文都来得强”，“我们只消把现代作家的散文集一翻，则这个作家的世系、性格、嗜好、思想、信仰，以及生活习惯等等，无不活泼泼地显现在我们的眼前。这一种自叙传的色彩是什么呢？就是文学里最宝贵的个性的表现”。郁达夫的指认是具有充分的文学史实依据的，散文家朱自清在此前已经描

① 林贤治：《五十年：散文与自由的一种观察》，《书屋》2000年第3期。
② 南帆：《文类与散文》，《文学评论》1997年第4期。

绘了“五四”时期散文“绚烂”的景象：“就散文论散文”，“确是绚烂极了：有种种的样式，种种的流派，表现着、批评着、解释着人生的各面，迁流曼衍，日新月异，有中国名士风，有外国绅士风，有隐士，有叛徒，在思想上是如此。或描写，或讽刺，或委曲，或缜密，或劲健，或绮丽，或洗练，或流动，或含蓄，在表现上是如此”。[①]我们所说的“五四”时代是一个散文的时代，其中也包含了对“五四”散文家星光灿烂，个性激扬的基本判断。

但需要指出的是个人性为现代散文重要的品格，而在现代的时空中散文并不只是具有这样一种特征。事实上现代中国时潮变幻、民族救亡、革命建设、改革开放等重大事件构成了历史行进的基本环节，社会的宏大主题极富召唤力地牵引着作家的散文写作。这样现代散文史就只能是一部由公共性写作与个人性写作此消彼长或并行推进而建构的历史。散文个人性的实现并不由散文作家一相情愿所决定，而是由历史与主体共构的特殊可能所生成的。这种特殊可能在现代散文史程运行中并不唾手可得，因此，从总体观照，真正属于个人性的散文时代，大约只有“五四”时期并延及20世纪30年代中叶，另一个时段就是90年代以来。而具有主导地位的则是散文的公共写作模式，它贯串了20世纪中国散文史的全程。这样的一种结构是由历史的格局所规定了的。晚清时际，梁启超的“新民体”风行一时，服务于“新民”启蒙的宏旨，作品呈现出典型的公共性写作的制式。周作人在《中国新文学大系·散文一集·导言》中对此曾有评说，他认为：“新文学的散文可以说是始于文学革命。在清末戊戌前后也曾有过白话运动。但这乃是教育的而非文学的”，“总之，那时候的白话是出自政治方面的需求，只是戊戌变法的余波之一”。政治关怀是散文公共性的典型体现。“五四”运动是一场思想文化运动，“新青年”作家群主要是通过写作“随感录”等论议体，进行社会批评和文明批评。“五四”低潮后，作家

① 朱自清：《论现代中国的小品散文》，《文学周报》第345期。

分化，散文体类也开始分型，杂感以外又有“美文”。美文更多地转向叙写个人生活与山水自然等，体现出与杂感这种社会派散文并存的另外一种存在。这是一种以泛化的人生景观、自然景观等为主要表现对象，展示人，主要是文化人的存在方式、心灵世界的人生派散文。20世纪30年代前叶，杂文与美文双流并开。此间有关于小品文的热烈论争。论争的双方有以林语堂为代表的自由主义作家，和与鲁迅为代表的左翼作家。前者声言小品散文“以自我为中心，以闲适为格调”，以为“宇宙之大，苍蝇之微”均可入文叙写。后者则视闲适的小品文为“小摆设”，主张“生存的小品文，必须是匕首，是投枪”，“小品文的生存，也只仗着挣扎和战斗的”。[①]这种关于小品文的论争，其实是反映着论争者对于小品文公共性与个人性功能认知的差异。论争并没有影响小品文的发展，反而促成了小品散文的一时繁荣。因为公共性与个人性都是小品文写作题中应有之义，在它这里是兼容的，或可分型存在。此后，由于民族国家主题的牵引和特殊的社会文化生态影响，中国文学呈现出整体的政治化的倾向。在解放区，民族救亡与工农兵成为散文写作的基本主题词；当代“十七年”中，志愿军和新建设是散文书写的基本对象。30年代到70年代受散文政治化的影响，散文普遍地出现通讯化的趋向。这从一个侧面表征了公共性散文写作模式的建制。十年“文革”终结，80年代的散文以回望忆旧为主，以巴金的《随想录》为代表，承载了反思历史、启发蒙昧的道义。90年代是一个散文走向多声部合唱的时代，散文的名类繁多，有文化散文、学者散文，大散文、“小女人”散文，新媒体散文、艺术散文等等。以文化散文和“小女人”散文为标志，公共性散文与个人性散文浑成发展。学界以为这又是一个散文的时代。

---

① 鲁迅：《小品文的危机》，《现代》第3卷第6期。

（三）公共性、个人性解

作为重要的学术关键词“公共性”和“个人性”，这里我们需要对它的意指作必要的阐释。当我们一般用这两个语词来指涉散文时，它并不表示对于写作价值的简单判断，只有将它们关联起来，并将其细分，我们才可以讨论其价值生成的问题。公共性与个人性的显形层次指向的写作题材，即为公共性题材与个人性题材，前者观照社会时务、经国大端，后者摄取个人生活、人情小调。在这一层面上于我看来，无论叙写何种题材，散文都是等值的。因为散文的取材原本就可以海阔天空，“大可以随便的”。第二个层次指向写作的形式，公共性写作意味着写作的模式设置，如论说散文的社论体、新闻通讯的“新华体”等，这在散文写作中是应予避免的。公共的题材应以个人的语言方式表达，体现写作主体个人的趣味。第三个层次指向写作的精神品格，所谓的个人性在此层次尤为重要，其意指主体思想精神的独立自守，人格情操的清雅高正，不随俗俯仰，不以庸常私益自赏。在这里，公共性则表示了思想的人云亦云。由此可见散文的公共性与个人性，只有当其建构为兼容互生的有机体，才能生成更有文学价值的文类。即公共性的取材，作者当基于自立自由的精神，并以具有个人风格的语言加以表现，而对个人性题材的叙写，其中也应蕴含世道人情的公共关怀。鲁迅的杂文，从取材与题旨看无疑具有典型的公共性，但是他的杂文的思维方式、笔调，以及更为重要的所体现出的深刻思想，都是烙有鲜明的个人印记的。他的《从百草园到三味书屋》等叙事散文，所写为个人经验，但其中也多有社会的滋味。林语堂鼓吹小品文的个人化并躬行其事，但他不少作品如《我怎样买牙刷》《论躺在床上》《论西装》等，叙写琐屑，是一种为个人而个人的文字，并无多少价值。

90年代的散文，我们可以文化散文和“小女人”散文例说。文化散文是和余秋雨的名字联系在一起的，尽管学界对他有不同的评说。写作《文化苦旅》和《山居笔记》的余秋雨，是以另类的姿态进入散文世界的。他的《一个王朝的背影》《苏东坡突围》等作品，以强烈的历史情怀、独特的历史感悟、富有意味的语言表达，对久已陈式化、小格局的散文形成一次有意义的冲击。这些散文包含着宏大的历史主旨，而又是以余秋雨个人的方式和气质完成的。此后余秋雨的散文和文化散文不断招致病诟，其中重要的原因就是公共性的历史文化写作，缺少了主体鲜活的个人性的支撑。“文化大散文有一个普遍而深刻的匮乏，那就是在写作者的心灵和精神触角无法达到的地方，往往请求历史史料的援助，以致那些本应是背景的史料，因着作者的转述，反而成了文章的主体，留给个人的想象空间就显得非常狭窄，自由心性的抒发和心灵力度的展示也受到了很大限制。”[①]史料是公共性资源，主体自由心性的缺失，使得史料无法自动转换成文学的存在。“小女人”散文与文化大散文相反，是一种具有个人性意味的写作形态。这类散文，一般是指沿海都市女性写作的具有自叙特征的作品。“小女人”散文之类的创作，“本来让文学接近日常生活，以‘微小叙事’打破由来的‘假大空’现象，不无革命的意义”。但是其中的一些作品，作者纯粹以自我为中心，显摆所谓的都市时尚生活，“充满了一种贵夫人般的满足感”。[②]这样的写作虽有个人，但缺少个人性应有的品位。回到旧说，“小我”之中还是要有“大我”。只不过“大我”并不是玄说教条，而是关联切实的世道人情物理的。

---

① 谢有顺：《重申散文的写作伦理》，《文学评论》2007年第1期。

② 林贤治：《90年代散文：世纪末的狂欢》，《文艺争鸣》2001年第2期。

八、20世纪90年代散文的结构与意蕴

（一）作为散文的时代

在90年代的文学板块中，散文的存在是引人注目的。或如有评论家所指认的那样："我们现在，已经可以说是进入了一个散文的时代。散文写作的广度和深度都是以前所无可比拟的。"[①]适宜的社会文化生态的营造，情志自由的写作主体的参与，各种形态的散文的呈现，从某种意义上可以说，使90年代生成为一个散文的时代。有散文家生动地形容，90年代"太阳对着散文微笑"。[②]90年代的中国社会，文学渐趋于边缘。文学的边缘化，改善了文学与现实政治之间曾经有过的紧张关系，使作家的创作自由成为一种可能与现实。散文是一种自由言说的文体。90年代相对宽宏的社会政治文化环境，使散文作家自由言说的主体性得以激活，写作散文成为他们自我实现的一种重要的精神方式。文学边缘化的时代，散文作家不必负载更多的由"中心"所附加的意旨，主体心灵世界有着更大的精神放飞的空间，随心写意，作品所表现的对象世界，真正一如散文家秦牧在60年代所期待的那样，变得"海阔天空"了。90年代散文作为作家心灵自由书写的一种便捷方式，其文体魅力吸引各种文学智慧集聚于一体。不必说爱散文的散文家继续倾情于散文创作，原本在小说、诗歌、学术研究园地挥洒才情的小说家，诗人和学者的集体性的加盟，也使散文创作的队伍蔚然可观。王蒙、刘心武、张承志、史铁生、蒋子龙、周涛等作为小说家、诗人的形象逐渐淡去，他们用心于散文写作，发表或出版了大量的散文作品，成为90年代重要的散文作家；张中行、金克木、雷达、舒芜、余秋雨、林非、谢冕、周国平、陈平原、钟叔河等学者，学术之外移情

---

① 吴秉杰：《散文时代——读当前散文作品随想》，《当代文坛》1997年第3期。

② 韩小惠：《太阳对着散文微笑》，《文学报》1991年1月28日。

于散文，成为90年代风景可观的学者散文家。90年代散文作者队伍结构性的变化，不仅丰富了散文的形式景观，而且也造就了散文内质新的精神元素，给散文创作注入了活力与生机。

90年代可以被我们命名为一个经济中心主义的时代。里体现着一种历史性的进步。经济体制由计划向市场的全面转型，这不仅深刻地改变着物质生产的方式，而且也对精神生产的方式产生了重大的影响。市场对文学创作及其发展有着直接而显见的作用，就散文而言，媒体市场的影响尤其显著。散文与媒体，主要是报刊类纸质媒体之间具有某种相生互动的关联性。一方面散文的创作（生产），需要有相应的媒体作为刊载与传播的平台，另一方面报刊媒体也需要有一种篇幅不长而有情思理趣蕴藉的文体介入，以此召唤读者的兴趣。在诸种文体中，散文这一文类无疑是最为合适的。90年代的读者对于散文别有钟情，散文市场的经营者对此作出敏感而快速的反应。在不少文学期刊难以为继之际，90年代却新创刊了多家以刊发散文为主的期刊，如《美文》《散文天地》《中华散文》《散文》（海外版）等。许多重要的综合类文学期刊，如《人民文学》《中国作家》《当代》《十月》《收获》《钟山》等强化或增设了散文类栏目。全国数以千计设置有文艺副刊的报纸，特别是晚报，对散文小品的需求量更大。一些出版社推波助澜，将散文出版列为重点选题，推出了颇具规模的散文“文库”“书系”“丛书”，如中国社会科学出版社出版的“世界散文随笔精品文库”，天津百花文艺出版社出版的“百花散文书系”，河北教育出版社出版的“中国现代经典小品丛书”等。旺热的市场需求的刺激，也从一个方面促成了90年代中国散文热的出现。

（二）散文生态：命名与结构

众声喧哗，开放多元，是90年代散文创作体现出的基本的景观特征。这可从这一时段有关散文的各种命名中就可得到印证。其一曰“大散文”。“大散文”是贾平凹由于不满意散文的现状而提出的寄寓了他的散文理想的一个概念。他说："我们确实是不满意目前的散文状态，那种流行的，几乎渗透到许多人的显意识和潜意识中的对于散文的概念，范围是越来越狭小了，涵义是越来越苍白了。"他用行动力矫狭小、苍白的散文，于1992年自创《美文》杂志，张扬起"大散文"的旗帜，以此"鼓呼大散文的概念，鼓呼扫除浮艳之风，鼓呼弃除陈言旧套，鼓呼散文的现实感，史诗感，真情感，鼓呼真正的散文大家，鼓呼真正属于我们身处的这个时代的散文"。[①]"大散文"疏离的是散文狭隘的私人化写作倾向，不以表现作者个人的生活、私念、情愫为务，不以描摹自然与社会的小景观、小风情为求，表达方式上不单纯运用叙事、描写和抒情；作者基于普遍的人类精神，胸中揣有崇高的人文情怀，在一个具有高度的基点上，以散文的方式观照、体悟、思考现实社会、历史演化以及人类生命存在的图式。余秋雨《文化苦旅》中的许多篇什，周涛的《游牧长城》，可谓"大散文"类的代表性作品。其二曰"艺术散文"。"艺术散文"是刘锡庆不满贾平凹"大散文"而提出的一个相对应的概念。刘锡庆认为："'大散文'实在想不出它有什么'新意'。这提法本身就是很陈旧的"，"散文的'范畴'不宜很宽"，"当代散文最急迫的问题是更新观念，净化文体"。在刘锡庆看来，"创作'主体'以第一人称写法和真实、自由笔墨，用来抒发感情、表现个性、裸露心灵的艺术性散体短文，即谓之散文"。[②]刘锡庆的散文观反映了90年代散文的一种实际存在状况。事实上，叙写描绘人生与自然景态的浸透着作者性情的"艺术散文"，是90年代散文的重要构成部分。其三曰"小女人散文"。"小女人散文"是对90年代中期沪穗两地为主的素素、南妮、黄爱东西、黄茵、张梅等女作家一种散文创作类型的命名。1995年上海人民出版社推出14册《都市女性随笔》，其中有"小女人散文"专

① 贾平凹：《关于散文》，《美文》1992年创刊号。

② 刘锡庆：《当代散文：更新观念，净化文体》，《散文百家》1993年第11期。

辑。《广州文艺》1996年第3期编发了“小女人散文特辑”。从作品的标题，如《就做一个红粉知己》（素素）、《闲着也是闲着》（黄茵）、《此种风情谁解》（张梅）、《时髦表情》（石娃）、《随缘不变心》（南妮），我们大致可以给出“小女人散文”的基本关键词，即都市女性、时尚生活、闲适情调。作品凸现的是敏感而发达的女性直觉，琐屑而别致的女性经验。“小女人散文”当然与具有某种宏大叙事意味的“大散文”相异其趣。它一般缺少丰富的现实社会生活内容和深刻的历史文化内涵，但部分地体现出了散文文体某种体性，即通过叙写日常的生活景象和人的心绪情愫，表现特定时代人性的色彩。其四曰“新生代散文”。这一种散文指称，着眼的是“新”。“新”不仅表示着作者出生见晚（大多出生于60年代），在散文的园地中亮相稍迟（大多始见于80年代后期文坛），而且更意指散文的形态与精神有着某种新的气象和元素。新生代散文家，奉行开放的、大气的、凸现主体独特思想与情感的，表现“高尚的力量与精神品格”的散文观。他们的作品既有从小处观照，往永恒处开掘的关于人类关于人生关于生命的感悟玄想，也有沟通过往与现实，交融文史哲天地人于一体的博识精思，写法上，随意生姿，不拘一格。当然从整体上看，由于主体的社会历练、人生体悟和艺术经验相对短缺，所以在写作方面体现出某种的不成熟。“新生代散文”是构成90年代散文格局的一个重要方面。新生代散文作家是一个规模颇大的作家集群，老愚、祝勇、摩罗、止庵、冯秋子、苇岸、元元、彭程、王开林、程士庆、周晓枫、尹慧、潘向黎等，是其中有影响的代表作家。他们创作出许多具有自身特点的散文，引起了散文界的关注。北方文艺出版社、北京师范大学出版社分别推出了《上升——当代中国大陆新生代散文选》《九千只火鸟——新生代散文》等作品集。《散文天地》于1997年第6期，《散文选刊》于1998年第2、3期，分别刊出新生代散文专号或特辑。

在90年代诸多散文品类中，代表着这一时段文体精神高度的应该说是“学者散文”。“学者散文”如果仅仅从主体的身份的角度去指认，应该说并不是90年代才出现的。作为个别性的存在，在古代就有可以被指称为“学者”的散文家。如明清之际，“黄（宗羲）、顾（炎武）、王（夫之）三人以才学、思辨和历史批判意识熔铸文辞”，堪称“学者散文”。但“学者散文之形成一代文学气象，那是中国文学进入九十年代以后的话题了”。[①]吴俊的判断大致上是确切的。他认为：“考察九十年代中国文学的发展态势和特征面貌，不能不注意到这样一种明显的事实，即一般所谓的‘学者散文’的勃然而起及其方兴未艾、蔚为壮观之势。即使主要从现象层面而言，学者散文的创作也已成为九十年代中国文学的总体表现特征之一。”何谓学者散文，这是概述这一对象时应予以大致明确的范畴。吴俊由“作者及作品形态——统而观之”，认为学者散文是指“主要由学者创作的且以才学、理趣等学术文化内涵的表现见长的散文作品”。王兆胜则给出了学者散文的“三个基本条件”：“一是学者角色，即他必须是某一领域学有所成的专家学者，那些以文学创作或以教书为生的知识分子都不能简单地列为学者之列。”“二是文本的学者立场，有的学者写的东西纯属学术读书札记，没有文化使命和人文关怀，那也不能成为学者散文。”“三是文学性，是至为重要的，没有以文学美感打动读者这一点，再伟大的学者写出的再有学者立场的文章，那也不是散文。”[②]概而言之，主体的学者身份，文本主题的知识分子价值尺度和作品表现出的学理趣味文学美感，是构成学者散文系统性关联的要素。学者散文在写作的价值取向上，体现着知识分子写作的一种普遍的基调。学者在学术之外，守望人类精神，抱负人文情怀，探询历史，洞察

① 吴俊：《斯人尚在，文统未绝——关于九十年代的学者散文》，《当代作家评论》1998年第2期。

② 王兆胜：《论九十年代中国学者散文》，《社会科学战线》2002年第1期。

现实，关注人性，因而，作品中有一种显见的责任感和焦虑感。[1]周国平面对当下信仰生活的失落、情感生活的缩减、文化生活的粗鄙，不无忧心地认为："精神生活的普遍平庸化是我们时代的一个明显事实。"（《救世与自救》）雷达在《王府井大街64号》中，由"文革"中的"人对人"的异化联想到现实中"人对物"的异化倾向，生发议论："'人对人'粗暴侵犯的时代消歇了，代之而起的总不会是个'人对物'的狂热占有的时代吧？""我从眼下层出不穷的贪污犯看出，他们抢掠金钱的疯狂不亚于'文革'中迫害他人，攫取权利的疯狂。我不禁为之怆然：昨天与今天之间真的已隔着鸿沟？昨天的人心与今天的人心真的已全然不同？外在的文明的进步真的可以代替内在的文化的进步？"学者散文与一般的作家散文相比，更有着一种充溢其间的书卷气。金克木《世纪末读〈书〉》，作品中涉及到的古今中外的典籍如《尚书》《易经》《论语》《孟子》《物种起源》《政治经济学批判》等多达几十种，其间有着博知化了的理趣。

90年代散文有种种的命名，这表明90年代散文存在的丰富。这种丰富导源于全球化时代中国社会改革开放的深化。它促成了社会生活的多元化，人们思想的空前活跃和精神的自主自由。同时90年代散文的丰富，也与作者构成的多样化有着关联。不同身份的作者在文本中展示着不同的话语风貌，生成不同的散文类型。此外，散文市场目标读者的设计策略，即为了满足（迎合）不同读者的差异性需求的针对性写作，也促使散文多样化格局的形成。

（三）散文意蕴：摭拾解读

90年代的散文作家灿若星辰，但真正能够进入文学史叙事的散文家并不很多。我们现在依然不能将余秋雨称为散文大家，但无论

---

① 洪子诚：《冷漠的证词——当代学者散文精品·导言》，社会科学文献出版社2000年版。

对他进行怎样的贬抑，余秋雨对90年代散文格局和精神形成所具有的意义，是不应该被我们忽视或遮蔽的。西部的周涛，则以其主体身份、创作取材和作品内蕴的某些特异性，无疑成为90年代散文一种重要的精神类型的形象代表。

余秋雨先是作为一个有所建树的学者活跃在学术研究领域中，出版《戏剧理论史稿》《戏剧审美心理学》《艺术创造工程》等多部学术专著。自80年代后期起，他开始写作散文，90年代后散文写作则成为余秋雨生命存在的一种主要形式，出版《文化苦旅》《文明的碎片》《山居笔记》《霜冷长河》等散文集，成为90年代最具影响颇有争议的散文作家。《文化苦旅》和《山居笔记》是余秋雨有代表性的散文集，而《文化苦旅》差不多成为散文家的余秋雨的一种借代。《文化苦旅》中的一些篇什曾以全年专栏的形式，连载在由巴金主编的《收获》杂志上。1992年上海知识出版社出版《文化苦旅》散文集。余秋雨是90年代“文化散文”最重要的作家。所谓“文化散文”，一般来说“是指那种在创作中注重作品的文化含量、往往取材于具有一定历史文化内涵的自然事物和人文景观，或通过一些景物人事探究历史文化精神的散文”。[①]余秋雨的散文写作有一种文化的自觉，“文化”成为他写作的一个主题词。他说：“我写那些文章，不能说完全没有考虑过文体，但主要是为了倾吐一种文化的感受。这些年来，这种文化的感受越来越强烈。”[②]

余秋雨对《文化苦旅》《山居笔记》的写作有一个“总体计划”。《山居笔记》“是我以直接感悟方式探访中华文明的第二阶段记述。第一阶段的记述是《文化苦旅》，那本书中的我，背负着生命的困惑，去寻找一个个文化遗迹和文化现场，然后把自己的惊讶和感动告诉读者”。[③]在《文化苦旅·自序》中，余秋雨就有一个明确的告白：“我发现自己特别想去的地方，总是古代文化和文

---

① 於可训：《近十年“文化散文”创作评述》，《文艺评论》2003年第2期。

② 余秋雨：《文明的碎片·序》，春风文艺出版社1994年版。

③ 余秋雨：《山居笔记·新版自序》，文汇出版社2002年版。

人留下较深脚印的所在，说明我心底的山水并不完全是自然山水而是一种人文山水。”“人、历史、自然浑沌地交融在一起了，于是就有了写文章的冲动。”①余秋雨将写作的视线投向深邃而广阔的历史时空背景，择取在他以为有意味的历史名胜古迹、历史人物事件等，作出一个当代人文学者的观照、探询与悟省。他笔下的叙写对象，如莫高窟、都江堰、天一阁、承德避暑山庄、苏东坡、魏晋名士等，都是富含历史文化信息的存在。创作题材的某种规定性和作品主题取向的大致设定，使余秋雨的散文洋溢着一种特有的文化滋味。

余秋雨以自己特有的精神姿势进入了当代散文史，或者可以说他以自己的方式参与了90年代散文格局的建构。他的作品或可谓之游记散文的一种，但是与旧式的游记的体格、精神相去甚远。一般的游记大多模山范水，吟风弄月，或写景状物，或情景交融，或从山水风物中抽取出某种哲理，往往格局见小，气象局促。余秋雨作为一个对中国文化深有感悟和研究的学者、散文家，他的散文有其时学者散文所有的深刻的理性精神和“大散文”所有的大气。在余秋雨这里，古物风景、过往人物，并不是一种渐行渐远的历史存在，而是一种存活于当代人思想中的兼具主体性的审美化了“活物”。《文化苦旅》《山居笔记》等是作者所作的“历史之旅”成果，他借助于叙写对象，或以叙写对象作为载体，对中国文化进行访问、探询。余秋雨自己说：“我常常离开这座城市，长途跋涉，借山水风物与历史精魂默默对话，寻找自己在辽阔的时间和空间的坐标。”②因此，余秋雨的不少散文是有着显见的史意和史性的。《莫高窟》《道士塔》等篇叙写中国文化的景象与命运，所写的对象是凸现、观照中国文化的典型意象。作者为中华文化的灿烂而自傲：“莫高窟可以傲视异邦古迹的地方，就在于它是一千多年的层

① 余秋雨：《文化苦旅·自序》，知识出版社1992年版。
② 余秋雨：《山居笔记·小引》，文汇出版社1998年版。

层累聚。看莫高窟，不是看死了的一千年的标本，而是看活了一千年的生命。”“这是一种何等壮阔的生命!”（《莫高窟》）作者也为曾经辉煌过的文化的式微而愁思。外国的冒险家凭极少的钱财，“把难以计数的敦煌文物一箱箱运走”。“当冒险家斯坦因装满箱子的一队牛车正要启程，他回头看了一眼西天凄艳的晚霞。那里，一个古老民族的伤口在滴血。”“我在心底痛苦地呼喊”，“偌大的中国，竟存不下几卷经文!”（《道士塔》）《遥远的绝响》《苏东坡突围》等篇在还原中国文化主体结构的同时，展示人文知识分子独特的心态和精神品格。《遥远的绝响》仿佛是一曲深沉而真挚的颂歌，礼赞魏晋时代阮籍、嵇康等名士的气派和风度。魏晋时期“是一个真正的乱世”。生活在此间的真正的名士，不与黑暗同流合污，出污泥而不染，生死之间，独立自持，宁可忠诚自己的人格理想而死，不愿苟且偷安求生：“他们早已是真正的名士，姓氏、事迹、品格、声誉，都随着他们的鲜血，渗入中华大地，渗入文明史册。”“有过他们，是中国文化的幸运，失落他们，是中国文化的遗憾。”

《苏东坡突围》可谓是一篇蕴涵丰富耐人寻味的杂文。苏东坡突围，“突围”的是中国文化的一处暗角，“突围”的是他自身曾经有过的精神藩篱。余秋雨花费很多笔墨讲述“文化群小”围攻苏东坡的故事与伎俩。终于，苏东坡被“长途押解，犹如一路示众”。基于这样的情由，作者生发论议：“贫瘠而愚昧的国土上，绳子捆扎着一个世界级的伟大诗人”，“一部中国文化史，有很长时间一直把诸多文化大师捆押在被告席上，而法官和原告，大多是一群挤眉弄眼的小人”。而苏东坡一旦被放逐，沉入生活的底层，“他彻底洗去了人生的喧闹，去寻找无言的山水，去寻找远逝的古人”，正是在这样的“寻找”中，苏轼找回了一个“成熟”的自我：“成熟是一种明亮而不刺眼的光辉，一种圆润而不腻耳的音响，一种不再需要对别人察言观色的从容，一种终于停止向周围申诉求告的大气。”一般而言，余秋雨的散文不注重对叙写对象作为一种历史存在的具体过程的再现，不重视史料的引证和历史细节的考订（因此存有一些历史知识方面的失误），而注重面对客体时主体的感悟、想象和思想性的穿透。这些主体性的存在明显地带有余秋雨自身的独特性，由此，他的文本构思、意蕴乃至语言的运用都有某种创意。《一个王朝的背影》是余秋雨散文的重要代表作。作品所涉及的是有清一代的历史，但作者没有整体地铺写过程性的清史的流变，而是将承德避暑山庄作为梳理清朝历史的切入点。以“背影”命题，突出了视角的独特、营构的巧妙。作者由避暑山庄的形胜，生发感悟联想：山庄“就像一张罗圈椅的椅背。在这张罗圈椅上，休息过一个疲惫的王朝”；由山庄的营造，推想营造者的意念：“山庄的营造，完全出自一代政治家在精神上的强健。”康熙是被作者主写的人物，但余秋雨并没有更多地展示他作为一代君王的文功武德，而是重写“木兰围场”诸类可以洞见康熙生命活力体魄性情的有意味的历史碎片：康熙“把生命从深宫里释放出来，在旷野、猎场和各个知识领域挥洒，避暑山庄就是他这种生命方式的一个重要吐纳口站”。这样的表述，滋润着的正是文化散文不可或缺的主体郁然的人文情怀。余秋雨的散文广有读者。他的多部散文集（散文选集），在90年代甚为畅销，总计印数多达数十万册，这在同时期的散文作家中是仅见的。这种景况的出现与围绕余秋雨及其散文热闹的争议不无关联。文坛和学界对于余秋雨散文有各种不同的声音。肯定者从文本内蕴与形态、文体史或文学史的意义诸方面，对其作出了相当高的评价。王安忆认为“余氏散文承载了同时代散文无法承担的重大心灵情节”。[①]孙绍振指出“余秋雨散文出现之后，散文作为文学形式正在揭开历史的新篇章”。[②]楼肇明用了似乎有些极端的话语指认作为散文家余秋雨的价值：“在今天我们这个世纪之交的散文航船上，余秋雨在艺术修养的广闻博识

① 王安忆：《重大的心灵情节》，《新民晚报》1993年4月5日。

② 孙绍振：《为当代散文一辩》，《当代作家评论》1994年第1期。

上，第一次直追本世纪那几位学贯中西的现代散文奠基者们，他可能是本世纪最后一位大师级的散文作家，同时也是开一代散文新风的第一位诗人。”[①]批评者则从作者历史常识的失误、散文的写法、作品的主题构成以及余秋雨的学问等作了某种程度上的否定，主要的文章有李书磊的《余秋雨评点》[②]、汤溢泽的《〈文化苦旅〉：文化散文衰败的标本》[③]和朱国华的《别一种媚俗》[④]等。而古耜发表《走出肯定或否定一切的批评误区——再谈余秋雨散文的瑜与瑕》[⑤]等文章，认为应该实事求是地评价余秋雨的散文。对作家作品正确的研究态度，应该是回到作家和作品的本身及其所处的特定的时代，回到文学史的客观叙事之中。

周涛先以诗人闻声于文坛，是“新边塞诗派”中最具影响的诗人之一，被誉为“新边塞诗人”。出版长诗《山岳山岳　丛林丛林》和《神山》《野马群》等多部诗集。进入90年代主要写作散文，出版散文集《稀世之鸟》《游牧长城》《兀立荒原》《中华散文珍藏本·周涛卷》《周涛散文》等。周涛作为一位兼具诗人、军人（或曰准军人）和西部人特殊身份的散文家走进了90年代散文创造者的序列。由诗歌转向散文，诗的元素对周涛的散文影响颇大。有论者认为：“周涛能成为卓越的散文家，得益于诗，或者说，因为他是一位优秀的诗人。如果说小说、散文体的作品是肉体，诗则是蕴于其中的灵魂。”[⑥]周涛是认可此类言说的：“有人对我说，其实你的散文比你的诗好。”“我理解这种称赞并且也相信，因为我的散文是站在诗的肩膀上的。我花了二十年，经历过痛彻心脾的

① 楼肇明：《王朝的背影·序一：文化接轨的航程》，北京师范大学出版社1993年版。
② 李书磊：《余秋雨评点》，《三联生活周刊》1995年第2期。
③ 汤溢泽：《〈文化苦旅〉：文化散文衰败的标本》，《文学自由谈》1996年第2期。
④ 朱国华：《别一种媚俗》，《当代作家评论》，1995年第2期。
⑤ 古耜：《走出肯定或否定一切的批评误区——再谈余秋雨散文的瑜与瑕》，《徐州师范大学学报》1998年第1期。
⑥ 韩作荣：《诗人散文家——周涛散文印象》，《文艺报》2003年9月20日。

疑惑、思考、实践、寻找，而终未能真正完成诗。”[①]这种表述中含有周涛自谦的成分，其实周涛的诗歌达到了相当的高度，这是为文学界所公认的。周涛创作的转体是基于主体生命季节变化的一种智慧的顺应。他曾说过：“应该让思想的水散漫成湖，特别是当你处在人生的秋天。”（《伊犁秋天的札记》）

散文是自由自在的文体，作家生命的秋季其精神存在是有容丰赡的，宜以散文体作文学的散步。如果说写作《文化苦旅》《山居笔记》的余秋雨，为90年代中国文学史提供了散文的历史文化言说的精神类型，那么周涛则通过对西部（主要是新疆）独特的自然景观和生灵形态的叙述，给出了散文关于生命和万物灵性的有意味的镜像。这种镜像是有周涛个人化标记的。周涛散文涉及西部的山川地理、民情风俗，历史现实、人物事件，林林总总，每每有着出色的篇章。像长篇《游牧长城》写得驰骋无拘，容纳厚重，大气淋漓，自然堪称力作。但最能凸现周涛散文特色与价值的，当是《巩乃斯的马》《伊犁秋天的札记》一类表现自然与生灵的作品。周涛在《假如我有什么贡献》一文中对他的散文意义有一种较为符合实情的估定：“我的作品几乎是一种生活原型，直接地切割了生活，它有撞击力，泥沙俱下，有雄浑的活力。”他以为林语堂、朱自清、周作人的散文“是一口古井，是一泓深潭，一汪碧水。但我是河流，带着沿岸的泥沙和尘土、草皮、枯枝败叶，以及羊粪蛋、马尿，稀哩哗啦就下来了，但它那种生命力、强大的生活原动，充满了野性的力量”。这是“我的散文异于前人的东西”。[②]周涛的自评是对他作品一种得体的注释。周涛西部散文的生命力或“野性的力量”，既直观地体现在其置景上：“瞬间，草原的暴雨从空洞的大井里倾泻而下，如同有一千个高空巨神痛饮后一齐撒尿，浇打得铺满厚草的草滩烟尘滚滚，弥漫起一股窒息人的腥气!一股鱼腥

① 周涛：《中华散文珍藏本·周涛卷》，人民文学出版社1995年版。
② 周涛：《山河判断——大西北札记》，学林出版社2000年版。

味儿!”（《天似穹庐》）更可见于对动物生性的表现方面，周涛是擅长于描写动物世界的，意在展示对象的力与美。《猛禽》一篇将“一只年轻的鹰，一只猛禽”的体态与精神、将鹰和老狼生死搏斗的场面叙写得淋漓尽致，而《巩乃斯的马》简直就是一场马之美的发布会：“油画般的辽阔草原、夕阳落照中兀立于荒原的群雕、大规模转场时铺散在山坡上的好文章……”这一切使人“从马的世界里找到了奔驰的诗韵”。《伊犁秋天的札记》是一篇充盈着生命魅力的“美文”。作品“札记”的形式与主体遐思的飞翔之间达成契合。周涛体验着伊犁之秋，感悟着伊犁之秋，生发出无限的想象。树被周涛取来作为秋天的一种精神具象：“这时的每一棵树，都是一棵站在秋光里的黄金树”，“它们与落日和谐，与朝阳也和谐；它们站立的姿势高雅优美，你若仔细端详，便可发现那是一种人类无法摹仿的高贵站姿，令人惊羡。它们此时正丰富灿烂得恰到好处”。周涛散文的诗性诗质，正是来自于对象世界，主要是自然和生灵万物蕴有的这种生命力本身。余秋雨散文让人在沉入历史、咀嚼历史时，品尝到历史的沧桑和苦涩，而周涛散文让人在走近对象、感悟对象时，体味到生命的存在和它的韵味。

九、文化散文：历史书写中的历史与“自我”

如果我们对“文化散文”不作任何前置性的限定，那么“文化散文”就是一个虚拟的伪命题了。在我看来，所有的散文都是文化的；文化，简言之就是“人化”。散文当然是“人为”的，其中有着人的存在。文化散文的命名之所以被约定俗成地认可了，因为它是在我们所设定的话语空间中讨论着的。“所谓文化散文”“作家运用散文的形式描写历史事件、解说历史场景、反观世事生活、透视人文景观”。[①]由此可见，文化散文无疑是关于历史的言说。但是这种言说并不只是“单边化”的纯历史的“回声”。“从事历史文化散文的创作，形象地说，是一只脚站在往事如烟的历史尘埃上，另一只脚又牢牢地立足于现在。作家立足于现在而与历史交谈，是一种真正的历史对话，但它的宗旨绝不是简单地再现过去，而是从对过去的追忆、阐释中揭示它对现在的影响和历史的内在意义。”[②]因此，文化散文，质言之，是一种历史链接着主体当下性存在的对话。所谓主体当下性存在，是指主体言说的时代语境与主体对于历史、对于现实所持守的价值评判尺度。

（一）作为文化的“历史”

我现在所感兴趣的并不是作为对话体的文化散文的存在，因为在我们的预设之中，穿越时间隧道的对话置备，是文化散文成立的必要前提。我所关注的问题是这种对话在散文文体中的存在方式：文化，作为一种历史的形态，它是如何进入散文的；散文又以它怎样的文体规定性制约着文化。主体对于文化的当代性的阐释，是怎

① 王剑冰：《2004年中国年度散文·2004年中国散文漫谈》，《2004年中国年度散文》，漓江出版社2005年版。

② 王充闾：《一位散文作家的历史情怀——答某报记者丁宗皓问》，收入《沧桑无语》，东方出版中心1999年版。

样通过散文这一文体制式实现的。简而言之，我们更有意义的话题是讨论文化与散文之间存有的某种关系建构。

涉论文化散文中的“文化”，究竟是以怎样的质性与意义进入散文这一话题，我们首先必须思考作为文化的“历史”，它有着什么特殊性。文化散文，通常也称历史文化散文。历史是文化散文生成的前提、基础。它不仅为作者提供了言说起兴的背景、文本构成“有形化”的事例材料，而且也给主体的联想感悟设置了“媒质”材料，同时，它还为作者自我言说，一种当代性的表达策略，给出了直接的可资阐释的对象物。这种阐释在阐释对象的同时，阐释着主体自我。一方面是“我注六经”，作者叙说、解释历史文化，另一方面是“六经注我”，主体对历史文化进行当代性的观照和评论，赋予历史文化以全新的意义，或借助于历史文化，对当代社会存在的种种进行批评。因此，从某种意义上说，文化散文也可以表述为是关于他者与自我的阐释。以文化为名义其实呈现出的是历史的存在形态，在文化散文中是如此的不可或缺，但它不是以一种很正式很规整的形态呈现的。历史，在这里并不恪守历史主义的一些“唯历史”的通则，如果不是作者故意地杜撰历史，其实大可不必指责作者由于种种因由而出现的史实失实之误。因为在我看来，在文化散文中存在的历史，它并不需要追求百分之百的精确，我们似乎并不需要散文提供一种“元”历史的本真。

谢有顺曾说，历史的力量，对于散文作家恰恰是以非历史的方式达到的；他不是为了寻求历史的正解，而是为了揭示历史中的心灵通道。我深以为是。文化散文不应该是、也不可能是一种史著模式。历史，进入文化散文往往没有正史的宏大规模，而是以历史的侧影、历史的碎片、历史的细节、逸事化的历史等方式表示的。余秋雨的《一个王朝的背影》，不仅是作者本人的主要代表作品，而且，我以为也可视为文化散文一种得体的“标本”。《一个王朝的背影》题目就给出了文化散文对于文化取景的某种特点。这里的“一个王朝”是指中国封建社会的末世王朝清朝，这是一个绵延

270余年的说不尽的朝代。余秋雨并不正面完整地大写它，而只是取其一个有意味的“背影”加以观照。作为“背影”的王朝，作品以承德避暑山庄的营造、康熙与“木兰围场”、康熙与中西文化、文字狱的兴起、乾隆朝的衰象、作为邪恶象征的避暑山庄、王国维谜一样的自尽等并不连贯的材料展示。作者并不结撰编年体或纪传体的史著模式，而有意截取有清历史流变中的若干断章观览，设计的是一种基于文化与人性视角的软性的历史书写。李存葆这位小说家，以其《大河遗梦》的写作，成为我们言说文化散文不能绕开的散文家。获得第三届鲁迅文学奖散文奖的《大河遗梦》，作者从对关联历史的熟稔中，择取富有言说价值的对象，以开阔的境界，丰富的联想，逸事化的历史叙说，人文化的生态关怀，造就了别具一格的文化散文的风致。其中的《祖槐》一篇涉及明代移民史一节，但作者无意推演正式的移民史程，而是插入围绕“迁徙者及其后人编纂出的种种听来令人百脉沸涌、低回唏嘘的故事”。《祖槐》的主题似乎是无法归纳的。作品还关联文化寻根中的乡土情结、生态变异中的环境问题等内容。作者从对“祖先故居叫什么，大槐树下老鸹窝”句中“老鸹”抑或是“老鹳”的质疑考证中，表达了对于生态恶化的隐忧。在这样的散文中，文化是散状分布的，它似乎不需要一以贯之的系统叙述。

（二）历史的“文化”与当代语境

克罗齐说，一切历史都是当代史。历史进入文化散文，它实际上也就进入了主体言说的当代语境。过往的历史被“打捞”，并以别样的方式于“今天”加以呈现，其中应有被“打捞”和被呈现的价值。因此，能够进入散文的历史或文化，它应该具有某种当代性的阐释意义。李存葆的《飘逝的绝唱》触发作者纵横联想的是有关《西厢记》的故事和逸事、趣事。在作者看来，爱情的含义虽难诠释，但却是全世界的通用“密码”，而莺莺和张生的爱情则是经典爱情中的经典。经典而言，从通常的意义上已缺少了刺激接受的趋新要素。但是李存葆依然能“大话”西厢，并且给予读者诸多情思新联想和新启示。这固然作者对“经典”故事作了非经典的想象性处理，增加了某些强化接受的元素；更重要的是作者基于当下立场，开掘或者也可以说赋予了“经典”的现时态的解释可能性。文题“绝唱”又冠以“飘逝”，其间包含了作者超强的主观色彩。而这无疑来自于现实的刺激。当然，这现实也许是片面的：“梁祝化蝶的情愫早已飘逝”，“崔张联姻的绝唱早已曲终人散”，“罗密欧与朱丽叶忠贞的灵魂也早已深埋墓穴”，“放纵的性欲已使艾滋病成为‘世纪之泣’”。在现实中，作者似乎是爱情的悲观主义者，于是他就试图从传统的“经典”中寻找言说的话题并在言说中满足想象性的快慰。作者因着对现实中所谓“爱情”种种存在的失望，而倒入历史。在传统的符号化了的故事中，提取并且注入作者关于爱的理想。这种提取或注入自然会具有应接当代的因素在内。

文化（历史）进入散文，其前提是文化要经由主体个人体验而被心灵化的。文化作为一种客观的历史存在，林林总总，原本它只是和作者相隔的“外物”，只有当它与作者的心灵相遇合，并且深度地“刺激”了主体的心灵，文化才有了写作中的意义。或者可以说，文化和主体的互为“进入”，是文化散文写作真正的开始，即文化吸引、感应、启示了作者，进入到作者心灵的深部，作者主体的情思融入文化之中，“物”（文化）与“我”交融而浑然一体了。余秋雨说过：“对历史的多情总会加重人生的负载，由历史沧桑感引发出人生沧桑感。”“我在山水历史间跋涉的时候，有了越来越多的人生回忆，这种回忆又渗入了笔墨之中。”[①]这段寻常的表述，揭示出文化散文创作发生的机理。“山水历史”只会更多地触动“多情”者的心灵，而主体之所以面对“山水历史”油然“多情”，是因为他的对象物常常能感其怀启其思。如此，作者面对历史文化，当然选择对他而言具有更强言说激情与更多表达价值的部

① 余秋雨：《文化苦旅·自序》，知识出版社1992年版。

分。我们可以这样认为，文化散文中的“文化”是一种被主体“接受”的文化。王充闾的《寂寞濠梁》，是感想庄子的一种个人言说。这里，我特别标示“个人”言说，是因为在我看来，作者面对多种历史存在，他的取舍中间具有个人的人生体验和价值判断。作者道经安徽凤阳，东道主热情推荐明皇陵和中都城等的观览热线，而他提出寻访庄惠“濠梁观鱼”遗址的要求。这一取一舍，作者感性说来是因为“从小我就很喜欢庄子”，“对于明太祖朱元璋，我一向没有好感”，而深究其里，则表征了作者对于“濠濮间想”所蕴涵的生命哲学的追寻与向往。作者对此自有注释，“我却仍然寄情濠上”，“要之，‘濠濮间想’，有赖于那种悠然忘我的情怀和幽静孤寂的心境”。王充闾以为庄子“他高踞于精神之巅来俯瞰滚滚红尘，因而能够看轻俗人之所重，也能够看重一般人之所轻。他追求一种‘逍遥于天地之间而心意自得’的悠然境界”，而这样的精神姿态与品位，正是作者，这位曾是“官道中人”所崇尚的。这种崇尚已不是俗透了的附庸风雅，而是基于“过来之人”对于人生世事有了真切体验后而得的一种生命自觉。

（三）文化散文：信史与“心史”

历史（文化）与散文究竟是两个分属不同科类的范畴。如果说历史满足于接受者的是“信史”，那么对于文化散文而言，我们期待的应当是心史。在我看来，文化散文是主体面对历史文化所作的关乎个人心灵的文学化的言说。散文的文体规定性，从某种程度上意味着，在文化散文中作者对历史形态的文化所作的是一种主观化的或者说是“自由化”的历史叙事。基于文学的维度上说，散文是一种“自由态”，是一种关于“我”的文体。这当然不是说在文化散文中作为历史的存在可以信手泥捏，而是说历史当为现实的“我”所用。我们所说的“心史”，是关于作者个体的精神生命的，是烙有作者个性气质才情的。“心”者也指向“文心”。“文心”所系，关乎作者真实的真诚的精神姿势的自由书写。在文化散文中，读者主要不是为了读历史，而是要看作者是怎样说历史的，了解历史是如何被今人言说的。简言之，历史的“历史”叙述，遵循的是某种史学的原则，从表面看来著者是不应有“我”的，强调的是客观唯实；散文的“文化”书写，依据的是文学的一些通则，其间活动着主体的面影和心志，求取的是基于客观的作者个性真实。如果一篇文化散文通篇只是史实的回叙，而不见作者自我的精神存在，那么这样的文字就不能算是散文了。要者，历史只是一种被我们言说的精神资源，而不是言说本身。我们现在所见的文化散文阅读魅力的缺失，并不在于文化或史料本身，当然史料的泛化，缺少新的发掘和有意味的深度细节的提取，也是不该忽视的问题，但主要的还在于作者面对文化少了一种“化”文的能力和才情，也就是说作者在文化散文中，没有或者很少提供读者所期待的、可以吸附读者的且新且深且具有当代意义的个人话语。

我认同王充闾在区别历史文化散文与史学研究著作时所提出的观点。他以为“创作历史文化散文，首要的忌讳便是丧失自我”。[①]可以说，“自我”正是作为散文的要素，一种文体质的规定性，影响着文化散文的生成。在文化散文中，作者以自己的方式取舍历史文化，以自己的思想阐释历史文化，以自己的语言书写关于历史与现实的对话。林贤治的写作是一种知识分子的写作，这种既定的价值取向，制导了他在观察纳粹时期德国文艺界时视点的选择。他以小说家茨威格和作曲家施特劳斯说事，前者抗衡坚守，招致迫害及至逃亡异国而自杀，后者既热爱艺术，又利用政治，这样自然“既是大艺术家，同时也是小市民”。（《对称：在纳粹的阴影下》，《书屋》2003年第10期）对于茨威格的臧和对于施特劳斯的否，在林贤治那里成为必然。李存葆的《大河遗梦》，我们从中可以解读出一种关于“黄河文明”的颂歌抑或挽歌的况味，他对

---

① 王充闾：《一位散文作家的历史情怀——答某报记者丁宗皓问》，收入《沧桑无语》，东方出版中心1999年版。

"黄河文明"的取景，无疑与他的地缘文化背景和对"黄河文明"当下境遇的感受有关。思想之于文化散文是极其重要的。"缺乏深沉的历史感，就无所谓深刻，也无法撄攫人心。因此，在散文作家的笔下，向来都是思想大于史料的。"[①]而真正深刻的思想决不来源于复制，恰恰是属于作者自我的，它基于作者对历史深刻的体认和感悟。我们说《文化苦旅》造就了散文家余秋雨，或者说《文化苦旅》可以被视为文化散文的一种标志性存在，这很大程度上得之于作品所呈示给我们的作家独特的历史感受和深刻的评析。行旅中国文化有一种渗透心底的"苦"味，这是一种浑成的复合意味。正是作者体认的深切，所以面对历史的激扬文字也就多了一种透辟精警。《苏东坡突围》以思想的深刻而引人入胜。苏东坡突围，"突围"的是中国文化的暗角，"突围"的是他自身曾经有过的精神藩篱。苏东坡最终被"长途押解，犹如一路示众"。透视这样的历史景象，作者生发论议："贫瘠而愚昧的国土上，绳子捆扎着一个世界级的伟大诗人"，"一部中国文化史，有很长时间一直把诸多文化大师捆押在被告席上，而法官和原告，大多是一群挤眉弄眼的小人"。而苏东坡一旦被放逐，沉入生活的底层，"他彻底洗去了人生的喧闹，去寻找无言的山水，去寻找远逝的古人"，正是在这样的寻找中，苏轼找回了一个"成熟"的自我："成熟是一种明亮而不刺眼的光辉，一种圆润而不腻耳的音响，一种不再需要对别人察言观色的从容，一种终于停止向周围申诉求告的大气。"独特的感悟滋生深刻的思想，而深刻的思想又衍化出富有滋味的语言。语言是思想的现实。有人说余秋雨的散文以语言的才情见长，殊不知，语言的才情导源于思想的智慧。而这一切都有赖于作者有一个突兀不俗的"自我"。

---

① 王充闾：《一位散文作家的历史情怀——答某报记者丁宗皓问》，收入《沧桑无语》，东方出版中心1999年版。

散文作家作品论

一、梁启超与中国现代散文的发生

身处“过渡时代”的梁启超，在演绎中国文学现代发生的多幕剧中，扮演着多种角色。而于散文的现代性启动最具有散文文体史意义。梁启超的“文界革命”不只是一种倡议、一种构想，更是一种卓有成效的实践。其要义是蕴含的“欧西文思”和形制的“流畅锐达”。就具体的文体实践而言，梁启超在论说体散文、新闻体散文和记游体散文等方面都有文体史意义的建树。梁启超在“文界革命”这一时代主题的表达上实现了知与行的协同，使之成为“五四”散文直接而重要的先导。

（一）天时与人为：现代散文的开路者

从文学历史的本然看，中国现代散文的发生无疑是诸多关联要素交互作用的结果。再从文体演进的时间维度上观照，这是一个相关的要素在特殊的场域中累积，由量变而为质变的历史过程。这样的表述，并不意味着要弱化其中个别的特殊要素所具有的意义，而是相反。个别的特殊要素，只有置于具体的过程中，在一个方位明确的坐标中，才能更为清晰地显示它的重要价值。中国散文在“五四”时期，完成了它的现代转型。以此作为一个特殊的端点，我们回溯中国现代散文发生的历史进程，回放其中具有历史意义的人物和事件，相关的场景或影像映入眼帘。在演绎中国现代散文发生史实的多幕剧中，梁启超是一个有所作为的主角之一。

梁启超之有为于中国散文的现代发生，首先是因为他所处的特殊的历史时期提供了可能性。所谓时势造英雄，于文学也是这样。梁启超所处的时代，正如他所说的是一个“过渡时代”：“今日之中国，过渡时代之中国也。”“今日中国之现状，实如驾一扁舟，初离海岸线，而放于中流，即俗语所谓两头不到岸之寸也。”“人民既愤独夫民贼愚民专制之政，而未能组织新政体以代之，是政治上之过渡时代也；士子既鄙考据词章庸恶陋劣之学，而未能开辟新学界以代之，是学问上之过渡时代也；社会既厌三纲压抑虚文缛节之俗，而未能研究新道德以代之，是理想风俗上之过渡时代也。”“而要之中国自今以往，日益进入于过渡之界线，离故步日以远，冲盘涡日以急，望彼岸日以亲，是则事势所必至，而丝毫不容疑义者也。”[①]晚清之际，中国社会亦旧亦新，亦中亦外，酝酿着三千年未有的历史大变局。除旧维新，革故开远，是一种“不容疑义”的“事势”。梁启超“文界革命”的思想和实践事功彰显，首先得之于他能顺势而为，其次也与其个人才情志趣有关。梁启超是文化史上一个卓尔不凡的“圆形人物”，他在很多领域有着重要的创构，其于文学诸体多有关涉。梁启超《论小说与群治之关系》是晚清影响很大的小说文论，他看到了小说对于现代政治建构的想象，并且不仅言说其理，还亲炙其事，创作政治小说《新中国未来记》。但连梁启超自己也明白他不具有能够写作得体的小说，认为《新中国未来记》是“似说部非说部，似稗史非稗史，似论著非论著，不知成何种文体，自顾良自失笑”。[②]在诗歌方面梁启超张起“诗界革命”的大旗，对此作有具体的设计：“欲为诗界之哥伦布、玛赛郎，不可不备三长：第一要新意境，第二要新语句，而又须以古人风格入之，然后成其为诗”。[③]虽然也创作了大量的诗词，但知与行并不能协和，梁启超力不从心，于诗终不能成大气候，他有诗情，但是没有大的诗才，正如他说的“余素不能诗”。

与小说、诗歌不同的是，梁启超在散文创作中将知与行达成了高度的一致。梁启超的“文界革命”不只是一种倡议，一种思想，更是一种实践。他的身体力行使蜕变艰难的散文在“过渡时代”获得了变异开新的重大演进，为现代文学的生成积累了重要

① 梁启超：《过渡时代论》，载《清议报》第82册，1901年。
② 梁启超：《〈新中国未来记〉绪言》，载《新小说》第1号，1902年。
③ 梁启超：《夏威夷游记》，载易鑫鼎编：《梁启超选集》（上卷），中国文联出版社2006年版，第324页。

的经验。可以说梁启超对新文学所作出的特别贡献，很大程度上是来自于他在散文方面的历史性作为。一些新文学家确认了这一点。钱玄同在致陈独秀的信中就指出：“梁任公先生实为近来创造新文学之一人，虽其政论诸作，因时变迁，不能得国人全体之赞同，即其文章，亦未能尽脱帖括蹊径，然输入日本文之句法，以新名词及俗语入文，视戏曲小说与论记之文平等……此皆其识力过人处。鄙意论现代文学之革新，必数及梁先生。”[①]这里钱玄同列举了梁启超种种“识力过人”之处，但首先标举的是梁启超“输入日本文之句法，以新名词及俗语入文”的新文体，这种新文体是“现代文学之革新”的重要例证。郑振铎也支持这样的评价，并且更强调了梁启超散文对于现代文体改革的“先导”意义：“最大的价值，在于他能以他的‘平易畅达，时杂以俚语、韵语及外国语法’的作风，打倒了奄奄无生气的桐城派的古文、六朝体的古文，使一般的少年们都能肆笔自如，畅所欲言，而不再受已僵死的散文套式与格调的拘束，可以说是前几年的文体改革的先导。”[②]汉语的散文文体命名，体现着命名者对于散文体性的认知。这就是其在形态上是散漫的，在精神上是随心的。但这种体性的呈现或得之于文学史的真实经验，更表示着文人对理想散文的一种想象。在中国文学史的结构中，诗文是文体的正宗，因此散文也被赋予更多的“载道”功能，而且这种“载道”往往体现着体制的种种规定性，这样散文就难以真正地达成其“散”了，尤其是清代桐城派散文更固化为某种“套式与格调”。梁启超基于“文界革命”思想而实验的散文，以“平易畅达，时杂以俚语、韵语及外国语法”等的新因素，实现了对传统散文的破体，成为开创“肆笔自如，畅所欲言”体现主体精神自由的现代散文的重要先行者。

---

① 钱玄同：《寄陈独秀》，载《新青年》第3卷第1号，1917年3月。

② 郑振铎：《梁任公先生》，载《中国文学论集》，上海开明书店1934年版，第167页。

（二）散文观演进中的“文界革命”

梁启超的“文界革命”是中国散文现代转型的主要关键词，同时是一个包含了散文变革开新思想和有效实践的复合词。我们先从相关的散文认知表达的梳理中，看取“文界革命”的思想价值。散文虽然是中国文学的主要文体之一，但古代对它的系统研究很少。在已有的文论中，有的言说虽为感悟片言，但内在的要义是值得重视的。其中在明代就有李贽和袁宏道之说颇得散文真意。李贽“童心说”强调“天下之至文，未有不出于童心焉者也”。“童心者，真心也”，“夫童心者，绝假纯真，最初一念之本心也。若失却童心，便失却真心；失却真心，便失却真人。倘非真，全不复有初矣”。[①]李贽的“真心”“真人”，以“真”给出文体的精神本质。而散文得“真”，需要作者“独抒性灵”，显示“真我”，在这一点上袁宏道与李贽观点是相通的。他以为好的散文“大多独抒性灵，不拘格套，非从自己胸臆流出，不肯下笔。”（袁宏道《小修诗叙》，载《锦帆集》卷二。）“独抒性灵”和“自己胸臆”指归于为文的有感而发和自出胸臆、自我写真，而“不拘格套”则意指与写真的内容相应的灵活自然的表达形式。行运至晚清，散文家王韬的表述与李贽、袁宏道的相近，他在自己的重要文集的自序中给出了“佳文”的要素：“知文章所贵在乎纪事述情，自抒胸臆，俾人人知其命意之所在，而一如我怀之所欲吐，斯即佳文。”[②]但王韬等所说的只是散文写作的一种可能，而实际上却往往难以实现。这是因为散文的写作需要受制于一些文统规约，在清代特别是桐城派散文所奉守的“义法”。因此散文要存真显诚，表达出作者完全的个性，就必须破除固有的规约。正是在这里我们看到晚清散文家冯桂芬言论的勇气和识见：“独不信义法之说”，“称

① 李贽：《焚书·续焚书》，岳麓书社1990年版，第97页。
② 王韬：《弢园文录外编·自序》，中州古籍出版社1998年版，第31页。

心而言，不必有义法也。”[①]我们以后来梁启超的“自评文”对照以上的论说，可以发现其中的联系。“启超夙不喜桐城派古文，幼年为文，学晚汉魏晋，颇尚矜炼。至是自解放，务为平易畅达，时杂以俚语韵语及外国语法，纵笔所至不检束。”[②]“不喜桐城派古文”，表示了梁启超对“义法”的拒绝；拒绝“义法”需另辟蹊径，走向“自解放”；“纵笔所至不检束”则与“不拘格套”“称心而言”等相通。由此可见，梁启超也承继了前代散文中有益的思想资源，表示了梁启超对散文文体的精神本质有着深刻的把握。但是此前的散文理论没有充分地给出达成“独抒性灵”“称心而言”的具体路径和实现方式，梁启超的意义正体现为他在新的时代语境中寻得散文“自解放”的道路，并走出了一片开阔的风景。

“解放”散文需要文界“革命”。“夫淘汰也，变革也，岂惟政治上为然耳，凡群治中一切万事万物莫不有焉。……宗教有宗教之革命，道德有道德之革命，学术有学术之革命，文学有文学之革命，风俗有风俗之革命，产业有产业之革命。”[③]作为散文家的梁启超看到“过渡时代，必有革命”[④]的大势，应时而为地发出“文界革命”时代之声。梁启超并不是从中国文学的内部结构中设计革命的方法，而是从开放而鲜活的域外体验中获取卓异的思想。这是梁启超既超越前代，又不同于时人的根本所在。近代中国在被动中开放，一批先进的中国人却得以自觉地开眼看世界，梁启超是其中一位突出的应时者。他在较短的时间内，实现了从“乡人”“国人”到“世界人”之跨越。梁启超自谓“余乡人也”，“余盖完全无缺、不带杂质之乡人也。曾几何时，为十九世纪世界大风潮之势力所簸荡、所冲激、所驱遣，乃使我不得不为国人焉，浸假将使我

① 冯桂芬：《复庄卫生书》，见徐中玉主编《中国近代文学大系·文学理论集一》，上海书店出版社1994年版，第399页。

② 梁启超：《清代学术概论》，东方出版社1996年版，第77页。

③ 梁启超：《释革》，载《新民丛报》第22期，1902年12月。

④ 梁启超：《饮冰室诗话》，载易鑫鼎编《梁启超选集》（上卷），中国文联出版社2006年版，第328页。

不得不为世界人焉……既生于此国，义固不可不为国人，既生于世界，义固不可不为世界人……既有责任，则当知之，既知责任，则当行之……于今始学为国人，学为世界人。”[①]这是时代使然，也是梁启超个人的性格使然。在走向世界，“为世界人”的过程中，日本的游历和体验对梁启超的影响特别重大。“既旅日本数月，肄日本之文，读日本之书，畴昔所未见之籍，纷触于目，畴昔所未穷之理，腾跃于脑，如幽室见日，枯腹得酒，沾沾自喜”[②]。“自居东以来，广搜日本书而读之，若行山阴道上，应接不暇，脑质为之改易，思想言论，与前者若出两人。每日阅日本报纸，于日本政界学界之事，相习相忘，几于如己国然。”[③]使梁启超“脑质为之改易”的并不是一个地理概念的日本，而是一个将西方近现代文明成功内化、开启着现代化进程的日本。日本对于中国而言是一个特殊的西学的“中转站”。梁启超的“文界革命”正是由其日本经验触发所提出的重大命题。

梁启超在1899年12月首次明确地推出了“文界革命”的概念，激发这一想法的是读德富苏峰著述的启悟。“余既戒为诗，乃日以读书消遣，读德富苏峰所著《将来之日本》及国民丛书数种。德富氏为日本三大新闻主笔之一，其文雄放隽快，善以欧西文思入日本文，实为文界别开一生面者。余甚爱之。中国若有文界革命，当亦不可不起点于是也。”[④]德富苏峰的著述不仅成为梁启超“文界革命”直接的思想资源，而且也是他直接借取的写作范式。“盖清季我国文学之革新，世人颇归功于梁（任公）启超主编之《清议报》《新民丛报》。而任公之文字则大多得力于苏峰。试举

---

① 梁启超：《夏威夷游记》，载《饮冰室合集》专集第2册，中华书局1989年版，第185页。

② 梁启超：《论学日本文之益》，《论学日本文之益》，载《清议报》第10册，1899年4月。

③ 梁启超：《夏威夷游记》，载《饮冰室合集》专集第2册，中华书局1989年版，第186页。

④ 梁启超：《夏威夷游记》，载《饮冰室合集》专集第2册，中华书局1989年版，第191页。

两报所刊之梁著饮冰室自由书，与当时的《国民新闻》论文及民友社国民小丛书——检校，不独其辞旨多取苏峰，即其笔法亦十九仿效苏峰。”[①]比对两人的作品，证之于具体的文例可见这样的论定是信实的，比如德富苏峰有《无名之英雄》，梁启超也有《无名之英雄》；德富苏峰有《社会无无代价之物》，梁启超有《天下无无代价之物》；德富苏峰有《希望》，梁启超有《说希望》；德富苏峰有《新日本之少年》，梁启超有《少年中国说》；等等。梁启超“文界革命”的表述中核心语词是“欧西文思”。“欧西文思”相对于桐城派散文的“义法”自然是一种前所未有的异质、一种散文革命的要义。“欧西文思”的意义是丰富的，但主要意指的是现代西方的价值理念和话语体系。

“欧西文思”并不是梁启超“文界革命”的全部义项，他将此视为一个重要的“起点”。时隔两年，梁启超又重申“文界革命”的主张。但这时梁启超将“文界革命”由表达的意涵拓展到了表达的工具语言。梁启超一方面在《新民从报》上推介严复译著《原富》，认为“严氏于西学中学，皆为我国第一流人物”，其译著“精善更何待言”，另一方面又直言：“吾辈所犹有憾者，其文笔太务渊雅，刻意摹仿先秦文体，非多读古书之人，一翻殆难索解。夫文界之宜革命久矣。欧美、日本诸国文体之变化，常与其文明程度成正比。况此等学理之书，非以流畅锐达之笔行之，安能使学童受其益乎？著译之业，将以播文明思想与国民也，非为藏山不朽之名誉也。文人结习，吾不能为贤者讳矣。”[②]我们再看严复对梁启超批评的回应，就更可以把握梁启超这里强调的“文界革命”的重心所在。严复认为：“文辞者，载理想之羽翼，而以达情感之音声也。是故理之精者不能载之粗犷之词，而情之正者不可达以鄙倍之气”，“若徒为近俗之词，以取便市井乡僻之不学，此于文界，乃

---

① 冯自由：《冯自由回忆录：革命逸史》，东方出版社2011年版，第715页。
② 梁启超：《绍介新著〈原富〉》，载《新民丛报》第1号，1902年2月。

所谓凌迟，非革命也。且不佞之所以从事者，学理邃赜之书也，非以饷学僮而望其受益也，吾译正以待多读中国古书之人。”[①]很明显梁启超和严复言说的指向是基于写作价值选择的语言问题，所不同的是梁启超意在以“欧西文思”“播文明思想与国民”，意在新民，与此相应文笔就不能“太务渊雅”“殆难索”，而应求取“流畅锐达”，平易通俗，以使即使“学童”也可“受其益”。而严复译著和述论虽然在内容上也重视对于西学的绍介和阐释，但其目标的读者不是“学僮”等浅学之人，而是“多读中国古书”的文人官绅。这样在语言上就拒绝“近俗之词”“粗犷之词”。由此可见，作者不同的写作价值取向的追寻，从根本上决定了其对写作具体题材题旨乃至语言方式的选择。

早在“文界革命”正式命名之前，梁启超就声言：“学者以觉天下为己任，则文未能舍弃也。传世之文，或务渊懿古茂，或务沉博绝丽，或务瑰奇奥诡，无之不可。觉世之文，则词达而已，当以条理细备、词笔锐达为上，不必求工也。”[②]在“传世”与“觉世”之间，梁启超选择的是“觉世之文”。这样的选择符合他自身身份设定的逻辑。梁启超是一个充满政治激情的士人，他认为自己：“吾二十年来之生涯，皆政治生涯也……惟好攘臂扼腕，以谈政治，政治谈以外，虽非无言论，然匣剑帷灯，意固有所属，凡归于政治而已。”[③]他在19世纪末至20世纪初的政治理想是新民，以为新民是维新的第一要务。他取“中国之新民”“新民子”为自己的名号；将创办的刊物命名为《新民丛报》，所写的系列论说取名为《新民说》。而实现这一政治理想的重要方式是办报立说。梁启超有自述：“鄙人二十年来固以报馆为生涯，且自今以往尤愿

① 严复：《与新民丛报论所译原富书》，《新民丛报》第7号。1902年5月。

② 梁启超：《湖南时务学堂学约》，《时务报》第49册，1897年12月。

③ 梁启超：《吾今后所以报国者》，易鑫鼎编《梁启超选集》上卷，中国文联出版社2006年版，第117页。

终身不离报馆之生涯者也。”[①]确实梁启超是近代中国最重要的报人之一，他主笔《时务报》，又主办《清议报》《新民丛报》等。基于新民的政治理想和“为国人”的责任，梁启超十分看重报馆的特殊作用，指出：“去塞求通，厥道非一，而报馆其导端也。”[②]极言：“报馆者，国家之耳目也、喉舌也，人群之镜也，文坛之王也，将来之灯也，现在之粮也。伟哉，报馆之势力！重哉，报馆之责任！。”[③]近代报刊具有社会传播的功能，梁启超要借助于报刊传播其思想理念，达成其政治理想，这就需要其文本既要内含“欧西文思”，又要语言表达通俗平易，以实现其价值传播的最大化。因此，梁启超“文界革命”是包含内容和形式要素，并且两者是统一的新散文观。从这里我们可以寻得梁启超推崇德富苏峰并受启发倡议“文界革命”的内在原因。欧西文思、传媒和国民是联结两者的关键词。这就是梁启超“文界革命”的逻辑链。

由晚清“文界革命”推至“五四”文学革命，观察其中表达的逻辑和表达的义项，我们可以发现前者对于后者的影响。首先从话题的设计看，“文界革命”与“文学革命”“文学改良”等关联相通，它们都有明确的话题指向以及实现目标的方式。其次从话题展开的思路上看，两者具有接近性。在梁启超和陈独秀看来，革命是历史进化的一种基本规律。陈独秀《文学革命论》开篇关于革命的言说，与梁启超的《释革》十分近似，前者有“凡群治中一切万事万物莫不有焉。……宗教有宗教之革命，道德有道德之革命，学术有学术之革命，文学有文学之革命，风俗有风俗之革命，产业有产业之革命”[④]，后者有“自文艺复兴以来，政治界有革命，宗教界

① 梁启超：《初归国演说辞·鄙人对于言论界之过去及将来》，载易鑫鼎编《梁启超选集》上卷，中国文联出版社2006年版，第133页。

② 梁启超：《论报馆有益于国事》，载《时务报》第1期，1896年8月。

③ 梁启超：《〈清议报〉一百册祝辞并论报馆之责任及本馆之经历》，载《清议报》第100册，1901年12月。

④ 陈独秀：《文学革命论》，载《新青年》第2卷第6期，1917年2月。

亦有革命，伦理道德亦有革命、文学艺术，亦莫不有革命”[①]。同时基于特殊的时代语境，革命的提出都有具体的针对性。倡导“文界革命”，是因为不满“义法”疏空、雅驯格套的桐城派古文；“文学革命”虽然对象所指是封建文学，但陈独秀用以说事的文例许多取自散文，陈独秀认为：“文学本非为载道而设，而自昌黎以讫曾国藩所谓载道之文，不过抄袭孔孟以来极肤浅极空泛之门面语而已”，“虽著作等身，与其时之社会文明进化无丝毫关系”[②]。陈独秀对于写作价值的估定，主要看取的是作品与特定时代“社会文明进化”的“关系”，这与梁启超所说的“欧美、日本诸国文体之变化，常与其文明程度成正比”，内在的意思是呼应的。再从革命实现的方式路径看，梁启超明确地指出要取法“欧西文思”，并且在语言表达上要“流畅锐达”，平易通俗。陈独秀没有直接地指说，但在《文学革命论》中间接地表达了借取欧西文学以改造中国文学的含义：“欧洲文化，受赐于政治科学者固多，受赐于文学者亦不少。予爱卢梭、巴士特之法兰西，予尤爱雨果、左拉之法兰西；予爱康德、黑格尔之德意志，予尤爱歌德、霍普特曼之德意志”[③]。稍后傅斯年在《怎样做白话文》中则推出了“日化—欧化—人化”的散文现代化路线图：“我们希望将来的文学，是‘人化’的文学，须得先使他成欧化的文学。就现在的情形而论，‘人化’即欧化，欧化即‘人化’。”“日本的语言文章，很受欧化的影响。我们的说话做文，现在已经受了日本的影响，也可算得间接接受了欧化了。”[④]所谓“日化”就是日本化了的欧西文明，因为地理和文化等因素，中国文学更多得便于“日化”的“欧化”，而“人化”则是文学现代性的核心。由此可见，梁启超、陈独秀、傅斯年等文学现代化建设者在精神上存在着的呼应。

---

① 梁启超：《释革》，载《新民丛报》第22号，1902年12月。
② 陈独秀：《文学革命论》，载《新青年》第2卷第6期，1917年2月。
③ 陈独秀：《文学革命论》，载《新青年》第2卷第6期，1917年2月。
④ 傅斯年：《怎样做白话文》，载《新潮》第1卷第2期，1919年2月。

（三）作为“行动”的“文界革命”实践

梁启超“文界革命”取得了重要的文学史意义。这不仅是一种前所未有的口头倡导，而且更是一种卓有成效的积极实践。梁启超的知行合致使其成为推动中国现代散文发生的重要作家。就具体的文体实践而言，梁启超在论说体散文、新闻体散文和记游体散文等方面都有文体史意义的建树。

论说一体是古已有之的文体。作为晚清“文界革命”标志性成果的“新文体”，或称“时务文体”“新民体”等是这种文体的近代变体。正是这种变体成为中国现代散文发生的重要一脉。关于这一文体的生成背景和特点、价值，学界多有论述。日本学者狭间直树以“第三只眼睛”观照，论述是信实到位的：“时代所要求的并不是学问上的严谨的论文，而是对以中国的变革为目的的政治课题能发挥作用的文章。西方近现代文明是与中华的传统文明具有不同性质的新的文明，所以，为了实现这个目标，必须创立适应这一形式的新的文体。‘新民体’就是应此产生的。它是为了通过日本来吸收西方近代文明而提炼出来的一种从文言文向白话文过渡的文体。梁启超以这一清新的文体写成的文章，正如张君劢所说，是为了‘改造国民脑髓之妙药’而为人民所接受的。”①应该说“新民体”诸类不是梁启超一人所为，冯桂芬、王韬、郑观应等的写作是“新民体”的重要前奏，与梁启超同时代作家也多有参与。但是无疑梁启超的贡献最大，他是这一文体主要的集成者。正如狭间直树所指出的，这一文体其价值直接作用于现实的“政治课题”，其内核是“西方近代文明”，而其语体则为“从文言文向白话文过渡的”语体。可以看出，狭间直树是概括了梁启超“典型新民体”而提炼出这一文体特质的。梁启超的“新民体”其本质为“士人”所

① 【日】狭间直树：《梁启超·民治日报·西方》，社会科学文献出版社2012年版，第8页。

作的“启蒙文本”，“改造国民脑髓”的“新民”正是对这一文体本质的注释。

我们取梁启超“新民体”的典型文本加以论述。梁启超在谈及新文体时曾说：“有《少年中国说》《呵旁观者文》《过渡时代论》等，开文章之新体，激民气之暗潮。”[①]这里梁启超列举了三篇论说，揭示了它们“开新体”“激民气”的特点。从这些作品的议题设置看，都非关传统文人的私意写作，而是有关国家的宏旨。《过渡时代论》由“各国过渡时代之经验”，观察分析“过渡时代之中国”的情势：“今日我全国人可分为两种：其一老朽者流，死守故垒夕为过渡之大敌，然被有形无形之逼迫，而不得不涕泣以就过渡之途者也；其二青年者流，大张旗鼓，为过渡之先锋，然受外界内界之刺激，而未得实把握以开过渡之路者也。而要之中国自今以往，日益进入于过渡之界线，离故步日以远，冲盘涡日以急，望彼岸日以亲，是则事势所必至，而丝毫不容疑义者也。”[②]这里梁启超着意于“青年者流，大张旗鼓，为过渡之先锋”。其大意与《少年中国说》[③]相通：“故今日之责任，不在他人，而全在我少年。少年智则国智，少年富则国富，少年强则国强，少年独立则国独立，少年自由则国自由，少年进步则国进步，少年胜于欧洲，则国胜于欧洲，少年雄于地球，则国雄于地球。”而《呵旁观者文》[④]列举“浑沌派”“为我派”“呜呼派”“笑骂派”“暴弃派”“待时派”种种“旁观者”的言行加以批评，其落实点也在“责任”：“人生于天地之间，各有责任。……一家之人各各自放弃其责任，则家必落；一国之人各各自放弃其责任，则国必亡；全世界人人各各自放弃其责任，则世界必毁。旁观云者，放弃责任之

① 梁启超：《〈清议报〉一百册祝辞并论报馆之责任及本馆之经历》，载《清议报》第100册，1901年12月。

② 梁启超：《过渡时代论》，载《清议报》第82册，1901年6月。

③ 梁启超：《少年中国说》，载《清议报》第35册，1900年2月。

④ 梁启超：《呵旁观者文》，载《清议报》第36册，1900年2月。

谓也。”由此可见，梁启超所论重心在于旧与新嬗替维新时代国民责任，这是当时中国维新的第一要务，也是“新民”的基本内容。

梁启超在论说这样重大的时代主题时，显然无法从中国传统文明中寻找资源，而须得借取西方近现代文明成果为我所用，在其文本中导入“欧西文思”。其显著标志是大量使用蕴含新思维的新名词，如“责任”“人生”“独立”“自由”“进步”“青年”等等，新名词的熟练运用，使文本新风扑面、新意盎然。另外“欧西文思”也体现为“外国语法”的影响。陈平原曾说：“就对中国文章体式的改造而言，显赫的‘新名词’其实不如隐晦的‘外国语法’更带根本性。前者扩大了文章的表现范围，后者则涉及中国人的思维方式与审美趣味。”[①]在改造中国传统散文体式中，“新名词”是否不如“外国语法”还可作深入的探讨，因为其实“新名词”背后也涉及新的思维。但是“外国语法”自然也是“欧西文思”的一个部分。体现在梁启超“新民体”文本的结构中，我们可以明显地看到逻辑性的增强。这种逻辑性的增强一为长句的增多，表意趋于严密，二是段落层次间意义关联紧密。《呵旁观者文》开篇提出论点“天下最可厌可憎可鄙之人，莫过于旁观者”，文章主体部分对六种“旁观者”依次论说，最后总结归纳，典型地体现出由总而分、由分而总逻辑运思的方法。《过渡时代论》有六部分：“过渡时代之定义”“过渡时代之希望”“过渡时代之危险”“各国过渡时代之经验”“过渡时代之中国”“过渡时代之人物与其必要之德性”，这样的结构安排体现了各个部分之间内在的逻辑性，表明作者接受了西方论说体写作思维方式的影响。而无论“新名词”还是“外国语法”，在传统散文中是没有的。可以说，这是对已有散文范式的一种“断裂”，而正是在这样的断裂处，中国现代散文正在发生。此外，《呵旁观者文》等语言文白相间，如“对于一家而有一家之责任，对于一国而有一国之责任，对于世界而有世

① 陈平原：《中国散文小说史》，上海人民出版社2004年版，第199页。

界之责任”等语句已近书面的白话，对古奥雅驯的散文自是一种超拔，易于读者的接受。再者如《少年中国说》表达情势充盈，语势强劲，广比博喻，形象生动，体现了主体才情性情的张扬：“红日初升，其道大光。河出伏流，一泻汪洋。……前途似海，来日方长。美哉我少年中国，与天不老！壮哉我中国少年，与国无疆！”这种张扬也是现代散文个人性的一种表征。

新闻体散文是伴随着近代新闻事业的发展而生成的散文形式。作为报人的梁启超既十分重视作为主笔文体论说的写作，同时又尊重报刊的新闻性，写作新闻叙事类的作品。梁启超认为：“……报之所以惠人者不一端，而知今为最要。故各国之报馆，不徒重主笔也，而更重时事，或访问或通信或电报，费重赀以求一新事，不惜焉。”[①]“重时事”“求新事”是报刊作为新闻传播方式的题中应有之义。其中的“通信”是一种重要的报道文体。不同于消息、简讯，它对具有新闻性的人和事叙写更为具体细致，有的还具有较为充分的文学性。这样的一种写作形态后来独立成为报告文学文体，晚清时期的这种制式可以称为新闻体散文。新闻体是指其题材的特性，而散文则指写作的笔法。梁启超的《戊戌政变记》是晚清长篇新闻体散文的代表作品。作者以事件的当事人、见证者的身份，以十万字的篇幅对戊戌政变作了较为详细的实录。事件发生在1898年9月21日，梁启超因为深度参与戊戌变法被清廷通缉，亡命日本。11月在横滨创办《清议报》，次月便在《清议报》发表《戊戌政变记》，体现了新闻体散文写作的快捷性。同时又得叙事散文写作的要义，既叙事又写人，作品包括《改革实情》《废立始末记》《政变前记》《政变正记》和《殉难六烈士传》五篇，其中的《殉难六烈士传》最为可看。作者写谭嗣同、康广仁等烈士，既注意从他们与时代的特殊关联中展示其精神品格，同时又能同中见异，凸显

① 梁启超：《〈清议报〉一百册祝辞并论报馆之责任及本馆之经历》，载《清议报》第100册，1901年12月。

人物兀自独立的个性。梁启超说过：“凡记述一个人，最要紧的是写出这个人与别人不同之处”，“相类似是人类的群性，不雷同是人类的个性。个性惟人类才有，别的物都不能有。凡记人的文字，唯一职务在描写出那人的个性。”[①]（《作文教学法》）他笔下的戊戌六君子基本达到这样的要求。如康广仁，“其在母侧，纯为孺子之容，与接朋辈任事时，若两人云。最深于自知，勇于改过。其事为己所不能任者，必自白之，不轻许可；及其既任，则以力殉之；有过失，必自知之、自言之而痛改之，盖光明磊落，肝胆照人焉。”[②]而杨锐“君博学，长于诗，尝辑注《晋书》，极闳博，于京师诸名士中，称尊宿焉。然谦抑自持，与人言恂恂如不出口，绝无名士轻薄之风，君子重之。”[③]作者叙写人物的视点角度不雷同，所以作品呈现的人物面目品格就卓异。六君子中谭嗣同的形象最为鲜明：“被逮之前一日，日本志士数辈苦劝君东游，君不听。再四强之，君曰：‘各国变法，无不从流血而成。今中国未闻有因变法而流血者，此国之所以不昌也。有之，请自嗣同始!’卒不去，故及于难。君既系狱，题一诗于狱壁曰：‘望门投宿思张俭，忍死须臾待杜根。我自横刀向天笑，去留肝胆两昆仑。’”[④]这里以富有人物个性特质的语言，写出了谭嗣同敢于任事、勇于牺牲的精神，由此人物大义凛然的形象镌刻在读者的心中。

作为散文家的梁启超具有多副笔墨，除论说、通信体之外，于游记一体也有创建。他先后写作了《汗漫录》（《夏威夷游记》）、《新大陆游记》和《欧游心影录》等域外记游作品，最具有文体史意义的是《新大陆游记》。游记是中国散文中的重要门类，其中也不乏佳作，但总体上这类写作如梁启超所说，“中国前

---

① 梁启超：《作文教学法》，易鑫鼎编《梁启超选集》下卷，中国文联出版社2006年版，第715页。

② 梁启超：《戊戌政变记》，中华书局1954年版，第98页。

③ 梁启超：《戊戌政变记》，中华书局1954年版，第103页。

④ 梁启超：《戊戌政变记》，中华书局1954年版，第109页。

此游记，多纪风景之佳奇，或陈宫室之华丽，无关宏旨，徒灾枣梨”。[①]到了晚清游记的话语空间和格局发生了重大的变化：“中国出使或游历外洋官绅，自1866年斌椿起，即产生一个优良习惯，即凡经历国外，多将其见闻观感写入日记，或赋诗吟咏。据约略统计，自1866年至1900年，撰著外国记事之人物有61位，而撰著记述达151种。而此类日记诗稿，往往因其出版而广泛流传，影响官员文士最大。”[②]钟叔河在20世纪80年代主编的《走向世界丛书》，第一辑就36种。这种记游作品的内容与形态与原先的游记已有很大的不同。“由于多是写外国题材的，因此在形式上较之传统的中国游记也有所变化。一般说，篇幅较长，内容充实，与古典散文中空灵飘逸的山水小品有明显不同；另一方面，作品描写成分显著增多，语言趋向通俗化与自由化，并杂有许多新名词，都表现出了散文新变的迹象。”[③]《新大陆游记》在这些新体游记中，由于作者的特异、内容信息的丰富和表达形式的开放，更具价值和影响力。

梁启超1903年游历加拿大和美国，以美国为主，写成《新大陆游记》，1904年《新大陆游记》在《新民丛报》以“临时增刊”的形式发表。这部游记对风物异景大多“删去”，内容“所记美国政治上、历史上、社会上种种事实，时或加以论断。”[④]作品叙写重心的设定与作者的身份有关。“尽管梁启超是一个‘党人’又是‘报人’，但他本质上仍是一个‘士人’……承担天下兴亡、扛起国运民命，他内心所有的就是这种士人的灵魂。”[⑤]这样的判断符合梁启超的实际，其实也是对晚清“梁启超们”的一种真实的

---

① 梁启超：《新大陆游记·凡例》，《〈欧洲心影录〉〈新大陆游记〉》，东方出版社2006年版，第243页。

② 王尔敏：《中国近代思想史论》，社会科学文献出版社2003年版，第19—20页。

③ 郭延礼：《中国近代文学发展史》第2册，山东教育出版社1991年版，第1109页。

④ 梁启超：《新大陆游记·凡例》，《〈欧洲心影录〉〈新大陆游记〉》，东方出版社2006年版，第243页。

⑤ 李书磊：《作为异文化体验的“梁启超游美”——重读〈新大陆游记〉》，载《中国现代文学研究丛刊》2014年第3期。

概括。但在《新大陆游记》中，作者是由“党人”“报人”和“士人”等多重角色复合而成的。他们的基点是胸怀天下兴亡，着意国运民命，正如作者自己所说写作的目的是“以其所知者贡于祖国，亦国民义务之一端也”。复合的角色使《新大陆游记》成为一个复意和复调的“多文本”，这是这部游记的最大的特质。作为“党人”梁启超自然会关注美国政治的历史和现实，在他看来“美国百余年来之政治史，实最有力之两大政党权力消长史而已”①，作品以大量笔墨介绍美国的政治体制，还记录了与总统等政治人物会面交流的情况。作为“报人”梁启超有着强烈的新闻意识，基于特定的读者对象，选取他们感兴趣新鲜的话题作详细的叙写，如“美国太平洋海电告成”“1899年1月以后设立之托辣斯资本表”、各国移民美国的最新数字以及在美华人生活情形等，在作品中都有充分的关注。作为“士人”，梁启超一方面留心于美国大学和图书馆等与士人相关的存在，另一方面基于“士人”的价值取向对于所见所闻“加以论断”或引申。论断如“天下最繁盛者莫如纽约，天下最黑暗者殆亦莫如纽约”②。引申如白宫“渺小两层垩白之室，视寻常富豪家一私第不如远甚。观此不得不叹羡民主政治质素之风，其所谓平等者真乃实行。而所谓国民公仆者，真丝忽不敢自侈也。”③这种见微知著的表达，是一种“士人”式的表达，反映了作者别有意味的政治想象。与特殊的表达内容相适配，《新大陆游记》在语言上大量运用新名词，句式也近口语，文言的比重较少，更多的是通俗流畅的白话，笔调上也更显从容余裕，加之“多文本”的建构，使《新大陆游记》更具可读性。

由上分述可见，梁启超作为“文界革命”的实践者，他在“过渡时代”文学的演进中，对散文的多个门类都作出了建设性的贡

---

① 梁启超：《新大陆游记·凡例》，载《〈欧洲心影录〉〈新大陆游记〉》，东方出版社2006年版，第456页。

② 梁启超：《〈欧洲心影录〉〈新大陆游记〉》，东方出版社2006年版，第296页。

③ 梁启超：《〈欧洲心影录〉〈新大陆游记〉》，东方出版社2006年版，第324页。

献。以其为标志的“新民体”实为“五四”杂感文的先期实验，他又以《戊戌政变记》等参与了近现代新闻文学新体式的开创，而《新大陆游记》等则表示了散文在论说之外其他门类存在的价值。从某种意义上说，梁启超的这些创作都为“五四”时期杂文与美文的多样发展作了铺垫。在中国现代散文发生的节点上，开拓者梁启超留下了很深的足印。

二、鲁迅的现代散文文体建设

纵观20世纪中国文学史，作家作品数以百计。时间，是最公正最无私情的文学史家。它将泡沫的当代文学从文学的历史中淘汰出局。面对未来的文学史，我们对20世纪的中国文学存在也许并不那么自信；在中国文学史的总体框架内，20世纪的文学并不卓尔不凡。但毋庸置疑的是，鲁迅及其创作将会留存在后人的历史叙事中。以往的文学史确认了这样的一种事实，那种臻及特定时代思想高地，并以别致而有意味的艺术形式存贮其时社会与人类精神信息的作家，在文学史的大厦中，会获得永久的席位。鲁迅就是这样一位作家。他代表了一个时代文学的高度。

我们感兴趣的是在散文视域中的鲁迅。这里所指的散文，包括杂文、叙事抒情散文和散文诗。对作为散文家的鲁迅，研究者已推出了很多重要的成果，给予了颇高的但总体上也是符合对象实际的评价。我们在言说作为散文家的鲁迅时，无意于只具体解读那些造就其散文家身份的作品，而是试图通过分析作家的文化身份、话语方式等主体规定性及其文体模式的建构，给出鲁迅对于现代散文文体创造所具有的独特价值。简言之，就是论析作为现代散文文体家的鲁迅。

文体，是一个多指性的范畴，这里更倾向于将它指称为一种具有特殊功能设置、意蕴负载的语言体式，即如有学者所作的界说："文体是指一定的话语秩序所形成的文本体式，它折射出作家、批评家独特的精神结构、体验方式、思维方式和其他社会历史、文化精神……从表层看，文体是作品的语言秩序、语言体式，从里层看，文体负载着社会的文化精神和作家、批评家的个体的人格内涵。"[①]就散文文体而言，作为一种文体类型，它早就存在

① 童庆炳：《文体与文体的创造》，云南人民出版社1994年版，第1页。

于中国文学史中。散文在中国源远流长，文脉相承。前后有先秦诸子散文，西汉历史散文，唐宋星列、文起八代之衰的韩柳欧苏黄等大家，明清笔记小品散文、报章散文等。但散文文体的自觉，却是相当地迟晚。具有现代意义的散文文体范畴，是由现代作家在“五四”时期提出的，并且以他们自己的创作、实验所指认的散文理念。所以可以认为，现代散文是现代文化人（知识分子）精神存在的一种方式，是他们以个人化的形式所作的社会发言或自我叙写。鲁迅以他诸多的杂文集和散文集如《朝花夕拾》、散文诗集《野草》等，从精神与形态以及话语模式等方面，对现代散文作了具象的定义。

（一）杂文，鲁迅生命的写作

鲁迅的名字与杂文是不可分割的。杂文写作，成了他一种十分重要的生命方式。他曾说：“我的生命，至少是一部分的生命，已经耗费在写这些无聊的东西中，而我所获得的，乃是我自己的灵魂的荒凉和粗糙。但是我并不惧惮这些，也不想遮盖这些，而且实在有些爱他们了，因为这是我转辗而生活于风沙中的瘢痕。凡有自己也觉得在风沙中转辗而生活着的，会知道这意思。”[①]在《坟·写在〈坟〉后面》中鲁迅也在类似的表述：“我的生命的一部分，就这样的用去了，也就是做了这样的工作。”这“工作”指的就是杂文写作。杂文写作，消费了鲁迅的生命。这种消费，不仅意指鲁迅在时间、精力方面对杂文写作的投入，而且更表示着对他所致力的事业的一种生命的奉献。正是有了超越同时代人的生命奉献，才使鲁迅在杂文阵地居于制高点上。在《且介亭杂文二集·后记》中，鲁迅统计了自己的杂文生产：“今天我自己查勘了一下。我从在《新青年》上写《随感录》起，到写这集子里的最末一篇止，共历十八年，单是杂感，约有八十万字。”实际的数量大大超过了作

① 鲁迅：《华盖集·题记》，《鲁迅全集》第3卷，人民文学出版社1981年版，第5页。

者自己的估算。鲁迅出版的杂文集达16部之多，有《热风》《坟》《华盖集》《而已集》《三闲集》《二心集》《南腔北调集》《伪自由书》《准风月谈》《花边文学》《且介亭杂文》等。这些杂文不仅成为中国现代文学史的重要组成部分，而且也成为现代中国思想史的重要资源。

但对鲁迅差不多倾其生命全力，从事杂文写作，有一些人颇不理解，甚至存有误解。这种不理解或是误解，在鲁迅的生前与身后都有。鲁迅是创作了《狂人日记》《阿Q正传》等具有世界水准的一流短篇小说家。弃小说而改事杂文，从表面看来，似乎确有些令人惋惜。于是正如鲁迅所说："也有人劝我不要做这样的短评"[①]，"早就有人劝我不要发议论，不要做杂感，你还是创作去吧！因为做了创作在世界史上有名字，做杂感是没有名字的"。[②]这种不理解或是误解，包含着对杂文、对鲁迅杂文，对鲁迅人格的识读，甚至是恶意的攻击其中代表性的观点有两说：

一是杂文非文学，由此贬低对鲁迅杂文的评价。"写的全是战斗性的政治杂文，那些东西在政治史上，或文学与政治的研究上，有其独特的重要性，但与文学便不大相干了。"[③]诚然，杂文并不如小说、诗歌、戏剧、抒情散文那样，是一种纯文学的样式，它是一种杂化的边缘文体。文学原初命意中其实就含有某种泛指性。《论语·先进》篇载孔子对颜回、子贡、子游等十位弟子的评价，分为四科，即"德行""言语""政事"和"文学"。"文学：子游、子夏"。这里"文学"，意指"学问""学艺"，有博学的意思在内。在西方有学者杰弗逊和罗贝说："现代对文学的界定是一个狭窄的定义。例如，在十七世纪的法国，我们现在称之为文学的文体，只不过是具有广泛领域的知识的一部分。而知识并不包含我

① 鲁迅：《华盖集·题记》，《鲁迅全集》第3卷，人民文学出版社1981年版，第4页。

② 鲁迅：《关于知识阶级》，《鲁迅全集》第8卷，人民文学出版社1981年版，第192—193页。

③ 司马长风：《中国新文学史》中卷，香港昭明出版社有限公司1978年版，第148页。

们现在所说的文学与非文学作品的区别。”[①]西方文学理论中通常用“诗”指称“文学”，而“诗”并非是一个狭义的概念。“‘诗’这个词语，导源于一个很古的希腊词语poets，它的意义是拉丁语中所谓的精致的讲话。”[②]中国先秦文学中本有文史哲一体化的特征，其表达或叙，或议，或状写、记言、写人、论理、述事，并不呈现出纯一的形态。但谁也没有否认，先秦文学这是中国文学的重要存在。因此，我们不能用所谓单纯的文学尺度论评杂文。

二是鲁迅杂文是“骂人的文章”，“泄愤的工具”。对于杂文的“骂”名，鲁迅倒是自认的：“我的杂感常不史于骂。”[③]“劝我做创作，不要写杂感的人们之中，有几个是别有用意，是被我骂过的。”[④]

“骂”之于杂文大约是一种要素，它意指直面现实，直面人生，“论时事不留面子，砭锢弊常取类型”[⑤]，“对于有害于新的旧物，则竭力加以排击”[⑥]；骂之于鲁迅的杂文，其实是一种特色。鲁迅杂文的犀利深刻，嬉笑怒骂，直捣人心，都与“骂”相关。杂文之“骂”，关键在于要基于理性，作“公骂”，而不能作泄一己之愤的“私骂”，“骂”当骂不可不骂。对此，鲁迅作过解释：“现在的批评家，对于‘骂’字也用得非常之模糊。由我说起来，倘说良家女子是婊子，这是‘骂’，说婊子是婊子，就不是骂。我指明了有些人的本相，或是婊子，或是叭儿，它们都真的是婊子或叭儿，所以也决不是‘骂’。”[⑦]依鲁迅之见，“公骂”非

---

① 杰弗逊和罗贝：《现代文学理论》，转引自吴调公主编《文学学》，百花文艺出版社1987年版，第13页。

② 卜迦丘：《异教诸神谱系》，《西方文论选》上册，上海译文出版社1979年版，第178页。

③ 鲁迅：《而已集·“意表之外”》，《鲁迅全集》第3卷，人民文学出版社1981年版，第496页。

④ 鲁迅：《集外集·关于知识阶级》。

⑤ 鲁迅：《伪自由书·前记》，《鲁迅全集》第5卷，人民文学出版社1981年版，第4页。

⑥ 鲁迅：《三闲集·我和‘语丝’的始终》，《鲁迅全集》第4卷，人民文学出版社1981年版，第167页。

⑦ 鲁迅：《书信致萧军、萧红》，《鲁迅全集》第13卷，人民文学出版社1981年版，第4页。

“谩骂”。从总体上说鲁迅杂文的“骂”，是基于社会公理与人类良知对丑恶的人事物象所作的深刻而富有穿透力的批判。当然，我们也并不需要神化鲁迅。现在看来，其中有些杂文的写作确实也夹杂了些个人的意气用事，判断与批评有着失误或偏颇。但将这种情形置于特定的复杂的历史背景和鲁迅杂文的整体中加以体察，鲁迅杂文中某些不足，是可以理解的。瑕不掩瑜，这并不有损于鲁迅作为一流杂文家的论定：杂文“在时代的意义上说，实在比小说更重要。假设鲁迅没有他的杂文，鲁迅也就不成为鲁迅。”①从某种意义上说，鲁迅创造了现代杂文，而杂文也成就了鲁迅。

诚如鲁迅所说：“其实‘杂文’也不是现在的新货色，是‘古已有之’的。”②但杂文的现代定体是由鲁迅完成的。这已成为研究者的共识。瞿秋白是鲁迅杂文的权威评论者。他确认“杂感这种文体，将要因为鲁迅而变成文艺性的论文（阜利通）的代名词。”③阿英也指出了鲁迅对于杂文创体的实情：“‘杂感’，是鲁迅在《呐喊》《彷徨》以外的一种新的创造，对中国文坛的一种有力的贡献。他艰苦的为后来人开辟了这一条有效的新路。”④由“杂感”到“文艺性的论文”，现代杂文经由鲁迅的成功实践而完形。当代鲁迅研究学者林非直接指认了这一点。他认为：“由鲁迅参与开创并使之趋于高度成熟的这种文学样式，在中国文学史上具有十分重大的意义。”⑤

（二）杂文与知识分子精神

我们现在要研究的关键问题，是鲁迅为什么要选择杂文文体，或者鲁迅为什么能够创建现代杂文文体。无疑鲁迅的时代是一个杂

---

① 李广田：《鲁迅的杂文》，《文艺复兴》第2卷第3期，1946年10月。
② 鲁迅：《且介亭杂文·序言》，《鲁迅全集》第6卷，人民文学出版社1981年版，第3页。
③ 何凝（瞿秋白）：《〈鲁迅杂感选集〉序言》，青光书局1933年7月版。
④ 阿英：《现代十六家小品·鲁迅小品序》，上海光明书局1935年3月版，第413页。
⑤ 林非：《鲁迅著作全编·导言》，中国社会科学出版社1999年版，第4页。

文的时代，是一个需要杂文，并且杂文作家有所作为的时代。“新青年”与“语丝”作家群中很多的作者是以写作“随感录”“闲话”为主的。现代杂文之所以要以鲁迅的名字标识，是因为其时杂文的风行成熟，除了时代社会原因外，还有着鲁迅个人的诸多原因。文体的选择或者创建，它所涉及的并不仅仅是一个形式体制的问题，同时与作家的文化身份的定位，话语方式的偏好等密切相关。“艺术家们选择什么样形式，如何运用某种形式，都不是与思想意识无关的小事。形式的选择与运用往往反映了时代的、阶级的意识形态，也充分地体现了艺术家个人的感知现实生活的方式和对生活的认识的深度和广度。”[①]“五四”时期的鲁迅是一位具有自由精神的民主主义作家，他的文化立场是站在“在野者”一边的。“在野者”亦即是“革命的前驱者”。鲁迅曾将他的创作称之为“遵命文学”，并对此作有解释：“不过我所遵奉的，是那时革命的前驱者的命令，也是我自己愿意遵奉的命令，决不是皇上的圣旨，也不是金元和真的指挥刀。”[②]“那时革命的前驱者”，即“五四”时代的思想文化精英，是以追求并实现“科学”与“民主”为己任的。“科学”与“民主”是知识分子类型的作家一种普遍的精神诉求。鲁迅正是这一类型作家的代表。基于这样一种文化身份的确认，鲁迅选择杂文并且将杂文写作视为生命存在的一种主要方式，就变得十分自然的了。

文学的意义何在，我们可以作种种不同的解答。但知识分子类型作家的文学，往往离不开批判与反思的主旨。真正的知识分子自觉地将自已视为人类理性精神、世道良心的代言人，因此他常常是一种理想主义者，这样，当下社会种种存在与其预设的理想之间往往有着冲突。于是对社会存在作出批评便成为他的一种付之于实践的责任。中国先哲有言：“士志于道”“士不可以不弘毅，任重

① 童庆炳：《文体与文体的创造》，云南人民出版社1992年版，第292页。

② 鲁迅：《南腔北调集·自选集·自序》，《鲁迅全集》第4卷，人民文学出版社1981年版，第456页。

而道远。”以当代的思想阐释，这就是说“士”（知识分子）应以人类普遍的公理道义的守望作为自己的职志。现代的学者，对知识分子精神形象的描绘是直截了当的：“知识分子是一个‘关心他个人身处的社会及时代的批判者与代言人’。”“纯知识分子是社会时代的眼睛与代言人。”“知识分子……他总是倾向着怀疑与批判的眼光的，他的想法与看法与社会现状总是有距离的，而没有一个现实社会是圆满的，也因此知识分子总是无法对现实社会不保留地加以拥抱的。”“一个理想的知识分子应该是站在巨人的肩上，唯如此，他才能洞察事物，成为社会的眼睛；活在社会大众的心里。唯如此，他才能体认民意，成为时代的良心。”①这里给出的知识分子精神品质，是一种设计中的标高，是一种“纯”的“理想”的知识分子才能达到的尺度，因此，在实际中这样的知识分子是稀有的。就中国而言，鲁迅是少数“纯”的“理想”的知识分子的典型。

文学如孔子所言“可以兴，可以观，可以群，可以怨”，“怨”是不可或缺的，尤其是在知识分子类型作家的写作中。在他们的写作中，文学更多地体现出一种解构的意义和力量：“知识分子（包括作家）作为一个相对独立的文化阶层和力量，其历史作用乃在于他们实际上所承担的文化批判者的角色，而启蒙的意义有必要以这个角度来理解。”②所谓文化批判或者说现代启蒙正是作家应担的道义，文学成为作家实现这种道义的一种方式。这就从根本上规定了知识分子类型作家创作的主题取向与价值功能。学者周宪对此作有揭示：“文学作为一种文化现象，它的内在本性是对现存意识形态的解构与重塑，这正是它意识形态生产的本质之所在。从这个意义上看，文学不只是给人提供某种想象性的愉悦，而是在这种想象的活动中反思，重建着人类的精神文化。”③鲁迅作为“精神界的战

---

① 金耀基：《中国现代化与知识分子》，时报文化出版事业有限公司1977年版。

② 周宪：《超越文学——文学的文化哲学思考》，上海三联书店1997年版，第25页。

③ 周宪：《超越文学——文学的文化哲学思考》，上海三联书店1997年版，第289页。

士”，他以文学实施改造国民性的工程，通过社会批评与文明批评进行思想启蒙。“古已有之”的杂文，其文体本有论议之长，便于作者激扬文字，鲁迅将它演变为现代中国文化批判的利器。

鲁迅是在特殊的文化语境中，确认自己作为文化批判者的身份的。鲁迅喜欢杂文，他说“我是爱读杂文的一个人，而且知道爱读杂文还不只我一个，因为它‘言之有物’”。[①]所谓“言之有物”，在鲁迅看来，真正的杂文是作者直面现实的有感而发有所作为的文体。这是一种时代亟需的文体。鲁迅自觉接受时代赋予作家的责任，他在《致增田涉》的信中说：“我虽也想写些创作，但象中国今天这个样子，总觉得不行。最近适应社会的需要，写了些短评，因此更不自由了。但时势所迫，不得不如此。”在创作与杂文之间，鲁迅更多地选择了杂文，这并不只是一种文体的择取，而且更是一种基于自我文化身份确认后的社会责任的主动担当。鲁迅以为“现在是多么切迫的时候，作者的任务，是在对于有害的事物，立刻给予反响或抗争，是感应的神经，是攻守的手足。潜心于他的鸿篇巨制，为未来的文化设想，固然是很好的，但为现在抗争，却也正是为现在和未来的战斗的作者，因为失掉了现在，也就没有了未来。”[②]由此可见，在鲁迅看来，作为“感应的神经”“攻守的手足”的杂文，正好适应了作者“对于有害的事物，立刻给予反响或抗争”的需要。

检视现代文学史，我们可以发现，基于知识分子精神操守的作家与怀具纯艺术审美性的作家，他们对于文体的选择往往不同。杂文并不是一种纯艺术的体载，所以，在艺术至上者那里得到的是不屑一顾；相反，它在有现实关怀情结，以思想启蒙为己任的作家那里成了爱不释手的“匕首”和“投枪”。鲁迅选择杂文并对自己的杂文颇为看重。在《且介亭杂文·序言》中鲁迅自评杂文：“当然

---

① 鲁迅：《且介亭杂文二集·徐懋庸作〈打杂集〉序》，载《鲁迅全集》第6卷，人民文学出版社1981年版，第293页。

② 鲁迅：《且介亭杂文·序言》载《鲁迅全集》第6卷，人民文学出版社1981年版，第3页。

不敢说是诗史，其中有着时代的眉目。也决不是英雄们的八宝箱，一朝打开，便见光辉灿烂。我只在深夜的街头摆着一个地摊，所有的无非几个小钉，几个瓦碟，但也希望，并且相信有些人会从中寻出合于他的用处的东西。”鲁迅自评有些自谦。其实他的杂文何异于“有着时代的眉目”的“诗史”？因为在鲁迅杂文里凸现着的是“中国的大众的灵魂。”通过这种凸现，“将旧社会的病根暴露出来，催人留心，设法加以疗治”[①]，以实现改造国民性的启蒙价值。

（三）鲁迅的杂文文体自觉

我们说鲁迅是现代杂文的创体者，这首先在于他是一个自觉的杂文家，有着一种清晰的杂文文体意识。真正的杂文家应具备思想家的精神品质和文学家的艺术素养。所谓思想家的精神品质，即是说杂文作者应该具有思想的深刻，论辩的犀利和表达的尖锐。所谓文学家的艺术素养，即是说杂文家并不只是思想家或是政论家，杂文不应该只有思想家深刻的论议或是政论家逻辑的推衍。杂文家的独特在于他是具有思想家素质的文学家，杂文的独特在于它是既有文学的形象与情思理趣又有精警深刻的思想穿透的语言形式。杂文写作者应将思想家与文学家融为一体。

对杂文，鲁迅有时称为小品文的文体特性，鲁迅曾有一经典性的表述：“生存的小品文，必须是匕首，是投枪，能和读者一同杀出一条生存的血路的东西；但自然，它也能使人愉快的休息，然后这并不是‘小摆设’，更不是抚慰的麻痹，它给人的愉快和休息是休养，是劳作和争斗之前的准备。”[②]这一段文字出自鲁迅的《小品文的危机》。文学史家阿英对《小品文的危机》给予了高度的评价。他说鲁迅“他个人对于小品文的理解，他的论文《小品文的危

---

① 鲁迅：《南腔北调集·自选集·自序》，载《鲁迅全集》第4卷，人民文学出版社1981年版，第455页。

② 鲁迅：《南腔北调集·小品文的危机》，载《鲁迅全集》第4卷，人民文学出版社1981年版，第577页。

机》（《现代》）是最具体的，他反对小摆设主义的小品文，小品文应该是战斗的，是一把利刃。这篇论文不仅是十数年来关于小品文论文的最发展的一篇，也是小品文运动上最重要，最有价值，最有意义的一篇。”[①]阿英之所以用了极端化四个“最”的语词评价鲁迅的论文，在我看来主要就是鲁迅揭示了杂文的文体精神以及它的功能构成。鲁迅最看重的是杂文作为“匕首”“投枪”所具有的战斗性，杂文作为斗争工具的批判性。鲁迅对杂文文体精神的指认源自于对自己杂文写作的体认，源自于他对知识分子类型作家杂文写作意义的规定。从某种角度上讲，鲁迅选择战斗的杂文与周作人选择闲适的小品文，实际上也反映了作者本身在特定时代形成的世界观、人生观乃至人格特征。对此，阿英有相当精到的分析。他说：“周作人的‘小品文’，鲁迅的‘杂感文’，在新文学中，可说是散文小品里的两种不同趋向的代表。简略的说，就是前一种代表了田园诗人，后一种代表了艰苦的斗士。周作人小品生活的过程，说明了他如何的从向旧的社会肉搏的战阵中退了下来，走向‘闭门读书’，走向专谈‘草木鱼虫’的路；而鲁迅的杂感文，却正相反，说明了他不但不对黑暗颤抖、退却，且是用这些黑暗来进一步地锻炼自己，使自己战斗的精神一天坚强一天。对于黑暗的现实，周作人是否愿意逃避而终于不得不逃避；而鲁迅呢，却是迎上前去，拦头痛击，在血泪交流中渴求光明。”[②]鲁迅本人和他的杂文诠释了他所定义的杂文精神。

不同的文体有着不同的质性与功能。杂文是一种更见刚性的讲求硬度的文体。这是一种以思想为美的体裁。而思想之美并不来自于作者的冥想，它表现为作者直面现实的勇气，直指本质的深刻，直言不讳的犀利。鲁迅的人格与其杂文品格是高度统一的，作为一个杰出的现实主义作家，他对病态的社会怀有深广的忧愤。

---

① 阿英：《现代十六家小品·鲁迅小品序》，上海光明书局1935年版，第413—414页。
② 阿英：《现代十六家小品·周作人小品序》，上海光明书局1935年版，第1—2页。

鲁迅与信奉中庸之道的人大不同，他有一种“费厄泼赖应该缓行”的彻底的战斗精神，他能睁了眼看现实，并以文学批判现实。鲁迅认为对于现实，“必须敢于正视，这才可望敢想，敢说，敢作，敢当。……然而，不幸这一种勇气，是我们中国人最所缺乏的”。“中国的文人，对于人生，——至少是对于社会现象，向来就多没有正视的勇气。”“只好瞒和骗，由此也生出瞒和骗的文艺来，由这文艺，更令中国人更深入陷入瞒和骗的大泽中，甚而至于已经自己不觉得。”面对“日日改变”的世界，鲁迅呼唤：“我们的作家取下假面，真诚地，深入地，大胆地看取人生并且写出他的血和肉来的时候早到了；早就应该有一片崭新的文场，早就应该有几个凶猛的闯将！”[①]他以自己的写作实践，特别是杂文的写作，为新文学开辟“崭新的文场”，成为“几个凶勇的闯将”中的主将。

论及自己的杂文，鲁迅颇为自得的就是它的犀利、深刻。他说：“我自己也知道，在中国，我的笔要算较为尖刻的，说话有时也不留情面。……想用串戏的方法来哄骗，那时不行的。”[②]“我的文字是说真话的。”[③]鲁迅的杂文是真实而深刻地映照特定时代图景的镜子，所关系的是时代的宏旨，参与的是对旧文化的破坏和对新文化的建构。科学与民主是“五四”的时代主题，是中国社会由古代向现代演进的不可缺少的条件或品质。漫长的封建统治，使得中国历史中有关科学与民主的思想资源十分匮乏。鲁迅等思想精英借取域外新风，结合身处社会，进行中国社会现代性的滋补与创造。关乎特定的历史传统和世纪之初的民情国势，这种现代性的滋补与创造是以批判封建文化为先导的。鲁迅等的杂文基本主题是反封建，其作用之一在于为中国社会建造具有现代品质的

---

① 鲁迅：《坟·论睁了眼看》，《鲁迅全集》第1卷，人民文学出版社1981年版，第241页。

② 鲁迅：《华盖集续编·我还不能“带住”》，《鲁迅全集》第3卷，人民文学出版社1981年版，第244页。

③ 鲁迅：《坟·写在“坟的后面”》，《鲁迅全集》第1卷，人民文学出版社1981年版，第283页。

大厦作清理地基的工作。鲁迅前期的杂文有着十分重要的参与思想文化史建构的意义。尽管毛泽东认为“鲁迅后期的杂文最深刻有力，并没有片面性，就因为这时候他学会了辩证法”。在我看来，后期杂文虽“最深刻有力”或辩证全面，但更多地指向一些具体的论战。而前期的杂文对中国社会的现代性生成提供了更多的基础性的精神元素，它们汲及民族文化、民族精神的基础性建构。如1918年、1919年写的《我之节烈观》《我们现在怎样做父亲》以及大量的“随感录”，对封建文化的非人一面作了揭露和批判，并通过这种揭露和批判，张扬“立人”的思想：“东方发白，人类的民族所要的是‘人’”，“旧账如何勾消，我说：‘完全解放了我们的孩子！’”[①]鲁迅的杂文还对当时维护封建旧社会的种种人事作了论议评说，如评说“保存国粹”论，以为“保存国粹”，“只要问他有无保存我们的力量，不管他是否国粹”[②]；如评说“高雅的人”所谓“白话鄙俚浅陋，不值识者一哂之者也”，指认他们“明明是现代人，吸着现在的空气，却偏要勒派朽腐的名教，僵死的语言，侮蔑尽现在，这都是‘现在的屠杀者’。”[③]如上诸种与“五四”新文化运动是声气相同的。杂文虽短小，但它关联的却是时代的大主题。

杂文这一文体理应以深刻犀利见长，这即是所谓“杂文味”的主要所指。但深刻犀利不易唾得，它有赖于作者的胆识，即无畏惧的大勇和由表及里的大智以及见微知著的洞察力、及人所未及的穿透力。鲁迅胆识过人，显示出一种勇往直前，无所顾忌的大勇。缘于此，他的杂文更见深刻犀利的特色。如言反对白话，操持文言者为“现在的屠杀者”，即是犀利一例。如言：“中国人向来有点自

---

① 鲁迅：《热风·随感录四十》，《鲁迅全集》第1卷，人民文学出版社1981年版，第323页。

② 鲁迅：《热风·随感录三十五》，《鲁迅全集》第1卷，人民文学出版社1981年版，第306页。

③ 鲁迅：《热风·随感录五十七》，《鲁迅全集》第1卷，人民文学出版社1981年版，第350页。

大——只可惜没有‘个人的自大’，都是‘合群的爱国的自大’。这便是文化竞争失败之后，不能再见振拔改进的原因。”[①]从林林总总中的表象中，揭示出文化性格中的根本性缺失，言人所未言或未及深言，这就是深刻的一例。而像“暴君的臣民，只愿暴政暴在他人的头上，他却看着高兴，拿‘残酷’做娱乐，拿‘他人的苦’做赏玩，做慰安”[②]，将人性中极端丑陋的一种存在推置读者面前，将一类人的形象以简笔画的方式勾画出来，则兼具犀利深刻之意味。上品的杂文，是必须有此意味的。

前引鲁迅关于杂文的界定，其中包含着两层意思。其一，以“匕首”“投枪”作喻，意指杂文应有犀利深刻的战斗品格，这是最为重要的。其二，杂文既然为“文”，那么它自然也应该有着“给人愉快和休息”的审美功能。杂文作为文学与抒情散文作为文学，其中所指的文学尺度是不一样的。杂文的核心是论议，是思想的生成与呈现；作为一种文类，它是文学向论议的偏至。它之所以归入文学大类，是因为由鲁迅写作实践而定体的现代杂文是“文艺性的论文”。瞿秋白之所以将鲁迅的杂感命名为“文艺性的论文”，是因为在他看来，鲁迅写作杂文时，“作家的幽默才能，就帮助他用艺术的形式来表现他的政治立场，他的深刻的对于社会的观察，他的热烈的对于民众之争的同情。”[③]这里所说的“幽默才能”实为总体性文学才能的具体借代。瞿秋白这一表述的完整的意思，即是说鲁迅是以文学家的才能，运用文学的形式进行社会批评和文化批评的。鲁迅的杂文是文学家的杂文。我们作出这样的指认，基于对鲁迅杂文总体与具体的文学构成的分析。从杂文写作思维方式而言，鲁迅从整体上并不是运用政论家注重理性归纳

---

① 鲁迅：《热风·随感录三十八》，《鲁迅全集》第1卷，人民文学出版社1981年版，第311页。

② 鲁迅：《热风·随感录六十五》，《鲁迅全集》第1卷，人民文学出版社1981年版，第366页。

③ 林非：《鲁迅著作全编·导言》，中国社会科学出版社1999年版，第4页。

推衍的逻辑思维方法，而是运用讲究形象设计灌注情感的形象思想的方法。要之，构成鲁迅杂文的，并不是枯燥的说理，而是借助形象伴有情采的杂化存在。以形象言之，我们不必说鲁迅杂文中塑造的一系列“苍蝇”“蚊子”“山羊”“哈八狗”“二丑”等的生动形象，我们单就《论雷峰塔的倒掉》作解读，就可以感受到鲁迅借象说理，寓理于象的形象思维的方法。《论雷峰塔的倒掉》是关于反封建的严肃主题，但作者并不直说意旨，而是从听说雷峰塔倒掉一事敷衍开来，讲述民间白蛇传的故事传说，叙述之中插入富有意味的点评。鲁迅对主题的表达作了寓言化的处理。白蛇娘娘为有性情的芸芸众生的代表，“荼毒生灵”的法海和尚实为封建礼教的化身。最后作品以这样的语言作结：

> 当初，白蛇娘娘压在塔底下，法海禅师躲在蟹壳里。现在却只有这位老禅师独自静坐了，非到螃蟹断种的那一天为止出不来，莫非他造塔的时候，竟没有想到塔是终究要倒的么？
>
> 活该！

作者对封建体制瓦解的欢欣，对被压迫者的同情，对终究搬起石头砸自己脚的不义者的嘲讽，在这里已经是溢于言表了。“活该”两字，洋溢着的完全是文学化的意趣。

我们读鲁迅的杂文往往会有一种心绪难平的激动，作者的喜哭怒骂时时叩击着读者的心灵。这样的阅读感应一方面与作者所写有关，另一方面也与作者写作时情感处理的方式有关。鲁迅的情感方式与周作人的很不一样。周作人对情感有一种“歧视”，表情是十分节制的。而鲁迅是一个感情张扬的人，凸现在杂文中的鲁迅是疾恶如仇爱憎极其分明的作家。缘此，鲁迅杂文往往以高强度的情感冲击力感染着读者。这里有一个现成的文例可以显示出周氏兄弟两人不同的情感方式。“三·一八”惨案发生后，鲁迅和周作人都写有文章。周作人虽然内心对残害学生的敌人非常愤怒，对被害学生十分同情，有着深深的痛悼之情，但他在《关于三月十八日的死者》等作品中对情感有所控制：开篇作者即表明“我是极缺少狂热的人”，行文也说：“能够这样平心静气的说话了，可见我的冷静也还有一点哩。”与此不同，鲁迅在《记念刘和珍君》《无花的蔷薇》等文章中，恣肆着的是对军阀政府一腔愤怒之情和对被难爱国学生的哀病之情：“我只觉得所住的并非人间。四十多个青年的血，洋溢在我的周围——我已经出离了愤怒了，我将深味这非人间的浓黑的悲凉；以我的最大哀痛显示于非人间，使它们快意于我的苦痛，就将这作为后死者的菲薄的祭品，奉献于逝者的灵前。”（《记念刘和珍君》）这里，体现了作者作为“敢于直面惨淡人生，敢于正视淋漓的鲜血”的“真的猛士”的情感方式。这种方式是颇具文学感染力的。

鲁迅杂文除了注重形象设计、情感灌注等总体文学性凸现外，还在语言修辞等表达形式的具体的运用中，展示着杂文作为一种语言艺术所具有的文学含量。如反语冷嘲：“当三个女子从容地转辗于文明人所发明的枪弹的攒射中的时候，这是怎样的一个惊心动魄的伟大呵！”（《记念刘和珍君》）如幽默讽刺：“跳蚤的来吮血，虽然可恶，而一声不响地就是一口，何等直截爽快。蚊子便不然了，一针叮进皮肤，自然还可以算得有点彻底的，但当未叮之前，要哼哼地发一篇大议论，却使人觉得讨厌。”（《夏三虫》）如取喻说理：《拿来主义》一篇，论如何对待文化遗产，作者不作抽象笼统之说，而是以“大宅子”中“鱼翅”“鸦片”“烟枪和烟灯”“姨太太”等作比喻，形象生动地说明对于具有不同性质的文化遗产应作区别对待，“或使用，或存放，或毁灭”。鲁迅杂文的美感还来自于他那诗化的哲理性表达。语言精警凝炼，浓缩着深邃的思想含量，令人感受到杂文的美意，思想者的美丽。“什么是路？就是从没路的地方践踏出来的，从只有荆棘的地方开辟出来的。”（《随感录六十六》）这种表达内蕴着的是一种生命或是人生的哲学。而“改革，是向来没有一帆风顺的，冷笑家的赞成，是在见了成效之后”（《中国语文的新生》）。昭示的是一种社会演进中的规律。诸如此类，从各个不同的方面，共构着鲁迅文学的杂文。

（四）“个人杂感的诗意变体”

构成鲁迅作为散文文体家的第二个侧面是散文诗。散文诗一体称名是现代的，但作为一种客观的存在，它似与杂文一样，是“古已有之”的。有学者以为古代散文中的赋体，或可视为散文诗的一种。现代散文诗并不就是对古代类近文体的承继转型，它是在新的文化生态中生成的具有更多现代特性的语言表达体式。中国现代散文诗的创作直接受到域外作家的影响。“五四”运动前后刘半农、郑振铎、周作人等人译介了外国许多作家如波德莱尔、泰戈尔、屠格涅夫等人的散文诗。差不多与此同时现代作家如刘半农、冰心、许地山等开始尝试写作这一介于诗与散文之间的特殊文体。冰心写得较多，如《笑》尽管写作发表时并无明确的文体意识，作者和编者都视之为小说，但其实是一篇散文诗。她的《往事》中许多短章也是散文诗。受到泰戈尔《飞鸟集》影响的《繁星》《春水》，“若不是分行来写，又容易与‘诗的散文’相混”[①]。而即使是分行，但我们把它们看作“诗的散文”或者散文诗也是可以的。一方面，现代作家译介域外作家散文诗，并尝试自己写作，另一方面也开始对这一文体或诗体作初步的界定或阐释。刘半农在《我之文学改良观》中给出了“散文诗”的命名。郑振铎则有《论散文诗》的专论。散文诗在“五四”时代成为文坛熟知的体裁。那么，鲁迅在现代散文诗这一文体建构中又具有怎样的意义？我以为鲁迅之于现代散文诗，在于他在冰心等创造的清新的散文诗体式外，又创造了

---

① 阿英：《现代十六家小品·谢冰心小品·全集自序》，上海光明书局1935年版，第147页。

一种沉郁的散文诗体式。这种沉郁的散文诗体式，不仅成为反映其时鲁迅精神世界的标本，而且更以它体式的独特，成为现代散文文体史上一种有意味的不多见的“另类”。这是一种鲁迅式的散文诗。

鲁迅写作散文诗时间跨度不短。早在1919年秋，鲁迅有一组有着某种散文诗意味的题为《自言自语》的短文发表在《国民公报·新文艺》栏内。30年代，在其人生晚年也有《夜颂》《秋夜纪游》《半夏小集》等作品发表。无疑，无论对鲁迅，还是对现代散文诗而言，最具有标志性意义的是《野草》。这是他写于1924年至1926年间，发表于《语丝》杂志上的20多篇散文诗的结集。《野草》在现代文学史上是少有的最为难解的文本之一，它的内蕴显得扑朔迷离。因此，正如有一千个读者就有一千个哈姆雷特一样，众多的《野草》研究者，对《野草》有众多的读解，至今似乎未得终极性的定一的解释。这种多解或无解正显示着《野草》的独特魅力。面对《野草》我们的兴趣不在于对每篇题旨的索解上，关注的只是它作为文体存在的意义。对《野草》的文体意义，学者多有研究。鲁迅研究家林非对《野草》给予了极高的评价：“在‘五四’以来散文诗创作中，鲁迅也献出了自己充满审美魅力的扛鼎之作，他的《野草》始终是这个园地中难以逾越的一座高大的纪念碑，将永远让后来的阅读者感到无比的惊讶和神往。”[①]研究中国现代文学的学者李欧梵，在《〈野草〉：希望与失望之间的绝境》中，对《野草》的文体特点作有精到的分析。他以为：“《野草》是鲁迅创作中一个独特的集子。其中的二十三篇散文诗不但是鲁迅最具灵感的作品，也是中国现代文学中独具一格的一种体裁。”[②]对“独具一格”李欧梵有所解释。他说：“‘散文诗’是现代名词，是将中国古代文学中的散文和诗相结合的一种新体裁。正如西方的‘抒

---

① 林非：《鲁迅著作全编导言》，中国社会科学出版社1999年版，第3页。

② 李欧梵：《中国现代文学与现代性十讲》，复旦大学出版社2002年版，第172页。

情小说'一样，是摆脱诗的韵律节奏的束缚，用散文来实现诗的功能。可以把鲁迅的散文诗看作散文的一种特殊类别：个人杂感的诗意变体。"①

指认《野草》是"个人杂感的诗意变体"，这是李欧梵的一种发现。在我看来，《野草》即是"诗体"的杂感。杂感写作是作为知识分子型作家的鲁迅生命存在的基本方式。写作杂感表明了作者有一种强烈的现实关怀的社会责任感。这一文类的逞心而为，需要社会有一种让人自由言说的可能和写作主体拥有自主随意地思想的心灵。但是作家的知识分子化的本性与客观环境、主体心理环境之间的反差，在鲁迅写作《野草》时产生了深刻的矛盾。鲁迅是"杂感"型作家（即思想强势型作家），即使是作为小说家的鲁迅，也是以"杂感"型为其底色的。作为作家，表达的欲求是永远的，更何况鲁迅是"杂感"型作家，但语境与心境的阻抑又不可能如《新青年》时代，使他恣意地写作"随感录"。这样"杂感"变体就是必然的了。对《野草》，鲁迅有不少的自评自注。他在致萧军的信中曾说："我的那一本《野草》，技术并不算坏，但心情太颓唐了，因为那是我碰了许多钉子之后写出来的。"导致"心情太颓唐"的原因，有个人的，有文学文化的，也有社会现实的。"五四"新文化运动，是中国知识分子的一次精神狂欢节。但由于种种的原因，这一运动很快地退潮了。知识分子或作家开始分化了："《新青年》的团体散掉了，有的高升，有的退隐，有的前进"②，对此鲁迅颇为痛心，并由此愈加以为不能放弃作家的使命。"（我）落得一个'作家'的头衔，依然在沙漠中走来走去，不过已经逃不出在散漫的刊物上做文字，叫做随便谈谈。有了些感触，就写些短文，夸大点说，就是散文诗，以后印成一本，谓之

① 李欧梵：《中国现代文学与现代性十讲》，复旦大学出版社2002年版，第173页。
② 鲁迅：《南腔北调集·自选集·自序》，载《鲁迅全集》第4卷，人民文学出版社1981年版，第456页。

《野草》。”[①]那么“有了小感触”，为什么又不直接用杂感的形式表达呢？对此鲁迅有说明：“这二十多篇小品，如每篇末尾所注，是一九二四至二六年在北京所作，陆续发表于期刊《语丝》上的。大抵仅仅是随时的小感想。因为那时难于直说，所以有时措辞就很含糊了。”[②]一方面想说（有“小感想”），另一方面又不能“直说”。这样“诗体”的杂感就成了一种最佳的选择。这种选择的结果，生成很是独特的《野草》型的散文诗体式。

“诗体”杂感，中心词是“杂感”，因此其主旨不少关涉着世相人生的批评。鲁迅自己有过揭示：“现在举几个例罢。因为讽刺当时盛行的失恋诗，作《我的失恋》，因为憎恶社会上旁观者之多，作《复仇》第一篇，又因为惊异于青年之消沉，作《希望》。《这样的战士》，是有感于文人学士们帮助军阀而作。《腊叶》，是为爱我者的想要保存我而作的。段祺瑞政府枪击徒手民众后，作《淡淡的血痕中》，其时，我已避居别处；奉天派和直隶派军阀战争的时候，作《一觉》，此后我就不能住在北京了。”[③]

由此可见，《野草》的内蕴与一般的散文诗是不同的。大多数的散文诗，无论是译作如屠格涅夫、泰戈尔的，还是冰心、许地山创作的，主旨往往地歌咏人生自然，以抒写情志为主，基调大多是舒畅的。《野草》主旨如作者所言的杂文化，使其显得深邃而沉重，在现代散文诗中是奇异的。

将“诗体”置于杂感之前用以指称《野草》，意指杂感的生成与形态是“诗化”的。“诗”为何物？诗无解。但诗性应是关联着主体的心灵，诗是一种最为心灵化的存在，因而也是最为个人化的。所以，李欧梵称《野草》为“个人杂感的诗意变体”，

---

① 鲁迅：《南腔北调集·自选集·自序》，载《鲁迅全集》第4卷，人民文学出版社1981年版，第456页。

② 鲁迅：《二心集·〈野草〉英文译本序》，载《鲁迅全集》第4卷，人民文学出版社1981年版，第356页。

③ 鲁迅：《二心集·〈野草〉英文译本序》，载《鲁迅全集》第4卷，人民文学出版社1981年版，第356页。

“个人”两字是不能略去的。《野草》许多篇什让我们感受到作者被压抑着而又躁动的精神世界。表现在语言形式方面，显见的是作者好用反复的表达方式。主体的内宇宙十分丰富而复杂，痛苦而彷徨，犹豫而前行，绝望而希望，朦胧而清晰，这使作品凸现了一种主体错综纷杂的精神结构。而这正是作为散文诗诗性凝结的关键之所在。

鲁迅自己指称《野草》为散文诗，表明他有着一种文体的自觉，即他注意利用诗的试写散文。所谓诗的方式，在《野草》中主要表现为作者整体上建构了一种诗的意象模式。意象是诗歌（并不是指所有）基本构成的单位。一首诗或一个意象的构成，或由数个意象按照一定的关系有机地组合而成。鲁迅写作《野草》，意象思维成为一种贯穿性的思维方式。所谓贯穿性是指意象思维并不仅仅表现在比喻、象征等修辞手法的运用，也不简单地以模糊的意象在“难以直说”的语境中获得一种自由言说的可能，更是更多地反映着鲁迅哲学的或是文化的观念。鲁迅是一位受到西方现代主义影响的作家，《野草》受到了域外象征派文学的影响，有学者认为：“《野草》既有强烈的现实主义和浪漫主义，又有浓郁的现代主义性质。”“中国现代主义散文的开端应是鲁迅的《野草》。”①这是很有见地的观点。只有据于此点，我们才能解读《野草》难解之处：“面对如此污浊、虚伪、黑暗和空泛的外部世界和孤独、寂寞的内在世界，鲁迅如何能用明晰的语言和思维进行通畅表达？对苦闷、矛盾、孤独等最好的表达是：借助极富张力、极具矛盾、极为感性化的语句、意象、色彩、声调、标点符号，调动独特的审美经验。”②

《秋夜》可谓是《野草》体现整体性意象写作模式的代表作。这篇作品写于1924年9月15日，是《野草》中最早写就的。在意象

---

① 王兆胜：《中国现代“诗的散文”发展及其嬗变》，载《中国文学研究》2000年第4期。
② 王兆胜：《中国现代“诗的散文”发展及其嬗变》，载《中国文学研究》2000年第4期。

构篇方面，对后续的写作有着导引作用。作品以《秋夜》为题，本身就体现了某种隐喻性的意味。服从于整体性象征表意的需要，作者精心地设计物象及其背景。象与意是对接的，取象依据着作者感悟到的意指，借象寓意，意象复合于一体。象的结构即表层的景象系统与意的结构即深层的意域在《秋夜》中被有机地关联着。作品的双层结构之间又形成了审美的张力。在这种张力的吸附下，读者以各自的经验或想象解读着作品所提供的意象系统。构成《秋夜》意象系统的核心意象有“秋夜的天空”和“枣树”。前者被作者用以象征黑暗的现实和反动的势力，后者则被借喻为于黑暗中独立前行的“真的猛士”。基于这样的寓意设计，所以作者写秋夜的天空刻意地将其“异化”“恶化”，突出它的“奇怪而高”，“鬼睒眼的天空”“闪闪地睒着几十个星星的眼，冷眼”，隐晦地表达了作者对被喻本体的憎恶厌弃。而写枣树则十分用心地将其理想地人格化。枣树，他“简直落尽了叶子，单剩干子，然而脱了当初满树是果实和叶子时候的弧形，欠伸得很舒服……最直最长的几枝，却已默默地铁似的直刺着奇怪而高的天空”。这些描写所隐喻的是“真的猛士”的品格与精神。虽然他受到重创，但他不会放弃自己的使命，他要“直刺”黑暗的势力和丑陋的现实。由于意象写作模式对于写作主体而言有着自由寓意的便利，对于接受者而言有着自由联想的可能，所以就成为鲁迅其时不能自由地说而说，或者需要更艺术地表达的一种颇为别致的方式。《野草》作为诗体的杂感，所谓诗体，我以为主要应指运用了诗创作常用的意象构思模式。

（五）自由体《朝花夕拾》

相比鲁迅杂文的犀利、《野草》的艰深，他的《朝花夕拾》显得清朗得多了。《野草》集中的《一觉》写于1926年4月10日，《朝花夕拾》第一篇作品《狗·猫·鼠》写于1926年2月21日，末篇《范爱农》写作的时间为1926年11月18日。由此可见，《野草》和《朝花夕拾》的部分作品写作时间是重叠的。从《朝花夕拾》的主体旨意趣味看，它是不同于《野草》的。《朝花夕拾》所收作品10篇，原先刊发于《莽原》半月刊上。导致这一部作品集别异于他者的原因有许多，最主要的原因恐怕与作者生活环境的变迁有关。作者本寓居于北京，感受的现实刺激很多，往往有感而发，或写杂文，或写诗体杂感，作着精神的战斗。这于鲁迅的身心倒底消耗很大。他在致李秉中的信中说明了这种情况："直到现在，文章还是做，与其说'文章'，倒不如说是'骂'罢。但我实在困倦极了，很想休息休息，今年秋天，也许要到别的地方去，地方还未定，大约是南边。"在《朝花夕拾·小引》中他也说："我常想在纷扰中寻出一点闲静来。"鲁迅是一个斗士，但斗士也有疲惫的时候，需要休息。因此，鲁迅所说显示出了他的真实的人格。1926年下半年鲁迅南下到了厦门，相对于北京，这是一个边缘化的地方。久处于热闹的文化斗争中心的鲁迅居于此间，感到"如在深山中，竟没有什么作文之意"，这里的"作文"是指受到现实刺激而写议论性的杂文。闲居一隅，无感而写的鲁迅，由于与现实的疏离很自然就会倒入历史之旅。这样往事追忆就成了心灵充实的基本材料。"目前是这么离奇，心里是这么芜杂。一个人做到只剩了回忆的时候，生涯大概总要算是无聊了罢"，但"无聊"之中究竟有着聊赖："带露折花，色香自然要好得多，但是我不能够。便是现在心目中的离奇和芜杂，我也还不能使他即刻幻化，转成离奇和芜杂的文章。"[①]于是"旧事重提"或是"朝花夕拾"就成了心灵慰藉的滋养。

人类的内心潜含着挥之不去的家园情结。在外的游子心中往往珍藏着关于故乡的记忆。鲁迅也是，他说："我有一时，曾经屡次忆起儿时在故乡所吃的蔬果、菱角、罗汉豆、茭白、香瓜。凡这些，都是极其鲜美可口的；都曾是使我思乡的蛊惑"。既然与现实社会暂时相隔，那么从童年乡土记忆中打捞出有意味的人事风景写

---

① 鲁迅：《朝花夕拾·小引》，载《鲁迅全集》第2卷，人民文学出版社1981年版，第229页。

来，也是极有意思的。鲁迅自己说《朝花夕拾》“这十篇就是从记忆中抄出来的”。①

《朝花夕拾》，作为一种“记述的，是艺术性的”美文形态，它在现代散文史上的意义是显见的。《朝花夕拾》和周作人、冰心、朱自清、许地山等人的小品散文，“彻底打破那‘美文不能用白话’的迷信”，显示出新文学可观的实绩。对《朝花夕拾》的意义，王瑶有很高的评价。他说：“总的来说，《朝花夕拾》在平静朴素的叙述中渗透了作者真挚的感情，在简洁洗练的文笔中有深长的韵味；虽为个人回忆，但有丰富深刻的社会内容。在为数众多的现代散文创作中，它的艺术成就是创造性的。”②从现代散文文体立体角度而言，《朝花夕拾》与周作人的小品一样，凸现现代散文，作为一种自由文体的基本的精神与形式的特征。鲁迅在《怎么写》中以为：“散文的体裁，其实是大可以随便的，有破绽也不妨。”《朝花夕拾》写作时鲁迅的心态差不多有些“闲静”而放松。这对于鲁迅而言并不常有。这种心态的获得，有诸多原因。从北京至厦门，写作环境发生了改变；有个人生活的原因，鲁迅与许广平之间情爱生活，对鲁迅的心灵有着一种滋润；有写作对象的原因。《朝花夕拾》十篇作品中，写童年与故乡就有七篇。童年与故乡远离现实的时代风云。正因为作者有着难得的“闲静”，所以作品的写作也就有了一种放松，和伴随着放松才有的“随便”。

这种“随便”主要体现在三个方面。一、取材的随便。十篇作品有写人的，《阿长与〈山海经〉》《藤野先生》《范爱农》；有写事的，《父亲的病》《从百草园到三味书屋》；有写风俗的，《五猖会》《无常》等等。取材上体现出散文散泛的生活化的特点。二、叙写的随意。现代散文作为一种自由的文体，其自由体现在叙写方式上，即信手拈来，有一种说话的风致。在写作《朝花夕

---

① 鲁迅：《朝花夕拾·小引》，载《鲁迅全集》第2卷，人民文学出版社1981年版，第229页。

② 王瑶：《鲁迅作品论集》，人民文学出版社1984年版，第170页。

拾》之前1925年鲁迅翻译了厨川白村的《出了象牙之塔》。厨川白村强调散文随笔写作的“兴之所至”，“纵谈”无拘：“所谈的题目，天下国家的大事不待言，还有市井的琐事，书籍的批评，相识者的消息，以及自己的过去的追怀，想到什么就纵谈什么”，“托于即兴之笔”。在叙写这些题目时，有一种自适自由的心态，仿佛在“随随便便，和好友任心闲话”。“将这些话照样地移在纸上的东西，就是Essay。”《朝花夕拾》的写作明显地受到了厨川白村的这些观点的影响。鲁迅此时正好怀有自适心态，在写作“市井的琐事”“相识者的消息”“自己的过去的追怀”时，自然而然地就如作“熟人相对，娓娓而谈”了。三、内蕴的自由。对《朝花夕拾》的内蕴，王瑶有一精要的论定：“如果分析《朝花夕拾》的思想性，我以为首先它是以儿童的天然的、正常的兴趣和爱好作为对人和事的评价尺度的，它提供了一个关于风俗、琐事和人物美丑的价值观念。”[①]“天然的”的儿童，是一种自由由性，天真无邪的指代，乡土也有一种远离体制管辖，桃花源中自然独处的意指。鲁迅津津乐道地绘着百草园的景，叙着人与事，在他看来百草园“那时却是我的乐园”，其中“有无限趣味”。鲁迅人到中年叙述儿时见到的神赛会的场景，还有些满心地欢天喜地，是因为神赛会也是儿童的“盛事”，那里有着儿童喜欢的“热闹”。鲁迅对长妈妈由“我实在不大佩服”到“我”对她“发生新的敬意”，是因为阿长妈“哥儿，有画儿的‘三哼经’，我给你买了！”这里显示着满足儿童天性以后的快乐。所有的这些都关联着自然由性的自由精神。而这正是现代散文文体精神中最为重要的，是促成散文由古典形态向现代形态转型的不可或缺的关键因素。

鲁迅在现代散文，差不多所有的子类的创体中，有着独特而重要的建树。将鲁迅的散文写作置于文体发生发展的历史中加以考察，我们可以作出这样的判断：他是现代杂文的创体者，并且创造

---

① 王瑶：《鲁迅作品论集》，人民文学出版社1984年版，第156页。

了杂文文体的标高；他是现代散文诗的重要奠基者，确立了这一体式的某些写作模式，使现代散文诗走向了成熟；另外，他以《藤野先生》《从百草园到三味书屋》《阿长与〈山海经〉》等篇什参与了现代叙事散文体式的建构，丰富了现代叙事类美文的形态。

三、散文的周作人与周作人的散文

周氏兄弟——鲁迅（周树人）与周作人在文学史上的地位是卓然突兀的。郑振铎在论及20世纪20年代作家队伍分化后的文坛情形时，曾用“双柱”一词指称他们存在的价值，以为“只有鲁迅、周作人还是不断地努力着，成为新文坛的双柱。他们刊行着《语丝》和《莽原》，组织未名社，在新文学运动里继续的尽着力”[①]。而就现代散文史的建构而言，周氏兄弟则无疑是璀璨悦目的双子星座或曰矗立于散文天地的双峰。对他们于现代散文所作出的特殊的贡献，郁达夫在《中国新文学大系》、阿英在《现代十六家小品》等选本的导言序说中已有指认。郁达夫以为：“中国现代散文的成绩，以鲁迅、周作人两人的为最丰富最伟大”[②]。这一判断大体是符合文学史的实情的。再具体到周氏兄弟本身而言，他们又各自以自己的方式创造现代散文的历史。就其主导方面说，鲁迅是现代杂文的奠基者和主将，而周作人则是现代小品文、美文创作系统中，具有统领作用和标志性意义的作家。对作为散文家的周作人，鲁迅给予了理性化的推举。1936年5月，鲁迅在回答美国记者斯诺有关中国新文学运动以来，最优秀的散文杂文作家的提问时，将周作人列为首席。

周作人创造了别具滋味的散文，而散文则雕塑了他作为文学大家的丰碑。散文与周作人已经融合成一个不可分离的互动着的关联体。我们这里所给出的“散文的周作人”一说，不仅意指周作人对于现代中国散文发展所具有的某种特殊意义，而且更着意于周作人与现代散文之间存在的内在关联。在我看来，周作人之选择散文并且有为于散文，这与周作人“散文化”的心理结构，人生意趣，审

① 郑振铎：《五四以来文学上的论争》，载《中国新文学大系·文学论争集·导言》，上海良友图书公司1935年版。

② 郁达夫：《中国新文学大系·散文二集·导言》，上海良友图书公司1935年版，第15页。

美取向等是紧密相关的。“散文的周作人”，表示着周作人个人的气质、个性、审美态度、人生哲学等一系列独特的主体存在与散文这一文体的体性之间实现了高度的契合。惟其此，散文变为周作人的一种身份，周作人，则成了散文的一种品牌。

（一）偏于散文的写作心理

作为文学家的周作人，他并不如其兄鲁迅那样兼擅小说、散文、诗歌诸体。他有着一种非诗、非小说的心理。爱在散文，有一种与生性相联的散文情结。周作人在《永日集·桃园跋》中将自己与废名（冯文炳）作比较，以为：“废名君是诗人，虽然做着小说；我的头脑是散文的，唯物的。”[①]周作人在这里将诗与散文对举，他并没有对“散文的头脑”作注解，但我们可以想见，其中至少包含着他偏爱散文（“散文的”）和禀具散文的思维方式（“唯物的”）的两层意思。周作人曾是新文学运动中有影响的诗人，发表过不少诗作。其中，在《新青年》第6卷第2号上发表的长行新诗《小河》，被胡适视为“新诗中的第一首杰作”[②]。但周作人“散文的”心理结构规定了其诗作又有非诗的一面。对此，周作人自己甚为了然。他以为自己的“‘诗’的文句都是散文的，内中的意思也很平凡”[③]。沈从文在《我们怎样去读新诗》中也看到了周作人诗并非纯粹诗体，而是散文化的诗这一特点，认为周作人“是各散文诗作者中最散文的一个”。对于小说，周作人径言自己并不喜欢。他在《东京散策记》论说日本作家永井荷风时有言：“永井荷风最初以小说得名，但小说我是不大喜欢的，我读荷风的作品大抵都是散文。”[④]他在《立春以前·明治文学之追忆》中也申说了

---

① 周作人：《永日集·桃园跋》，上海北新书局1929年版。

② 胡适：《谈新诗——八年来一件大事》，载《胡适文存》卷一，上海亚东图书馆1921年版，第228页。

③ 周作人：《泽泻集·过去的生命·序》，北京十月文艺出版社2011年版，第1页。

④ 周作人：《苦茶随笔·东京散策记》，河北教育出版社2002年版，第38页。

这种意思："老实说，我是不大爱小说的，或者因为是不懂所以不爱，也未可知。我读小说大抵是当作文章去看，所以有些不大像小说的，随笔风的小说，我倒颇觉得有意思。"[①]由此可见，在各种文体中，周作人是最为亲和散文的。一般而言，周作人的心理结构中缺少写诗所需要的激情，写小说所需要的虚构编织故事的想象力。废名曾说："知堂先生没有那些文采，兴酣笔落的情形我想是没有的"[②]。作为学生，废名对其老师的性格、性情是相当熟稔的。周作人在文学创作方面的弱项是显见的。但作为文学家，周作人必然有一种表达的欲求。这样将寻找自己的文学长项挥洒才情意气，就成了他价值实现的必然选择。对此，周作人自己有一表白。他说："我因寂寞，在文学上寻求慰安，夹杂读书，胡乱作文，我平常喜欢寻求友人谈话，现在也就寻求想象的友人，请他们听我的无聊赖的闲谈。"[③]用文字与读者"闲谈""谈话"，成了周作人生命存在的一种方式。而这种语言物化了的"闲谈""谈话"，即为散文的一种体式。

散文是一种边缘化的"泛"文体，不同的时代，不同的散文主体以及接受者，对其精神品质以及表现形态，有着不同的指认与阐释。周作人选择的散文，是一种渗透着时代与个人诸多因素的具有现代质性的文体。周作人是现代最具有自觉的散文意识，操守为其所体认的散文观的作家。他所心仪的散文，并不是指有韵为文，无韵为笔的内含诸多子类的大散文，也不是指载道明经的说教文体。接受过中国传统文化的熏陶，更获得过西方现代文化滋润的周作人，所认同的散文自然不会是讲究义法道统的文体，而是体现着文化人在新的历史语境中具有新的价值取向、新内质与新形态的文体。这种文体在现代包含了被周作人所命名的"美文"，或者为更

---

① 周作人：《立春以前》，北京十月文艺出版社2011年版，第79页。

② 废名：《关于派别》，《人间世》第26期，1935年4月。

③ 周作人：《知堂序跋·〈自己的园地〉旧序》，中国人民大学出版社2011年版，第140页。

多人所指称的小品文，其基本的文体精神由日本文艺家厨川白村作有揭示。厨川白村的散文观为鲁迅、周作人等许多现代中国作家所接受。

厨川白村强调主体自由从容的精神状态对于散文写作的意义。他认为："和小说戏曲诗歌一起，也算是文艺作品之一体的Eassy，并不是议论呀论说呀似的麻烦类的东西"，而只是一种"随随便便，和好友任心闲话"的记录。Eassy，散文，是说话的另一种形式，"想到什么就纵谈什么，而托于即兴之笔者，是这一类的文章。""纵论"与"即兴"，不仅表示着主体的精神存在是丰裕的，而且是自主自由的。这一类Eassy，其价值取向的设定中，首先关注的主要不是道德的社会的价值，而是写作主体本身的精神存在及其欲求。这应当是一种无所遮蔽，无所拘羁，凸现主体"本来面目"的物化的精神存在方式。厨川白村更重视散文对于自我的表现。他指出："在Eassy比什么都紧要的要件，就是作者将自己的个人底人格的色彩，浓厚地表现出来。"[①]厨川白村的这种散文观深为获得现代性洗礼的中国作家所认同。他们在阐释小品文的文体特质时，强调的也是表达的"随便"和通过"随便"的表达所凸现的作者的个性。梁遇春在《小品文选·序》中认为："小品文是用轻松的文笔，随随便便地来谈人生，并没有俨然地排出冠冕堂皇的神气，所以这些漫话絮语能够分明地将作者的性格烘托出来，小品文的妙处也全在于我们能够从一个具有美好的性格作者眼睛里去看一看人生。"[②]梁遇春这一表述所用的关键词及其意蕴，与厨川白村的十分近似。"轻松""随便""漫话絮语"，不仅给出了小品文作者的叙述态度与作品的形态特征，而且更凸出作者精神世界的一种可人的姿态。现代研究小品文的专家李素伯著有《什么是小品文》。他以为："'小品文'是散文里比较简短而有特殊

① 厨川白村著，鲁迅译：《出了象牙塔》，见《苦闷的象征出了象牙塔》，人民文学出版社1988年版，第113页。

② 梁遇春：《小品文选》，北新书局1930年版，第1页。

情趣和风致的一种”。而所谓的“情趣”“风致”并不得之于刻意的设计，而来自于自然由性的呈现。“把我们日常生活的情形、思想的变迁，情绪的起伏，以及所见所闻的断片，随时的抓取，随意的安排”，以“不规则的真实简明地写下来的，便是好的小品文”。“不规则的真实”意指这种真实并没有经过人为的修饰，而是源自于生活与主体心灵的本真。与厨川白村一样，李素伯也强调小品文对于主体个性人格的表现。基于这样的共识，李素伯将这种表现径直称之为“自我表现”。他指出：“正如一切的文艺作品一样，自我表现为作品的生命，作者个性、人格的表现，尤为小品文必要的条件。”[①]归结以上诸论，我们可见所谓小品文——现代散文存在形态，它是一种自由的、真实的、个性化的文体。

作为现代散文创作体系中的领衔人物，周作人操守并实践的正是这样的散文观。他在《近代散文抄·序》中对小品文有这样的诠释，以为“小品文是文学发达的极致，他的兴盛必须在王纲解纽的时代。”“王纲解纽”导致社会文化生态的宽宏自由，而这为知识分子的自由言说创造了特别重要的社会条件。诸种具有现代性品质的文体，如杂文、报告文学、小品文，它们的发生、兴盛以至于蔚然可观，莫不关联着“王纲解纽”的社会条件和主体自主实现的个人诉求。从一定意义上说，它们都可以被命名为知识分子的写作方式。三种文体表示着知识分子类型的作家具有三种不同类型的精神形态与写作心理。写作杂文，表示着作者对于知识分子批判使命的担当，这种批判以形象化的论理呈现；写作报告文学，表示着襟怀天下的知识分子对社会现实的关注，这种关注以文学化的报道展示；写作小品文，则表示着作者对获得精神自主的主体自我存在的尊重，这种尊重主要以叙事、抒情的话语方式，表达着对个人的心灵世界或生活空间的自赏、自叙、自诉。小品文是作家得以自由尔后可以随便而说的一种闲话。小品文的时代，一方面当是“王纲

---

① 李素伯：《小品文研究》，新中国书局1932年出版，第5页。

解纽”的时代，主流意识形态正在瓦解，或者是主流意识形态有了自信而认可了个人空间的存在；另一方面当是作家主体意识自觉的时代，他或她以一种自主的方式进行自由而理性的写作，因而这种写作更具有鲜明的个性。周作人将文学分成“载道”（“集团”）的和“言志”（“个人”）的两派，将小品文归入“言志”的一脉：“小品文则又在个人的文学之尖端，是言志的散文，他集合叙事说理抒情的分子，都浸在自己的性情里，用了适宜的手法调理起来。”①

在周作人这里，小品文（散文）成为其精神酿造的载体，写作小品文成为其精神存在的一种基本方式。周作人强调小品文应有“浸在自己的性情里”的意蕴滋味，实际上强调的是对主体自我的尊重与表现，表征着现代文化人对主体精神自由的渴望和欣赏。在周作人看来，“中国人的大病在于喜欢服从与压制，最缺乏的是对于一切专制的憎恶。”②周作人之作“叛徒”“流氓”，这自然是因为他不满于文化的专制与奴化。他说：“我从民国八年在《每周评论》上写《祖先崇拜》和《思想革命》两篇文章以来……所主张的是革除三纲主义的伦理以及附属的旧礼教旧气节旧风化等等，这种态度当然不能为旧社会的士大夫所容，所以只可自承是流氓的。”③在我看来，周作人之作“隐士”“绅士”，除了表示他逃避紧张的社会现实外，同时，“隐”而有为的实际，也反映了他对作家职业精神的自守。周作人通过写作“闲适”小品，拓殖主体丰裕多姿、自主有容的精神空间，表示着对逼仄的现实的不满，对人的精神自由的诉求。因此，从某种意义上可以说，无论是“叛徒”，还是“隐士”，贯注在周作人小品中的基本精神就是主体的自主自由自适。而这也正是周作人散文观的基本内核。

---

① 周作人：《知堂序跋·〈近代散文抄〉序》，，中国人民大学出版社2011年版，第324页。

② 周作人：《雨天的书·托尔斯泰的事情》，河北教育出版社2002年版，第84页。

③ 周作人：《两个鬼的文章》，收入陈为民编选《周作人代表作》，华夏出版社1997年版，第213页。

（二）人生哲学与散文意趣

周作人的非诗、非小说与对散文的热衷、对散文某种精神内质的认定，关联着他的哲学意念与人生旨趣、个性倾向。周作人信奉中庸哲学。他表白："我的理想只是中庸，这似乎是平凡的东西"。甚至认为自己是中庸主义者。他将"闲话"，写作散文小品，视为中庸之道的表达与求取。他说："我终于是一个中庸主义的人，我很喜欢闲话，但是不喜欢上海气的闲话，因为那多是过了度的。"[①]"中庸"是一种适度，一种和谐，一种趣味，而这就是周作人所心向往之的人生境界。他通过有选择性的读书或写作方式，追求这样的人生境界。他读书，"很想找一点温和的读，正如一个人喜欢在树荫下闲坐，虽然晒太阳也是一件快事"[②]。而于作文，则"不把文章当作符咒或皮黄看，却只算做写在纸上的说话，话里头有意思，而语句又传达得出来。"[③]读"温和的"书，写"说话"似的文章，不急不躁，心平气和，就有一种中庸而得的舒心写意在其中的了。周作人对于偏离中庸之道的存在，往往给予否定性的评价。"凡过火的事物我都不以为好"，"我个人不大喜欢豪放的诗文，对于太白少有亲近之感"[④]。周作人厌弃李白创作的"夸"，因为在他看来，"豪放"或者"夸"，不符合他所认同的中庸原则。可以说，周作人信奉的中庸的哲学信条，规约了他对人生美与艺术美的理解与实践。就人生而言，"缓缓的，从从容容的赏玩人生"[⑤]，便是一种美好的人生；就文学而言，那种"浸在自己的性情里""任心闲话"，就是一种"美文"。写作散文，使周作人既获得艺术的美感，又有了一种赏玩人生的体验。中庸之道的

① 周作人：《谈龙集·上海气》，北京十月文艺出版社2011年版，第102页。
② 周作人：《谈龙集·竹林的故事·序》，北京十月文艺出版社2011年版，第36页。
③ 周作人：《药味集·春在堂杂文》，河北教育出版社2002年版，第55页。
④ 周作人：《夜读抄·颜氏家训》，河北教育出版社2002年版，第111页。
⑤ 周作人：《艺术与生活·日本近三十年小说之发达》，河北教育出版社2002年版，第143页。

设定，生成了周作人人生与文学的基本格调。

作为旧文化的“叛徒”，周作人曾经写有许多旨在进行社会批评、文化批评的杂感。然而他到底又相信文学个人表现的观念：“文艺以自己表现为主体，以感染他人为作用，是个人的而亦为人类的，所以文艺的条件是自己表现，其余思想与技术上的派别都在其次。”①基于这样的观念，在变化了的社会文化景况中，周作人更多地写作不以道理承载为务，而是通过个人生活与人文化自然风俗的记写，着意表现人性风情的美文小品。文体由杂感而偏至美文小品，表示着作家的关注点由社会而偏至人生自然，作品的价值由重于即兴的社会意义而偏至滋润的审美意味。这种偏至使得周作人那种生活的艺术，艺术的生活，联通生活与艺术的追求成为了一种现实。周作人认为：“生活不是很容易的事。动物那样的，自然地简易地生活，是其一法；把生活当作一种艺术，微妙地美地生活，又是一法。”②周作人以散文这一艺术的形式，去描写“微妙”的，“美”的，“艺术”的生活，这样使生活的形态升华为艺术的形态。这里，促成升华的关键，在于作家对生活中蕴含的艺术因素要有一种充分的感悟与相宜的表达。艺术，从某种意义上说，意味着一种非功利的精神至上性；从生活中提取艺术的成分，则表示着对寓于生活日常性之中的粗鄙的过滤。周作人的小品散文，有一可人之处在于作品表现出了那种颇为精致的诗性生活形态。诗性生活是超越生活功利的另一种存在：“我们于日用必需的东西以外，必须还有一点无用的游戏与享乐，生活才觉得有意思。我们看夕阳，看秋河，看花，听雨，闻香，喝不求解渴的酒，吃不求饱的点心，都是生活上必要的。”③很明显，周作人所说的“生活上必要的”东西，都不是一般寻常人的生活需求，而是一些在精神领域中有贵族化倾向的文化人的梦寻。他们憧憬着过一种诗意的生活：在“蜘

① 周作人：《自己的园地·文艺上的宽容》，北京十月文艺出版社2011年版，第9页。
② 周作人：《生活之艺术》，载《语丝》第1期，1924年11月17日。
③ 周作人：《北京的茶食》，载《晨报》副刊，1924年3月18日。

蛛丝似的一缕缕的洒下”雨的冬季，“如在江村小屋里，靠玻璃窗，烘着白炭火钵，喝清茶，同友人谈闲话”[①]。置身于这样的意象化了的情景中，“在不完全的现世享乐一点美与和谐，在刹那间体会永久”[②]。这正是周作人所求取的人生意趣或曰人生理想。作者从他所构筑的散文憩园中，获得精神的休闲，从对人生景象的感悟中寻得一种精神的抚慰。而于他的读者而言，同样也会产生这样的快意。《喝茶》是周作人一篇叙写艺术的生活的代表作。作品所表现的并不是具体的喝茶行为的本事，而是显现喝茶之美的茶道：“我的所谓喝茶，却是在喝清茶，在赏鉴其色与香与味，意未必在止渴，自然更不在果腹了。”茶道的精义在于创造一种精神的仪式：“喝茶当于瓦屋纸窗下，清泉绿茶，用素雅的陶瓷茶具，同二三人共饮，得半日之闲，可抵十年的尘梦。”这种仪式的背景见淡见雅，氛围中有一种宁静清幽之感，充盈其间的是悠闲的性情，清泉绿茶，其人在其情其景中，分享着精神盛宴所带来的心灵深度的愉悦。性灵的放逸，精神的高飞，让人领受到自由生命的美感。

散文写作是周作人的人生方式。他向往的是一种自如淡远的人生，因此，他往往提取生活中有此意趣的影像加以表现。他的不少作品如《乌篷船》《故乡的野菜》等，体现了乡土叙事所蕴藉的韵味。《乌篷船》为现代散文名篇。作品以书信的方式展开，款款地说话，自有一种亲切在。“乌篷船”这样一种文化的符号，于周作人而言，存储着童年乡土的记忆。作者的故乡浙江绍兴，如他自己所说：“那里的风土人情，那是写不尽的。”而取乌篷船写来，则可十分典型而“很有趣”地画出水乡的风情风俗的图卷。作者细细地叙写乌篷船的类别、构造，篷的形状、色调，以及行船之乐之趣，在不动声色中抒写出对文化之故乡的思恋。我们可注意到作者自注的写作时间与地点：“（民国）十五年一月十八日夜，

① 周作人：《雨天的书·自序一》，载《晨报》副刊，1923年11月10日。

② 周作人：《喝茶》，载《语丝》第7期，1924年12月29日。

于北京”。于远离故土的京城之夜，是容易唤起童年之忆、家乡之思的。京城，有生长着的现代文明，自具诸多利人之处，但相伴的也有人为的紧张、喧哗。当周作人遥望南方，从经验之中推出关于故乡的映像，实际上通过一种想象性的再体验，获得了一种自然由性的情趣的补偿。乌篷船无疑有一种文化的具象功能，然而又是一条盛满野趣与性情之舟。对周作人而言，或许他更看重后者的意义。所以他那些有关行舟自得的描写，差不多有些喜于形色了，这在惯于零度抒情的周作人的作品中并不多见。坐乌篷船自然会有一种野趣：“小船则真是一叶扁舟，你坐在船底席上，篷顶离你的头有两三寸，你的两手可以搁在左右的舷上，还把手都露出在外边。在这种船里仿佛是在水面上坐，靠近田岸去时泥土便和你的眼鼻接近。”这种情状，周作人以为“颇有趣味，是水乡的一种特色”。周作人在《乌篷船》中自然真切地还原出乡野那种特有的天人合一的情调。“你坐在船上，应该是游山的态度，看看四周物色，随处可见的山，岸旁的乌桕，河边的红蓼和白蘋，渔舍，各式各样的桥，困倦的时候睡在舱中拿出随笔来看，或者冲一碗清茶喝喝。”而“夜间睡在舱中，听水声橹声，来往船只的招呼声，以及乡间的犬吠鸡鸣，也都很有意思”。看随笔，喝清茶，与作者描绘的自然与人和谐相生的景象所蕴含的精神贯通。置身其间，心无物羁，自由率性而又能相和相谐。这正是人生的一种极致。在我看来，《乌篷船》一篇的真义应该是关乎于此的。它以一种转意的方式，形象地给出了作家，一个自由知识分子他所追寻的精神向度。《乌篷船》《喝茶》等作品，其总体性的构思立意的方法差不多是一致的。作者从自然与人生的寻常处，提取出一种有意味的素材，构造出让生命在安逸和谐之中得以自享的世界。在和谐中享受自由生命的美意，这是人类永恒的求取。因此，《喝茶》一类的作品便有了不竭的魅力，牵引着我们。

（三）情感方式与言说张力

读周作人散文，我们可获得精神上的休闲和情绪上的平和，这应验了周作人曾说的一句话："做诗使心发热，写散文稍为保养精神之道。"（1931年7月30日致废名的信）周作人的散文于己于人大约是有些"保养精神"的价值的。这一种价值的生成，既与他注重艺术的、美的生活的题材择取、意趣情味的精神表现、闲话风致的自觉追求等密切相关，同时，也由主体情感的方式及其表达形态的某种自我规定决定着。这种规定使得写作与阅读都不至于消耗更多的精神。周作人散文语言素朴淡雅，行文从容有致，文气舒缓而无急迫之感。如同一泓清流，不急不慢地淌着，断无大的起伏波动。这样的风格，从根底上讲，导源于作者所奉行的中庸之道。中庸之道的取守，影响作家的情感方式。对于情感的存在，周作人有一种差不多是偏见或极端的看法："感情是野蛮人所有，理性则是文明的产物。"[①]因此，他对情感的表达有特别的要求："人的脸上固然不可没有表情，但我想只要淡淡地表示就好，譬如微微一笑，或者在眼光中，露出一种感情，——自然，恋爱与死等等可以算是例外，无妨有较强烈的表示，但也似乎不必那样掀起鼻子，露出牙齿，仿佛是要咬人的样子。"[②]他说自己的"理想只是那么平常而真实的人生，凡是狂热的与虚华的，无论善或是恶，皆为我所不喜欢。"[③]在周作人看来，过度的情感存在与表达，是一种"狂热的""虚华的"表现，皆不足取。这似乎有些绝对化，但正是这种绝对化，使周作人散文呈现出一种平和从容的气象，使得心灵疲惫者或有精神贵族化倾向的读者，在阅读体验中获得精神上的放逸或者滋润。但周作人并

① 周作人：《谈虎集·剪发之一考察》，北京十月文艺出版社2011年版，第429页。
② 周作人：《看云集·金鱼》，开明出版社1992年版，第16页。
③ 周作人：《书房一角·原序》，河北教育出版社2002年版，第3页。

没有完全拒绝情感，他说："那种平淡而有情味的小品文我是向来仰慕，至今爱读，也是极想仿做的。"[①]周作人看重的是情感的品质、品位，求取的是情之"味"，偏爱的是情之"平淡"，在他看来，平淡之情才是真情。

为了求取情之平淡有味的审美效果，周作人一方面注意选取本身缺少激情的对象，叙写寻常的生活遭际，寻常的自然景象。周作人好写草木虫鱼之类的散文，这与他早年的兴趣有关。他说："我从小时候和草木虫鱼仿佛有点情分，《毛诗草木鸟兽鱼疏》《南方草木状》以至《本草》《花镜》都是我的爱读书，有一个时候还曾寝馈于《格致镜原》。"[②]其实，"草木虫鱼"是偏离主流社会生活后对日常生活亲近的一种代称。激变的社会生活犹如波涛汹涌的大海，宁静的日常生活则如同山涧静静流淌的小溪。写茶道美食，写乡间物什，写书生生活，自然无需大呼小叫，一切以原态呈现，闲话人事物景，随意称心而出。无疑这样的写作，与周作人所操守的散文观应是相合的。《故乡的野菜》是周作人草木虫鱼类作品中的一篇。对于故乡，作者当然自有一种情怀，但他并不加以渲染，"故乡对于我并没有什么特别的情分，只因钓于斯游于斯的关系，朝夕会面，遂成相识，正如乡村里的邻居一样，虽然不是亲属，别后有时也要想到他。"周作人对乡情的把握很有分寸。"有时也要想到他"，言有情，"并没有什么特别的情分"，则是说情也寻常。基于这样的表情定调，作者很自然择取并无太多色彩的"野菜"作为叙写乡土记忆的材料。荠菜，草紫，乡俗，乡景，在舒徐的叙述中，作者的乡情自然平淡地融和在其间。情看似冲淡，而味却别是悠远。

另一方面，周作人对本有情感强度的人物事件作有节制的处理。这种处理使得语言表面所见的情感淡化与内蕴情感的丰富真

① 周作人：《两个鬼的文章》，收入陈为民编选《周作人代表作》，华夏出版社1997年版，第213页。

② 周作人：《夜读抄·猪鹿狸》，河北教育出版社2002年版，第34—35页。

挚之间形成了一种反差。而正是这种反差，造就了周作人散文审美的某种张力。审美的张力对读者产生了召唤性的艺术魅力。《初恋》一篇是对情感作淡化处理的代表作。初恋，是人生中一种重要的情感经验，虽不说每每都会是刻骨铭心的，但也并不全是淡而无味的。周作人的初恋在他的心理烙下了深的印痕。作者写作《初恋》是在民国十一年的九月，那已经是近至中年了。时隔初恋的发生二十余年，当他回忆初恋时，他仍确切无误地给出清晰的时间："那时我十四岁，她大约是十三岁罢。"但当他的这种私人化的心灵际遇，作为一种被述说的对象时，情感话语就被作者纳入到预设的轨道中。这一轨道就是如上所述周作人颇为独特的情感观。作为情感淡化处理的方法之一，就是作者以时间的间距疏离叙述的对象。开篇"那时我十四岁，她大约是十三岁罢。""那时"这一表示时间的远指代词，在表情方面有一种疏离对象的效果。用"那时"领起，给读者的感觉仿佛是作者在讲述一段情感已经沉淀的人生往事。方法之二，是作者以清淡笔墨，状写身处其时的心理感受。这种感受并不那么清晰，那么强烈，而是朦胧微妙的，或如作者所说的是"淡淡"的。这样的存在，对于周作人来说是很本色真实的。这是周作人为自己所描画的初恋心理感应图：

> 每逢她抱着猫来看我写字，我便不自觉的振作起来，用了平常所无的努力去映写，感着一种无所希求迷濛的喜乐。并不问她是否爱我，或者也还不知道自己是爱着她，总之对于她的存在感到亲近喜悦，并且愿为她有所尽力，这是当时实在的心情，也是她所给我的赐物了。在她是怎样不能知道，自己的情绪大约只是淡淡的一种恋慕。

作者在这里所写是一种爱与被爱都还无法确定的恋情。正是这种不确定性才真实地表现出恋爱主体尚未进入角色时的"初恋"的感受与心态。作者追忆初恋时的情感处理、话语方式的选用，恰如其分地还原出人物恋之“初”而非恋之“热”的本真。《初恋》是一篇诚与真的美文。

周作人的一部分散文是可以被指称为文化散文的，同时也可以命名为“智慧散文”。周作人散文往往不求表现奇异的题材意旨，而重视表现他所说的“常识”。周作人对“常识”有一解释：“常识，分开来说，不外人情与物理，前者可以说是健全的道德，后者是正确的智识，合起来就可以称之曰智慧。”[①]周作人的“智慧”之文中既有人情，也有智识，或两者兼而有之。智识之文的生成，这归因于周作人的博知以及文化人或曰读书人身份的自我确认。文化之于周作人的散文，不仅在于其间表现出地域或民族所具有的人情风俗，而且其间也充盈着一种文化散文所应有的书卷气。这种书卷气，原是书生本色的一种表现。由“叛徒”而“隐士”，周作人执着于“闭门读书”，并从中寻得意趣：“趁现在不甚适宜于说话做事的时候，关起门来努力读书，翻开故纸，与活人对照，死书就变成活书，可以得道，可以养生。”[②]周作人读书并不是为了专门学问的研究，读书有时成了他超越现实功利的生活本身。这样，周作人的读书就见杂了。喜读杂书，是周作人自小就养成的习惯。他曾说：“不佞从小喜杂览。所喜读的品类本杂，而地志小书为其重要的一类，古迹名胜固复不恶，若所最爱者乃是风俗物产这一方面也。”[③]周作人将自己的杂览分为“八大类”：“关于诗经论语疏注之类”；“小学书，即说文解字、尔雅、方言之类”；“文化史料类，非志书的地志，特别是关于岁时风土物产者”；“年谱、日记、游记、家训、尺牍类”；“博物书类”；“笔记类，范围甚

① 周作人：《知堂序跋·〈一蒉轩笔记〉序》，中国人民大学出版社2011年版，第140页。
② 周作人：《永日集·闭户读书论》，北京十月文艺出版社2011年版，第124页。
③ 周作人：《过去的工作·关于竹枝词》，北京十月文艺出版社2011年版，第1页。

广，子部杂家大部分在内”；“佛经之一部”；“乡贤著作”。[①] 书读得多，读得杂了，写作时自然就会信手拈来，有时似乎有些不加限制，以至于有人讥之为“掉书袋”。但总起来说，杂类入文既使周作人小品滋生出博识之趣，又使行文平添了文化的色彩。《苍蝇》一篇被文学史家阿英颇为看重，以为这是五四时期散文小品由“战斗”走向逃避的具有标志性意义的作品。苍蝇，在常人看来为一恶物，本无可写之处。但周作人将其随意散漫成一篇有趣味的小品。开篇作者叙写小时候捉玩苍蝇的往事，并引用古希腊路吉亚诺思《苍蝇颂》中“苍蝇在被切去了头之后，也能生活好些时光”的文字，为苍蝇的玩法作注。中间插入有关苍蝇的神话。苍蝇本为一个美丽的处女，因为烦扰了月神，便罚其变成苍蝇。采入诃美洛思史诗和法布尔《昆虫记》中的有关资料，言说“苍蝇的固执与大胆”。后又以《诗经》，“营营青蝇，止于樊。岂弟君子，无信谗言”等诗文，例说中国文化语境中的苍蝇形象。苍蝇这样的题材，如果仅仅从眼前写来，或单从作者经验中叙说苍蝇种种，那所得无多。而周作人所写采古集今，取域外兼得国中，既写苍蝇本身生性，又说苍蝇文化关联性。这样作品就形成了一种只有博知者才能调制出来的博识之趣。这种博识之趣，对于读者也另有一种精神休闲的意义。

周作人的散文为中国现代散文史提供了一种精神类型。言其“一种”，这是因为在我看来，一方面周作人的散文并不能指代现代散文的整体，或可以此排他；另一方面，周作人的散文在现代散文中是不可或缺的存在。这种不可或缺性，体现于作家主体与文本之间实现的充分的对应性上。具有自由精神的作家与渗透着主体性情、形态随意的作品之间是高度融合的。主体与文本相统一而凸现的精神放逸的自在，这是一种可以被视为散文主体精神的要素，从

① 周作人：《知堂回想录·一九八拾遗（壬）》，香港三育图书文具公司1972年版，第677页。

某种意义上说，这就是一种现代性的建构。“散文的周作人”，换言之，周作人本身就是他所指认的言志的散文。他的哲学思想、人生态度、性情情趣、情感方式等无不诠释着他所命名的散文小品。他对所设定的散文的执着偏爱，实际上就是他对于自身所取所有的执着偏爱。“周作人的散文”，或可表述为散文是周作人的一种语言物化，是周作人生命存在的另一种方式，是周作人精神私人化的一种表达。主体与创作这样地相生，在现代散文史上周作人似是第一人。

四、苏叶散文：无法命名的生命清唱

时间像一把大的剪刀，把经验中的很多芜杂一一修去，只存留下一些不能忘或难忘的记忆。文学的阅读也是这样。作为以文学为业的人，自然阅读了大量的作品，但大多数的作品或是依稀记得，或是早已忘记，只是日积月累地形成了某种素养积淀着，丰富着我们的文学情怀。烙在记忆深处的作品似乎总是少数。苏叶的《总是难忘》倒是真让我难忘的作品。这篇作品首发在《收获》，而我第一次读到的是内部刊印的《写作文萃》中节选的《总是难忘》。这是写作者同学张月素的部分。“她和我在小学同班，上了四中，她当了我们的班长，我做了文娱委员”，“她衣服的领口总是嫌紧，扣不上。袖子嫌短，前襟后片只齐到腰”，“她不跟男人讲话，回答男老师的提问也是侧着身子昂着头，一副英勇就义的英雄气……老师不笑也不生气，她能写出老师没教过的演算式”，“分手的时候，她来还书……她像个男人一样劈手和我握了一下，手板又薄又硬，很有力。又像个大人一样，说：‘再见！’”，在书中夹着纸片，“无论我走到什么地方，你都在我心上”。作者以白描的手法，运用极具表现力的细节链，真实地写活了人物的生活背景、个性、气质、滋味。这样的作品，给我留下很深的印象，于是我就在散文写作的课上，向学生作了详细的讲读。我是从写作方法的角度，强调核心细节的运用对于人物散文写作的意义的。现在看来，那样的讲读当然未得这篇作品的根本。“总是难忘”的，我想当是一个生命体的人格对另一个生命体心灵的嵌入。

这是二十多年前的事了。因着作品，我记着作者苏叶。生活也总有机缘。2010年6月，建法主编邀请刘再复先生，为我们新创办的《东吴学术》首场开讲“东吴讲堂”。介绍客人时，建法主编说：“这是散文家苏叶。”我心生喜悦，没想到能在苏南小城见到《总是难忘》的作者。而散文家苏叶于常熟也是有缘。苏叶弃小说而为散文，处女作竟是《能不忆江南——常熟印象》。这一作品打破将散文当作诗来写作的“杨朔模式”，对生活进行本真的叙写，既描绘常熟“这里的一切充满了人情味”的美好风情，又记写“使我有点儿闷闷的事”所映出的杂色，进而作者还自揭其短：“我自悔不该愚弄这些糊涂的心，她们那样认真，而我则只是耍！”《能不忆江南——常熟印象》正是这种对散文真诚真实品格的切实回归，获得了评论界的好评，也给苏叶散文的开局奠定了一个高程。常熟也是苏叶的福地。

（一）散文：“用生命写作”

如果以性别而论，苏叶散文自然归属女性散文一类。新时期女性散文星空璀璨，苏叶是其中一颗不能无视的星，她发出着自己独有的光亮。但仅是作这样的指说，简单却不能了事。苏叶的散文在哪些方面，又在多大程度上体现了女性散文的特质？对此，我们似乎很难准确地给予把握和解析。事实上苏叶散文在内容上很少作女性本体的“她叙事”，很少以女性自身的生活或心态作为作为散文写作对象。苏叶散文更不是“小女人散文”。散文写作在苏叶这里不是为了“玩”、为了“乐”，也不是为了自我表现或表演。“我不愿敷衍成篇。对我来说，写作是自我检视，不容闪避，是心灵的呼吸，它最不是功利和商业的产品。”①“我写散文很难。写着写着，常以为是一个正视社会、正视人生的过程，是一个思考和梳理的过程。是一个以稿子为纱布，以笔为刀，在书桌这张手术台上检视自己内心的过程。”②在表现风格上，苏叶散文也并不是阴柔妩媚的，有时更多的是男性的刚劲力度，“一半锋利，一半缱绻。这是我生命的两面”③。苏叶这样的特殊，使我们在评论时很难将其归类，或勉强归类也难得其是。因此散文评论家范培松先生以为，

① 苏叶：《星空不灭——苏叶散文精选集·直至枯萎（序）》，花城出版社2012年版。
② 苏叶：《星空不灭——苏叶散文精选集·序二》，花城出版社2012年版。
③ 苏叶：《星空不灭——苏叶散文精选集·后记》，花城出版社2012年版。

“在女性散文中，她是一个异类”[①]，“苏叶散文创作的发展轨迹有些怪”[②]。无独有偶，吴周文先生也由此发问：“为什么她拿起很难‘成就’作者的散文，偏又能够赢得了散文、成就了独立不群的散文家的苏叶？读苏叶，简直是一个难以破译的谜。”[③]对此的读解因人有异，在我看来，苏叶散文则是一种无法命名的生命清唱。

生命清唱是散文的一种高度，一种理想。散文乃小，寻常琐事、风物小景，缀而成篇；散文也大，社会人类、海天大地，皆可入文。散文，一边被视为知识分子的一种写作方式，一边又被说成是人民文体。在所谓的散文时代，散文的旗号甚多，散文被人随意而为成文字的“方便面”。真正可读耐读，令读者总是难忘的散文不多。小说好像是音乐中的交响乐，它可以运用多种艺术手段，用以制造召唤读者的表现力。散文就是一种清唱了。“清唱”有多种意谓，我这里所指的是一种没有任何伴奏，全凭歌者本身的音乐素养、音乐能力而演唱的歌唱形式。在散文写作中，作者的精神存在直接影响着作品的品位。优秀的散文是一种无技巧、无艺术的写作，它以作者富有的精神蕴涵为支撑，从中可见作者卓然有致的精神形象。在这里，所谓生命的清唱，并不是空虚的玄说，而是一种具体的实指。苏叶说：“作家有三种：凭知识写作。凭才气写作。用生命写作。”[④]无疑，散文写作的第一境界是“用生命写作”。这并不是要求写作者为散文而奉献生命，而是强调作者对于写作的身心投入，强调作者作为个体生命深切地体验对象，独特地感悟人

---

① 范培松：《范培松文集第二卷·二十世纪中国散文史（下）》，江苏教育出版社2012年版，第325页。

② 范培松：《范培松文集第二卷·二十世纪中国散文史（下）》，江苏教育出版社2012年版，第324页。

③ 吴周文：《赤裸的生命与忧伤的清芬——论苏叶的散文》，载《当代文坛》1993年第6期。

④ 苏叶：《星空不灭——苏叶散文精选集·写在稿子的背面之十三》，花城出版社2012年版。

事物景，真实表达生命体基于人性尺度的情感、思想和趣味等。生命写作超越通常意识形态写作的规制，以更宽广的人类精神和情怀，追求更为普世的价值取向，从而抵达对象的意义本旨。因此生命写作不属于时尚，而是一种恒久。

新时期以来的散文，如杨绛的《干校六记》、巴金的《怀念萧珊》、史铁生的《我与地坛》等就是作者以生命写作的优秀作品。史铁生的《我与地坛》可谓是一个典型文本。《我与地坛》是史铁生的一段心灵史。作者由于瘫痪，十五年来在四百年历史的地坛出入观览冥想。“这园中不单是处处都有过我的车辙，有过我的车辙的地方也都有过母亲的脚印。”朴实的文字中蕴满对母亲的缅怀和感恩。地坛是一个场域，十五年中有许多人来过，“这些人现在都不到园子里来了，园子里差不多完全换了一批新人。十五年前的旧人，现在就剩我和那对老夫老妻了”。史铁生通过对这些人物的观察、臆想和对自身命运的感受，思考达与困、生与死之天问。在深思熟虑中大彻大悟，生命的境界升华：“但是太阳，他每时每刻都是夕阳也都是旭日。当他熄灭着走下山去收尽苍凉残照之际，正是他在另一面燃烧着爬上山巅布散烈烈朝晖之时。有一天，我也将沉静着走下山去，扶着我的拐杖。那一天，在某一处山洼里，势必会跑上来一个欢蹦的孩子，抱着他的玩具。”“宇宙以其不息的欲望将一个歌舞炼为永恒。这欲望有怎样一个人间的姓名，大可忽略不计。”这真是一个智者哲人的大胸怀。

苏叶和史铁生是心灵通感的私友。“二十多年，我们之间‘是一片朦胧的温馨和寂寥’”，“见面时我们默默投契”，“不见面时写信，延续我们二人会心的密语和时代悲郁”。[①]史铁生的《我与地坛》曾寄给苏叶，得到肯定。[②]我在这里并不是说《我与地

---

① 苏叶：《星空不灭——苏叶散文精选集·星空不灭》，花城出版社2012年版。

② “古园，指地坛。我不断地说他晨昏寂坐的这个地方是他的灵台。《我与地坛》写成后，他寄给我看，来信说：‘你说好，我就放心了’。”《星空不灭—苏叶散文精选集·秋花—致史铁生》附注。

坛》对于苏叶散文有何影响，事实上苏叶许多重要的作品早在《我与地坛》之前就写作了，而是说苏叶和史铁生对散文的意念和实践是会通的。当然，苏叶的写作与《我与地坛》这样开阔宏达的作品是有明显距离的。

（二）散文写作中的生命意识

对于散文作为生命写作，在苏叶这里是自觉的。生命是苏叶表达的一个热词。“我真心崇拜用生命形成文字的人。”（《写在稿子的背面之十三》）“生命因其艰难而珍贵。写作因其珍贵而艰难。”（《写在稿子的背面之一》）“生活的履带碾过我们，形成了文字。文字的锯齿又抓痛了我们的灵魂。”（《写在稿子的背面之三》）“写作之于我，是一种呼吸。”（《写在稿子的背面之六》）“我以为生命可以痛，可以难，可以安茹草芥，可以愧若天子，但是我们该有能力从寻常态势升华，闪烁灵魂之光……感谢生命，我愿持此一诺，直至枯萎。”[①]“将喜爱的一首诗附录于下，表达我对生命流逝的满怀痛惜和无比眷恋。”[②]“我舍不得拿我的生命走进各种当铺，舍不得拿我的血肉做成塑料的披挂。”[③]可以说苏叶是将自己生命的经验、感觉、感悟等，作为散文写作发生的动因、基本构成和终极的旨归。虽然无法使每一篇散文的写作都可达成生命写作的理想，但作者确实是这样努力的。由此也形成了苏叶散文写作的生命思维、生命视角。这种生命思维、视角，越出了通常对自身的观照，而迁移至对人类以外泛生命体的感知、拟想和表达，这使苏叶的散文常获某种创意。

《殉马坑前的颤栗》似乎是一篇不被关注的散文，其实这是一篇言短意长的文字，值得一读。这样的题材，很容易从考古学的角度落笔，或从古代武力强盛一端加以美化。而苏叶的生命思维牵引

① 苏叶：《星空不灭——苏叶散文精选集·直至枯萎（序）》，花城出版社2012年版。
② 苏叶：《星空不灭——苏叶散文精选集·后记》，花城出版社2012年版。
③ 苏叶：《星空不灭——苏叶散文精选集·写给自己》，花城出版社2012年版。

着她对此另作别想。墓主齐景公“好治宫室，聚狗马，奢侈，厚赋重刑”。“我听见的是回荡在坑穴上空的凄厉的呻吟和嘶鸣。我看见它们在半死不活的状态中吃力地喘气，痉挛地搐动着两肋，猝然倒下。这不是一些老马、小马、劣马、残马，是六百匹屡立战功、英勃勇猛、忠心耿耿的马中英骏！不难想象，这铁骑六百在战场上风驰电掣是怎么一种雄风，不难想象，这良马六百在草原上繁衍生存是怎样一种旺盛。可是我无法想象，屠杀六百匹骏马是怎样一个好到的血腥场面！”这样的文字冲击力不是一般的叙写所能企及的。如果将其置于宏大的中国历史中加以咀嚼，其深意是耐人寻味的。《美翎鸟》也是。此篇作品就主要内容而言，是写三轮车夫带作者寒冬暮晚寻找旅舍的经历，美翎鸟只是一种穿插。而作品之妙恰是相反，人事只是穿插，美翎鸟才是作品表达的大意之核。“车把上一根小细链儿，拴着一只羽毛深红带褐色点儿的小鸟！锦缎一样的羽毛柔软地闪亮。”“有哪一只鸟儿在惨烈的暗黑中被拴在一根冰冻的车把上儿吗？有哪一只鸟儿在凄厉的冬之长夜有这么从容、优雅、宝光鲜艳的一双美翎？我真想伏地痛哭！”这里美翎鸟只是另一种人生而已。这样的写作思维，正是作品别异的关键。散文是写实的，又是艺术的。作者对于各种生命存在形式的通感，使其获得了超越庸常的表达可能。

《只有扇子崖》算是一篇游记，但在有关泰山的记游作品是一个变体。“我游山水，顶怕看见帝王的碑刻。偏偏泰山，四下里都是它们。我心郁闷，好好一座山，一经御驾禅封，没奈何地连身份都改变，仿佛成了一棵护王权、安四邦的大镇石。”“失了本性的土石，哪里真还有什么苍野雄秀可言？”开篇已有意味，也为后文状写扇子崖作了铺垫。“一面峭壁，绝立于万斛青翠之上。半幅残旗，啸傲于深山密林之中。”“这特立独行的风姿，难道果真只是古老的地壳运动偶然形成的？就算如此，扇子崖当初也必定结结实实地死过一回。”“这一身峻嶒的鞭痕该是还有痛感？这褶皱千叠的额角又有几多哀雄？坐在山间乱石上向它凝望，真想伸出手轻声叩问。到底，是有怎样的内力，在哪一年哪一月哪一日，在哪一声嘶吼中，于挤压逼卡下，猛一跺脚，又挣出了自己的头颅自己的生命？”这里很显然地作者是以人格化的方法写扇子崖的，而人格化拟写的生成在于扇子崖已被作者的生命主体对象化，这种对象化赋予了山石以生命的灵性、品格。苏叶散文其基调是沉郁的，这沉郁其实也是生命的底色。但《山村——寄友人》却是一首清朗欢快的咏唱。作者习画写生，来到皖南塔川山村，一如投入自然的怀抱，“一口气报不尽形神的舒坦”。山村是各种生命相生的会所，安逸而显生机，丰富而天然成趣。“偶尔掉落的雨滴，冷而甜的山风，鸟过头顶的啾鸣，泥土松软的气息，牛粪的味道，远处的炊烟，乍起的狗吠，农人在田间遥相问答的土话……让我化了。”让“我”化了，让读者化了的是浑然而成的自然生命状态。而这正如作者以为的，是我们生命的需要。

（三）个体生命的清唱

当然，最能体现苏叶散文价值的，还是那些叙写烙下作者生命屐痕、感动作者情怀的人和事的篇章。其中当数《总是难忘》《豆蔻年华》《月照西窗》等散文。这是一组叙事散文，主题是对逝去青春的祭奠，也可理解为一个人的“文革”史。作品所写的是作者生命行旅中难忘的段落，也是最能叩击读者心灵的言说。苏叶曾表达过对张爱玲以及文学中张爱玲化的某种批评，以为“它没有敲击读者的心灵，让读者的有所颤动，有所失落，有所昂奋，有所提升”[①]。我并不完全认同苏叶对张爱玲作品的评价，当然张爱玲的作品不可能都能敲击读者的心灵，但“生命是一袭华美的袍，上面爬满了虱子”这样一句就足以让我们的心灵颤动了。然而，我完全认同苏叶所说优秀文学作品对于读者心灵应产生谐振的观点。尤其散文的生命写作，应是客体对于主体心灵的敲击，同时也是文

① 苏叶：《星空不灭——苏叶散文精选集·倾斜的水仙》，花城出版社2012年版。

本对于读者心灵的激荡，是一种生命对于另一种生命的感应感动震撼。阅读《总是难忘》这一组散文，我就产生这样的心理反应和体验。这一组散文在写作的发生上有一个共同的特点，就是客体的存在与叙事的行为之间存有很大的时差。《总是难忘》所写的事情发生在二十多年前，“我离开四中十年，又是十年”。《豆蔻年华》写的“往事已逝近三十年了”。《月照西窗》的时间提示是：“从那时到现在，好多年过去了。真是，几乎已经过去了四分之一个世纪！”提取时差很大的质料进行写作，表明所写的内容对于主体生命产生深刻的影响，经验中的人和事已经融入自己的生命之中，成为生命存在不可分离的部分。而这正是叙事散文能够叩动人心的前提和关键。

《总是难忘》是一篇多滋味的作品。中间部分着重叙写张月素同学，出身贫寒却自尊聪慧，早熟懂事敢于任事，情感真挚而丰富。作者是以欣赏、尊重的心理表现人物的美好人格精神的。开头部分写四中女生班的集体生活，在作者的笔下，四中的校园是一个比百草园更“百草园”的乐园，“（我）从中得到无穷的放肆和快乐”。课堂是“名副其实的女儿国”，“没有男生在一旁，女娃子个个变得胆大包天，无拘无束，再秀气的人都张狂了十分”。捉弄代课老师，“老师没再回来”；上语文课，“大家总是很振奋”，诵读《木兰辞》，“念到慷慨处，我们干脆手拍桌子以助铿锵。刹那间，书声如令，掌声如蹄”。这样的情状自然有点野，但恰是生命的烂漫，是真正的青春。这一部分的激扬欢快气氛的强化，与最后部分陡然而来的沉郁，形成强烈的反差。最后部分写王悦雅，“话剧队有个比我高一班的积极分子”，“她太爱笑”，“朝气蓬勃的脸，好像老是有阳光在那上面跳跃”。但后来，“她死了，自杀。是时，二十二岁”。苏叶叙写这位同学的命运用的是简笔，留下很多空白。去农村插队，爱上插队青年。男友被打成“现行反革命”，被枪毙，王悦雅发疯。但在这些空白处，回荡着历史的痛哭，悸动人心。《总是难忘》简单而丰富，情多而意重，青春的风采、人物的悲运、历史的沉重拢为一体，而这些是以多重的生命色调调制而成的。《豆蔻年华》记写的是作者亲历并参与其间的“闹剧”。豆蔻年华，青春曼妙，这是生命勃发、创造美好的年华。但是苏叶所看到的是“文革”武斗背景中所谓“五湖四海”兵临城下时全民皆兵的怪诞，人们日常交流时以口号、语录对答的可笑。作为时潮，作者也幻想着有朝一日能见到领袖的“幸福”，“每每兴奋不已，手心冒汗”。作为亲历者，苏叶详细地记写了串联首都、接受领袖检阅的“盛况”。尽管这类文字已有很多，但苏叶作为又一个见证人为这一段历史叙事提供了具象的细节。青春是疯狂的，那是因为时代像是吃错了药癫狂发作而致。《豆蔻年华》写出了一段荒诞历史的大悖谬。《月照西窗》其背景也是“文革”，“那是1968年，冬天，我十九岁，是艺术学校的学生”。“我”因抄写歌词，误将“万寿无疆”写成“无寿无疆”而受到审查。“闯下这等塌天大祸的人，十有八九粉身碎骨。”“我大哭，大哭，大哭。”但作者没有铺展受审的故事和惊恐的细节，倒是宕开笔墨，细写心怀恐惧的“我”浸浴西窗月照的物景与心境。月光好似及时赶来救场的神祇，“她从容，柔韧，如同一个昭示。她清丽，温馨，如同一脉灵泉”，“我”“感到一种异样的似乎解脱的舒服”。苏叶十五岁入戏校学习，本应有在艺术的伊甸园中徜徉的美好，但历史的厄运将其粉碎，而可能发生的“文字狱”又使她命悬一线。这该是怎样的惊心动魄？而自然的启示，又使其得以从容地面对。这又是怎样的刻骨铭心？可以说《月照西窗》是以作者极端的生命体验而得的凄美沁人的作品。

生命写作总关情字。苏叶的散文也是这样。情因人而生，人各有异，因此情也有了不同的呈现。《星空不灭》《秋花》记述与史铁生的交往，因得精神的相通相知而真实真诚，表达的是知己之间的真情，抒写的是失去友朋后的深深痛楚。《星空词》是诗化的心灵独白，也是与友人的真挚对语，“在莹辉晶烁的眸光里，星空啊，有谁能解得我们冰清玉洁如熠熠明镜般的遥遥对视”？

解得通关密语，当得知心密钥。这里歌咏的是精神契合者的相得之情。《马得不在名利场》《晚风》《良宵》《夜深沉》《往日》一组散文叙写近三十年与艺术家马得夫妇的素交，家常式的话说中，表达晚辈对长者的道德人格、艺术思想和生活情趣的景仰。《岳丁和艾扎》写的是作者到云南认识的两个青年作者，“他们的脸晒得很黑，眼睛像密林深处的湖，像是一口恶风都不曾侵肆过的”，“‘不要让半个蚊子咬到你！’便像一粒遥远的火种向我迎来，它烫着我的心，使我感念着人间的亲爱”。寻常的相遇，亲和的交往，天真的叮咛，所生出的无暇纯情，如清泉似山花。《烟雨暗千家》的情味却是让人难耐。作者于湿寒春阴的清明时节，探访留德归国博士朱偰的故居，所见却是物是人非，人去园芜，“我恍惚如在梦中，一腔子苦辣酸甜的滋味”，文字流溢了对于历史、对于人物命运的悲怀。在记人叙情的作品中，《纸雁儿》一篇尤显情重感人。这篇作品写的是作者生命中最亲的人父亲。起句“我父亲去世，整整十个年头了”，组织起追忆缅怀的氛围。写亲情的散文很多，但此篇依然可给读者深的感动。如题目所示，作品是以一种新的物具凝聚着多重情感的，纸雁儿可比《背影》中的“背影”，是一种“有意味的生命形式”。“临终的前一年，父亲忽然多了一种兴趣——折纸。”“等到父亲去世，我收拾他的床铺，一掀褥子，我发现棕绷上有一扎一扎用细纯子捆起来的纸制工艺品！有雁儿，鸟儿，兔儿，鱼儿……折得精巧细致，形态玲珑！”父亲之所以这样，母亲作了解释：“你们只知道忙自己的事，哪里晓得一个闲人的苦恼！何况他两眼又盲了，时间是难熬的。”原来父亲折纸，不是因为兴趣，而是要寻得在孤寂中的自我排遣。这就加重了作者的自责。作品正是在忏悔自责中展开父爱的叙说的。“那年‘大跃进’，母亲被拉去修京广铁路，不能回来。父亲每天给我梳辫子，梳两条柳辫儿一样匀整秀气的拖肩辫子，引得同学们都羡慕。”“父亲眼睛失明了，可父亲一直在看着我”，晚上回家迟了，“看见父亲坐在床上急扇扇子，一脸焦躁，纺绸褂子早褪在一边，身上仍是汗流如雨”。这些融入作者生命里的细节，朴实而真切地写出父爱的温暖与厚重，感动天下儿女。

（四）文化个性与散文特质

以出道很早的资历而论，现在的苏叶只是一个低产的散文作家。作品的产量不高，但品类不少，作者能以多种笔墨写作，叙事，抒情，记游，自语，杂感等都有产出，显示出作者散文创作变化中的丰富。苏叶散文中的自语、杂感，也是我们感知作者生命真实的重要通道。在这里，我们可以看到作者心灵的质地、思想的气质。《写给自己》《我想要什么》《玫瑰》《我的短歌在滩涂》《黄昏》《铭心于剑》等作品，或以自语，或以告白等方式，袒露作者实时的内心意想和情感。这些写给自己的作品，并不是为赋新诗强作愁式的无根之作，它源于生活对作者的刺激，源于对于生命艰难的感应，源于作者对理想人格的追寻。《写给自己》开篇给出的是这样的生命状态：“如今我已是这样：心儿已变得冰凉，脚步却迈得匆忙。”但“我何必为此黯然神伤”，“我对自己说，要能像牛一样累，像马一样奔，像驴一样忍耐，像刺猬那样挣扎”，“就算人们都你背过脸去也不要泄气”。《玫瑰》中自言：“我不幸生而为人，居在方寸中。我的脚有镣，眼有翳。我的心有痂疤。”但依然“我用手刨开我可以触及的土地，种下一棵棵美丽的玫瑰。我并不期望得到什么，只想多靠近一些自然的芳菲。我无悔：哪怕这些真情的玫瑰被踩踏后，所有的刺都扎到我的心中！”《黄昏》中的“黄昏是缠绵的”，作者“被温柔宁静拨动”，感想“并非每一种情绪都是中药店的抽屉，都有清楚的位置和名目。往往，无端由来的那种甜软或感伤，才是另一个更真实的自我”。而《铭心于剑》俨然就是勇士的独白和宣言了：“喜欢远古的《铸剑》神话。……那么，便铭心于剑，铭心于剑吧，我断发跣足而往，我负鞘衔枚而行，不亦快哉！”这些多样而能统一的文字，凸显出来的是棱角分明、质地坚韧的主体精神形象。这是苏叶自语的价值。

苏叶敏于心，感于物，或为自语独白，或为就物论议，缘事说理。《一棵楝树》作者感于寄人篱下生活的尴尬，提炼出“人得有自己的园子。立家如此，而在精神上有自己的房宅尤其重要”的人生哲理。《木鸡腿记》由一个童话，展开对一段生活故事的回忆，从人生的经验中，知道“把苦也当成甜的培养剂，把难也认作美的必修课”，“拿一根木鸡腿津津有味地吮得像真鸡腿一样认真”的必要。这些都来自生活的启示，读来不无可以咀嚼的滋味。苏叶并不是一个躲进小楼成一统，不管现实时事的作家，相反，正如她自己所说，是一个正视社会的人。《去老舍茶馆》《秦淮何处媚香楼》《乱棋如疯》《伤雁》等文字就颇有杂感的意味了。慕名前去老舍茶馆，没想到只是借名人之名而另有经营，作者生议：“只要这里没流淌着普通人的喜怒哀乐，不管它是不是使的大碗，我都觉得老舍的魂灵绝不会光临此地！”《乱棋如疯》论说的是书籍报刊的粗制滥造、谬误百出，例子鲜活典型，但搞笑的事情背后，是文化的乱象，也是一些人精神的错乱。这是一篇地道的杂文。

阅读苏叶的散文，我心想着作者的文化性格。苏叶说过，自己生于楚地，而一生受吴文化影响深重。郭枫也说苏叶是吴楚文化催生的[①]。我想他们所说当是事实。但在我看来，吴文化给予苏叶的只是艺术审美、生活趣味等方面的影响，在其散文写作中体现为《月照西窗》《山村》那样清丽柔美、婉约朗润的风致。而其血管中流淌着的终究是楚湘文化的血液。“算算我在南京已生活了五十多年，但是，湘江、汨罗、巫水、沅江，才是我的出生地，那是屈原纵身的水域。”[②]我们从苏叶更多的散文，特别是她的自语、杂感中，能够读出更多的坚韧、刚劲、开新等楚湘文化的基因。因此，苏叶的散文从整体而言是偏刚的。但是这种男性的刚，是苏叶

---

① 郭枫先生在《星空不灭·苏叶简介》中有语：苏叶“深得楚风熏陶，历经吴雨化育”。台湾新地文化艺术有限公司2012年版。

② 苏叶：《星空不灭——苏叶散文精选集·后记》，花城出版社2012年版。

用浸润了吴文化滋汁的笔墨加以表达的，这些笔墨又多了一些柔的成分。苏叶说："散文是需要真性情来结晶的。当然散文还是思想，是学问，是器识，是气度，是禀赋，是修养……可是在这之上如果没有独到的感悟体味，那文章也是死的。"[①]作为一种生命写作，苏叶散文特别注重生命主体——"一个非常矛盾的艺术人"[②]，对于对象世界"独到的感悟体味"，并以一种充满张力的美的语言加以表达。我想这些就是"异类"苏叶和苏叶能在星空不灭的散文天地发出光亮的原因吧。

① 苏叶：《星空不灭——苏叶散文精选集·序二》，花城出版社2012年版。
② 郭枫：《星空不灭·苏叶简介》。

五、周晓枫：穿行于感觉与冥想的曲径

走进周晓枫的散文天地，仿佛穿行于一条铺满了感觉与冥想的曲径。这些感觉和冥想是属于周晓枫自己的，以其个体生命为本底，又以个人的方式呈示；从在体自我出发，又回到仪态万方的生命世界。由此成就了一个独特的可以被指称为散文家的周晓枫。

（一）宣言："背叛""范本"

从整体地看来，周晓枫的散文超逸了我们以往普遍的关于散文的阅读经验，以至于我们这些所谓研究散文的人，很难用现成的散文批评话语，按部就班地对其作指指点点的是是非非。或者说，面对这样的散文我们简直就是失语。但这对习惯于模式的散文存在，倒是一种令人欣喜的改写。散文是什么？我们有时形成了若干"共识"，但更多的时候只是莫衷一是。在我看来，散文本来就应该是莫衷一是，无需定义的，也是无法定义的。所谓的定义只被风干在教科书中，或被悬挂在文学词典的字条里，与散文本身没有关联。散文应该呈现作为主体的个体生命的真实面孔，各具姿式，气韵生动。散文有着生命的经络，它是一种关于生命的有意味的呼吸，以说话的方式表达对生命在体、生命体之间或基于生命本我的种种观察、感悟、念想、思考等。所谓说话，可以是激扬文字式的公共讲演，或是自言自语的私语，也有与人喝茶聊天一样的任性闲话，等等。要之，散文是具有生命体征的、涵蕴或洋溢着生命个性的活着的文字。我读散文的周晓枫，其实感知的正是作为"这一个"独特生命的周晓枫，一个在散文模式中长大但又自立于模式之外的散文家。

我们曾说过，1990年代以来的时段，仿佛是一个散文的时代。散文的确也是众声喧哗，有琳琅满目的景象。但繁荣终究笼罩着虚拟的浮华。散文之流试图变更航道，可结果无法整体地跃出既定的

河床。此间声势浩大的文化大散文的路数，便是一个典型样本。文化大散文以对一个散文模式化时代的终结而生成其文学史意义，但此后它以自身的被模式化而走向了式微。文化大散文的没落，表征了“纸上”的文学的某种宿命。作为一个鲜活的生命主体，周晓枫对散文的模式化一开始就保持着警惕，她仿佛是作为站在散文常态之外的一个“非常者”而存在的，叛逆成为她的一种责任和使命。由“背叛”而生独特，是周晓枫最为基本的散文理念，并且在她这里凝结成一种执着的力量。周晓枫以为，“好散文”就在于对经典、对“范本”的“背叛”。[①]所谓“背叛”是破除迷信后对“他者”的“范本”的放弃，从而皈依独特的本我。周晓枫对文字里所具有的“一种心照不宣的投靠，一种取悦集体的趣味调整”很不以为然，她倾心的是“波特罗体现出极端的风格化”。“极端的风格化，我的出发曾经以此为目标。”[②]在周晓枫看来，“强调个人发现、个人见地，在作品中提供一种独特的角度、一种被人忽略的经验，一种新的文字处理技术，可能更为宝贵”。“考量作家，应加强对其独创性的重视”。[③]而周晓枫自己就将基于充分个人性的独创性，作为散文写作的一种自觉。“作为一个生活里的守法者，我愿在写作领域中小小地违章。”[④]

但是散文写作的独创性并不能仅由口头的“宣言”所能抵达，标语口号能够造势，却无法将想象中的设计转化成一种可触可摸的美丽现实。因此散文真实召唤力的实现，更需要散文家的行动。在我看来，散文是一种最为贴身、离人的心灵最近的一种文体。如果

---

① 周晓枫：《你的身体是个仙境·芭蕾足尖上的写作》，二十一世纪出版社2005年版，第271页。

② 周晓枫：《你的身体是个仙境·来自美术的暗示》，二十一世纪出版社2005年版，第262页。

③ 周晓枫：《你的身体是个仙境·芭蕾足尖上的写作》，二十一世纪出版社2005年版，第271页。

④ 周晓枫：《你的身体是个仙境·芭蕾足尖上的写作》，二十一世纪出版社2005年版，第277页。

散文写作能贴着作者，作为独特的生命主体的身与心，那么其独创性的获得就有了种种的可能。这实在只是一种写作的常识，但我们往往把它搁置。文化大散文最后成为“纸上的文字”，与“身体”无关；而通常的散文悬浮于“身体”之上，与真实的生命存在隔膜，只是一种复制的“身体”或者是虚拟的“身体”。散文是关乎“身体”的文字，我们需要回到“身体”建构散文写作的价值伦理。在这一点上，我与谢有顺不谋而合。有顺洞察到了“泛滥的”散文时代散文的症结所在：“写作者普遍戴着文化的面具，关心的多是宏阔、伟大、远方的事物，而身边那些具体、细小、卑微、密实的事物呢，不仅进入不了作家的视野，甚至很少有人会对它们感兴趣。”这是散文变得无趣寡味的重要原因。因此他倡导散文“向下的写作”，“所谓向下的写作，就是一种重新解放作家的感知系统的写作，或者说，是一种将感官的知觉放大的写作”，“使作家再次学会看，学会听，学会闻，学会嗅，学会感受”，只有这样散文才能具有立定生命维度的“本心”。[①]正是在这样的情势中，周晓枫及其散文显示了我们所期待中的特别意义。周晓枫的散文向读者展开了丰富的身体感觉中的世界。这种感觉来自于个人的体验、记忆，是开放身体感官所获得的关于自我、类群以及其他生命景象的观察、感受和想象的心灵烙印。

（二）回到身体的现场

周晓枫的文字，让读者通过她的感觉还原，回到身体和生命活动的现场。其于散文的取事，没有历史文化的面具，没有直接的现实社会面影，更多的是疏离宏大叙事的关于生命体的具体而微的话说。女性经验、童年记忆和动物臆想，成为周晓枫散文写作的基本义项。我们从她散文的标目，大约可以感受到其创作的若干特质，《桃花烧》《后窗》《即兴的秋天》《幼儿园》《它们》《种

---

① 谢有顺：《重申散文的写作伦理》，载《文学评论》2007年第1期。

粒》等等，暗示或告知读者作品的用料、取向和其中可能具有的滋味。周晓枫散文中，《你的身体是个仙境》这样的题目，应该是最能作为作家写作独特性符号而被我们关注的。这个题目取自于格莱美最佳男歌手的同名歌曲*Your body is a wonder land*，而在周晓枫这里是别有意味的，它部分地表示着作者对于写作对象的选择（“身体”）以及对于“感觉”（“仙境”）的在场。周晓枫期许的写作状态是一种身心浸润于感觉中的状态，这时感觉的各路通道被洞开着，写作也就跟着作者的感觉而行进。这样的写作，以常规视之或许有些无序，但身体或生命的真实却在其间被凸现出来了，由此作品也就多了一种立体化的质感。《你的身体是个仙境》由看望剖腹产的女友所生的“古怪的错觉”导入，接续自己少时畸胎瘤手术的回忆，并由此展开关联着女性生理、心理和两性遭际种种碎片的叙写。少女在爱恋中想象着的幸福、“尚未发育”的“小公鸡”对女同学的恶作剧、女伴的同性恋倾向、躲在蚊帐翻字典查找有关词汇、鬼鬼祟祟“参观”异性厕所等等由身体感觉所制作的特写镜头，在作品中跳跃地放映，其中很多记录的是个人的原初经验，复杂而微妙：十三岁时“宣布”这辈子决不结婚，但对小说里描写的动人爱情“向往的”；躲避身体，思想着“怎么才能爱一个人而能绕行肉体”，而感觉着“他的吻，让我像被唱针轻轻触及……身体在歌唱里”的美好。这些就是作者所感知到的“仙境”，所谓身体的“仙境”实际就是生命本真琳琅满目的存在。这些感知应该是人的生命历程中经验过的，但是常常为我们的散文家所忽略或被遮蔽。因而仅从经验提取这一角度言之，作品就给出了独特的生命风景。周晓枫散文对于身体感觉的执着，显示着她所置备的散文文体和其身份之间的某种自适。周晓枫说过：“我觉得女性的直觉、对疼痛的敏感、甚至戏剧化倾向，如果能够良好地运用，会使文字呈现别样品质。”[①]我以为周晓枫散文中最具有个人存在价值的，正来自于她作为女性发达的直觉或感觉。

感觉之于周晓枫的散文写作，并不存在价值上的判断。作为一种取向，她追求的是感觉的真实。在其散文文本中，作者需要传达出自己全息的心理影像。由“全息”建构一个“全真”的感觉世界，这是周晓枫散文的特长。在过往的散文中，不是缺少女性经验的叙事，而是由于受制于女性完美主义的原则，将女性身体内存中不“完美”的部分加以过滤。这样看起来是美的，但实际上却失真了。周晓枫则忠实感觉本身，她从片面的“完美主义”转向了贴近生命的元真主义。周晓枫以为：“写作，表现的不过是真善美以及它们的倒影。我以前特别受到‘美’的限制，对不美的东西缺乏表达热情，其实也就是缺乏展现的能力和勇气。”“‘真’包含着真善美和它们的对立面，应该是最受到重视的一个字。”[②]基于这样的认知，周晓枫对包括自身在内的女性作“祛美”的书写。她说：“作为一名女性写作者，我希望自己能够写出女性真实的成长、疲倦、爱和疼感。我知道有些读者保留着美化女性的期待，概念中的、史诗中的、长得像天使的抽象而完美的女性把我们彻底战胜。可破坏使人生动。强迫自己直视镜子，面对痣、刀口和羞于启齿的欲望……我希望自己，有胆量以耻为荣。”[③]其实作者在文本中呈示所谓“耻”的一面，正体现了她具有直面存在的真诚。在《铅笔》一篇的开头，就有一段作者镜子中的自画像。“镜子让我怨恨。灰暗的肤色，塌鼻梁，排列零乱的牙，伤疤。镜中人沮丧，再可爱的表情也难拯救这样的五官。我看到越来越多的痣，摆开脸上的北斗七星。”“胯骨过宽，臀部近于梯形。小腹前凸，弧线明

① 周晓枫：《你的身体是个仙境·芭蕾足尖上的写作》，二十一世纪出版社2005年版，第279页。

② 周晓枫：《你的身体是个仙境·芭蕾足尖上的写作》，二十一世纪出版社2005年版，第272页。

③ 周晓枫：《你的身体是个仙境·来自美术的暗示》，二十一世纪出版社2005年版，第268—269页。

显。腿不直，膝盖骨突出……我总是在镜子里发现自己一脸蠢相、一身拱动中的肥。”在很多美女作家或自认为是美女作家那里，我们大约是看不到这种虽然真实，却有点自残的文字的。但正是在这里，显示出周晓枫尊重真实的能力和勇气。除了将自我的不“美”加以直白的叙写外，周晓枫也不避不“雅”、不“洁”之事入文。在《你的身体是个仙境》中，作者写到一个没有“优雅的虚弱”的少女病人：“每天两次大便，淤积的食物使她肠胃繁忙，我们经常听到她放屁。如果尿壶拿得不够及时，她会失控地尿到床上。”在女性散文中作这样的记实有些不堪，但它从另一个维度还原了生活的实景。生活中不仅有光亮的一面，也有粗糙的毛边。这些共同造就了生活的质感。而这样的质感在其他作家那里由于过多地顾及“完美”，被人为地流失了。周晓枫散文的女性书写，既没有主题先行地讴歌女性人性的美好，也无意于哗众取宠地对女性的杂色负面作展览。她只是通过自己贴近对象的感知，表现出女性身体的真实和生命的状态。

（三）另一个生命世界的冥想

周晓枫不是一个人类中心主义者，她试图通过冥想式的文字，建立起与另一个生命世界的交流关系。正如冯牧文学奖授奖评语所说：周晓枫的散文“将沉静、深微的生命体验溶于广博的知识背景，在自然、文化和人生之间，发现复杂的、常常是富于智慧的意义联系”。在看来相隔的人类与生物两界，以独特的感悟与智慧的想象，链接成具有意义关联的路网。这是周晓枫散文价值生成的又一支点。周晓枫的散文创作，以生物作为叙写对象的占了很大的比重，其中动物散文尤多，主要篇目有《它们》《鸟群》《翅膀》《斑纹》《海平线》《种粒》等，写到的动物有孔雀、苍鹰、大象、熊猫、斑马、鲸鱼、乌龟、鸽子、燕子、飞蛾、鹦鹉、蛇类等。阅读这些文字，我们仿佛置身于意趣多样令人遐想的动物世界。周晓枫热衷于动物的书写，一方面是因为她具有起自于童年保持到成年的动物园情结，另一方面也与作家丰富的物我通感的独特心理相关。周晓枫说过：“在动物身上有特别感动我的东西，它们的神秘、优美，它们不与我们交流的疼痛，容易引起我的猜测和灵感。”[①]基于个人“灵感”的种种超验“猜测”，周晓枫描绘着由动物作为主角人类作为背景的意象世界。

周晓枫做过8年儿童文学编辑。职业养成和天性所赋，是她秉持着与儿童息息相关的心理和思维取向。面对动物世界的书写，儿童情怀特别重要。儿童是另一种小动物，他们与它们之间具有一种近乎本能的静默的交流关系。人之初，性本善。儿童式的天真无邪，烂漫想象，开启人类走进动物世界的通道。儿童对动物大约有一种天然的悲悯和亲和的情感，不似功利优先的成人对于动物世界的麻木不仁。在周晓枫的动物散文中，我们读到了一个成人作家难能可贵的真实的儿童品格。这种品格造就着作家对另一种生命葆有持久的好奇性，并且有可能使其以伙伴的态度建构生命与生命之间的通联。“已是多年的习惯，我至今常去动物园，带上水果、面包之类，这让我有种错觉——仿若探视病床上的家人，我去看望铁栅后的它们。”（《它们》）其实这并不是“错觉”，作者对于异类的感同身受，已不是一般仿真的情愫所可抵达。在作者眼里，“城市中的动物原本就形同犯人，是被关押的对象”，动物园是人类建立的“动物集中营”。在人类的关押中，动物们蜕化着天性：“熊本是相当凶猛的动物，现在它们作揖、鞠躬、旋转笨重的身体，为了赢得游人两个手指捏住的一点点面包。去动物园这么多年，我几乎没听过虎啸，我想即使有，也近于呻吟。”（《它们》）这段文字的语调、语势和语词，显示着作者强烈的情感取向，在人与动物关系的处理中，作者同情着动物，同时，对人类自身有着清醒的反思。动物的悲剧常常由人类所制造。燕窝是其中极端的一例。

---

① 周晓枫：《你的身体是个仙境·芭蕾足尖上的写作》，二十一世纪出版社2005年版，第274页。

燕窝由苔藓、海藻与和着燕子的唾液生成，“极高的经济价值给燕子带来了巨大的灾难”，“采摘者当然不会放弃这血凝的建筑，无人顾及那些摔死在岩底的无辜小燕和悲愤、劳累而至死的老燕。调补身体的人从来不去想，一个燕窝意味着发生在燕子全家的惨案”（《鸟群》）。这里作者成为“无言”的动物的代言人，或是动物原告的代理人，控诉被告的惟利是图，戕害生灵。

我不知道周晓枫是否是一个自觉的生态主义者，但是我们从她的文字中，可以感受到生态主义的价值旨归。作者对人类反动物的行径颇有微词，以为“那所有盛纳着生命的，都是人类血缘意义上的亲人”（《它们》）；同时她从自我的受惠中，表达着对动物的感恩：“秋日的阳光淡淡照耀着，树叶缓缓逝下来。我穿着一件熨帖的羊毛衫，坐在动物园的长椅上冥想着。我不知道动物是怎样看待我这个披着羊皮的人，但我知道，我此刻的温暖是动物给予的，是它们脱下了唯一的衣裳，披在了我的肩上。”（《它们》）读着这样的文字，一切感知系统还算健全的人，是不能不为之感动而动容的。人类和动物都是生命的存在，只不过是分属于不同的生命圈。学会对动物的感恩，这里体现出的正是人类应有的良知。

我们说周晓枫的动物散文具有真实的儿童品格，当然这并不意指其中只有天真着的幼稚。周晓枫大约也是一个智慧之人，在对动物世界作多样复调式的叙写中，不忘以其冥想中的睿智，挖掘具有内在关联的意义空间。作者极其善于从具象的动物生存图式中抽象出形而上的哲学：“当狼吃掉羔羊，它揭示了善恶的两种走向：善是以牺牲自己的方式来成就善的，恶是以壮大自己的方式来成就恶的。”（《它们》）由此可以推导一个似乎具有宿命意味的结论，这多少有些令人沮丧，但有时也呈现为一种真实的存在。周晓枫在观照、体验另在的生命景象，并冥想其中可能具有的玄妙时，她把人类设置为一种用以参照比对的背景。而这样的结构自然把蕴涵的意义加以拓展并有效地深化了。《鸟群》似乎是一幅群鸟的写意，其中对鸽子的描述大有深意。作者从“鸽子既可以自由飞行，又可以随时回到主人的笼内，享用唾手可得的口粮”的“两栖生活”，揭示一种更具普泛性的“生存策略”：“我们可以发现鸽子的秘密，就在于它找到了一个巧妙的支点，得到双份的好处。从广泛的经验中，我们日益提炼出世俗生活的秘方：降低精神生活的高度，可以弥补物质生活的匮乏；减少灵魂的成色，可以丰富肉体的娱乐”。这一“秘方”具有某种悲剧的况味。在生存的世界里，除了如投机色彩浓郁的鸽子之类能获得双重身份外，灵与肉竟是无法两全其美。对动物世界进行具有社会意义的观察联想，在其他作家作品那里也是可以习见的。周晓枫的意义在于，由贴近动物生灵所获得的个人化的深度感受出发，寻找生命体的意义关联。在充分的冥想中，倾听来自另一个生命世界的回响。

六、彭程散文："唤回对生活的感受"

散文，是一种"非标"文体。其"散"恰好显示了这一文体"非标"的特性。"散"不仅意指写作客体的海阔天空，文本形态的舒卷自如，更表示主体精神存在的丰赡从容。与小说、诗歌、戏剧等文体相比，散文是最缺少形式规范、也无需更多形式规范的"非技术"文体。尽管从类的总体看，散文是一种自由的文体，所写无限；但从个体写作看，散文是一种关于生命存在感知感受感悟的书写。它所具有的某种主体自我书写或基于自我而书写的文体规定性，表征了主体的经验质地和精神品质，对于散文有着最为基本的生成意义。对此，散文家彭程是体悟而认同的："散文是心声的真切诉说，是个性的坦诚袒露，这是其最为本质的属性。因此，相对于虚构性的写作更多借助于迂曲、暗示等手段，散文表达的直接性更为突出，最需要的是忠实于自己的内心，忠实于生活的本来面貌，不作伪，不夸饰。"①如果说散文姓"散"，那么"真"就是它的名，"我"则是其字了。"有我"的真实和真诚，是散文写作的前提，我们是衡评散文质量的基本尺度。从某种意义上说，"文如其人"，只有在散文这里才有可能成立。正像彭程自己也说："散文是一种最难遮掩自己的文体，作者本人的性格、气质、趣味、修养等等，总是会在文字间袒露。"②而彭程的散文最是具体而微地呈现着作者自己的心灵世界和生活种种。我读彭程散文，咀嚼着作者因着生活、生命深切感受的言说以及陈酿其中的意味、情愫、趣味等的滋味，掩卷凝想，他的真实的精神形象就真实地走了过来。

① 彭程：《忠实于自己的感受和思考》，载《文艺报》2015年6月12日。

② 彭程：《怀特文章山高水长》，《博览群书》2007年第10期。

（一）“感受”之于散文

有一种关于文体写作与年龄的统计，说是中外散文作家创作成熟的平均年龄是42岁，而诗歌是20岁，小说为30岁。这一统计未经核查验证，但其中的微言大义是可以领会的。散文家孙犁说过，散文是老年人的文体，老年宜散文。这里，其内在意含是关联的。散文总体的非虚构性和写作主体自我更为直接的对象化，都需要作者具有更丰沛的生命体验、更丰赡的精神积累。少年不识愁滋味，却可以写出可读的诗歌，可以想象虚构出引人入胜的小说故事。但散文的文体规定性决定着它无法凌空蹈虚，不可无感而“作”文。它需要作者积累生活，陈酿情感，升华思想，以至达成起于不可不起、止于不可不止的理想而自然而为的写作情势。彭程在《写作的难度》中，引用里尔克《马尔特手记》中的话：“一个人应该耐心等待，应该在整个的一生中积累各种感受和欢愉，而且如果生命够长的话，那么，在生命最后的岁月里，他也许能写出十行好诗来。”[①]我想里尔克的这一表述用于散文的写作更为合适。彭程的散文，并不指其全部作品，而是其中关联着一个中年作者对生活、生命，对生命关系感受的书写，是最具价值的。这些作品是一个身处生命中途的作者写给中年读者的，它激活了读者对生活的感受，唤起我们对生命的感知，谛听来自心灵深处的回响。

俄国形式主义文论家什克洛夫斯基在《作为手法的艺术》中曾说过：“那种被称为艺术的东西的存在，正是为了唤回人对生活的感受，使人感受到事物，使石头更成其为石头。”[②]这一朴实的表述中具有丰富而重要的艺术内涵。首先，什克洛夫斯基意指艺术在生活之中，不在生活之外；艺术的价值在于“唤回人对生活的感受”。另外，艺术应该真实地反映生活，“使石头成其为

---

① 彭程：《写作的难度》，《羊城晚报》2007年12月14日。

② 什克洛夫斯基：《俄国形式主义文论选》，生活·读书·新知三联书店1989年版，第6页。

石头”；但这种真实不是简单地复制，而是“使石头更成其为石头”。“更”字特别重要，它表示“艺术的石头”，应当更好地反映“生活的石头”的本质，艺术个体之中能见有生活类的本质。就散文写作而言，“唤回人对生活的感受”尤为重要。“感受”是作者写作行为发生的动力，有感而发是散文写作的基本前提；而散文文体的纪实性，要求作品所写更具真情实感，并且基于真实感受的人事物景以及所读所见所思等，构成文本的基本内容。余光中说过，诗是月亮，散文是地球；诗是情人，散文是妻子。从中我们可以感受到散文的一些特质。但同时，散文写作中的感受，不应当是一地鸡毛式的，大量快餐式的散文，不能是这种浮泛之感的随记。它应有生活的质感、生命的温度、情思的分量，需要系于普适的人性，反映时代社会的特质等等。感受起始于感知，它更多地属于人的生理性；经心而能内化，获得深切而独特的感受。由己达类，见微知广，最后而能获得精神的升华，则为感悟。许多人误读散文的“自由”。正如彭程所指出的：“当前的散文写作中，存在着太多的对自由的滥用。或者说，因为尺度的相对宽松，有些人甚至不再认可尺度的存在。”在彭程看来，质量远比自由来得重要。“自由固然自由，但它与作品的质量又是一种什么样的关系呢？”[1]无疑，散文的质量根基立于作者感受感悟生活生命的深广程度。“相对于广袤无垠的生活，每个人了解到的总是有限的。哪怕他的题材再丰富，也只具有相对的意义。因此要瞄准自己感受最充分、认识最深入的内容，要避免浮泛，面面俱到、什么都写的结果，往往只是浮光掠影浅尝辄止。这并非是自我设限，因为只有如此才能将一个人的能量聚集，才有望抵达深刻和独特。史铁生执着于对命运的诘问，是因为他的遭际让他的情感和心智只能对这个话题充分敞开，从而在无穷尽的诘问探询中抵达了一个特殊的高度。”（彭

① 彭程：《散文：在自由的背后》，载《文学界》2007年第7期。

程：《忠实于自己的感受和思考》）[1]，值得我们关注的是彭程不止一次地以史铁生的《我与地坛》例说散文写作之理。在谈到面对散文自由的诱惑作者应当选择什么时，彭程给出的答案是："它们是史铁生有关残疾与命运的诘问，是张承志对于民间信仰的深挚守护，是苇岸倾心思索人性与土地的对应关系，是刘亮程细心聆听新疆腹地里树叶般大小的一个村庄的心跳和梦呓。"[2]这里与史铁生一起被列举的还有张承志、苇岸、刘亮程等多人，作者要表达核心的意思是凝练而明确的，即有为的散文作者应该凝神于生命某种独特的兴奋点上，"耐心"长久地积累对于生活生命的深度感受。只有这样，才能像史铁生那样，"他从个体的残疾，憬悟到一切人类其实都在限制之中生活，残疾是生活的本质，从而获得一种超越"（《阅读的季节》），写出超拔寻常的厚重之作。

（二）中年感受的体验与书写

回到彭程散文创作这里，我们可以发现他确实是忠实于自己的感受和思考而书写的。作者的写作兴奋点落实在自己最具个体生命体验的那一部分，尤其是关联中年人生的种种体验。中年人生的写作并不是一个新的话题，现代散文作家俞平伯、梁实秋等都有专题叙说中年的散文。关于中年人生的感受不外乎青春易逝、风华不再，生活忙碌、负重难耐等等，似乎已经没有新的写作价值。但静读彭程《急管繁弦》《破碎》等散文并且在心体味，就会觉得彭程所说"这种中年人生的滋味，当落到每个具体的人头上时，也具有一种全新的性质，一种发现的意味"（《急管繁弦》）这话的真切信实。这里的关键是要"落到具体的人头上"，即是在中年人生的通感中获得作为具体的生命个体独特的感受体悟。这种感受体悟不外在于生活生命而就存在于其中，就看你能否有自己新的感受，新

① 彭程：《忠实于自己的感受和思考》，载《文艺报》2015年6月12日。

② 彭程：《散文：在自由的背后》，载《文学界》2007年第7期。

的发现。“急管繁弦”是彭程一部散文集的题名，也是其中一篇作品的题目。宋代晏殊有《蝶恋花》词，词中有“绣幕卷波香引穗，急管繁弦，共爱人间瑞”。这里的“急管繁弦”用以形容各种乐器同时演奏的热闹情景。以“急管繁弦”绘画中年心理感受的情状，则是彭程的首创。“生命行进到中途，感觉骤然间提速了。好像一首曲子，由轻拢慢拨，转入急管繁弦。”（《急管繁弦》）这种感觉仔细想来，正是中年所特有的。年少时感觉山花烂漫，暮年时秋风萧瑟。“一种感受的降临，一种觉悟的到来，和植物的开花结果一样，是有着自己特定的时间的。”（《急管繁弦》）时间是生命存在的基本形式，感受时间就是感受生命。中年是时间的另一种表达方式，也是一段耐人寻味的生命段落。而时间或是年龄最能触发人感受的神经。“通常情况下，是渐渐增长的年龄，架设了一架通往感悟之域的桥梁。”“岁月也是最可靠的感悟孵化器。”“时间就如同冲洗照片时所使用的感光剂，使得生命中原本幽暗隐晦的某些东西，渐渐显现，变得可以辨识和分析。”（《急管繁弦》）

“中年”这一“感光剂”，激活并彰显了彭程“有着自己特定的时间的”独特感受感悟：“我听到了重重的岁月脚步声，挟带着匆忙和慌乱，正从四面八方围拢过来，造成一片回声和共鸣。不去理会都不行，都不可能了。”（《急管繁弦》）这里所说的“重重”“匆忙”“慌乱”等，都具有中年所特有的内容，作者将其呈现出来，让我们一起回味。除了“急管繁弦”以外，彭程还给出了“破碎”这一种颇具中年特征的感受。“随着年龄一同增加的，除了皱纹、白发和日渐冗赘的肚皮，就主观体验来说，颇为强烈的，便是一种破碎之感了。”而“破碎”导源于我们生活本身。“生活内容的繁化，通常意味着有限时间被切割得更细密，碎片化更严重。”（《破碎》）“生活内容的繁化”正是我们这一时代中年生活的基本特征，而“繁化”之中有一些内容则走向人生意义的相反方向，“破碎”正是这种结果。而“破碎”并发的则是中年“悖论式的生存”。这“正是中年人生诸种况味中最浓郁的一道，哀乐交并错杂如同光和影的韵律”（《破碎》）。我们也当中年，或也曾经中年过，对彭程的感知感受并不陌生，相反是曾相识熟悉的，只不过不若彭程的感受强烈、深切。正因为这样，我们读彭程的这些作品有一种感同身受的感觉。无疑，能带给读者感同身受感觉的作品，就达成了什克洛夫斯基所说的“唤回人对生活的感受”价值了。这是散文十分重要的一种功能。

如果说《急管繁弦》《破碎》等作品，作者以经心的个体生命体味到的中年之感，写出了特定的生命节点普适的心理感念和心理图式，那么《父母老去》《招手》等散文，则是彭程基于个人亲验展示了与中年关联的生命关系和真挚亲情；如果说前者是对中年生命感受感悟的写意，那么，后者就是一种白描和特写了。上有老，下有小，是对中年生命关系的概括。“向更远一些的地方张望，他们的今天也就是我们的明天。”（《父母老去》）父母的今天是我们的明天，这样对于父母的关注在中年的心理天平上自然会增加分量。彭程这是这样，他的散文有多篇与父母有关。除《父母老去》《招手》外，还有《父母的房间》《母亲的阳台》等篇。彭程之所以这样，除了作为中年的他所具有的阶段性特征外，也与他的价值取向有关。感觉不仅是生理的，更是社会的，主体的价值设定对感觉感受的指向和力度都会产生直接的影响。彭程重视与父母的生命关系，在意双亲与自己相互关联的心理反应，是因为他更多浸染了中国传统文化百善孝为先的思想。先是与弟弟妹妹凑钱在京郊购置住房，使远在外地的父母迁居北京。再后来又将父母的住处迁到自己同一小区，“和年逾古稀的父母作了邻居”。物理距离的缩短，强化自己与父母的生命关系。父母老去是不可抗拒的自然规律。寻常并不留意的景象，偶然中的发现使自己心有悸动，嵌入自己的意域而挥之不去。晚上看电视，坐在沙发另一端的父亲，嘴巴“瘪了下去，半张着，头一点一点的在打瞌睡”，这种“老年人的衰弱的神态”，“从来不曾和自己的亲人联系起来”。“那是第一次，有一种刺痛般的感觉”。由此开始“审视”日渐老去的父母。“注视着，端详着，在时光无声的脚步中，父母越来越老了。”“他们给予了我们生命，抚养我们长大，看着我们成家立业，同时，他们一步步走远，终有一天会彻底地离去”，“作为儿女，我们尽到了自己的一份责任，在他们老迈衰弱时，我们曾经照料呵护过”。（《父母老去》）作者的叙写深沉而忧伤，真挚而满情，直抵读者的心底。

在这一类书写中，《招手》更具感染力，是亲情书写中难得的好作品。“招手”如同朱自清的“背影”一样，深深地烙进了读者的视界意域之中。《招手》所写之事细小而简单：“虽然不是每天都过去，但每天却能和他们相见，用的是当初谁也没有想到的一种方式：招手。”“招手”是住在同一小区的父母与儿子打招呼的方式，是再寻常不过的生活镜头。“他们和我，父母和儿子，每天清晨，一方在院子里，一方在房间里，隔着几十米的距离，相互招手。这个动作，成了每天的固定的节目。不记得第一次是怎样发生的，但自从有了第一次，以后就每天如此，成了习惯。”本来只是习惯而已，作者也并没有体会个中深意。“有一天早晨，我忽然萌生出一个孩童般的类似捉迷藏的念头：在他们半个小时的散步时间里，在他们每次走到面对这边的位置时，在他们一如既往地抬头望着，一共五六次，但我没有像以往那样，伸出手去招呼他们。最后两次，他们还停下脚，望着这儿，议论着什么。我知道他们在说怎么没见到儿子。他们向东边走，要回自己住的单元门里去了，在二三十米长的路上，他们还停下脚步，身体扭转过来，仰头朝这边望。”这里的记写不着彩色，只是本真记事而已。朴素的文字是由细节白描和身影特写连缀而成的。在作者一边是类似捉迷藏的游戏，而在父母一边则是本能的执着：“抬头望着，一共五六次”“停下脚，望着这儿，议论着什么”“停下脚步，身体扭转过来，仰头朝这边望”。这样落细落小落实的静默叙事为《招手》表现张力的极值达成，作了切实的铺垫。“过不几分钟，电话响了，是母亲的声音，应该是回到房间就直接拨打的。问今天怎么没看见我，没有听说要出差呵，是不是生病了，不舒服？”作者捉迷藏的结果始料未及，但他由此也读懂并且深悟了与父母招手的意义：“这样，招手对我便有了一种仪式般的意味。”彭程曾说：“文学有关情感的起伏、心绪的变化、内心的疼痛，那是一种基本、普遍和永恒的东西。文学使生命充实和饱满，那是在渐趋丰盛的物质之外的另外一种让人富足的方式。”[①]“招手”之中蕴含的怎样“一种基本、普遍和永恒的东西”，我想那是一种维系人类生生不息的恒久的精神力量，是一种烛照生命时空的人性之光。《招手》只是一篇千字小文，但却是一篇极具人性表现力的美文。“招手”这样的动作融入了作者深切的生命体验，使人类亲情人性的表达获得了另一种典型性的形式。“如果想要使某种创造出来的符号（一个艺术品）激发人们的美感，它就必须以情感的形式展示出来，它就必须使自己作为一个生命活动的投影或符号呈现出来，必须使自己成为一种与生命的基本形式相类似的逻辑形式。”[②]《招手》正是这样，它所呈现的寻常而独特的符号，之所以能够激发我们的美感，是因为它完全符合苏珊·朗格所说的三个“必须”的条件，其间作为一个生命活动的投影，浓缩了生命主体的情感，呈现出一种生动具象的逻辑形式，这种形式具有生命的意味，《招手》也就成为作为“生命的形式”的艺术。《招手》是诚朴之作，似乎无关诗意诗性。其实这是一篇独具诗性的散文。诗性“它是直逼事物本质的精神力度，是笼罩着整个作品的精神内蕴和精神气质，而这种精神既是个体的又是属于整个人类的；它是流荡于万事万物和人的心灵里的一种纯美的本质，是一种最富于心灵性的表达，也是一种自由自适的心境的流露”[③]。彭程自己也说过：“诗是对于存在本质的贴近，是抵达事物核心的最近的路途。”很显然，“招手”作为一个

① 彭程：《让文学成为黏合剂》，载《中华读书周报》2007年11月4日。
② 【美】苏珊·朗格著，滕守尧等译：《艺术问题》，中国社会科学出版社1983年版，第43页。
③ 陈剑晖：《现代批评视野与诗性散文理论建构》，载《文艺争鸣》2011年第2期。

表现力极强的意象，它是对人类生命关系本质的一种抵达，是人类精神人性至美的凝聚，也是生命诗学的一个鲜明符码（LOGO）。“我认为，倘若一名散文家的作品被认为具有某种诗的特质，是一种很高的褒奖。我期待着将来的某一天会得到这样的奖赏。”[①]我想彭程所期待的褒奖，至少具有诗质的《招手》可以授予他了。

（三）走向感受的超越

阅读彭程的散文，无论是他的生活叙说、自然书写，还是书话随笔等，都是以对写作对象的主体感受为基点的，感受思维统摄了他的散文写作。这样其作品就更多了主体的生命质感，并且由此也使他的散文更为灵动、鲜活、独特。《解读节气》，如题目可见，一般意义上可归为生态写作。但这篇作品既没有自然主义地纯粹为节气而写，也没有知识类或文化类的节气博物志。作者解读的是节气（把节气也视为一种生命存在）与人类生命活动的关系。“人生的意义，就在于体验种种情感，在明与暗的交错中认识生命的本质。因此，对于大自然的观照和感受，也就是在同世界进行面对面的交谈，从中获得一种认识，一种感悟。”（《心灵对大自然的感应》）彭程解读节气立足的是个体生命对于节气的感受感应，这样的解读因为心灵感应的主体性不一样，所以作品的内容和意蕴自然也别具特质。“小雪，大雪。窗外皑皑的白色为我的思绪准备好了开端”，“一场飘飘扬扬的大雪，就是一片银屑样的记忆，幻化出童年的天空和大地”。这里显示了《解读节气》的基调，而全篇跳跃着可心的诗意。“节气无疑包含了最为原始质朴的诗意”，“当我们阅读节气时，其实已经逼近它的边缘了。这一刻，感受向世界敞开，原野的鲜腥气息注入胸中，灵感感到了微微的悸动”。“如果诗是种子，大地是温床，节气便是风和雨水，每一朵花，每一颗果实里，都藏着一个小小的季节神。”这里已并不是通常所见的散

---

① 彭程：《抵达事物核心最近的路途》，载《诗刊》2005年第11期。

文了，而是激情洋溢的歌与诗。彭程以诗美的笔墨书写节气，表达了对天人合一，自然与人类和谐相生的大美的赞美。与此同时，作者对远离大地，性灵消释的人类作了针砭：“我们获得了舒适，却丧失了诗。我们拥有了过多奢侈的东西，却远离了土地。”“没有谁肯去关注最后的雪和第一场雨。感受之水被闸断了，失去滋润的心日益干涸荒芜。”这里揭示的正是值得我们关注的时代病症。

我们之所以将彭程的一些阅读之作，视为书话散文而不是书评，是因为这一类作品其基点或支点是作者的阅读感受，内容主要不是基于逻辑的学理归纳、分析，而是感性与逻辑结合的融合式表达。这样，其阅读写作的个人性就更加凸显，文字就更靠近散文而不是评论了。这是彭程读康·巴乌斯托夫斯基《金蔷薇》所得：“掀开这本书，森林、草原、湖泊的气息扑面而来，那样新鲜、强烈和浓郁，仿佛重返童年的感受。”“寻索起来，从这本书中我得到的最大收获，是学到了一种感受事物的方式。世界的内在的丰富、生动和神秘性因为这本书而对我洞开，对感受的捕捉、分辨和吟味，成为一种自觉的、微妙的、乐趣无穷的行为。”（《〈金蔷薇〉与一个消逝了的夏天》）一段不长的文字中，有三处用到“感受”，可见感受对于作者写作的支配作用。彭程读安德烈·纪德的《人间的食粮》，情形与此大致是一样的：“这本书，阅读的快感最先来自于它的文字。……它仿佛一树灼灼闪光欲迷人眼的繁花，催开它们的是作者丰沛强烈的感受。通过自始至终极尽精微细致地描绘种种感受，而达到官能享受。”“这是一部使人惊愕的感受的交响乐……感官彻底敞开，视觉，听觉，嗅觉，触觉，都发动起来，达到其功能的巅峰状态，去亲近、触摸、抚弄所能遇到的一切声音、色彩、形体、质地，总之，一切可以感受到的事物。”（《感性的无限敞开》）这就是彭程书话散文的一般面目。它不是逻辑分析，而是通过独特的阅读感受的描绘将所读的特质呈现出来，让我们参与作者的感受，品味作品的意蕴。

好的散文，正如什克洛夫斯基所说能“唤回人对生活的感受”，并且能够使读者从中获得对生活更本质的认知和感悟。因此，从某种意义上说，主体感受的品质决定了作品的品质。而主体感受的品质则主要体现为主体对对象世界感受的可能性及其感受的能力。感受尽管是主体的，但它具有物质性。并不是每一个人都敏感于世界，都会“感时花溅泪，恨别鸟惊心”。而彭程具有敏感的心理基础，“我自觉属于那种敏感内倾型的，遇事难以释然”。“灵魂深处常常充斥着纠结、冲撞、起伏，本来微不足道的小事，却可以烦恼上好几天。振奋、喜悦也和消沉、沮丧一样，间歇发作，毫无道理。”（《燕园的半日》）这样的心理气质使得他的感物多了种种的可能。而专业素养的养成和散文创作的历练，既使彭程的感物有了自觉、有了兴味，也使他的感受生活、感悟生命的能力获得了提升。作为散文作者的彭程，其面对世界感受不择地而出，但他并不毫无选择地俯拾即写。他对感受是有选择的，再对所选的对象加以陈酿。这样他的写作往往由感受的书写进阶到感悟的提升，感性与理性协和，使其散文多了一种浑厚之味。《娩》由写作的感受写起。“多少次想掷笔离去了”，“然而仍然还是稳稳地坐着，逼迫自己，母鸡孵蛋一样等下去。像过去多少次经历过的一样，只要有耐心，酬报会在某个时刻降临。会有那样的时候，语句相簇拥着纷至沓来，仿佛闪着光亮，而且发出奇异的响声，争先恐后地向笔下涌流。它来去倏忽，你得尽快捕捉，俘获，纳入一个个方格中。那时你会觉得一支笔远远不够用”。这样的感受真正写作的人都会有过。但作者的写作不止于此，它由写作而达“创造”的物类。绘画“生命明亮在画布上”，音乐“延伸在曲折的五线谱里”。“一切生命不都是以创造为最本质的属性么？一朵花的开放，一只蜜蜂的酿造，一个婴儿的诞生，不都同样体现着生生不息的意志？”“创造寄寓在生命中，就像箭之于弓，就像弦之于琴。”这样作品所写就丰富了起来，散文更有“散”，而“娩”这一表示“创造”的意象就更具统摄力。《高处》也一样，触发作者起笔的感受来自于住在高层所得，人感受到的风、阳光、人、物、景等都和在低层或在地面上的感知大不一样。如果作品仅仅写下这样的感受就显得单薄少味了。“如果把生命比喻为一幢建筑物，不同的年龄便是不同的层高，感受到的风的力度是各异的。”“角度，常常是开启中若干意义密室的钥匙。许多纠缠不清的困惑，换个角度，都解决了；不曾认识到的玄奥，一下子洞悉了。”“多少人在登临高山之巅的瞬间，意识到了自然的无限和个人的渺小，鸡虫之争的无谓，得失悲欢的相对，于是瞬间成为哲人。”这里就显示了彭程卓然的感受能力。读者在感受作者所感受时，便会多一种联类感想的可能。

七、《张学良：人格图谱》：历史散文的主体价值

对于散文家王充闾，我内心有着一种真实的敬重。作为一位长期在体制内工作的高层领导，在其后的人生时段里，心无旁骛地写作散文，而且成为良莠杂陈的“散文时代”一个有意义的散文家。我不是故意设置两者之间的矛盾关系，只是以为体制的某些规则与散文的体性之间，在很大程度上并不可能真正地达成兼容。通常有言：散文“姓散”，“名真”，“字自我”；这是说，“自我性”是散文有别于其他文体的一个重要特征。散文既不是一种纯粹的再现性文体，基于对人物情节的完整叙写而成篇，也不是完全的表现性文体，只是抒写内在情思意绪，它是一种“互文性”很强的文体。散文作者在观照反映对象世界的同时，直接地呈现着作者的自我。一方面散文所写的基本面无法虚构，另一方面，作者在表达对象时又无法隐逸自己。因此，在散文写作中，重要的不只是其中所写的经验、知识，或是叙写的艺术，更重要的是主体的精神含量与品质。在我看来，从某种角度而言，主体的精神存在决定着散文的价值。所谓优秀的散文，其间一定有着主体独特而深刻的生命感受，并由此凝练生成富有意味的人类精神。这样，自由心志、个体感受以及由此伴生的富有个性张力的主体性书写，在散文写作中至关重要。也正是这些元素，成就了散文家王充闾。

（一）文体选择：历史与文学之间

王充闾的散文写作具有多种类型，但最主要的是他的历史人物散文。在写作《张学良：人格图谱》之前，王充闾已有《用破一生心》《他这一辈子》《两个李白》等分别以曾国藩、李鸿章、李白等历史人物为叙写对象的作品发表，他也正是以这一类颇具水准的散文，参与了晚近中国散文史的部分叙事的。似乎历史散文或者说

文化大散文可以以余秋雨的名字命名，其实这不确切。在余秋雨之前，叙写历史的散文并不少见。散文家余秋雨名世在于以《文化苦旅》《山居笔记》这样的方式书写并解读着历史，其中《一个王朝的背影》《遥远的绝响》《苏东坡“突围”》等作品改写了当代中国散文写作的格局，因而具有了不可无视的文学史意义。但文化散文后来的走势却让读者感到了乏味，具有个体体温的现实与历史的对话，逐渐演变成一系列历史材料或故事碎片的堆集，“有的借助史料的堆砌来救治作家心灵与精神的缺席，抹杀了散文表达个性、袒露自我的特长，把本应作为背景的史料当作文章的主体，见不到心灵的展示”。[①]正是在文化大散文出现普遍的颓势时，王充闾出版了二十余万字长篇历史人物散文——《张学良：人格图谱》。这部作品其中并没有一线贯穿核心情节，全篇十五篇从各个不同的角度展示着张学良人格的种种，由此建构人物人格的“图谱”。

以张学良为一个书写的对象，已有各种读物推出，这些读物大多可以归为史著一类。面对这些先在的文字，王充闾需要设定一个“再写作”的意义支点。对此，作者十分明确地将《张学良：人格图谱》界定为“文学作品”，“既然是文学作品，自不能以单纯的纪实为满足，还需通过文学的手法（运用文学的语言；借助形象、细节、场面、心理的刻画，进行审美创造）”处理叙写对象，特别是“要透过事件、现象，致力于人物特别是心灵的剖析，拓展精神世界的多种可能性空间，发掘出人性、人格、命运抉择、人生价值等深层次的蕴涵”。[②]由王充闾的这些表述，我们可以知道作者基于张学良这个特定的写作对象，选择的是文学的方式而不是历史的方式。确指性的历史叙事追求的是非虚构，并且这种非虚构尽可能更多地摒弃主观色彩客观地还原历史的本真；而文学的方式，并且是散文的方式，则要求在真实地反映历史存在时，体现出主体必要

① 王充闾：《历史文化散文的现实关怀——在北京大学中文系的讲演稿》，见《张学良：人格图谱·附录》，东方出版中心2009年版。

② 王充闾：《张学良：人格图谱·写在前面》，东方出版中心2009年版。

的情感取向和价值判断，以主体的个性表现出对象的个性。文学，作为人类精神活动的一种方式，在表达对象世界的时候，从来就不可能也不应该完全是纯然客观的。无论作者是否自觉，主体性与写作活动如影随形。文学的主体性又不是一种简单的存在。在各式不同的文体中，文学的主体性具有不同的表现形态。小说、戏剧、诗歌、散文等各有其主体性，因得其各自的审美范式，这些文体也就有着自己独特的主体表现方式。正如王充闾自己所言，《张学良：人格图谱》是一种文学的制式，这样在历史人物张学良与散文文学之间就构成了特殊的关联。这种关联使我们有必要将这一作品置于历史文化大散文的视域中加以分析。历史文化大散文具有自己的写作规范，对这种规范王充闾是十分自觉的。从反面说，历史散文不能"满足于史海徜徉而忘记了文学的本性，出现所谓'历史挤压艺术'的偏向"；从正面而言，它"作为主体性、个性更为鲜明的文学作品，自然更应该充分体现作家的主体意识与思想倾向"。[①]概而言之，主体的价值化是历史文化大散文价值生成的关键，而这种主体价值化的实现需要散文作家在历史与艺术之间达成一种适度。历史在此是叙写的对象，它并不需要以一种完整的故事形式出现，历史或是作为一种基点、作为一种背景而出现，艺术的主事者作者对历史作别有意味的选择，对所选对象进行"有我"的解读，在逼近历史的同时，凸显出作者散文文学的主体性。王充闾有着自觉的历史散文观，这也表明他对这一文体已有弊端的警惕。

（二）文本设计：人物叙写的去平面化

作为一个散文的文本，《张学良：人格图谱》最为有效的设计，是作者能以一个生命主体去体验感受另一个生命主体，这种体验感受是具有某种深度的。这样的写作心理建构对于历史与艺术的

---

① 王充闾：《历史文化散文的现实关怀——在北京大学中文系的讲演稿》，见《张学良：人格图谱·附录》，东方出版中心2009年版。

合致有着决定性的前置意义。非虚构的历史写作，作者应该抵达历史本身，这是无疑的。这种抵达在王充闾这里成为了进入，作者不在历史之外，而是通过熟稔历史，将身心浸润于历史存在之中，和历史本体呼吸与共。因此作者不仅进入到了对象的历史现场，而且能深入到人物在特定时空背景中的特殊心灵。但同时作者又不历史主义地对待历史人物及其行迹心理，在叙写对象的同时又表达自己基于历史的感悟、评价，并且以自己的方式呈现历史与艺术的存在。这就是说，作者能入乎其内而又出乎其外。《人生几度秋凉》在我看来是《张学良：人格图谱》最为成功的一个篇章，所以作者将其置于全篇的首章。所用题目点染烘托了历史人物的苍凉感和某种悲剧性意味，这也表明了作者对于人物的体认和深刻的历史同情。这一篇章体现着历史人物散文写作的一种理想状态和境界，这种状态和境界表现为既不是“历史挤压艺术”，又不是超脱历史的主观臆想，凌虚蹈玄，而是实现了历史与艺术的相得共生。在这里关键是作者获得了深得人物之形神的整体把握和充分个人化的表达方式。对于百岁传奇人物张学良，作者没有做纪传式的处理、推演人物的人生故事，而是截取人物生命历程中富有意味的段落加以表现。作者的叙写颇显其不凡的心智，作品取出张学良晚年在夏威夷威基基海边度假一节，以椰风海韵为背景，通过三个夜晚触目景物的描写和人物心理流转的演绎，十分富有表现力地写出了张学良功业、情感生活和丰富多姿的人格镜像。起笔是很散文化的，其中意境铺设与人物的心境大多切合，时光是初秋夕阳西下近黄昏。大海苍茫，鸥鸟漂泊，“他把一身托付给海上摇篮，一如陆上无家的鸥鸟”，“不经意间，夕阳——晚景戏里的悲壮主角便下了场，天宇的标靶上抹上了滚烫的红心，余霞散绮，幻化成一条琥珀色的桥梁”。这样的文字是写实的，更是写意的；既写出了人物角色的独特人生的多彩而苍凉，又写出了作者对人物真切的感受和理解。感受的生成导源于对对象的生命关怀，而在散文文本中呈现的是基于这种感受而衍生出的富有滋味的想象联想性表达景观。感受愈深，则想象和联想愈是蓬勃而出新，由此形成一种特殊的召唤读者的散文笔调。“他像一只挣脱网罟、藏身岩穴的龙虾，在这孤悬大洋深处的避风港湾隐遁下来。龙虾一生中多次脱壳，他也在人生舞台上不断地变换角色：先是扮演横冲直撞、冒险犯难的唐·吉诃德，回来化身戴着紧箍咒、压在五行山下的行者悟空，收场时又成了脱离红尘紫陌、流寓孤岛的鲁宾孙。”这一比喻不惟新鲜而生动，而且贴切饶有意味，由眼前的海景、海上物，联想流寓夏威夷的张学良，耐人寻味地浓缩了张学良多种的人生角色。作者的想象和联想不择地而出，这是由于作者进入了对象生命体，丰富扩张了对象的独特感觉而致：“这么说来，他也当能从奔涌的洪流中听到昔日中原战马的嘶鸣，辽河岸边的乡音喁喁，还有那白山黑水的风呼林啸吧？不然，他怎么会面对波涛起伏的青烟蓝水久久地发呆呢！看来，疲惫了的灵魂，要安顿也是暂时的，如同老树上的杈桠，一当碰上春色的撩拨，便会萌生尖尖的新叶。”以下的比喻更是新奇而有神韵，白浪、沙滩、留声机唱盘，将实与虚勾连，将眼前与往昔联通，老唱片的意象唤起人对于历史的忆念：“‘涛似连山喷雪来’。太平洋上的晚风挟着滔滔白浪，一层一层地冲刷着金黄色的滩涂，像是留声机唱盘上的丝丝螺纹。记忆中的六十年前的那场事变，再次在老人的脑海中浮现出来。”这些语词在《人生几度秋凉》中俯拾即是。在我看来这样的语言方式，从一个方面体现了历史散文应有的纪实与写意、取形与传神的有机结合，使叙事保持了必要的张力。想象与联想的发生和主体的情感取向密切关联，作者书写的主体性由此也能得到艺术化的显现。

张学良作为一个历史人物，是一个传奇的复杂多边的人物。王充闾虽然在作历史的散文书写时，有一种先在的主体意识，但他在处理具体对象的过程中，并不由于这种先在将丰富复杂的对象塑造成某种理念的符号，而是充分注意尊重人物历史的本来面目，以去平面化的自觉，立体地个性化地还原张学良人生的真实存在。《张学良：人格图谱》是一种散文体作品，它在结构上与人物传奇的纵向线性结构明显不同，是以人物人生的多维存在逐一展开的方式设置结构的。全篇内含十五个部分，叙写各有侧重，其中《别样恩仇》主要写对张学良人生影响最为重大的与蒋介石的特殊关系，人物两相对照，显示出张学良人格中的义与忠以及某种程度的“迂”。《夕阳山外山》《您和凤至大姐》和《“良”言“美”语》三篇则记写了张学良与两位“四小姐”、原配夫人以及宋美龄之间的情感关联，由此可见张学良异性情感关联中的层次和性情，同时也显示出四位女性情怀和人格。《将军本色是诗人》《情注梨园》写了武人张学良的诗情诗才和对京剧的喜爱，凸显人物精神世界中的艺术素养。除了通过人物人生的不同侧面写出立体的张学良外，作品还注意以大量的细节透视人物浩瀚精微的心灵世界，揭示人物性格的复杂性，由此还原出一个有棱有角、有滋有味的真实人物。如对日本首相特使百般利诱其“执政”满洲的游说，张学良说：“你想得挺周到啊，只是忘掉了一点”，“你忘了我是中国人”。只一语就给出了张学良的坚定执着的中国之心。又如带兵在河南牧马集车站经过，见到饿得趴在地上起不来的老妈妈，张学良又是找来馒头，又是倾听诉说，听到伤心处，“就呜呜呜地嚎啕大哭起来。在他，这还是有生以来第一次”。这里，显示出人物善良悲悯的本性。再如张学良自白：“我一生有三爱：一爱打麻将，二爱说笑话，三爱唱老歌”，“自古英雄多好色，未必好色尽英雄。我虽并非英雄汉，惟有好色似英雄”。这些则又画出了人物率真无拘的情趣心性。将这些材料导入作品无疑既凸显了人物的姿式和情彩，同时又增强作品的趣味。而作者对人物的这些有意味的存在，不只是作外置的展览，而也能如同解说员作出自己的评说。“他同一般的政治家的显著区别，是率真、粗犷，人情味浓；情可见心，不假雕饰，无遮拦，无保留的坦诚。这些都源于性灵，映现出一种超然物外的人生境界。大概只有赋性超拔、心无挂碍、自信自足的智者、仁人，才能修炼到这种地步吧。”这些文字在高度评价张学良为人品格的同时，也明白地表达了作者王充闾自己的人格取向。

要之，《张学良：人格图谱》其中大有张学良，也有王充闾。正如作者所说：“历史强调叙事的客观性，而文学主观色彩鲜明，所谓‘须教自我胸中出’‘诗文无我不如删’。”[①]这正是《张学良：人格图谱》，作为历史散文所具有的文体意义。当然这部作品也不是完美无缺的，即是单从历史散文的主体价值化而言，其中有些篇章如《情注梨园》《庆生辰》《猛回头》等也是“历史挤压艺术”，只有叙事对象而少见作者之“我”。这样使《张学良：人格图谱》出现“文本断裂”的不足。

① 王充闾：《张学良：人格图谱·写在前面》，东方出版中心2009年7月版。

八、《我的哈佛岁月》：作为非技术散文

李欧梵以“狐狸”自况，其狐狸的意指，在我看来更多的是一种别旧而取新的多样性精神欲求和人生创造。作为学者的李欧梵已有他的《铁屋中的呐喊：鲁迅研究》《中国现代作家中的浪漫的一代》《现代性的追求》等专著出版，而《我的哈佛岁月》[①]《浪漫与偏见》《过平常日子》等关于个人经验的书写，正在给我们塑造着一位散文家李欧梵的形象。

（一）“老年人”的散文

散文家孙犁曾说，老年宜散文。1942年出生的李欧梵大约可以算是年轻的“老年”了。老年之于散文，或可表征人的经验和基于经验的精神存在，对于散文有着最为基本的生成意义。主体的有意味的经验和丰裕的精神累积，支撑了散文的品质建构。从某种意义上说，散文，或者说得指向明确一些是指“人生散文”，是有关自我本真的直接言说，是打捞或存活个人记忆的语言方式，是无须装饰虚化的写心见神的文体。基于此，我更倾向于散文是一种“非技术”的写作。所谓散文艺术，如果不以主体必要的精神性存在为其前提，那么在散文写作中进行过度的艺术化处理，散文就可能走向非散文。“技术”的散文或曰“艺术”的散文，过多地依赖于稀释了生活内容和思想存储的“空壳”语言，以及所谓的“形散神不散”之类的结构性设计。我并不是说散文不需要艺术，或者不需要对写作的质料作必要的技术性处理，而是强调由于散文具有某种主体自我经验纪实的文体规定性，因而我们更关注或者更倚重经验本身的品质。这样说来，真正意义上的散文艺术（“技术”），其实就是非艺术（“技术”）。

---

① 李欧梵：《我的哈佛岁月》，江苏教育出版社2005年版。

李欧梵的散文是“老年”散文，是历经人生诸多驿站后回眸过往岁月所得影像的文字处理。其中的《我的哈佛岁月》便可视为作者对人生行旅中深有意义的主要一节作的真实回放。作品呈现的主要是经验，价值由“记忆”所决定着。记忆是对经验的一种选取。“记忆”的关联词是“忘记”，“忘”的，在作者的心幕上曾有的影像被自动删除，“记”下的才是有意义的留存。此所谓“记忆是价值的存储器”。“记忆”的散文，其价值建构不言而喻与记忆的主体和对象紧密关联。“哈佛”，在很多人心目中是人生理想的高地，因此有关哈佛的经验表达，往往对读者有一种特别的魅力。出版商基于此不断推出以“哈佛”为标识的品牌或“招牌”书籍。李欧梵不是哈佛的过客，尽管刘再复说他是总把自己界定为一个永远未完成、永远没有终点的“过客”。在文化的行走中，李欧梵可能是过客，但是居于哈佛就不是。他求学于斯、从教于斯十数年，可谓资深的“哈佛成功人士”。故此，他对哈佛的书写，只需要从自己的“哈佛岁月”中提取，并不需要通过想象或其他的虚拟之术“注水”。李欧梵对自己人生与哈佛的遇合是甚为看重和自得的。他自语：“人过六十岁以后开始怀旧，留学经验当然是个人回忆中的‘高潮’，特别是在哈佛求学的那段‘八年抗战’的岁月，更难忘怀。”（《我的哈佛岁月·前言》）可以说，哈佛构成了李欧梵个体生命价值与记忆的最为重要的部分，这也给定了《我的哈佛岁月》的基本价值。

无疑，《我的哈佛岁月》是属于我所谓的非技术散文一类的。当然我们还不能说，《我的哈佛岁月》为读者提供了非技术散文的一种范本。但它的确为我们展陈了这一类散文在形式与精神方面的若干特征。写作《我的哈佛岁月》的李欧梵，对非技术散文文体有一种自觉。“无论如何，我这两段‘哈佛经验’（指求学与从教——引者注）弥足珍贵，可惜在回忆自己的心路历程时，我无法用普鲁斯特的那种婉转而精致的文笔，事无巨细反复把这段经历叙述得生动异常，只好退而求其次”。李欧梵“求其次”的是“以口语体平铺直叙道来”，“文字未免有‘粗制滥造’之嫌”。作者以为“这种叙述方式至少可以存真，不作雕饰的好处也就是不为自己的过去多添色彩，从平淡朴实中达到我的回忆目的”，而回忆的目的如作者所说，主要是“从个人的经验勾画出哈佛生活的面貌和情趣”（《我的哈佛岁月·前言》）。可见口语体的朴素叙说和对象本真的原生呈示，是李欧梵所求取的。李欧梵“求其次”的，在我看来，恰好涉指非技术散文的要义。《我的哈佛岁月》给出的形与神，是得散文之大体，近依其大道的。散文是一种自由体，不为造作、做作，而是导源于沛然有致的主体精神内存的流溢。因此，从风致上看，散文就是说话，从从容容，娓娓而谈，与自己或与想象中的友人说话。《我的哈佛岁月》正有着说话体的滋味，仿佛作者一边散着步，一边和我们说着有关他自己经验中的往事，一切显得真真切切。

《我的哈佛岁月》并不是作者的自传，以编年的方式载记传主从降生到晚近的人生历程。它只是一部以朴素的散文方式完成的关于“我”经验中的哈佛的回忆录。全书的主体由两部分构成：“在哈佛求学的日子”“在哈佛教学的日子”。其书写的序列从“申请到哈佛”至“退休记事”，形成了一个切合全书话题预设的完整的结构。《我的哈佛岁月》题中的“我的”，既表示散文所写是哈佛中“我的”求学教学的纪事，也表示其中的内容只是“我的”经验中、“我的”观察中的哈佛景象。全篇的书写对象有一种“双基点”的安排。这样易于生成“复式”的写作意义。一方面，读者可以感知哈佛中“我的日子”，满足对“我”本身的阅读心理期待，另一面，由“我的”感知呈现所得的间接体验，去实现或完成一种对于知识名牌的景仰的仪式。

《我的哈佛岁月》的“我的”，作为一种视角设定的策略，它强调个人深度体验对于哈佛这样一个公共化的写作客体所具有的价值。缺乏个人深度体验——基于历史的（经验的时间长度）、生命的（经验主体的心灵感受的强度）的文字哈佛，要么是虚设的，要么是肤泛的，或者就是平面而模式化的。《我的哈佛岁月》的作者对于哈佛，既有历史长度又有生命强度的深度化的体验，决定了他的哈佛写作会有一种别于他者的个人姿态。因为真正深度的体验从来就是个人的。作为一个回忆性的文本，构成回叙基本框架及其内部联接的材料，是与作者相关的事件和人物，如哈佛听课、读书生活、教授中国现代文学、哈佛的典礼和仪式、费正清、“我”的哈佛学生等等。这些内容使《我的哈佛岁月》成为如作者所说的“知识性的回忆录”。作为研究中国文学与思想的著名华裔学者，李欧梵与哈佛结缘的种种，都是令读者感兴趣的。作者申请美国留学的背景与过程，专业的选择与在美国而研究中国的缘由，教授作者的美国老师，李欧梵成为哈佛中国现代文学教授的契机与教学行为，这些都是读者希望获取的“知识”。作为哈佛的学生和哈佛的教授，作者的学习、工作和生活的“史迹”，在哈佛门外的我们这里，正是重要的可资参考的“信息”。

（二）“知识性”叙事中的细节

但“知识性”还不足以达成作品深有情致和意趣的文学魅力。倒是那些附丽在“知识性”叙事主线上的细节，对非技术散文具有一种重要的增殖意义。作为非技术散文，由于它的纪实性，作者无法虚构生活，而只能选择生活。因而所选叙写对象的质量直接影响着作品的品质。特别是细节材料的选择和运用，对于散文之谓散文不可或缺。所以，我们阅读《我的哈佛岁月》，更感兴趣的是寻找和感受细节。由于细节的支撑作用，特别地使得原本纸面上概念的人物，变得触手可及。费正清和史华慈是对李欧梵深具影响的两位教授，《我的哈佛岁月》用了较多的篇幅给予平实中而有情致的叙写。但这种叙写往往见小不见大，在细碎的琐忆中凸现人物的真精神。如写费正清，作者用博士口试一节，刻画其作为历史学家的严谨和人文学者的宽怀。大约费正清看出当时的作者“太嚣张，对历史见林不见树”，“基本功下得还不够”，所以口试时专以提问与历史人物或历史事件有关的日期，考察“我”对历史细节的掌握程度。这当然不是一种故意的刁难，而是以一种类似“告诫”的方式，教授“我”学习历史应有的态度和方法。这里显示出的是历史学者的做派。如果作品仅仅叙说这一面，则基本上还在读者意料之中。而作品承接而写的细节，让我们在意料之外，感受到大家的一种作为人的情怀和风范。正当“我”忐忑不安于考试并且准备重考时，费正清“亲自打电话来安慰我，说了一番话，我至今记忆犹新：‘我们男人考博士口试，就像女人生孩子一样，孩子生前有阵痛，痛完了生下来就好了！’” 费正清不仅“放过”了李欧梵，而且以如此别致的话语譬说考试。这种独特的行与言，把费正清可敬可爱的形象雕刻得立于纸背。又如写 “史（历史）—华（中华）—慈（仁慈）” 史华慈深厚的学养，作者即以一个“夫妻吵架”的便可见得：“有一次我到他家拜访，亲见他和夫人吵架，原来吵的原因是他到底懂得几种语言，他夫人说他至少懂十国语言，他坚持只懂六七种。”这里所展示的细节，用语极其简单，而表意却是丰富。白描的言说，有一种强化的语言表现力。这是非技术散文写作中十分有效的语言策略。

从某种意义上说来，细节决定着叙事文学的质量。细节不仅可以使概述式的“线性”叙事模式变得富有深度，而且由于细节所浓缩蕴涵的情思能量和高效的造型功能，所以更能抵达作者表达理想的彼岸。我不知道李欧梵的写作是否有着细节的自觉，但是我们阅读他的散文，可以发现他的“自我独白”也是注重以细节说话，藉此显示自己的某种独特。在《我的哈佛岁月》中，李欧梵对于自己被称为“放荡不羁者”（free spirit）甚为自得。“free spirit” 出自费正清的命名，源于费正清对李欧梵所禀具的自由精神的观察和发现。“费正清是当年美国汉学界的‘太上皇’”，有“King”的绰号。但李欧梵不唯权威，对费正清这样的“King”教授敢于作学术的挑战。李欧梵不满意费正清讲析中国近代史某些事件时所持守的西方立场，以为老师“只是一味抄袭西方‘现代化’的理论”，并当堂出语：“中国近代史的研究中人在哪里？！”这样的语言，充分表达了李欧梵的自由精神。而这种个性洋溢的语言所表达的作者学术精神诉求，正为李欧梵走高的学问人生作了极好的注释。有为于学术创造的学者，其当有一种质疑既成的品质。生活中细节无处不有，感人心怀至深的细节历久而不忘，意味着细节对于人生的影响深远。《我的哈佛岁月》“初抵哈佛”中“陌生老人”的“当头棒喝”，正有此意。初入哈佛的李欧梵不免有些自卑，走在哈佛园时，“心情太沉重，抬不起头来，迎面几乎撞倒一位老人”。“老人对我大喝一声，声若洪钟地说：‘年轻人，抬起头来，天下没有应付不了的难事！’”这样的场景并无什么传奇色彩，但却使当年的作者产生了不同寻常的反应，警醒作者立定人生信念。及至晚近，作者依然感触如初：“我这四十多年在美国的学术生命，就靠这位陌生老人一句话之赐！”书中类似的细节很多，我们从中拣出两例，以见李欧梵的自由精神和知难而行的进取品格。这正是成就了今天的李欧梵的关键之所在。细节，高品位的细节，是《我的哈佛岁月》的主要看点。依我的阅读经验，叙事类的非技术散文，大约都当如此阅读。如果记忆中的细节流逝，剩余的只是架子，那么这样的散文不要去读它吧。

《我的哈佛岁月》出自非“正式”散文家李欧梵之手，但是作品也许是更接近散文的。现在有一种说法，以为“好散文”是在界外的，如果此说不是绝对，那么我是深以为然。散文家一旦成为了散文家，仿佛就会有一种职业病，散文变为“作文”，“艺术”取代生活，少了鲜活灵动的感悟与思想，朴素的生活质感和个体生命的气息。我读李欧梵的《我的哈佛岁月》，想到“非技术散文”的命名，表示着我对散文“技术化”和“正规化”的某些不满。好散文来自作者对于个体生命的体验和记忆。

九、《娘》：抵达生命本真的复义书写

姓“散”的散文文体，我们似乎很难用一言以蔽之曰的方法，给出一个比较完满的解释。有学者指出，散文是知识分子精神与情感最为自由与朴素的存在方式（王尧），而有评论家则认为，现在的散文已成为人民的文体（汪政）。[①]在我看来，前者主要指向对散文文体精神品格和价值取向的期待，后者则是对散文文体普泛性的一种写实，视角不同，言说有异。至于余光中所说的散文有如地球，诗有如月亮；诗歌是情人，散文是妻子，我们只可意会而无法确切地分析了。20世纪90年代以来，被指称为是一个散文的时代。这一方面当然是与散文的“人民文体”有关，另外，这一时段散文的名号迭起，也造成了文体某种特殊的氛围，涌现了文化散文、学者散文、新媒体散文、新散文、大散文、艺术散文、小女人散文、生态散文等等。对这一时期的散文，肯定者不少，但诟病之声也不绝于耳。这大约是当前散文的一种基本生态。就我认知而言，散文所谓的上品与次等，其关节点无不系于本真。这是由散文文体的根本质性所规定的。散文是主体精神存在的直接现实，这是它与小说、戏剧诸体显著区别的基本点。无论叙事、抒情、绘景，还是写人、论议、引述，散文所表达的物理人情，基于主体而又显见自我。所谓散文的本真，是“有我之真”，作者会物在心，有我之感，有我之悟，有我之情，有我之思，有我之言，作品中可见真实真诚、真情真理、真知灼见。反之，散文的去本真，就是“失我”，其间做作、造假、伪饰、浮泛、浅薄，不一而足。厨川白村所说的，“在essay比什么都紧要的要件，就是作者将自己的个人底

① 舒晋瑜：《散文如何走向经典——由江苏散文现状引发的思考》，载《中华读书报》2012年8月15日。

人格底色彩，浓厚地表现出来。”[①]其要义也正是在这里。因此，从某种角度而言，作者个人的“人格”决定了散文写作的品格，“主体的有意味的经验和丰裕的精神累积，支撑了散文的品质建构”，散文“是无须装饰虚化的写心见神的文体”，“是一种‘非技术’的写作”。[②]我以为，要写好散文，最重要的不是所谓的“技术”（艺术），而是作者先要把自己的文心安好。

（一）作为家族史的叙说

彭学明的《娘》，是一部抵达个体生命本真的散文。从形制看，这是一部长篇叙事散文，从题材内容看，是关涉家族历史的一种“忆语”。这类散文，近年来我看到的就有阎连科的《我与父辈》（云南人民出版社2009年版）、范培松的《南溪水》、刘剑波的《姥娘》等。作者对于长篇的选择，主要不是为了趋“新”（散文的长篇化被视为“新散文”的“新”之一），而是考虑了与一种特殊的断代史容量的适配。阎连科以“我”的视角，写出父辈的生存状态、人生际遇、家庭伦理、“我”对父辈的忆念和亏欠等，其间当然也有时代大背景的呈现。刘剑波作品叙写的时间跨度长达数十年，空间包括山东、福建、江苏，话题关涉革命、个人命运和家庭关系等。范培松《南溪水》则是一种别致的江南乡土史、家庭的苦难史和一个人的文革史。彭学明的《娘》在话语的组织与作品的精神建构方面，是有别于以上形制近似的作品的。《娘》是一部多话语、多义项的具有精神分量的作品，作品基于娘命运乖违、人生令人唏嘘的故事的述说，讴歌无私伟大的母爱，表达自己孝亲缺失的自责和愧疚。在我看来，《娘》不仅是母爱恩典的颂歌，也不只是作者愧对母亲的真挚的忏悔录，而且更是一部包容丰富的母亲的命运传奇。我这里说的复义书写，并不只是袁枚《随园诗话》中所

① 厨川白村著，鲁迅译：《苦闷的象征出了象牙之塔》，人民文学出版社1988年版，第113页。

② 丁晓原：《作为非技术散文的〈我的哈佛岁月〉》，载《当代作家评论》2007年第2期。

说的“诗含两层意，不求其佳而自佳”之意，也不表示威廉·燕卜苏在《含混七型》中所指的“复义”的“含混性”。[①]而是得之于《娘》这一文本阅读的直接感受，得之于由母与子生命演绎的精神厚度。《娘》中母亲的故事是独特的，但这一传奇中所表达的崇高母性、母德，已超越了作者一己之母，具有了更为广泛的人性意义。在这里，母亲是生命之母，更是精神之母，可谓是地母精神的化身，她养育儿女，忍辱负重；克己兼爱，宽大为怀；柔中见刚，处厄不弃，体现了复义的普世价值。

在人类所具有的各种关系中，亲情、爱情和友情等是重要而珍贵的，是人生中最为基本和重要的存在，它们成为人的文学所书写的经常性话题。无疑，亲情是人类生命关系中最为重要的关系，许多表现亲情的优秀作品，在唤起读者亲情体验感受中，深深感动着万千的读者。即使只是截取一个片段、一个特写，朱自清使一个盛满了深沉父爱的“背影”，嵌入到我们的心灵深处，挥之而不去。《娘》所叙写就不是母亲的人生片段，乃是母亲一生的生命传奇。“世界上有很多有钱有势的母亲，我只要我娘这样的贫穷卑微就够了。世界上有很多伟大高尚的母亲，我只要我娘这样的弱小平凡就够了。”“贫穷卑微”和“弱小平凡”给出了娘的身份定位。这是一位人在低处的母亲。而这样的定位，在个人、区域民俗生态与时代多重的命运的纠结中，注定了娘人生的“磨难”；而这种“磨难”更凸显娘精神的伟岸博大，母爱的感天动地，也给为儿的愧疚忏悔生成了内在逻辑。而所有这一切，因得母亲的低位，作者的原色叙写，显得更真切，更动人，更有意味情度。“娘的一生都是磨难。娘的一生也是传奇。娘万劫不死的生命历程，娘百折不挠的精神斗志，娘舍命相护的舐犊之情，娘海纳百川的宏阔之心，都是一部写不完的书。”作者的这一深情表述，是我们解读《娘》

---

① 【英】威廉·燕卜苏：“任何语义上的差别，不论如何细微，只要它使同一句话有可能引起不同的反应”，就形成语言的复义现象。见威廉·燕卜苏：《含混七型》，载赵毅衡编选：《“新批评”文集》，百花文艺出版社2001年版，第344页。

的主题词。

叙事散文价值生成的基础在于叙事。母爱作为一个具有普世意义的主题，在文学的表达形式中，只有通过具体的别样的故事的忆述，才能对读者产生审美的感染力，否则，它就成为社会学、伦理学中某种概念性的解释。母爱是人类的一种天性，但母爱的体现却是多样丰富的。散文对于母爱的表现，就是要寻找那种真实独特，作者难忘、读者感动的情节、场景和细节。胡适的《我的母亲》朴实而真挚，“我在我母亲的教训之下住了九年，受了她的极大极深的影响。我十四岁（其实只有十二岁零二、三个月）便离开她了，在这广漠的人海里闯荡了二十多年，没有一个人管束过我。如果我学得了一丝一毫的好脾气，如果我学得了一点点待人接物的和气，如果我能宽恕人，体谅人——我都得感谢我的母亲”。这样的概说，在作品中都是以具体的叙事为注释的。老舍的同名散文也是一样，“从私塾到小学，到中学，我经历过起码有廿位教师吧，其中有给我很大影响的，也有毫无影响的，但是我的真正的教师，把性格传给我的，是我的母亲。母亲并不识字，她给我的是生命的教育”。而这样的“生命的教育”，是以母亲这样的言传身教进行的：“一岁半，我把父亲‘克’死了。兄不到十岁，三姐十二三岁，我才一岁半，全仗母亲独力抚养了……为我们的衣食，母亲要给人家洗衣服，缝补或裁缝衣裳。在我的记忆中，她的手终年是鲜红微肿的。白天，她洗衣服，洗一两大绿瓦盆。她作事永远丝毫也不敷衍，就是屠户们送来的黑如铁的布袜，她也给洗得雪白。晚间，她与三姐抱着一盏油灯，还要缝补衣服，一直到半夜。”一个坚强、勤劳、认真的母亲，无疑是老舍最好的“教师”。彭学明的《娘》也是这样，作者不仅注意遵循叙事散文的一般写作规律，以叙事构篇立体，而且特别强化了叙事的故事性、传奇性和悲剧性。《娘》给读者最具震撼冲击力的，是母亲非同寻常的悲怆而伟大的人生故事，这一故事立定了作品表意抒情的全部根基，并且使之与其同类散文相比，更具摄人心魄、启思感人的表现力。

《娘》的开篇极具画面感，“路的两边是田，田的两边是山。顺着田和山，娘背着我，进了寨子。”大山、田畴、寨子、母与子，全景中推出我“娘背着我”的特写。但这里只给出了人物生存的自然环境，并没有田园牧歌式的情调，有的只是一触即发的生活矛盾和冲突：“娘带我来这个寨子，是找我爹要伙食费的。我还米（没）生下来，我娘我和爹就脱离了，用城里人话讲，就是离婚了。我娘和我爹脱离后，我爹一分伙食费也米过（没给）。我娘的日子实在糊（维持）不下去了，就找我爹来了。”“我娘在我最危险的时候，抢回了我的命。”作者是以这种对困厄生活的平白记写，将读者带进娘的人生故事中的。构成娘人生故事主干的是她的婚姻历程，随着这种历程的展开，“娘带着我离开故乡后，就开始了流浪似的生活”。因此弥漫着《娘》的是凄楚、悲伤、屈辱，当然也有坚强、抗争和关爱。娘一共有四次婚姻，这似乎有些离奇，但娘不是为婚姻而婚姻，“娘的第一次婚姻是嫁给古丈县断龙乡哈列车的史家，生育了我大姐、二姐和哥哥。上世纪五十年代末无休止的大跃进、大食堂、大炼钢铁，造成了六十年代初的三年苦日子，全中国都是一个空袋子，面黄肌瘦，骨瘦如柴，米有饱饭。……只有六万人口的古丈县，就被活活饿死了两万！山上的草和树叶都喰光了，米有活路了，娘只好带着我的姐姐、哥哥改嫁”。由此可见，时代的困顿规定了个人的命运。可以说，娘的悲剧是社会悲剧的一个特殊的缩影。在特定的时代，母爱的天性使娘以自己的婚姻作为抵押，以换取儿女最低的生存条件。“有人给我娘介绍对象时，娘就是看上了这一坝子丘丘相连的田畴才答应这门亲事。”“娘讲：这地方容易讨喰，撒一把沙子就可以变成粮食，可以养活你和你二姐。只要好讨喰，养得活我和二姐，娘米（没）做任何考虑就答应了这门亲事。”娘为儿女而结婚，也为儿女而离婚，“为了我和妹能够读书，娘和继父离了。一根藤子上的两个苦瓜，被命运的剪刀一箭，两个本是同病相怜的苦瓜都掉在地上，碎了。而苦的种子落在了土里，更苦的瓜果，在土地上发芽”。而这样的结婚、离婚，使娘深陷世俗文化所构筑的精神重压之中。“娘是一个离了三次婚的女人，离了三次婚的女人如果再离，在农村将意味着什么。意味着米有（没有）人要，意味着不贞洁，意味着伤风败俗，意味着牛马不如。娘伤不起、输不起。名誉之沉，生命之重，都几座大山似的压着娘，娘被压得米有任何选择和回旋的余地。”娘将种种苦难独揽一肩，扛起生活和精神的重负。可以说娘的爱是滴血之爱。作者以带血含泪的叙说，将母爱的表达落到了实处、深处和痛处，这样我们所感到的母爱就不是一个通式的概念，而是一种具有作者母亲独特性的具体真切的爱。具有悲剧意味的爱，凝结着娘作出巨大牺牲的大爱、至爱，令人回肠荡气。

（二）本真的母爱和母性精神

《娘》对母亲的表现，没有停留在伟大母爱这一层面，尽管这样写来，已具有了超越同类作品的感染力。作者在着力叙写苦难中的母爱的同时，注意挖掘母亲内在所具有的崇高品格。对于母亲精神性的表现，不仅使《娘》的主题得到了丰富，而且也使悲剧性的主题氛围，因为崇高性的导入而显得博大庄严。娘，不仅以情感的力量深深地打动了我们，而且还以高尚的精神境界，开阔着我们。娘忍辱负重而能宽大为怀；受困处厄而坚强守志；敢于担当，磊落为人。娘就像是一册教科书，给儿女传授真切的人生道理，朴实而入心。正如作者所言：“坚韧、顽强、博大、无私、善良、宽容、勤劳、质朴、勇敢、真诚、真实等精神品质，是娘在言传身教中留给儿女的宝贵财富。这是一个农村妇女最本质的财富，也是一个民族最基本的财富。”作品通过许多场景和细节的记写，具体地反映了娘的这些精神品格。有作者被娘两次痛打的故事：“娘一生对我的两次痛打，打硬了我做人的骨头，打正了我为人的品性。”其一，孤独的“我”为讨好寨子里同伴，主动委屈受辱，“晚上回到屋后，不解气的娘把我绑在柜子上狠狠地打了一顿。”“娘不是心狠，是要我长记性。娘讲：我们不欺人，但也不能任人欺，断起骨头喊人欺，是天底下最米有志气、最丢人的事。”其二，“我”偷了五保户的黄瓜，但为了私心诬陷妹妹，娘明白真相后，“换了根竹条，继续打、骂：你偷了不算，还赖你妹！小小年纪学到害人，伤天害理！我这时不把你打怕起来，以后你害的就不是你妹一个人，而是一世人！我最恨害人的人！”有作者考取大学，“娘叫我做的第一件事就是挨家挨户去感谢舅舅、舅娘寨上的每一户人”，“给我细数每屋的恩情。某某给我们屋帮了几回工。某某给我们屋送了几回好喰的。某某给我们屋借了油盐不要还。某某在娘生病时送了几个鸡蛋。某某看妹米有穿的给妹送了一件旧衣裳。就连某某给我们家借了一次针，娘都记得”。还有娘自认其事、不赖她人的良知良心。娘和妹妹夜路不小心失火，烧毁了寨里一片巴茅和茅草。起初娘为了不牵连儿女默不作声，但当村里批斗毒打地主婶娘时，“娘突然站起来，喊：你不要斗她了，是我打脱火烧的”！“娘讲：做人要地道，各人（自己）的黑锅要各人背着，不能让人家背，各人做错了，是泡屎都得喰。地主婶娘本来就害病，他们若把她斗死了整死了，娘一辈子都不得安生。做人要讲良心！你们两子妹（兄妹）给我记到，什么事都可以做，就是烂良心的事不能做。”作品正是以一系列的实事的讲说，完成了一位伟大母亲光辉形象的塑造。“我忽然觉得娘不但是一个善良博大的女性，还是一个看云知天的哲人！”在这里，娘具有了圣母一般的品格，令读者肃然起敬。

《娘》的基调是伤感的，沉郁的。但作者又注意了对其作变奏的处理。这种处理不是人为的虚设，而是一种据实的写真。娘的生活中多困顿，但也有不少人性的暖色；娘负重而行，但又不失生活的情趣。“一座山，就是一幅画。水墨的，水彩的，水粉的，水印的。一幅比一幅生动。夕阳。飞鸟。牛铃。夜色。风声。星星。还有村庄、灯火和山歌。都在画里真实可亲。娘和妹，是最生动的画面和意境。而最动人的画外音，是娘和妹的山歌。劳累了一天，娘和妹就会搬一把椅子板凳靠在墙壁上唱几首山歌。娘的山歌低回圆润，妹的山歌高亢飘逸。娘的山歌是山涧里流来的一泓清泉，所以水一样的温厚酽醇；妹的山歌是云端里飞来的一只云雀，所以云一样的飘逸干净。娘和妹的山歌，都来自生活、大地和心灵，所以，娘和妹的山歌，格外生动和动听。以至于，娘和妹的山歌停了，那声音还停在天上，不落下来。真正的天籁之音！”这种明亮的文字，是对作品整体叙事的一种有机调节。一方面，它以诗意的笔致，抒写了人物艰难困苦中自然的美好，自然的美好给予人以生命的力量。另一方面，也写出娘和妹心中的诗美，表达了她们的乐朗和对生活美好的向往。

（三）另一种“忏悔录”

余光中说过，散文是作家的测谎器。无疑真实和真诚是散文文体最重要的品格。真实是散文叙事的基本要求，这并不是说散文不能虚构，只是强调在大节方面应当是纪实的；真诚是对散文主体写作态度的规定，这已成为中外散文家的一种公约。法国散文家蒙田认为自己的作品，“这是部坦白的书，读者，它开端便预告你，我在这里并没有拟定什么目的，出了叙述自己的家常琐事。我既没有想到对你的贡献，也没有想到自己的荣誉。我的力量够不上这样的企图，我只想把它留作我亲朋的慰藉：使他们失去了我之后（这是不久就要成为事实的），可以在这里找到我的性格和脾气的痕迹，因而更恳挚更亲切地怀念我。如果我希求世界的赞赏，我就会用心修饰自己，仔细打扮了才和世界相见，我要人们在这里看见我的平凡、淳朴和天然的生活，无拘束亦无造作，因为我所描画的就是我自己，我的弱点和本相，在公共礼法所容许的范围内，都在这里面尽情披露”[①]。卢梭则在自己的《忏悔录》的第一章开篇就这样宣布：“我现在要做一项既无先例、将来也不会有人仿效的艰巨工作。我要把一个人的真实面目赤裸裸地揭露在世人面前。这个

① 蒙田著，潘丽珍等译：《蒙田随笔全集·致读者》，译林出版社1996年版。

人就是我。”“不管末日审判的号角什么时候吹响，我都敢拿着这本书走到至高无上的审判者面前，果敢地大声说：‘请看！这就是我所做过的，这就是我所想过的，我当时就是那样的人。不论善和恶，我都同样坦率地写了出来。我既没有隐瞒丝毫坏事，也没有增添任何好事；假如在某些地方作了一些无关紧要的修饰，那也只是用来填补我记性不好而留下的空白。其中可能把自己以为是真的东西当真的说了，但决没有把明知是假的硬说成真的。当时我是什么样的人，我就写成什么样的人：当时我是卑鄙龌龊的，就写我的卑鄙龌龊；当时我是善良忠厚、道德高尚的，就写我的善良忠厚和道德高尚。万能的上帝啊！我的内心完全暴露出来了，和你亲自看到的完全一样，请你把那无数的众生叫到我跟前来！让他们听听我的忏悔，让他们为我的种种堕落而叹息，让他们为我的种种恶行而羞愧。然后，让他们每一个人在您的宝座前面，同样真诚地披露自己的心灵’。”[①]蒙田和卢梭在这里强调了写作的坦诚，还原真实的自我，包括自揭其短，自我暴露。这与我国司马迁的“不虚美、不隐恶的”实录精神是一致的。鲁迅也强调并实践了对于自我的解剖。我不知道彭学明是否认真阅读了蒙田的散文和卢梭的《忏悔录》，但从《娘》中读者可以发现作者是得了蒙田和卢梭坦白忏悔的真精神的。命运、母爱、母德和“我”的忏悔的浑成，使《娘》增加了主题的厚度和分量。

忏悔在《娘》中是自觉的。作者自己说得很清楚：“创作初衷非常简单。就是怀念娘的恩典，向娘真心实意地检讨。”“我要用我的文字把这种前所未有的母爱永远留住，把我椎心泣血的忏悔说与世人。”[②]所以，在整部作品中，作者的忏悔不是蜻蜓点水的点缀作秀，忏悔的言说占了很大的比重，娘的每一个生命的节点都有作者反思忏悔事件：“当继父把娘按倒在地猛打猛擂时，我居然

---

① 卢梭著，黎星译：《忏悔录》，人民出版社1980年版。

② 彭学明：《答〈辽沈晚报〉记者问》，载《辽沈晚报》2012年8月9日。

不晓得上前帮娘的忙，而是站在旁边看热闹。……我是在心里仇恨娘把我和妹带到了这样一个家庭、这样一个寨子，让我们在这里被人看不起，受人欺负和侮辱。”“当我爱一个人而感到米有资格时，我对我的家庭又增加了一份厌倦，对娘又增加了一种埋怨。”当“我”高考落榜后，“奇怪的是，米有考好，我米有从各人（自己）身上找原因，而是埋怨我娘米有给我一个好的家庭环境”。娘进城后，“举目无亲，做儿子的从不陪娘聊天讲话，娘想跟儿子聊天讲话时，儿子总是一块冷冰冰的石头扔过去。娘好不容易认识了几个人，找到了一种排遣孤独的方式，我又是扯闪电又是打炸雷，把娘吓得像老鼠一样东躲西藏”。作者忆念母亲的人生历程，几乎没有放弃每一个有愧娘亲事实的反思，其忏悔可谓是完全的。更为重要的是，作者的忏悔不无事说非，而是据实坦诚；不避重就轻或言不由衷，而是从人性、良心和灵魂的深处解剖拷问自己。“每每回想我跟娘的战争，我就感到我是战争罪犯。每每反省我对娘的行为，我就感到我是披着羊皮的狼。……娘的眼泪就米有干过，即便走向黄泉的那一秒钟，都是泪流满面。那是和着血的血泪！娘之所以得肺心病，就是因为娘跟着我米有过一天舒心的日子，我不但米（没）给娘讲过一句贴心的话，米（没）给娘做过一件顺心的事，我还天天拿刀捅娘的心窝子，天天让娘心里流血。娘的心脏不出问题才怪，要不是我的狠毒，娘绝对不会死于肺心病。我是一个米有良心的人！”乍看这样的文字，我们会以为言者夸大其词；但当我们了解作品主角的命运和感人至深的母爱、母德，就完全可以理解作者痛定思痛后真实的心理反应。这样深刻的忏悔，在中国散文中是不多见的。我们向彭学明致敬。在我看来，这种忏悔反思，不只是作者一个人的，也应该包括我们。这就是《娘》忏悔主题的根本价值。

散文批评家

一、“五四”散文的命名与释意

尽管散文是中国正统文学史的重要构成部分，源远流长，但是现代以前对这一文体的研究是很不充分的，因而原有的散文文体理论资源甚为贫乏。词汇学上的散文一词出现在南朝宋代，而有文体学意义的散文指称迟至于南宋时期。此后确指性的散文理论批评也并不多见，而且大多是片言只语。晚清时期中国散文出现了一个重大的蜕变，冯桂芬、王韬、郑观应等都对散文的革新作出了解释，连桐城派“中兴”的代表人物曾国藩等，也对他们奉行的“义理、考据、辞章”的文统作了与时俱进的补充，增加了“经济”一项，以矫正传统桐城派的疏空之弊。最为重要的论述当属梁启超的“文界革命”论。所论包含了以内蕴的“欧西文思”和语言的“流畅锐达”对古代散文作革命性的改造，影响一时，而且其中包含的要义直接启发了“五四”的“文学革命”论。同时梁启超“文界革命”论的价值取向，也影响到了“五四”作家对于散文研究的基本理念。但是“文界革命”论也并不是散文的专论，而是梁启超的感兴之作。对散文文体进行直接的较为系统的论说是在“五四”时期。“五四”时期是一个命名的时代，新名词触目即是，有关散文的新名词，就有“美文”“纯散文”“絮语散文”等。此外在新的文化语境中，言说者对散文、小品文等已有的文体范畴，作出各自新的解释。这些命名和阐释，表达了“五四”作家试图建构现代散文话语系统的努力。

（一）散文“艺术性的”命题

“美文”是周作人提出的一个散文概念。作为“五四”时期最重要的散文作家之一，周作人深怀散文情结。他不仅以很大的热情投入散文的写作，成为鲁迅以外现代另一个最重要的散文家，而且也积极参与散文的理论建设。1921年6月8日他在《晨报副刊》发表了署名子严的短文《美文》。这篇文章虽然不足500字，却被视为中国现代散文理论建设的奠基之作。在我的视野中，以专论的形式讨论散文话题的，在中国文学批评史上周作人是第一个。同许多现代文论一样，《美文》并不是一篇基于严谨的逻辑推衍的论文，而是一篇包含着作者新见的“学术随笔”。在这篇随笔式的论文中，周作人对美文作了界定，并大体给出了这一体类的特征与内质。在周作人看来，美文并不是一种新的体式，“中国古文里的序、记与说等，也可以说是美文的一类”，而“这种美文似乎在英语国民里最为发达”。在这里，周作人看取的是美文里富有个人趣味的部分，是那种自由随心的性情文字。依据他的散文分类，美文当然不是“载道”的，而是“言志”的。

周作人是由外国文学导入到对“美文”的命名的。“外国文学里有一种所谓论文，其中大约可以分作两类。一批评的，是学术性的。二记述的，是艺术性的，又称作美文”。在这简单的诠释中，周作人给出了两个关键词。“记述”指向的是语言表达方式，“艺术”意指的是文章的功能。周作人为什么要在二十世纪二十年代初给出“美文”这一概念呢？从《美文》我们可以知道，周作人认为“在现代的国语文学里，还不曾见有这类文章（美文）”，他希望“大家卷土重来，给新文学开辟出一块新的土地来”，“让新文学的人”“试试”这种“美文”文体。周作人的这种表述，是有所意指的。从现代散文的发生史可见，白话散文是应合了思想革命的需要而生成发展的。以“随感录”“杂感”为形式的议论散文，在新文化运动起始期得到了长足的发展，成为散文文类中的主要形式。这与晚清散文的格局和影响有关。实际上以梁启超为代表的“新文体”，是一种旨在“宣传”的论说体，这应合了当时的时代主题。晚清维新而“新民”，“五四”革命以“立人”。新文学家直接受到梁启超的影响，并且他们充分认知杂感文作为时代文体在新文化运动中的独特价值，于是很多人致力于杂感的写作。陈独秀是“随感录”的主要作者，周作人本人也大量地写作杂感。议论散文是一种新的载道之文，它以在野之道去批判体制之道，对“五四”思想文化运动的推进具有重要的思想史意义。但从散文文体本身而言，以论议一体主导散文文类，这表明散文内部各体发展的失衡。从文学本体看，叙事抒情的散文应该成为散文的重要类别，而从现代初期的散文实际看，议论散文几乎是一枝独秀。“现代文学中最早出现的散文作品是以议论为主的杂感，着重在抨击和讽刺旧社会不合理现象，战斗的锋芒十分锋利。”[①]这样的一种格局，使得人以为白话能做议论散文，而无法写作艺术的或文学的散文，因此，周作人认为“在现代的国语文学里”，也应该有“记述的”“艺术性”的美文。

周作人倡导美文也与他的思想变迁有关。新文化运动前期，周作人是封建文化的“叛徒”，以杂感参与了对旧文化的攻击。随着新文化运动的渐趋低潮，也由于自身的诸多原因，周作人将自己处理成“隐士”。但周作人有着作为文学家自觉的职业意识，写作而不触及时事，闭门读书，以叙写草木虫鱼为自适，成为他所选择的一种最佳的生存方式和精神方式。基于这样的身份变异，所以，周作人倡言美文而加以实践，就显得十分的顺理成章了。

对于美文，周作人从多方面作了指说。首先是从表达方式方面，认为美文“里边可以分出叙事与抒情，但也有很多两者夹杂的”。他还认为，读好的美文“如读散文诗，因为他实在是诗与散文中间的桥”。周作人的这种表述，将美文与杂感的话语方式作了区别。杂感多以论议臧否天下，指向社会现实，美文叙事抒情，倾向于表现自我。所谓“散文诗”，是指注重刻画描绘、融合主观情感、讲究语言诗美的一种文学化形态。将美文视为散文诗，强调的是散文作为重要的文学样式的艺术性。因此，美文实际上是文学散文的一种另称，是相对于论议散文的一种存在形态，是作为边缘文体的散文走近文学的一种体式。这一体式的倡导，为散文作家文学

① 王瑶：《中国现代文学史论集》，北京大学出版社1998年版，第218页。

诉求的实现寻得了一种合适的方式。新文学散文由杂感至杂感与美文并存再转偏至美文，表明了散文作家文学意识的自觉，从某种角度而言，也表示着散文文体的自觉。

其次，对美文周作人强调要尊“我”求异。周作人认为美文的“条件，同一切文学作品一样，只是真实简明便好”。“简明”是由美文的格局体制所决定了的。美文考究语言的表现力，以简明求取丰富。周作人这里所说的“真实”，其实并非泛指，对此，他有说明：“我们可以看了外国的模范做去，但是须用自己的文句与思想，不可去模仿他们。”可见周作人的“真实”，意指美文要凸显“真我”。美文是关于“我”的文学，它的魅力在于有“我”，语言、思想、性情等等一切“须用自己的”。“自己的”美文，亦即张扬个性的散文。这是散文现代性生成的一个最重要的标志。中国古代散文由于封建文化的总体规约，不可能在整体上尽情地显现出主体的精神内存。周作人将“自己的”这一品质规定置于美文的“文句与思想”之前，表明了他对美文文体品性有着深刻的理解。美文不同于小说。小说要求塑造出有个性的人物形象，而美文（散文）要求写出有个性的作者自我。因此，“自己的”对于美文而言是一种不可或缺的特质。

在周作人《美文》发表两年后，王统照1923年6月21日在《晨报副刊·文学旬刊》第3号上发表了《纯散文》一文。王统照命名“纯散文”的思路大约与周作人是相似的。“纯”应合“美”，都是关于散文是“艺术”的意指。王统照提出“纯散文”的概念，与周作人一样也是因为其时这一类写作少有佳作。他以为，新文学中“小说、诗，就比较上说都有一点成就，虽然不能说是很完善”，而“独有纯散文（pureprose）的佳者，却不多见”。“用白话作纯散文的，不要说怎样的好，就是修词上风格上讲究一点，使人看了易于感动而不倦的，在今日的作者中，你们可以找得出几个来？”王统照所说的大致上是符合文学史实际的。在《纯散文》发表之前，小说早有鲁迅的《狂人日记》《阿Q正传》等推出，以思想的深刻与艺术的精湛，立定了小说在现代文学开局中的重要地位。新诗也有胡适1920年出版《尝试集》、郭沫若1921年出版《女神》等，为新诗开创出一个新的时代，而文学散文中很多名篇都在五四落潮后发表，与小说、诗歌有明显的时差，如朱自清《背影》写于1925年，《荷塘月色》写于1927年，周作人《故乡的野菜》写于1924年，《乌篷船》写于1926年，鲁迅《从百草园到三味书屋》写于1926年。

基于当时这样的情形，王统照特别标示了“纯散文”的写作，强调所谓“纯散文”就是要使读者“阅之自生美感”。在王统照看来，有无“美感”，是“纯散文”与其他类型散文相区别的一个关键点，而要使散文增强“美感”，那么就“总不免带有点文学的成分在内”。在中国的散文传统中具有文史哲不分的特点，文本内部的互文性构成了文章的多种形态。因此，古代散文其实是一个包容繁杂的文体系统。现代将文学分为小说、散文、诗歌、戏剧四种基本文体，这是受西方文学分类影响的做法，着眼的是文体的表达功能和表达方式的差异。但散文是一种很特殊的文体，它游移于文学与非文学之间。晚清的新文体和“五四”的“新青年”体偏于议论说理，文学淡化。这在周作人、王统照等看来，是散文的一种不足。所以他们有“美文”“纯散文”等倡言。与周作人相比，王统照更直接地强调散文的纯化，看重散文中文学元素的贯注，突出散文的美感生成，这表明王统照散文的文学意识比周作人更为自觉。这种自觉实际上反映了当时文坛的一种基本倾向。

《纯散文》一文主要内容是解说这一文类的特征。王统照没有直说主旨，而是采用以反求正的方法说明对象。他指出：“纯散文没有诗歌那样的神趣，没有短篇小说那样的风格与事实，又缺少戏剧的结构。”王统照通过与诗歌、短篇小说、戏剧的比较，来显示“纯散文”的特征，他采用“排除法”求证所言说事物的性质。诚然，纯散文在整体上没有由诗语造就诗境、诗情、诗意所得的“神趣”，它也不追求写实，不追求叙事的完整性，它更没有以戏剧的矛盾冲突组织剧情的结构。那么，在王统照这里纯散文自身应有的体性在哪里？细读《纯散文》，我们就可以感知“有”在“无”处。王统照在分析纯散文为什么“难作”的原因时共列四条：“我想，（1）思想没有确切的根据。（2）辞技及各种语势不得有灵活的用法。（3）太偏重理智的知识，没有文学上的趣味。（4）以新文学的趋势，没有对纯散文加以提倡。”在这四条中，除第四条外，从前三条的否定表述中，我们可以推导出纯散文应有要素，即要言之有物（“有确切的根据”），不作空泛无物的言说；表述力戒老套呆板，讲求因势生文，随性用语，灵活构篇；内容的构成上不重诉诸智性的论议为文，而重具体形象的叙写与感悟，以人、事、景、情、意的有机融合生成文本的美感，求取的是“文学上的趣味”。综合周作人《美文》和王统照《纯散文》所给出的要点，我们大约可以感知艺术散文本体（“美文”或“纯散文”）的一些基本质性了。

（二）“个人的”和“最自由的”

在周作人、王统照之后，胡梦华1926年3月10日于《小说月报》第17卷第3号上，发表了题为《絮语散文》的文章。如文题所示，这篇文章主要解说“絮语散文”的文体风格和文体特质。文体风格涉及作品的取材和作者叙写对象的价值取向、表达艺术等。就取材而言，胡梦华认为絮语散文对“国家政闻、社会舆论不大说的，有时也许讨论得着，但不是严词正意地有头有序地记出来，只是散漫地零碎地写着”。“至于它的内容虽不限于个人经历、情感、家常掌故、社会琐事，然而这种经历、情感、掌故、琐事确是它最得意的题材。”这里，胡梦华明确地提出了絮语散文在题材方面所具有的日常性和个人化的特点，这一特点与作为社会批评、文明批评的杂文有了重要的区别，而且它还显示出重要的散文史意义。“正是在表达人生的叙述话语上边，可见出传统的中国散文与近代英国乃至欧美散文的基本分野。在传统的中国散文中，无论

‘载道’还是‘言志’，都很少关注日常经验中的人生状态。”[1]絮语散文对日常人生经验的关注，是对过往散文史的一种改写，凸现出中国散文现代性生成的基本要素，也表示了中国现代散文与欧美的趋近，体现着世界散文某种共同的指向。

“絮语散文”的“絮语”是一个有形态也可感的语词。“絮语”实际上有着软性、温和、闲适的意思在内，它和刚硬、凌厉、严正等相对。“絮语”与散文表现内容的日常性和个人性有关，它是对散文宏大性言说的一种反拨。在“文以载道”的总体规约中，不是说中国散文没有“絮语”类作品，而是说没有这样的传统，“絮语”散文被排斥在散文主流之外。就“五四”散文而言，基于思想启蒙的宏大主题，前期散文多以批判性杂感为主，这是一种有硬度的写作样式。即便是后来以“隐士”的姿态倡导美文的周作人，其前期也作为封建文化的“叛徒”写作了不少浮躁凌厉的杂感。此后文随时迁，美文之类的散文被文学自觉的散文作家等鼓吹并多有实践。胡梦华命名的“絮语散文”，他所用的“絮语”形象地表示了这一类散文的基本价值取向和作者叙说的态度，即不是用以直接的教训的，而是得之于具体的人事物理的感染：“它不像批评文或理论论文带着很庄严的态度，令人看了好像纸上露着肝火很旺的样子，怒目咬牙的形状。它乃如家人絮语，和颜悦色地唠唠叨叨地说着”；“好像看到或听到什么琐事，围着桌子低声细语地讲给你的慈母、爱妻或密友听……就好像你们常经验过的茶余酒后的闲谈”；好像是“茶馆里、浴室里、公园里”“那般浪漫文士的谈话”的“笔录”。胡梦华用了一系列可以唤起作者体验性回忆的譬说，强化絮语散文应有的闲适、温和、自由的风致。他告诉我们的是，絮语散文无意于公共话语的表达，不运用社论语体，不求取直接教化的功能，它只是作者就个体经验与读者所作的一种亲近言说。“说话”是絮语散文写作或是它审美生成的基本方式。

---

① 李庆西：《梁遇春：摆脱旧话语的一种途径》，载《中国现代文学丛刊》1993年第1期。

由絮语散文题材择取的倾向和作者叙说态度的设定，胡梦华进一步揭示出了这一文类的特质。个人化是表述絮语散文特质的核心关键词。作者是从“作者和作品的关系”中看取絮语散文个人化要义的。他说：“我们仔细读了一篇絮语散文，就可以洞见作者是怎样一个人：他的人格的动静描画在这里面，他的人格的声音歌奏在这里面，他的人格的色彩渲染在这里面，并且还是深刻地描画着，锐利地歌奏着，浓厚地渲染着。所以它的特质是个人的（personal），一切都是从个人的主观发出来，所以它的特质又是不规则的（irregular）、非正式的（informal）。”从周作人美文须用“自己的文句与思想”，到胡梦华絮语散文“是个人的”，反映出现代研究者对散文文体特性认知的演进。文学应是作家以个人经验（体验）反映人类存在的一种方式。文学的现代性，从某种角度上说，就是它的个人性。个人性的尊重以至张扬，表明现代民族国家精神的成熟。中国现代作家对散文个人性的表达，既昭示了他们作为主体自我意识的自觉，又表示了他们对于散文特性有着正确的理解。胡梦华强调主体人格对散文写作的影响。人格是反映作者气质修养、价值取向、性情志趣等具有个体特征的精神符号。散文要凸显作者的人格，而人格成为散文精神品格的内蕴。人格的个人化决定了作品的个人化；个人的，即是异他的，所以胡梦华说是“不规则的”。而这种“不规则”正是散文成为文学的一种极其重要的质素。因此，胡梦华有将絮语散文推至极致的表述，他说：“我们大概可以相信絮语散文是一种不同凡响的美的文学。它是散文中的散文，就同济慈（keats）是诗人中的诗人。”在胡梦华看来，造就絮语散文为“散文中的散文”的最关键之处，就在于作品在表现“家常絮语”题材时，能从中凸显作者个人的特质。这种特质，即为散文的“美质”。

发表于1928年10月10日《新月》上的《论散文》，是梁实秋研究现代散文的重要成果。这篇文章从题目上看，不同于周作人、王统照、胡梦华对散文所作的命名释义性文字，论者试图对散文进行更具有学理色彩的论说。梁实秋操持的散文观念和周作人、胡梦华等是近似的。他以为："散文是没有一定的格式的，是最自由的，同时也是最不容易处置，因为一个人的人格思想，在散文里绝无隐饰的可能，提起笔来便把作者的整个的性格纤毫毕现的表示出来。"梁实秋强调散文对作者人格思想的"全真"映照。之所以能够达成"全真"，是因为散文是"最自由的"文体，这种"最自由"是由作者的精神自由造就的。将散文视为"最自由的"文体，这在现代似由梁实秋最早提出，深得现代散文的精神本旨。

梁实秋的《论散文》，并没有对散文文体作整体性的论述，主要涉及的是散文创作论的一些具体问题。梁实秋独到地指出："一切的散文都是一种翻译。把我们脑筋里的思想情绪想象译成语言文字。"其实，从总体上说，一切的写作都是翻译。这是由写作的基本规律所决定了的。写作由观察感知（物）至内思构想（意）再至语言物化（文）三个基本环节构成。由意及文的"翻译"是必不可少的。散文"翻译"的特殊在于，它的语言物化的表现力体现为"把作者的整个的性格纤毫毕现地表现出来"。做到这一点，也就如作者所谓便形成了个人的"文调"。"文调的美纯粹是作者的性格的流露，所以有一种不可形容的妙处。"但"文调"又是具体的，可以言说的。"散文的文调应该是活泼的，而不是堆砌的——应该是像一泓流水那样的活泼流动。要免除堆砌的毛病，相当的自然是必须保持的。用字用典要求其美，但是要忌其僻。文字若能保持相当的自然，同时也必须显示作者个人的心情，散文要写得亲切，即是要写得自然。"

具体而言，从散文叙事看，作者应求取一种"简单"。"散文的妙处多端，然而最高的理想，也不过是'简单'二字而已。简单就是经过选择删芟以后的完美的状态。"散文的形态格局见小，精神世界见大，讲究尺幅兴波，方寸之中得大旨。梁实秋深知散文写作习见的几种"毛病"："太多枝节；太繁冗；太生硬；太粗陋。"在梁实秋看来："散文的美，不在乎你能写出多少旁征博引的故事穿插，亦不在多少典丽的辞句，而在能把心中的情思干干净净直截了当地表现出来。散文的美，美在适当。”“适当”是散文审美的一种尺度，过或不足与“适当”都是不符的。而从散文写作的实际看，主要的问题在于“过”。过犹不及，美就被毁损了。从散文语言看，语言应当真实地“翻译”作者的情思。梁实秋说：“平常人的语言文字只求其能达，艺术的散文要求其能真实——对于作者心中的意念的真实。”对散文语言的真实，梁实秋例说细微，他以为“字的声音，句的长短”，“都是艺术上所不可忽略的问题。譬如仄声字容易表示悲苦的情绪，响亮的声音容易显出欢乐的神情，长的句子表示温和弛缓，短的句子代表强硬急迫的态度，在修辞学的范围以内，有许多的地方都是散文的艺术家所应当注意的”。梁实秋对艺术的散文不作泛论，而从语言表情达意的具体性，强调散文作为语言艺术应注意的一些特殊要求。从作品的内在看，梁实秋反对理性的偏至，而倾向于那种“‘感情的散文’（impassioned prose）”。他认为：“散文绝不仅是历史哲学及一般学识上的工具。”他引用希腊时代批评家的观点，说：“散文的功效不仅是诉于理性，对于读者是要以情移。感情的渗入，与文调的雅洁……便是文学的高超性的来由。”散文是融合文学与非文学各种因素的具有跨文体特性的特殊文类。偏重于理性的散文与偏重于情感的散文相比，它少有一些文学的情趣和感染力。梁实秋《论散文》所论偏于文学的散文，所以，他对散文写作中“感情的渗入”尤为看重。

“五四”时期对于散文的命名或指称，除美文、纯散文、絮语散文等，还有一个名称就是小品文，简言小品。小品一词源于佛经出：“释氏《辨空经》，有详者焉，有略者焉，详者为大品，略者为小品。”小品指佛经缩写本，后转指散文或散文中的一种类型。如《明十六家小品》《现代十六家小品》等。“五四”后期至四十年代小品文一词用得较多，钟敬文曾说：“现在小品两字，则用得更其广滥。”[①]“五四”时对小品文的研究，将重点放在对小品文的作法与特质的讨论上。1926年8月开明书店出版了夏丏尊、刘熏宇合著的《文章作法》，其中有专谈小品文作法的，所谈具体，涉及五个方面：一是取材，作者认为：“作小品文必须注目于事物的细处”，“从许多断片的部分的素材中，选出最可寄托情感的一点拿来描写，这是作小品文的秘诀”。这可以说给出了小品文的一大特点，即小品文的取材倾向更关注的是“小”的材料，而不是“大”的材料，但“小”从“大”中取出，以小见大。二是重视表现主体的感受。小品文并不是一种重再现生活事实的文体，而是侧重于表现主体情思，凸显“我”的存在的文体。作者指出：“我们与事物相对时，心情中必有一种反应或感觉，这普通称为印象。”小品文“就是要把印象写出”。三是强调作品的表现力。小品文作为一种文学样式，它不必将所写直白地写出，而是“用了部分去暗示全体，才会有余情”。在作者看来，“暗示是小品文的生命”，“暗示”是构成小品文滋味的要素，而所谓“暗示”重要的就是要用富有表现力的语言形象生动地叙写对象。四是作品叙写要有“中心”。“没有中心，文字就要散漫无统一”，而“散漫无统一的文字断不能动人”。但作者所说的“中心”，并不局限于事项，“事项虽不前后联络，只要情调心情上能统一时，仍不失为有中心的文字”。这一表述近似后来所说的“形散神不散”。五是笔法的“机智”。“小品文如奇兵，平板的笔法断难制胜，非有机智不可。”这五个方面虽然说的是小品文的基本作法，但是实际上也归结出了这一体类的重要特质。

分析“五四”时期言说散文的一些关键词，可以看出其理论生成的背景与要素在不同程度上是借鉴欧美和日本的。周作人的《美文》是以“外国文学里有一种所谓论文”开篇的，其中介绍到爱迭生、兰姆、欧文、霍桑、高尔斯威西、吉欣、契斯透顿等“英语国

① 钟敬文：《浅谈小品文》，载《文学周报》第349期。

民里”的“美文的好手”。王统照在《纯散文》中，用以对照中国纯散文的佳者不多见的，是“西洋文学家”，他以为詹姆斯、斯密塞耳、柏格森、麦考莱等人“他们的著作却都是纯散文的”。胡梦华的《絮语散文》，全篇包含“概论”“孟田”“孟田以后”“蓝穆和韩士立”“余论”等五个部分，文章的主要篇幅用以介绍法英等国作家的散文创作。朱自清在《论现代中国的小品散文》中认为“现代散文所受的直接的影响，还是外国的影响”。这一观点，不仅适用于散文创作，而且更适用于散文的理论批评。这是从背景来看“外国的影响”。

另外，我们再来看理论要素的影响。厨川白村，是日本文艺理论家，他以为文艺创作是“自己生命的表现，也就是个性的表现”[①]。他的文艺观明显地受到柏格森、弗洛伊德等人有关学说的影响。1924年到1925年鲁迅将厨川白村的《苦闷的象征》《出了象牙之塔》等译介给了中国读者，从此厨川白村带有西方学说浸润的观念开始影响中国的文艺界，而对中国现代散文的影响更为直接。厨川白村在《出了象牙塔》中设有专节“Essay”，描述与解释现代散文。其中主要的内容有两个方面：一散文类似于“随随便便，和好友任心闲话”，“想到什么就纵谈什么”，“托于即兴之笔”，这里强调主体精神的自主自由和文本形态的不拘一格。二在散文中，“比什么都紧要的要件，就是作者将自己的个人底人格的色彩，浓厚地表现出来”。厨川白村的这些观点，深得经过“五四”新文化运动洗礼的现代作家的认同。对此郁达夫在《中国新文学大系·散文二集导言》中曾有指认：“鲁迅先生所翻厨川白村氏在《出了象牙塔》里介绍英国essay的一段文章，更为弄弄文墨的人，大家所读过的妙文。”对照胡梦华等人有关散文的表述，我们可以明显地发现其中的有些重要的表述受到了厨川白村的影响。

① 厨川白村著，鲁迅译：《苦闷的象征出了象牙之塔》，人民文学出版社1988年版，第9页。

二、周作人郁达夫的“五四”散文观

《中国新文学大系》是现代出版史上具有重要意义的一大文化工程，其目的是“想把五四以来的中国新文学作一次总结算”，“凡自一九一七年起至一九二七年止的十年间的论文小说诗歌戏剧散文等，都分头请人选择，汇成一帙”[①]。这一重大的文化工程由上海良友图书公司赵家璧主持。整套书系内含十集，包括《建设理论集》《文学论争集》《小说一集》《小说二集》《小说三集》《散文一集》《散文二集》《诗集》《戏剧集》和《史料·索引》。蔡元培作总序，胡适、郑振铎、茅盾、鲁迅、郑伯奇、周作人、郁达夫、朱自清、洪深、阿英等分别编选有关专集，各集的编选者还撰有导言，对所选对象进行梳理述评，并对一些相关问题作出说明、阐释。《散文一集》由周作人编选，《散文二集》由郁达夫编选。两集作品由上海良友图书公司于1935年8月出版。

（一）周作人“言志”的散文观

对于“五四”散文作家作品的选定原则，周作人没有更多地作正面的说明，他所强调的只是“随意”与“兼取”：“我与郁达夫先生分编这两本散文集，我可以说明我的是那么不讲历史，不管主义党派，只凭主观偏见而编的……除了与郁先生约定互相编选之外，其余的许多人大都是由我胡抓瞎扯的。”[②]其实，周作人的“随意”之中体现着他所体认并操持的散文观念。这种观念反映在他为《散文一集》所写的导言中。就导言的基本内容看，它实际上汇集了周作人有关散文的若干论述。作者对此有一说明：“以上都是我对于新文学的散文之考察，陆续发表在序跋中间，所以只是断

---

① 郁达夫：《中国新文学大系·散文二集·导言》，上海良友图书公司1935年版，第12页。

② 周作人：《中国新文学大系·散文一集·导言》，上海良友图书公司1935年版，第12页。

片，但是意思大抵还是一贯。”周作人自引的材料主要有《杂拌儿之二序》《燕知草跋》、重刊《陶庵梦忆序》《近代散文抄序》《美文》《中国新文学的源流》等。正如周作人自己所说，他的有关散文的思想是一以贯之的。周作人所推崇并实践的是一种“言志”的散文观。所谓“言志”的散文，就是“浸在自己的性情里，用了适宜的手法调理起来”的文学形式，这种形式处“在个人的文学之尖端”。在周作人看来，言志散文的元素是散文主体个人化（个性化）的“性情”。言志散文的意义在于为个体生命意蕴的感悟与发现提供一种自适的精神载体。与言志散文相对的，是周作人给出了载道散文的称名。他用“言他人之志即是载道，载自己的道亦是言志”[①]来区分所谓“载道”和“言志”的区别。很明显，周作人对载道散文是贬抑的，他借俞平伯的话，指说载道之文“差不多总是一堆垃圾，读之昏昏欲睡”。

在《散文一集》导言中，周作人并没有直接论说五四散文的特质。他采用正题侧说的方法揭示对象的性质。与胡适一样，或者是受胡适“‘五四’白话文学的兴起不是一种文学革命而是一种文艺复兴”之说的影响，周作人在考察新文学的源流时，认为“现代的散文在新文学中受外国的影响最少，这与其说是文学革命的，还不如说是文艺复兴的产物”。这里所说的“文艺复兴”，主要是指“五四”散文与晚明散文之间的精神性关联。周作人在为“五四”散文寻根溯源时，发现“现在的小文与宋明诸人之作在文字上固然有点不同，但风致实是一致”。“明清有些名士派的文章，觉得与现代文的情趣几乎一致，思想上固然难免有若干距离，但如明人所表示的对于礼法的反动则又很有现代的气息了。”周作人毫不掩饰他对明代独抒性灵一类散文的喜爱，以为明代袁宏道等人的作品，“虽然后代批评家贬斥他们为浅率空疏，实际却是真实的个性的表现”。由这些表述可知，周作人是借对明代散文中对“真实的

---

① 周作人：《中国新文学大系·散文一集·导言》，上海良友图书公司1935年版，第11页。

个性的表现”“对于礼法的反动”的肯定，来表示他对现代散文精神的理解的。“对于礼法的反动”，这是一种破，求取的是主体精神的自主，最后通过文本凸现的是作者“真实的个性”。在周作人看来，这正是“五四”散文独具魅力之所在。而“真实的个性的表现”，正是周作人所设定的选人衡文的一种基本尺度。

从广义上说，散文是一种边缘性的文体，但正是由于周作人将散文视作作者“真实的个性的表现”的一种写作方式，所以他更多的是从文学的角度去取舍散文的。这样，他在《散文一集》中就将议论性散文尽量地加以摒弃：“议论文照例不选，所以有些人如蔡孑民、陈独秀、胡适之、钱玄同、李守常、陶孟和等的文章都未曾编入。”“照例”言者，无非是指这些作者的议论文不符合周作人所持有的散文观念。他所提倡的“美文”，“记述的，是艺术性的”，其中“可以分出叙事与抒情，但也很多两者夹杂的”[①]。但五四时期的议论散文，就连胡适都是给予肯定了的。周作人明说不选议论文，但从选集实际看，其中有些文章属于议论文。如刘半农的《奉答王敬轩先生》，刘大白的《桐城派鬼话文合八股文的关系》，梁遇春的《人死观》等都可视为议论性的作品。从周作人开列的不入选的作者看，他们多数是当年《新青年》杂志的主持人或主要作者。因此可以推想，周作人的“议论文照例不选”的原因是复杂而多样的，除了有关于他的散文观念，还与议论文作者及其议论文本身的内容相关。刘半农、刘大白、梁遇春等作者是非政治性人物，所入录的作品并不直接关涉社会政治，讨论的是文化问题。这些情况，从一个特殊的角度，反映出了周作人复杂的文化心理。

但从总体上看，周作人操守的美文观念还是清晰的。这种观念主导着他对散文作者与作品作出选择。真实表现个性的美文，是周作人认可的散文；对美文孜孜以求并在创作中显示出美文的风致的作者，是周作人接受的作家。他所选的17位作者中，徐志摩、郁达

① 周作人：《美文》，载《晨报副刊》1921年6月8日。

夫、俞平伯、废名、孙福熙、徐蔚南都是擅长于写作美文的作家。居于17位作者首席的是徐志摩。这样的设置固然表示着选者对英年早逝者有一种悼念之情，但从根本上说是周作人对言志散文的执着，决定了他对入选对象的安排。毫无疑问，徐志摩这位新月派的名诗人，同时也是“五四”时期具有代表性的美文作家。周作人选徐志摩8篇作品，这个数目在《散文一集》中另外只有郁达夫一人而已。郁达夫其时与周作人分工编选散文集，周作人选录其较多作品，其间或许还存有些情面关系。郁达夫编选《散文二集》收录周作人的作品有57篇之多，占总数的近45%，以至于后来有学者认为“郁达夫选录的情况则近乎轻率”①。因此，实际上在周作人分工选录的作家中，他最看重的应是徐志摩。徐志摩的《翡冷翠山居闲话》《我们知道的康桥》《天目山中笔记》等作品无不体现着周作人的散文审美思想。在周作人这里，散文并不仅仅是一种语言的表达方式，而更是作家的一种生活方式或生活态度。将生活作为一种艺术，他说：“生活不是很容易的事。动物那样的，自然地简易地生活，是其一法；把生活当作一种艺术，微妙地美地生活，又是一法。”“生活的艺术只在禁欲与纵欲的调和。”②因此他求取闲适冲淡的生活，并将这样的生活艺术地转化为散文。这样写作散文也就成了作家生活的一种艺术。

作为一种生活的艺术，冲淡闲适的散文并不得之于社会现实，因为那里有太多的剑拔弩张，而是得之于人生寻常的生活，得之自人与自然合一的场景。《翡冷翠山居闲话语》这一文题与周作人的《乌篷船》《喝茶》一样，可以被视为美文精神的一种象征。“山居”的意象表示人向自然的回归，而“闲话”则意指言说者心灵的自适。在徐志摩的笔下，无现实中人与事的紧张，却有天人合一的和谐，并且在这种和谐之中，获得人生的某种境界。在

---

① 司马长风：《中国新文学史》（上），香港昭明出版社1980年版，第189页。

② 周作人：《生活之艺术》，收入郁达夫编：《中国新文学大系·散文二集》，上海良友图书公司1935年版，第142页。

人与自然合奏的交响中，作者实现着人向本我的回归——“自由与自在的时候，那才是你肉体与灵魂行动一致的时候。”这正是人生的一种理想的精神境界。而这便是周作人等知识分子追求的一种精神极致。这样以艺术的方式表达自由自在这种精神意蕴的《翡冷翠山居闲话》就成为关于生活、关于散文观念的一种生动而真切的注释。唯其此，《翡冷翠山居闲话》一篇才得以置于《散文一集》的“首席”。可以想见，周作人是将其视为美文的范本向读者推荐的。《翡冷翠山居闲话》一类的记游小品，在周作人所选的散文集中占有相当的比例。其中有俞平伯的《桨声灯影里的秦淮河》《西湖的六月十八夜》、徐祖正的《山中杂记》、徐蔚南的《山阴道上》等。周作人之偏爱记游小品，在我看来这主要不是自然景致的招引，而在于这一类作品所反映的人在自然中得以放逸而见出的真性情，成为周作人的一种精神向往。自然风物成为主体精神存在的一种背景，一种激发性情的媒质。美文的核心在于调制出作者的性情，用周作人的表述就是“集合叙事说明抒情的分子，都浸在自己的性情里”。因此只要是能够表现作者真实的个性的作品，无论它以何种形式出现，周作人总是给予肯定。顾颉刚是一个学问家，并不应该视为一个重要的散文家，但是周作人却把他的《〈古史辨〉自序》选入集中。虽然仅选一篇，但它约有5万多字，占了文集的七分之一的篇幅。这在比例上显然是一种出格。而这出格之中正合作者所设定的文格。因为这篇长序所叙述的并不尽是学究味见重的学问之事，其间也写出了作者的“时势，个性，境遇”：“我能承受我的时势，我敢随顺我的个性，我肯不错过我的境遇。”总之，如周作人所觉得的“这是很有趣的自叙”。所谓“有趣”，也就是有意趣情趣，有作者的性情在。这一点正契合了周作人的文心。

（二）郁达夫，散文复调的意蕴

与周作人对入选对象不作更多论评，对“五四”散文不作直接分析有明显的不同，郁达夫对相关的要点尽可能作出较为具体的说明和论析。郁达夫的导言共有6个部分，主要包括了三方面的内容：一是对散文体性的界定，二是对五四散文的总结，三是对入选作家的点评。与周作人一样，郁达夫将创作的个性化视为五四散文的最为凸现的特质。郁达夫以为“个性的表现”，“就是文学里所最为宝贵的”，而“现代的散文之最大特征，是每一个作家的每一篇散文里表现的个性，比从前的任何散文都来得强”。从整体上或从主导的层面看，现代散文（五四散文）所张扬的主体个性，毋庸置疑，在过往的散文史中是未曾见有的。主体个性的张扬，并不是主体本身的自造之物，而是由特定的历史条件催化滋生而成的。郁达夫注意到了主体个性与时代语境的内在关联，指出：

> “五四”运动的最大成功，第一要算“个人”的发见。从前的人，是为君而存在，为道而存在，为父母而存在的，现在的人才晓得为自我而存在了。我若无何有乎君，道之适于我者还算什么道，父母是我的父母；若没有我，则社会、国家、宗族等那里会有？以这一种觉醒的思想为中心，更以打破了械梏之后的文字为体用，现代的散文，就滋长起来了。

郁达夫的这种论析体现出他具有一种历史的眼光和历史的精神。

郁达夫论冰心，认为“冰心女士散文的清丽，文字的典雅，思想的纯结，在中国好算是独一无二的作家了”。他在分析冰心创作风格形成的原因时，特别地指出了作者的生活环境的因素与其创作风格之间的内在关联：“女士的故乡是福建，福建的秀丽的山水，自然也影响到了她的作风……佳山水处，都助长了她的诗思，美化了她的文体。”总之，郁达夫非常注意因人论文，往往在三言两语之间给出所选对象作为“这一个”的个性。如点评林语堂，以为“林语堂生性戆直，浑朴天真”，“《剪拂集》时代的真诚勇猛，的是书生本色”。作者对这些散文作家作精要的论评，拈出个性化作为主要的批评用语。“个性化”一语在郁达夫这里并不是一种批评的套话，以套话去论析个性化的对象，无疑会化解对象本有的个性色彩，而是由具体作品加以实证。

我们并不认为郁达夫所选的作家，所选的作品都是得当的，但我们可以说有相当多的入选作品支撑了郁达夫对它们的作者的论定。如应合对周作人文体舒徐自在，散漫之中有至味的评析，郁达夫差不多将最能反映周氏风格的代表作《故乡的野菜》《谈酒》《乌篷船》《鸟声》《喝茶》《碰伤》都选入了文集。这样，读者通过阅读这些作品，也就可以走近一个比较真实的作为散文家的周作人了。再如朱自清，郁达夫指说：“朱自清虽然是一个诗人，可是他的散文，仍能够满贮着那一种诗意，文学研究会的散文作家中，除冰心女士外，文字之美要算他了。”这样的评论得之于论者对朱自清作品的阅读体验，他所选录的作品清晰地反映出朱自清散文的诗性特点。如《桨声灯影里的秦淮河》《温州的踪迹》《荷塘月色》等作品充分展示出朱自清散文丽美的一面，这表示着朱自清的诗心在不同文体中的融通。但朱自清其人又有朴诚真挚的一面，其生活受社会与家庭的影响常常有诸多的不如意处，而作者的真诚在日常生活图景中显示着特别感人的力量。所以郁达夫将朱自清的《背影》收入。这样的配置，既突出了朱自清散文的主导特点，同时又体现了他的创作风格的多样性。郁达夫编选散文集，注意突出不同散文作家不同创作个性的努力，是成功的。这从文学本位的角度，突出地显现了五四散文的历史价值。五四的历史意义，从某种角度而言正在于“人”的发现。散文，作为主体精神现实一种直接的表达方式，它的个性化正是主体个性化的一种表征。而这些则导源于“五四”个性解放思潮的激荡。

个性的五四散文，是周作人与郁达夫共同看重的。但在观照五四散文时，郁达夫的视野相对要开阔得多。他指出并分析五四散文具有四个方面的特征。凸现五四散文的个性化特征，主要是凸显了五四散文的精神品质。郁达夫所指称的特征之二、之三主要是关于五四散文的内容的。他说："由梁先生的这一段论断出发，我们又可以晓得现代散文的第二特征，是在它的范围的扩大。这散文内容范围的扩大，虽然不就是伟大，但至少至少，也是近代散文超越古代散文的一个长足的进步。"梁实秋的"论断"对现代散文的某种情形作了否定。他指出："近来写散文的人，不知是过分的要求自然，抑过分的忽略艺术，常常的沦于粗陋之一途。无论写的是什么样的题目，类皆出之以嬉笑怒骂；引车卖浆之流的语气，和村妇骂街的口吻，都成为散文的正则。像这样恣肆的文字，里面有的是感情，但是文调，没有！"郁达夫对梁实秋这种以"文调"取舍散文的观点，明显地表示出了他的不以为然，他用诘问的语气对梁实秋的"论断"进行质疑："难道写散文的时候，一定要穿上大礼服，带上高帽子，套着白皮手带去翻出文选锦字上的字面来写作不成？扫烟窑的黑脸小孩，既可以写入散文，则引车卖浆之流，何尝不也是人？人家既然可以用了火烧猪猡的话来骂我们中国人之愚笨，那我们回骂他一声直脚鬼子，也不算为过。"郁达夫反对给散文立定戒律，以求取散文自由的体性。在导言中，他引述林语堂招致非议的"宇宙之大，苍蝇之微，无可不谈"之语，表示对此的认同。他还大段引用美国文艺理论家尼姊（Nitchie）的论述作为对自己持论的一种支撑。尼姊以为散文这种文体"并不曾有过什么特定的限制。尤其是在那些不拘形式的家常闲话似的散文里，宇宙万有，无一不可以取来作题材，可以幽默，可以感伤，也可以辛辣，可以柔和……"，郁达夫的引证在于证明散文宜散的观点。"散"是对于规矩的一种解构，"散"的实现见于主体个性的张扬，而内容的随意、形式的无拘则是其基本的文体形态。郁达夫将内容的拓展视为五四散文的一大特征，这既反映了他对五四散文观察的正确，也表示了他对现代散文文体某种体性认知的得体。

郁达夫不仅从表层的方面看到了五四散文内容的一些显著变化，而且也从作品内涵方面透析出其时散文创作所具有的特质。他指出："现代散文的第三个特征：是人性，社会性，与大自然的调和。”在他看来传统的散文主旨是单味的，而现代的散文具有复调的意蕴：“从前的散文，写自然就去写自然，写个人便专写个人，一议论到天下国家，就只说古今治乱，国计民生，散文里很少人性，及社会性与自然融合在一处的”，“而现在的散文就不同了，作者处处不忘自我，也处处不忘自然与社会。就是最纯粹的诗人的抒情散文里，写到了风花雪月，也总要点出人与人的关系，或人与社会的关系来，以抒怀抱，一粒沙里见世界，半瓣花上说人情，就是现代的散文的特征之一”。传统散文既排拒人性的表现，又回避社会性的反映。五四时代对于人性的观照则成为散文作家的共识，并且在他们的创作中多有体现。郁达夫将“人性、社会性，与大自然的调和”视为五四散文的特征，从语言表达看他所强调的并不是“人性”，而是人性、社会与自然的调和。但这只是语言表层结构所表示的一种意思。结合上下文的具体语境看，我们可以发现郁达夫在这里所要突出的是散文的社会性。这并不意味着郁达夫对散文个性的无视，事实上，他将个性的凸性视为五四散文的主要的第一特征。

郁达夫是从特殊的社会存在对于散文创作所产生的影响，来论析散文社会性的意义的。郁达夫以为散文与社会并不是各自独立的存在，“时代的潮流与社会的影响”在现代散文发展中留有深刻的烙印，“统观中国新文学内容变革的历程，最初是沿旧文学传统而下，不过从一新的角度而发见了自然，同时也就发见了个人；接着便是世界潮流的尽量的吸收，结果又发现了社会。而个人终不能遗世而独立，不能餐露以养生，人与社会，原有连带的关系，人与人类，也有休戚的因依的”。郁达夫将“人与社会”作联动的考察，是颇寓意义的。指出人与社会的关联，这就为肯定散文的社会性提供了哲学的根据。在郁达夫这里，散文的人性，个性是最为重要的，但并不是散文主旨表现的全部；散文既应该表现出人性，也应该反映出社会性。他指出：“艺术家是善感的动物，凡世上将到而未到的变动，或已发而未至极顶的趋势，总会先在艺术家的心灵里投下一个淡淡的影子；五卅的惨案，早就在五四时代的艺术品里暗示过了，将来的大难，也不难于今日的作品里去求得线索的。……近年来散文小品的流行，大锣小鼓的小说戏剧的写作，散文中间带着社会性的言辞的增加，等等，就是这种影响的指示。”由此可见，郁达夫对散文社会性是颇为关注的，而且对社会性的散文是给予肯定的。

正是在这里，郁达夫与周作人的散文观显示出了差异。周作人在新文化运动中作为一名旧文化的“叛徒”，“在文章中所谈的总还是不出文学和时事这两个题目”，“说着流氓似的土匪的话”[①]，文章有浮躁凌厉之风；但后来因着时势的变迁，他的“叛徒”的角色渐次淡出，至编选散文集时已是十足的“隐士”了。周作人的这种角色转换，反映在他的散文观念中，就是极其推重个人化色彩浓重的以个性、人性表现为要务的散文，对反映社会生活、表达作家社会思考的作品则有些漠视。在他的散文导言中，有一种唯个性是重的倾向，他不取新文化运动主将的议论性散文，实际上反映了他的重个人性轻社会性的散文观。这样一种观念，作为对传统的“文以载道”说的反拨，自有一种可取的进步意义；但如果把它推向极端，将个人性与社会性加以截然的对立，则又人为地给散文家设置了桎梏。在这样一种情景中，郁达夫指出散文社会性的意义，这显示出了他作为选家、批评家所具有的开放的眼光和兼取的艺术尺度。这相对于周作人的偏窄是一种颇有裨益的补充。

郁达夫异于周作人，比较看重社会性散文的价值，这与他本人的创作实践与思想倾向有关。郁达夫曾与郭沫若、成仿吾等发起组织创造社，1928年与鲁迅合编过《奔流》月刊，后一度又参加“左联”。他撰写《文学上的阶级斗争》《无产阶级专政和无产阶级的文学》等文章，表示了他对无产阶级革命的认同与肯定。他将文艺

① 周作人语。见阿英：《现代十六家小品·周作人小品序》，上海光明书局1935年版，第2页。

置于社会的宏观背景中加以考察，认为“现代的国家是和艺术势不能两立的，目下各国的革新运动，都在从事于推翻国家，推翻少数有产阶级的执政，我确信这不断的奋进，必有实现的一天。地球上的国家倒毁得干干净净，大同世界成立的时候，便是艺术的理想实现的日子。”[①]很明显，郁达夫禀持的并不是唯艺术的文学观点，这样，他对散文社会性的重视就是必然的了。

① 郁达夫：《艺术与国家》，收入周作人编：《中国新文学大系·散文一集》，上海良友图书公司1935年版，第172页。

三、“散文年”理论批评的建构与意义

一直到现在，散文的理论批评与散文创作是很不对称的。无疑，颇具规模且有名家支撑的20世纪散文创作，成为现代中国文学史的重要构成部分。但是，对这一文体所作的理论批评，无论存量，还是品质，都显得有些差强人意。这并不是说，20世纪的中国散文理论批评一无是处。比之于其他文体，散文的“散”，散文理论资源的相对不足等，都影响了散文文体理论的建设性的推进。感性的、非系统化的存在，是20世纪中国散文理论批评的基本特征。在这样的特殊背景中，我们考量20世纪30年代和60年代“散文年”的理论批评的情状，就可感知进而正确地评估其价值。“散文年”的理论批评，是散文理论批评史中值得我们关注的“亮点”。

（一）歧异与共生：论争中的小品文理论

20年代对于散文的命名或指称不一而足，除美文，纯散文，絮语散文等，还有一个名词就是小品文，或简言小品。小品一词由佛经出，有言“释氏《辨空经》，有详者焉，有略者焉，详者为大品，略者为小品”。小品指佛经缩写本，后转指散文或散文中的一种类型。如《明十六家小品》《现代十六家小品》等。至20世纪20年代中叶以降小品文一词用得渐多，钟敬文曾说：“现在小品两字，则用得更其广滥。”[①]1934年被人称之为“小品年”：“今年文坛上小品文大为流行，小品文的刊物一时风起云涌。”[②]可见，小品文是二三十年代的一种重要的文学形式。对这样一种文体，关注者不少，单篇言说的文章颇多，专题研究的著作也有出版。大约由1932年前推至20年代中叶，言者自说自话，各自作着关于小

① 钟敬文：《浅谈小品文》，载《文学月报》第349期，1928年12月23日。

② 茅盾：《关于小品文》，载《文学》第3卷第1号，1934年7月1日。

品文的阐释；1932年以后若干年间，操持不同小品观的作家间展开了关于小品文的论争。在特定的历史场景中，各执一词的双方似乎是不可调和的；但从文体理论建构本身而言，这种论争倒从不同的角度丰富并完善着小品文的文体理论内存。论争双方的代表性人物一为林语堂，一为鲁迅。林语堂所代表的是自由派作家或隐士派作家，而鲁迅所代表的是左翼作家。在特殊的社会文化生态，尤其是阶级矛盾日渐尖锐的背景中，由于各自持守的政治立场、文化观念以及审美趣味的差别，所以对小品文的阐释也就会各取所需，各执一词。林语堂与鲁迅在“语丝”前期曾是同志，日后由于诸种情势的变异，两人疏离。林语堂是20世纪30年代重要的散文组织者和散文作家。他先后主办了《论语》《人间世》《宇宙风》等刊物，这些刊物一时成为散文小品创作的重镇，影响颇大。正如胡风所说：“《论语》及其姐妹刊物《人间世》，广泛地走进了读者社会。”①“论语”成为一种散文流派命名的主题词，称为“论语派”散文。

林语堂散文观念的核心是“幽默”，这在林语堂这里差不多是一贯的。早在20年代，他就发表过《征译散文并提倡幽默》《幽默杂语》等文章，至30年代他又撰发《答青崖论幽默译名》《会心的微笑》《论幽默》等文章，对幽默进行解释并大力倡导。林语堂等于1932年9月创办《论语》。他在《答青崖论幽默译名》一文中说：“《论语》本拟逐期选登中国幽默文字。”②《论语》到底为何种刊物，我们既可以从主事者那里知晓，又能从读者的反响中了解。他人对于《论语》的评论，我们可从林语堂《我们的态度》③一文中知道一二。林语堂写道：“《论语》半月刊以提倡幽默文字为主要目标，很引起外间的误会，犹如幽默自身就常引起国人的误

① 胡风：《林语堂论》，载《胡风评论集》，人民文学出版社1985年版，第6页。

② 林语堂：《答青崖论幽默译名》，载《我的话（下编）》，上海时代书局1948年版，第17页。

③ 林语堂：《我们的态度》，载《论语》第3期，1932年10月16日。

解……有人认为这是专载游戏文字，启青年轻浮叫嚣之风，专作挖苦冷笑损人不利己的文字。有人认为，这是预备出新《笑林广记》供人家茶余酒后谈笑的资料。有人认为幽默即是滑稽，没有思想主张的寄托，无关宏旨，难登大雅之堂。”林语堂以为这些都是“误会”。“误会”的成分肯定是有的，但“误会”的造成部分地导源于《论语》的倾向也是无疑的。

林语堂的幽默文学观主要通过散文小品的倡导与实践来体现的。到创办《人间世》时，他的散文观更为明确。他在《发刊〈人间世〉意见书》[①]中集中地直接地宣告了他的主张。林语堂认为：“中国现代文学唯一之成功，小品文之成功也。”而“《人间世》之创刊，专为登载小品文而设，盖欲就其已有之成功，推波助澜，使其愈臻昌盛”。对于小品文林语堂有着自己的解释：“盖小品文，可以发挥议论，可以畅泄衷情，可以摹绘人情，可以形容世故，可以札记琐屑，可以谈天说地，本无范围，特以自我为中心，以闲适为格调，与各体别，西方文学所谓个人笔调是也。”《人间世》所刊小品文的内容可以“包括一切，宇宙之大，苍蝇之微，皆可取材，故名之为《人间世》”。作品的样式“除游记诗歌题跋赠序尺牍日记之外，尤注重清俊论文及读书笔记，以期开卷有益，掩卷有味，不仅吟风弄月，而流为玩物丧志之文学已也”。林语堂这里所标示的“以自我为中心，以闲适为格调”，张起的正是他小品文理论的旗帜。在我看来，以自我为中心，以闲适为格调，以幽默为本体正是林语堂小品文理论的三要素。特定的社会背景和文化立场，决定着以鲁迅为代表的左翼文化人对“论语”派的理论及其创作，必然会作出反应。鲁迅写作《小品文的危机》《寻开心》等文章，参与到关于小品文的论争之中。鲁迅并不一概反对幽默，他在《从讽刺到幽默》一文中就说：“但倘不死绝，肚子里总还有半口闷气，要借着笑的幌子，哈哈地吐他出来。笑笑既不得罪别人，

① 林语堂：《发刊人间世意见书》，载《论语》第38期，1934年4月1日。

现在的法律上也尚无国民必须哭着脸的规定，并非‘非法’。”鲁迅所不满“论语派”的是他们的无视社会的现实存在，只在文学的系统中论文学。鲁迅将“论语”派散文视为文学上的“小摆设”，他以为这些“小摆设”“在风沙扑面，狼虎成群的时候”，“靠着低诉或微吟，将粗犷的人心，磨得渐渐的平滑”。在鲁迅看来，时代的特殊规定，“所要的也是匕首和投枪，要锋利而切实，用不着什么雅”。鲁迅的观点集中地体现在他的《小品文的危机》[①]一文中。鲁迅以为：“小品文的生存，也只仗着挣扎和战斗的。”“生存的小品文，必须是匕首，是投枪，能和读者一同杀出一条生存的血路的东西；但自然，它也能给人愉快的休息，然而这并不是‘小摆设'，更不是抚慰和麻痹，它给人的愉快和休息是休养，是劳作和战斗之前的准备。”鲁迅基于所负的社会批评、文化批评使命，特别强调小品文的战斗功能，在他看来小品文的审美因素（给人“愉快和休息”）也都是关联战斗的。鲁迅是着眼于文学与社会的关系，来确定小品文的价值功能的。

鲁迅之外，茅盾写有《关于小品文》、朱光潜写有《论小品文——一封给〈天地〉编辑者徐先生的公开信》，还有很多作家都撰文参与了关于小品文的讨论。《小品文和漫画》这一集子集中地收录了大半的讨论成果。《小品文和漫画》由陈望道编辑，1935年3月由生活书店出版。此书是作为由陈望道主编的《太白》杂志的纪念特辑出版的。《太白》以发表批判现实，针砭时弊的杂文为主，这一性质决定了特辑收录文章的基调，总体上大多对“论语”派的主张进行批评的。其观点近似于鲁迅。如臧克家认为：“小品文应该是寒光袭人的匕首”，“对于小品文我个人的胃口是喜欢硬性活泼的”，看“一些软性的东西”“心立刻便厌烦起来”，“感到了乏味”（《我的胃口》）。许杰也认为：“做小品文，我想也应该同做人一样，第一要活着，第二要有骨有肉，第三要有现代的

---

① 鲁迅：《小品文的危机》，载《现代》第3卷第6期，1933年10月1日。

社会意味。”“有些绅士们，说小品文要有‘个人笔调’，我却说小品文要有‘社会风格’。”（《小品文的社会的风格》）这里表示着论者对闲适的个人小品的否定。唐在《小品文拉杂谈》中，直接批评了林语堂的小品文主张。他说：“自从《人间世》创刊以后，主编者以为小品文当以自我为中心，闲适为格调。于是违反这两个条例的短文章，就仿佛变做弃婴，给摒绝于小品圈外了。”在唐看来，“闲适是决不能独占小品圈子的”。“小品文作家，应该注意于小品文的发展，不要让它停顿在‘闲适’上”。以上论议者所不满意“论语”派散文的主要是它的立足于个人化的闲适，他们主张小品文也应该注重观照现实，对“恶”的存在进行批判。在差不多对闲适小品一片反对声中，郁达夫的《小品文杂感》少了一种批判的意味，而显得较为折衷。他没有否定那种“清淡”“幽默”“闲适”的小品文，只是以为此类宜与时俱进：“至于清淡的小品文，幽默的小品文，原是以前的小品文的正宗，若专做这类的小品文，而不去另外开拓新的途径，怕结果又要变成硬化，机械化，此路是不通的。但是小品文存在一天，这一种小品文也不会消灭。清淡，闲透，与幽默，何尝也不可以追随时代而进步呢？”林语堂是一个不肯轻易改变自己观点的作家。面对阵势颇大的批评队伍，他并不退缩：“办幽默刊物是怎么一回事？不过办幽默刊物而已，何必大惊小怪？……充其量，也不过在国中已有各种严肃大杂志之外，加一种不甚严肃之小刊物，调剂调剂空气而已。原未尝存心打倒严肃杂志，亦未尝强普天下皆写幽默文。现在批评起来，又是什么我在救中国或亡中国了。”（《林语堂自传》）他似乎有些我行我素，坚守他们理论初衷。在《论小品文的笔调》中，他强调小品文的笔调，就是“闲适笔调”或“个人笔调”，这种笔调“略如高朋话旧，私房娓语”，“笔墨上极轻松，真情易于流露”。[①]在《论文》中他又张扬散文的“性灵说”，以为“文章者，个人

① 林语堂：《论小品文的笔调》，载《人间世》第6期，1934年6月20日。

之性灵之表现”，“性灵就是自我”。[1]20世纪30年代这一场关于小品文争论的生成，有多方面的原因，最根本的原因在于论者基于了各自不同的文化立场。而具体的原因则与论者对小品文的不同理解有关。小品文似乎并没有一个十分明确的文体界定，它是一种边缘化的边界交叉的文类，观照者对其观照视角不同，其所见也就不同了。鲁迅等左翼作家更多地运用社会历史的批评方法，所取的小品文中的杂文或报告文学元素，因此更看重小品文的社会批判和社会报告的功能。如唐弢在《小品文拉杂谈》中就将小品文指称为杂文，他说：“我的所谓小品文，其实就是现在一般人所浑称的杂文。”而王任叔则说：“我所欢喜的小品文，是有骨有肉，又有血的有生气的东西，是所谓的报告文学。”[2]林语堂等作家主导的文学观念是人本主义和自由主义，他们更关注文本对于主体的观照与表现，强调的是个体性灵情趣，不同于鲁迅等从社会政治看小品的是，林语堂是从文学看小品，从小品看社会文化的。基于当时的社会环境，林语堂的小品文理论有些不合时宜。现实社会没有更多地给予作家幽默闲适的可能，要解构不合理的社会秩序，需要小品文有一种偏向于似匕首，似投枪的功能。从林语堂等人小品文的实际看，他们所写也并不是一律的无意义的滑稽取笑。文学史家阿英分析文学家面对黑暗现实的压迫有三条道路可以选择，一是“打硬仗主义”，鲁迅为代表；二是“逃避主义”，周作人为代表；三是“幽默主义”，林语堂为代表。林语堂是介于“斗士”与“隐士”之间的中间人物：“打硬仗既没有这样勇敢，实行逃避主义又心所不甘，讽刺未免露骨，说无意思的话会感到无聊，其结果就走向了‘幽默’一途。”[3]林语堂的幽默是既有为又无为的一种独特的幽默。现在看来，30年代小品文争论中所出现的不同主张，从本体论的角度视之，正是小品文应兼具并容的质素。小品文既可以似匕

---

① 林语堂：《论文》，收入《大荒集》，生活书店1934年版。

② 王任叔：《小品文的前途》，收入《小品文和漫画》，生活书店1935年版。

③ 阿英：《现代十六家小品·林语堂小品序》，上海光明书局1935年版。

首，似投枪，用以战斗；也可以似牧歌，似轻喜剧，给人以愉快和休息。从文体本身而言，这两者之间并无矛盾，是相辅相成的。

（二）“笔谈散文”：非常年代的意义生成

文学理论批评的价值，有时并不完全由它本身的品质所决定，而体现在它与社会的关系之中，体现在它与处于特定社会关系中的作家创作中的关联中，简言之，价值生成于理论批评所居于的社会文化生态中。20世纪60年代初期的散文理论批评就属于这种情况。

30年代初期，有关小品文的论争促成了这一文体理论批评研究的深化。它的生成背景之一就是“小品文年”：“一九三四年的杂志年，所有的杂志，除掉少数的几种，所刊无非是小品文。其实可以说是小品文年。”[①]而60年代初期“笔谈散文”的推出，也无不关联着“散文年”。1961年，散文创作经过几次折腾，开始复苏和兴旺，是年被人们视为“散文年”。[②]“散文年”可以说是一个被召唤回来的散文时代：“举凡国际国内大事、社会家庭细故、掀天之浪、一物之微、自己的一段经历、一丝感触、一撮悲欢、一星冥想、昨日的凄惶、今朝的欢快，都可以移于纸上，贡献读者。”[③]“散文年”里一批影响一时的作品《船夫曲》（魏钢焰）、《长江三日》（刘白羽）、《茶花赋》（杨朔）、《记一辆纺车》（吴伯箫）、《樱花赞》（冰心）、《红玛瑙》（刘白羽）、《荔枝蜜》（杨朔）以及《雪浪花》（杨朔）分别发表在《人民文学》《人民日报》和《红旗》等顶级报刊上。“笔谈散文”在“散文年”的背景中生成，它也推动着“散文年”的发展。“笔谈散文”作为一个专有名词，由于它具有某种特殊意义，已成为进入中国当代散文史或散文理论批评史的一种存在物。“笔谈散文”作为《人民日报》一个栏目，首开于1961年1月28日第8版上，历时约半年。“笔谈”

---

① 许钦文：《关于小品文》，收入《小品文和漫画》，生活书店1935年版。

② 范培松：《中国散文批评史》，江苏教育出版社2000年版，第380页。

③ 周立波：《1959—1961散文特写选·序》，人民文学出版社1963年版。

是一种较为随意的讨论形式，响应者很多，老舍、李健吾、师陀、柯灵、秦牧、菡子、萧云儒等都撰文参与对散文的讨论。受《人民日报》的影响，《文艺报》《文汇报》《光明日报》《花城》等报刊也发表许多作家学者探讨散文的文章。百花文艺出版社对讨论的成果相当看重，汇集成书于1962年12月出版《笔谈散文》，至1964年6月又出版《笔谈散文续编》。到1980年3月，百花文艺出版社从原先所出的两本笔谈散文中精选29篇文章，出版了《笔谈散文》重编本。由以上背景的介绍可见，"笔谈散文"已不是最初的一个栏目的名称，它可以视为60年代初期散文理论批评的一个指称。"笔谈散文"中包含的内容较多，涉及散文文体论、创作论、文体史论、作家作品评论，有评论现当代散文作家作品，也有评论古代散文作家作品的。因此，它的价值具有多重指向。但从现当代散文理论批评这个角度看来，其中有关散文的多样化诉求与散文的诗意追寻是最具有理论批评史价值的。

散文的多样化与文学的多样化一样，这并不是一个新鲜的话题。早在20年代周作人、胡梦华等人的有关表述中已指出了这一点。30年代关于小品文的争论中，其实也涉及这一问题，"匕首""投枪"与"幽默""闲适"并不是互相排斥的，在小品文的范围里应是同存共荣的。散文的多样化被作家学者作为一个问题提出来，是因为在特定的文化生态中，多样化的散文风景并不容易见到了。我们检视当代散文起始时期的景况，可以发现散文创作与社会存在，与作家的情志心路息息相关。1949年中华人民共和国建立以后，为了巩固新生的国家，主流话语历史地需要进行意识形态一体化（一元化）的整合工作。在思想文化教育等领域，进行了系列化的知识分子改造或自我改造的运动。文学作为国家意识形态建构中的重要内容，理所当然地被纳入到政治文化的中心地带。这样，在当时散文、包括整个文学的多样化变成了一种脱离实际的理想。在50年代，"散文、特写、报告文学是文学战线上的尖兵，是时代的感应神经，战斗的号角"，散文作家的任务是要把人民群众的"丰功伟绩、模范事例用最快的速度变为全国人民共同的财富，成为鼓舞生活前进的推动力量”。[①]在50年代的一段时间散文特写、通讯报告出现了合体不分的现象，写作的基本取材与主题由两大类构成，一是反映抗美援朝战争，歌颂最可爱的人；一是反映新中国社会主义建设，歌颂新时代新人物。题材与主题显得相对偏窄。这种情况到了60年代初期有了改变，政治与文学之间的紧张关系有所改善。在这样一种背景中，一部分作家的知识分子品性——心灵自由化开始滋长起来，这种滋长表现为有限度地提出以文学多样化来实现写作的自由，作家对散文写作多样化的要求也因此被提出来了。秦牧的《散文领域——海阔天空》原刊于《花城》杂志，后收入《笔谈散文》，此文的核心意思是言说散文多样化的问题。文章开篇，秦牧将散文喻为“文学树”上的花，对这“花”表示出了一些不满。他说：“平心而论，这枝花开得还是不够绚丽。我们现在所读到的散文，精粹警辟的、谈笑风生的、亲切感人的、玲珑剔透的，使你读时入了神、读后印象久久不会消失的，还是不多。我们有理由来关心，来呼吁：让这枝花开得更加绚丽些。”秦牧以为散文“这个领域是海阔天空的”。“我们应该有内容异常广泛的散文。”他批评：“我们的散文作品内容很不够广泛。”“很不够广泛”这一评语可以见出言者的胆识和勇气，秦牧涉及当时一个敏感的许多人都回避的问题，即文学与政治的关系问题。题材的不够广泛很大程度上归因于作家过多地注重反映政治中心的题材。对此，秦牧明确地提出了自己的观点：“对于重大的政治社会事件发表文艺性的评论，论述令人感动的新人新事，反映社会主义建设的面貌，抨击腐朽落后的事物——这些事情自然是最主要的，我们也应该有大量的散文担当着这样的使命。”“然而，散文创作的内容却不应该仅仅局限在这样的范围，因为：主要的并不是唯一的，次要的也不是无足轻重的。”据此，秦牧提出：“除了国际、

① 马铁丁：《1958年散文特写选序》，作家出版社1959年版。

社会斗争、艺术理论、风土人物志一类的散文外，我们应该有知识小品、谈天说地、个人抒情一类的散文。”“有些人也许以为那样的东西，脱离政治”，但秦牧认为这“并不能看做是脱离政治”，他设问道：“为什么在出版物里面登一些拉杂闲谈的知识性的文章，就叫做‘脱离政治’？”像秦牧这样直接明确地提出要写“拉杂闲谈”“个人抒情”诸类的散文，在当时并不多见。但他确实代表了许多散文作家的呼声。与题材内容多样化相关联的是作品形式风格的多样化。秦牧反对散文写作中形式的“老套、单调”，认为散文的形态应该是有所变化，其风致也因人因事有异：“那些最好的散文，有的使人想起了银光闪闪的匕首，有的使人想起了余音袅袅的洞箫，有的像明净无尘的水晶，有的像色彩鲜明的玛瑙……一切的散文形式都应该提倡。”散文题材内容、写作形式的多样化，所指只是一个表层的问题，而问题的关键在于散文个性化实现的可能，而散文的个性化无疑导源于散文作者的个性化。对此，秦牧作有解释。他先从文学的通则，即文学是“通过个性表现共性”，“要求作者不回避表现自己”，证明文学个性化的必要，然后说明散文中个性表现的意义。作者认为诗歌和散文更加应该注意表现个性，表现作者自己：“在‘直诉胸臆’和倾泻感情的时候，如果一个作家回避表现自己，就不可能写出精彩动人的文字，也不可能给人任何亲切的感受。因为他只讲一般的道理，用一般的语言，而不敢写出具有个性的见解，具有独特风格的语言。而没有独特风格的文学作品又往往是缺乏生命力的。其实问题不在于表现‘我’有什么不好，而在于这个‘我’究竟是个人主义的、脱离群众的、低下的，还是集体主义的和群众共呼吸的、崇高的？我想，真正动人的散文，那个作者的音容笑貌，是总会浮现在读者面前的。”在当代“十七年”文学创作中，总体上是规避“表现自己”的提法的。秦牧基于自己对散文创作规律的体认与尊重，作出了上述的阐释，这在当时的散文理论批评中不能不说是一个令人注目的亮点。与秦牧持相似观点的还有徐迟、柯灵、川岛等，徐迟在《说散文》中以较多的篇幅论说散文的风格，而风格即其人，涉及的自然也是多样化与个性化的要旨。柯灵在《散文——文学的轻骑队》中提出了“时代的脉搏，作者的个人特征，要在散文中作最好的融合”的观点，认为散文“它可以是匕首和投枪，可以是轻妙的世态风俗画，也可以是给人愉快和休息的山夜曲”，“它可以欢呼、歌颂、呐喊、抨击，可以漫谈、絮语、浅唱、低吟，也可以嬉笑怒骂，妙语解颐”，“它可以是激越的风景，也可以像大江在月光下静穆的流动”①。川岛直接以《散文既须有时代风格，也要有个人风格》，分析了时代风格与个人风格之间的关系，有针对性地强调散文要有“表现作者个人特征的个人风格”。现在看来，或在一个社会政治生活正常的时代看来，以上的一些表述差不多是一种文学常识。尽管60年代初期文学与政治之间的紧张关系有所松动，但是其时尚不是一个常识尽人皆知或是常识成为人们行为准则的时代。不久，以阶级斗争为纲成为号召天下的指针，其后又爆发十年“文革”，散文或文学的个性化表现最终又只能成为藏之于心底的一种渴望，而不能在写作中有所凸现。

“笔谈散文”时代另外一个有价值的话题即是散文中的诗意追寻。在散文作家中明确地提出诗意问题并且产生较大影响的当是杨朔。杨朔在1961年由作家出版社出版的散文集《东风第一枝》小跋中对此作有表述，他说：“我在写每篇文章时，总是拿着当诗一样写。我向来爱诗，特别是那些久经岁月磨炼的古典诗章。这些诗差不多每篇都有自己新鲜的意境、思想、情感，耐人寻味，而结构的严密，选词用字的精炼，也不容忽视。我常想：写小说散文不能也这样么？于是就往这方面学，常常在寻求诗的意境。”杨朔关于“诗化”的说明，得之于他个人写作的实践，他的不少散文正是他所说的“诗化”的标本。菡子，李元洛、刘昭明也作文对散文的诗意加以阐述。菡子作有《诗意和风格》，李元洛，刘昭明分别发表

① 柯灵：《散文——文学的轻骑》，载《人民日报》1961年2月28日。

了同题的文章。刘昭明认为："我们时代的生活是充满诗意的"，"情文并茂，充满诗意，是时代对散文提出的要求"。刘昭明对散文诗意的内涵与生成作了解说。他说："诗意是指鲜明的艺术形象，浓郁真实的生活气氛和旺盛的革命感情的有机的统一。"[①]而在李元洛看来，"散文中诗意"，"最主要的是：深刻新颖的思想和优美充沛的感情；丰富美丽的想象和耐人寻味的意境；精炼鲜明的富于美感的语言"。[②]

60年代散文"诗化"或诗意散文的提出，它在散文理论批评史上的意义主要表现在两个方面。一是它接续了20年代周作人、王统照等人提出的有关散文美文化或纯散文的主张。中国的散文有一种大散文的传统，内中包容很多子类。"五四"散文应思想革命之运而生，其时散文中论议成风，有一种杂文化的倾向，故周作人等倡言叙事抒情的艺术散文，呼吁散文家以"美文""给新文学开辟出一块新的土地来"。二是它对50年代散文写作是一种反拨。50年代的散文与特写、报告、小品等杂体，在文体上显著的特征是散文的通讯化，表现为取新闻的题材，以通讯的写法写作散文，最为典型的例子就是魏巍的《谁是最可爱的人》。这种情况的出现，与50年代对散文写作在题材择取，主题取向方面的某种限制有关。散文"诗化"主张的提出，有助于散文回归本体，有助于散文文学性的生成，是对散文创作某种规律的尊重，因此，它有着积极的意义。但从其时散文创作的实际看，其负面的影响也是明显的。以杨朔的"诗化"散文为例，其不足有二："诗化"的一律，造成了作品的模式化；"诗化"成为粉饰生活的一种手段，作品多了一种人造的"美"，却少了一种生活的质感。

---

① 刘昭明：《散文的诗意》，收入《笔谈散文》，百花文艺出版社1980年版。

② 李元洛：《散文的诗意》，收入《笔谈散文》，百花文艺出版社1980年版。

四、中国当代文学史中的散文书写

中国当代文学所具有的不确定性，激励着治史者编撰中国当代文学史的热情。尽管当代文学史绵延至今只有60多年，但已推出的当代文学史，包括各体文学专门史，数星多达数以百计。当代文学史的价值，不只在于它作为研究当代文学发展历史，揭示其内在规律的科学，成为当代中国文艺学的重要构成部分；也不只是作为当代文学的教科书，成为文学教育的基本材料；还在于它是中国当代文学经典化的一种特殊而有效的方式。因此，当代文学史的研究是一个极有意义的学术话题。我们感兴趣的不是整体的当代文学史学，而是其中编著者对具体文类的处理。一代有一代的文学，当代文学史给人的直观之感是“小说文学史”，其次是“诗歌文学史”。曾经的中国文学史主要文体之一的散文，在流行的当代文学史构架中，已经处于边缘的位置。在这里，论者关注的是中国当代文学史中的散文书写。这种书写，在一定程度上反映了散文在当代的存在状况。但是，散文由于本身特殊的互文性而产生独特的不确定性，使之在本已流动不居的中国当代文学中，更平添了许多变量，从而使散文史叙述的空间变得难以确定，并且对于其质性的评估也不易把握。对象的变量生成主体表述的差异，存在的不确定性为散文书写者的创造性提供了可能。正是基于这种情状，为我们考察文学史中的散文与其历史存在关系的真实性设置了一个有意味的视角，同时差异化的书写又凸显了述史者文学史观念、散文文体观念的分差，这些对于我们深化当代散文的研究都是有价值的质料。

（一）文学史中的散文缺失

为了便于讨论当代文学史中散文书写这一话题，我们选择了10种中国当代文学史。所选的文学史，注意到它的影响力和代表性、多样性，并以表格的形式给出其中散文的布局。如洪子诚的《中国当代文学史》，起于《当代文学概观》（北京大学出版社，1979年版）、《当代中国文学概观》（北京大学出版社，1986年版），中经调整修改，基本上为一人编史，称得上是同类文学史中的“老牌”。又如陈思和主编的《中国当代文学史教程》（复旦大学出版社，1999年初版），提出当代文学史研究的新观念、新思维，“潜在写作”“共名与无名”等文学命名产生了较大的影响。10种文学史的内在结构有多种安排。有的以文体为序列进行叙述，如洪子诚《中国当代文学史》“对于文学创作，本书以传统的诗歌、小说、戏剧、散文作为主要对象”[①]。有的像陈思和《中国当代文学史教程》，是“以文学作品为主型的文学史”，“突出的是对具体作品的把握和理解”[②]。有的以主题编叙，如朱德发、魏建的《现代中国文学通鉴（1900–2010）》，中卷为“多元一体文学结构的演化”，下卷为“多元一体文学结构的拓展”。在时间上，严家炎主编的《二十世纪中国文学史》（上中下），现代当代一体，贯通整个20世纪；王万森、吴义勤、房福贤主编的《中国当代文学新编》则延伸到新世纪文学。在空间上，有的纯为中国大陆当代文学，也有像董健、丁帆、王彬彬主编的《中国当代文学史新稿》等拓展到包括台港澳在内。下列表格中含6个方面的信息，其中“散文章节和页码”，显示着文学史中散文书写的具体内容和篇幅。

① 洪子诚：《中国当代文学史·前言》，北京大学出版社2007年版，第15页。

② 陈思和主编：《中国当代文学史教程》，复旦大学出版社2005年版，第6页。

10种中国当代文学史中的散文所占篇幅

书名	著者	出版社	出版时间	全书篇幅	散文章节和页码
《中国当代文学史》	洪子诚	北京大学出版社	2007	27章	第十一章　散文：一、当代的散文概念；二、散文的“复兴”；三、主要散文作家；四、杂文的命运；五、回忆录和史传文学；第166–178页。第二十四章　散文：一、八九十年代的散文；二、老作家的散文；三、抒情、艺术散文；四、学者的散文随笔；第397–409页。
《二十世纪中国文学史》	严家炎主编	高等教育出版社	2010	34章（当代21–34章）	第二十二章　五六十年代的诗歌、散文与剧作：第五节　散文的“诗意”与杨朔、余光中的探索；43–49页。第三十三章　九十年代的诗歌和散文：第四节　“文化散文”与“学者散文”；第307–310页。
《中国当代文学发展史》	孟繁华 程光炜	北京大学出版社	2011	20章	第十八章　90年代作家创作：第四节　值得注意的散文创作；第360–364页。

续表

书名	著者	出版社	出版时间	全书篇幅	散文章节和页码
《中国当代文学史教程（第二版）》	陈思和	复旦大学出版社	2005	22章	第一章　迎接新的时代到来：第一节　“五四”新文学传统的转型；第三节　寻找时代的切合点：《奥斯威辛集中营的故事》；第四节　潜在写作的开端：《五月卅下十点北平宿舍》；第16–30页。第八章　对时代的多层面思考：第一节　时代的抒情与个人的思考；第二节　时代的抒情：《桂林山水歌）与《长江三日》；第三节　现实的讽喻：《燕山夜话》及其他：第四节　私人性话语：《无梦楼随笔》；第143–159页。第九章“文化大革命”时期的文学：第二节　老作家的秘密创作：《缘缘堂续笔》；第175–177页。第十章　“五四”精神的重新凝聚：第二节　痛定思痛的自我忏悔：《随想录》；第194–198页。第十四章　民族风土的精神升华：第四节　来自大西北风情的歌唱：《巩乃斯的马》与《内陆高迴》；第254–260页。第二十章　个人立场与文学创作：第二节　个人对生命的沉思：《我与地坛》；第340–343页。
《中国当代文学史新稿》（第二版）	董健 丁帆 王彬彬 主编	北京师范大学出版社	2011	27章	第五章　散文：第一节　概述；第二节　巴金、冰心、杨朔等人的散文创作；第三节　徐懋庸和“三家村”的杂文创作；第109–124页。第十章　台港文学的发展与创作：第二节　台湾诗歌与散文；第186–188页。第十四章　台港文学的发展与创作：第五节　台湾散文；第244–245页。第十九章　散文：第一节　悲悼散文与讽喻散文；第二节　巴金、杨绛、陈白尘；第三节　冰心、黄裳、孙犁、汪曾祺；第四节　张洁、王英琦、唐敏、叶梦；第333–349页。第二十六章　散文：第一节概述；第二节　张中行、余秋雨；第三节　张承志、史铁生、周涛；第436–449页。第二十七章　台港文学的发展与创作：第五节　台湾散文；第457–459页。

续表

书名	著者	出版社	出版时间	全书篇幅	散文章节和页码
《中国当代文学史》	王庆生主编	高等教育出版社	2003	42章	第1编　十二、抒情散文及杂文：1．抒情散文创作热潮的形成；2．杨朔的散文；3．刘白羽、秦牧的散文；4．吴伯箫等的散文；5．杂文的兴衰和邓拓等的《燕山夜话》《三家村札记》；第203–219页。第2编　十九、散文的新变：1．走向多样化的散文创作；2．巴金的散文；3．杨绛、孙犁、萧乾的忆旧散文；4．余秋雨、张中行等的学者散文；5．王英琦、李佩芝、唐敏的女性散文；第537–561页。第3编　四、台湾散文：1．台湾散文的承续和发展；2．梁实秋的散文；3．张秀亚的散文；第655–661页。八、澳门文学：4．李鹏翥、林中英、凌稜的散文；第714–716页。
《中国现当代文学史》	陈国恩 樊星 主编	武汉大学出版社	2012	39章（当代19–39章）	第二十三章　“十七年”散文：第一节　概述；第二节　杨朔、秦牧的散文；第三节　《燕山夜话》；第297–303页。第三十五章　新时期散文：第一节　概述；第二节　贾平凹的散文；第三节　余秋雨的散文；第四节　新生代散文；第471–485页。

续表

书名	著者	出版社	出版时间	全书篇幅	散文章节和页码
《20世纪中国文学史》	黄修己	中山大学出版社	2004	16章	第九章　新的文学范式的形成：5．散文的新范式；第53–58页。第十章　思想解放浪潮中的文学创作：5．多样化的散文；第91–95页。第十二章　转型期的文学新作：6．散文的兴盛；第159–165页。第十五章　台湾文学：5．台湾的散文；第264–269页。第十六章　香港澳门文学：4．香港的诗歌和散文；第308–316页。
《现代中国文学通鉴（1900–2010）》	朱德发 魏建 主编	人民出版社	2012	15章	中卷　多元一体文学结构的演化（1930–1976）：第七章　政治文化渗染的文学形态：第十九节　聂绀弩与《野草》杂文；第二十节　刘白羽与颂歌式散文；第845–865页。第八章　新潮文化渗染的文学形态：第二十六节　丰子恺与《缘缘堂续笔》；第1142–1148页。下卷　多元一体文学结构的拓展（1977–2010）：第十二章　政治文化渗染的文学形态：第十五节　邵燕祥与政论杂文；第1517–1526页。第十三章　新潮文化渗染的文学形态：第二十节　巴金的《随想录》；第二十一节　余秋雨与文化散文；第1696–1709页。
《中国当代文学新编》	王万森 吴义勤 房福贤 主编	高等教育出版社	2012	19章	第七章　“时代精神”与“散文三大家”：第一节　当代散文创作的审美追求；第二节　杨朔的散文；第三节　秦牧的散文；第四节　刘白羽的散文；第106–117页。第十六章　散文的繁荣：第一节　理性反思散文；第二节　乡土风情散文；第三节　学者散文和文化随笔；第四节　新散文；第254–279页。第十九章　新世纪文学：第四节　新世纪散文；第332–338页。

（二）历史语境与审美尺度

由上表，我们大致可见中国当代文学史中散文书写的一些实际情形，现详析之。

文学史和其他史著一样，它首先是一种客观实在，是一种曾经发生的历史；但同时又是治史者的主体行为，它是一种被叙述的历史。这就是说，当代文学史的编撰必须而且应当尊重对象存在的历史，这是文学史之谓文学史的前提和基础；同时编撰者对于对象又要作出自己符合科学的文学史观的价值判断，这是文学史灵魂之所在。当代文学史中的散文叙事，首要的是要充分尊重对象的历史存在，在把握特定历史时期文学总的基调的前提下，选择好能反映散文历史真实的具体对象进入文学史的叙事。散文的“对象进入”，就是要确定哪些作家、哪些作品可以作为书写对象进入文学史的叙事。就当代散文而言，这是散文经典化的直接而重要的方式。这看起来似乎只是一个具体的操作问题，但其本质却体现了主编者具体的文学史观。作为资深的当代文学史家，洪子诚的处理是自觉的。他在《中国当代文学史》前言“编写原则和若干具体问题”的说明中，明晰地表达了他的想法和做法。“选择哪些现象和作家作品作为对象，进入‘文学史’，是首先遇到的问题。”“‘审美尺度’，即对作品的‘独特经验’和表达上的‘独创性’的衡量，仍首先被考虑。不过，本书又不是一贯、绝对地坚持这种尺度。某些重要的文学现象，‘生成’于当代的艺术形态、理论模式，由于曾经产生的广泛影响，或在文学的沿革过程中留下重要痕迹，也会得到相应的关注。”[①]“对于具体的文学现象的选择和处理，体现了编写者的文学史观和无法回避的价值评析尺度。”“本书的着重点不是将作品和文学问题从特定的历史情境中抽取出来，按照编写者所信奉的价值尺度（政治的、伦理的、审美的）做出臧否，而是首

① 洪子诚：《中国当代文学史·前言》，第15页。

先设法将问题‘放回’到‘历史情境’中去审察。也就是说，一方面，会注意对某一作品，某一体裁、样式，某一概念的形态特征的描述，包括这些特征的历史演化的情形；另一方面，则会关注推动这些文学形态产生、演化的情境和条件，并提供显现这些情境和条件的材料，以增加‘靠近’‘历史’的可能性。”[①]洪子诚的这段表述非常重要，他表达的意义要素在于，当代文学史的编写，在选择进入叙事的对象时，既要坚持“审美尺度”考虑作品内容的“独特经验”和形式的“独创性”，又要充分注意作家作品实际发生的影响；既要体现编写者的文学史观和价值评价尺度，又要顾及具体对象发生、演化的“历史情境”。洪子诚强调将对象“‘放回’到‘历史情境’中去审察”的思想，体现的是尊重历史的唯物的文学史观，而不是超越历史的唯心的文学史观。这一思想，对于解决当代文学史“对象进入”具有实际的指导意义。比如对“十七年”散文，如果按照格式化的既定的“价值尺度”，就很难进入文学史书写，这一段散文史自然就会虚无。但洪子诚正基于以上所说的理念，他的当代文学史“并不打算过多压缩‘十七年文学’和‘文革文学’的篇幅”[②]，对其时的散文安排专章5节的篇幅给予较为充分的叙述，从当代散文的概念、散文的“复兴”、主要散文作家，到杂文和回忆录、史传文学等作了相应的概述与细析，大致还原出了当时散文的历史状况。但是我们也应该看到，在当代文学史的散文书写中，还存在着一些“非历史”的问题。从所列10种中国当代文学史散文书写的表格中，我们可以清楚地看到这一点。孟繁华、程光炜的《中国当代文学发展史》是一部具有自身特点和价值的文学史，全书20章46万字，对文体的叙述以小说、诗歌为主，散文只在第十八章“90年代作家创作”第四节“值得注意的散文创作”中，对金克木、张中行等为代表的学者散文和以余秋雨、张锐锋、庞培

① 洪子诚：《中国当代文学史·前言》，第15—16页。
② 洪子诚：《中国当代文学史·前言》，第15页。

为代表的大文化散文作了介绍，不仅没有“十七年”散文的叙事，而且也隐去了80年代散文创作。这样，我们就无法看到散文在当代发展的历史情形。严家炎主编的《二十世纪中国文学史》也有这种忽视散文重要历史存在的不足。80年代的文学在这部文学史中是被作为重点部分叙写的，安排了5章的篇幅，但其中没有散文的内容。这样，巴金的《随想录》、杨绛的《干校六记》等就被人为地遮蔽了。抽去了80年代的散文转型，人为地造成当代散文史明显的断裂，所谓90年代散文的繁荣就缺少历史演进的逻辑与根基。

其次，当代文学史的散文书写也要注重发现历史。当代文学史著数以百计，但其中不少面目相似，涉及的散文部分也有些大同小异，了无新意。我们这样说并不是鼓吹文学史的编写者，为了文学史著的创新而去制造历史，而是说具有历史精神的叙述者，应该回到文学发生的历史现场，去发现有价值的文学存在。尽管当代文学史是距离我们最近的文学史，但由于一些编写者囿于思维定势，喜欢人云亦云；也由于缺乏对于历史的敬畏之心，不愿意花切实的功夫去“靠近”历史，从文学的原生态中去触摸感知具体的存在。这样就很容易使一些颇有文学史叙事价值的散文作家和作品被排除在文学史书之外。正是在这一点上，陈思和主编的《中国当代文学史教程》显示出独特的价值。这种价值，集中地体现为编写者注重发现历史质料的意识和善于提取有价值历史对象的眼光（当然，这种意识与眼光与主编者创新的文学史观念密切相关），主要表现有两个方面：第一个方面，这是一部“以文学作品为主型的文学史”，对于文学作品的“艺术生命力”，主编者以为“中国当代文学作品的艺术生命力不在于陈词滥调地宣传和维护那些过时的政策和政治口号，也不是反过来仅仅从意识形态的角度加以简单的否定，而是看它是否经得起用今天的艺术标准来重新阐释”[①]。他们走出简单的肯定与否定，看取的是作品能否经得起“重新阐释”的理念。第

① 陈思和主编：《中国当代文学史教程》，复旦大学出版社2005年版，第10页。

二个方面，编者导入了当代文学史研究“多层面”“潜在写作”等核心观念，观念的更新有效地拓宽历史叙事取材的视野，寻找以往被遮蔽的有意味的历史。比如基于“多层面”和“潜在写作”的观念，《中国当代文学史教程》“以作品的创作时间而不是发表时间为轴心，使原先显得贫乏的五六十年代的文学丰富起来”①。如首章《迎接新的时代到来》，重点解读巴金《奥斯维辛集中营的故事》、沈从文《五月卅下十点北平宿舍》等作品，别开生面，史意盎然。巴金在50年代的散文，“虽然写得不少，但在这种急功近利的写作动机下很难发挥他的创作优势，他所擅长的抒情艺术也显得琐碎而空洞。在这样的背景下，《奥斯维辛集中营的故事》是一篇难得的好作品”②。沈从文的《五月卅下十点北平宿舍》则是“潜在写作的开端”，“这是一篇奇异的手记式的散文”，“虽然这篇手记仅仅是作者病中的‘呓语狂言’，但它富有象征意味地记录了知识分子在一个大转型的时代里呈现出来的另一种精神状态”③。此外，作为“潜在写作”样本的张中晓《无梦楼随笔》，也被作为重点作品作了具体的论述。论者认为：“它之所以有文学史的意义，在于它不仅仅是一种思想的表现，而且伴随着有血有肉的感情，并在这种血肉相连的思想与情感的展示过程中，让我们看到了那个时代有良知的知识分子的心理历程，并在此基础上塑造了一座知识分子自己的雕像……《无梦楼随笔》无疑是当代文学史乃至当代文化史上的一座道德文章的丰碑。”④这就是当代文学史散文叙事的发现之美！除此之外，《现代中国文学通鉴（1900—2010）》（上中下）和《中国当代文学史新稿》等也有一些新的表述。《现代中国文学通鉴（1300—2010）·中卷》“多元一体文学结构的演化”将1930年代和1976年打通，依此思路对丰子恺的散文，由1931

① 陈思和主编：《中国当代文学史教程》，第8页。
② 陈思和主编：《中国当代文学史教程》，第26页。
③ 陈思和主编：《中国当代文学史教程》，第28、29页。
④ 陈思和主编：《中国当代文学史教程》，第159页。

年的《缘缘堂随笔》、1937年的《缘缘堂再笔》，联通到1970年代私下写作的《缘缘堂续笔》，“自1971年起，他在作画、翻译的同时又开始散文写作。这批在凌晨时分偷偷写下的33篇文字于1973年定稿，但在作者生前没有发表”[①]。“这种‘一以贯之’不仅仅体现在名称上，更体现在具体的美学层面。在‘文化大革命’的滔天巨浪中，《缘缘堂续笔》仍然惊人地保持了生活的温情与琐屑。”[②]这种在关联中的有机呈示，对于“文革”文学叙事中的散文，是一种很有意义的补充。《中国当代文学史新稿》对于90年代散文的书写，在“新生代散文”的叙述中，特别推出《大地上的事情》，也体现出编写者独到的眼光和判断力。“苇岸的这篇《大地上的事情》不仅是整个新生代散文创作中最为出色的，也是这时期整个散文领域中的优秀之作。”[③]现在的生态散文我们已耳熟能详，但苇岸起始于80年代后期的系列写作，却是中国生态散文不可或缺的重要代表作，更是无法绕开的自由精神礼赞。编写者之所以看重《大地上的事情》，是因为这一作品具有散文史（精神史）的价值。因此，我们说的发现历史，是要放眼历史，以锐敏的眼光和卓异的史识，寻找被尘封和被忽视的具有史意的散文书写对象。

再次，当代文学史的散文书写要处理好叙述对象的历史化和对象叙述的主体性的关系。编写者在尊重历史存在、发现被湮没的历史的同时，要能准确地阐释历史。史著叙述的历史化关注的是“靠近历史”，尽可能回到历史现场呈现历史的本真；但史著又是一种“人为”的工作，其间必然具有主体的影响。没有主体的参与，历史的存在只是无序的碎片，科学的能动的主体参与，可使历史存在成为一种有机体。这是一个很大的话题。就当代文学史中的

---

① 朱德发、魏建主编：《现代中国文学通鉴（1900—2010）》，人民出版社2012年版，第1142页。

② 朱德发、魏建主编：《现代中国文学通鉴（1900—2010）》，第1143页。

③ 董健、丁帆、王彬彬主编：《中国当代文学史新稿》，北京师范大学出版社2011年版，第440页。

散文叙事而言，一是要通过发现叙事对象内在的关联，把握散文流变的历史因素；二是要准确地揭示并阐释这种关联的逻辑性。比如，对于“十七年”散文和90年代散文的叙述和分析，不少当代文学史的编写者对此都比较注意。像董健、丁帆、王彬彬主编的《中国当代文学史新稿》既注意到了对象历史的关联，同时又不把这种联系作简单化处理，呈现了历史的复杂性和多样性。“散文在50年代初既是对解放区散文文体意识的放大，又是对五四散文文体精神的进一步偏离。这种放大和偏离表现在个体性情的抒发让位于时代共性或者时代精神的谱写，政治标准优先于艺术标准，批判性为歌颂性所取代等诸方面。”[①]但只是其时散文的一个方面，或是主导的方面，还有一些具有个人色彩和生活滋味的叙事抒情散文，介入生活、批判现实的特写和杂文。前者在编写者看来，是“试图回归五四散文随笔的审美个性意识”，“而‘干预生活’的特写类创作也在一定程度上继承了现代散文的批判性传统”。[②]不同历史时段的存在物，经过具有历史眼光的叙述者的审视，其关联的逻辑性得以彰显。在这里，主体的史识尤显重要。比如我们在梳理90年代散文热的现象时，许多著作会提及大量重印现代作品，由此表示两个时段散文的某种关联。面对同样的话题，洪子诚则看到了关联中的不同。同样是“闲适”，林语堂他们“在闲适的表达中，包含了某种与世俗现实保持距离、对抗的文化姿态。90年代许多散文中的闲适，则更多表现为与世俗化的认同倾向，是对社会物质化追求和消费性的文化需求所做出的趋同呼应”[③]。这是很有见地的判断。要准确地判断对象，准确地解释历史，需要我们熟稔历史，全局在握，否则难免出现这样那样的疏漏。“九十年代散文最重要的意义是冲破了当代散文的写作模式，重新体认了现代散文的自由、个性

① 董健、丁帆、王彬彬主编：《中国当代文学史新稿》，第109—110页。
② 董健、丁帆、王彬彬主编：《中国当代文学史新稿》（第二版），第109页。
③ 洪子诚：《中国当代文学史》，第399页。

与趣味。”[①]这一表述大致看来似乎没有什么问题，但仔细分析就可发现，这并不完全符合历史的真实。其实“冲破了当代散文的写作模式”是在80年代，而“重新体认了现代散文的自由、个性与趣味”倒是90年代散文的实情。因为叙述者参与编写的当代文学史没有80年代散文的叙事内容，所以就直接地为90年代散文说事了。

在当代文学中，散文自然不是“第一文体”。但是，一部当代文学史，其关涉散文的书写，如果更能得体而到位，那么，这样的史著就更为完整，也更具有更为科学的文学史价值。

---

① 严家炎主编：《二十世纪中国文学史》（上中下），高等教育出版社2010年版，第308页。

五、散文创新的视阈、可能与限度

散文创新作为一个话题，其真实性是基于特定的语境而生成的。因为从文学本体看，创新是其永恒的主题，能够进入文学史叙事的，是那些在内涵或在形式上创造了新质素的文学家和他们的创作。而就散文文体史的演进观照，创新之声绵延不绝。唐宋文学革新运动，要者是古文运动，旨在摈弃华而不实的骈文，倡导质朴写实、行文自由的古文，强调“惟陈言之务去”（韩愈：《答李翊书》）。晚清梁启超鼓呼“文界革命”，自创“新文体”，“务为平易畅达，时杂以俚语韵语及外国语法，纵笔所至不检束”（《清代学术概论》）。“五四”时期周作人，借取外国文学里所谓论文中的一种，给出了“记述的，是艺术性的”“美文”的命名，以为“在现代的国语的文学里，还不曾见有这类文章”，期待“新文学的人”“试试”美文这样的文体（《美文》）。由此可见，散文创新话题意义的发生，都是指向特定的背景的，即如唐宋古文运动之于骈文，梁启超“文界革命”之于桐城八股，周作人“美文”之于教育的而非审美的时务文体，等等。

（一）散文创新的难度

晚近三十多年，在一个开放着的文化渐趋多元的时空中，关于散文创作与理论创新的言说此起彼伏，各种贴着“新”之类标签的命名难以备列。择其影响颇著的，有贾平凹的“大散文”说，刘烨园的“新艺术散文”论，及至云南《大家》杂志力推“新散文”，众多新锐散文作者，各自演绎着自我意念中的散文新图式。应该说，在这一中国社会发生深刻转型的时段，写作了《文化苦旅》的余秋雨，对于当代中国散文的创新是具有重要的文学史意义的。此前的当代散文，有三大家之说，即为杨朔、秦牧、刘白羽，虽各有姿式，但真实生活的质感少，个体生命的体悟浅，深致的精神蕴涵淡，表达的模式化明显。“文革”终结，伤痕哀祭散文大起，叙写历史与个人之痛，心楚沉郁，抵达深处。但于散文史终究变局不大。余秋雨作为一个人文学者，不甘于书斋中生命的枯萎，走向博大而莽苍的自然，面对“人、历史、自然混沌地交融在一起的人文山水”，作着当代人文学者与中国文化的对话。作品的意蕴、格局与形式等烙下了深刻的余秋雨的特质。从文体的存在看，余秋雨的“文化苦旅”写作是对既成的散文文体的一种“破体”：“我写那些文章，不能说完全没有考虑过文体，但主要是为了倾吐一种文化的感受。”（《文化苦旅·自序》）富有新质的散文文体建构，成为20世纪90年代中国散文史书写不可漠视的一节。可是余秋雨也没有走出创新者最后自身悖论化的宿命，余秋雨的无法自我超越，以及文化大散文日益的泛滥，使之成为需要我们反思的对象。这样“新散文”乘势而出，这种写作在话语空间的拓殖，特别是对主体自我的表达等方面，给读者提供了新的经验。但是“新散文”到目前为止，大致上还是一种概念大于实际的写作形态，其主要的症结在于主体的“为文造情”。

这就是我们提出散文写作与理论创新一种特殊的背景。言说散文创新，意指着对于当下散文写作与散文理论批评现状的不满。在涉指各体文学文体创新话题时，似乎很少讨论到诗歌和小说等，仿佛这些写作不存在创新的问题。实际上可能也是这样。我们所说的先锋文学，并不包括散文，而主要指进行了先锋实验的诗歌、戏剧和小说等代言。先锋文学之为先锋，在很大程度上是移植或吸收了西方现代、后现代文学的经验。而这样的移植或借取在散文中并不可能，就我们目力所及，真正意义上的现代派散文，那种在精神和形式层面上完全有别于以往我们阅读经验的散文很少见有。由此我们或许可以认为，散文创新是国际性的问题，甚至是难题。与此同时，散文理论资源的贫乏也是国际性的。现在我们能够引用的国外散文理论文字，除了鲁迅1925年所译日本厨川白村《出了象牙之塔》有关“Essay”的经典表述外，其他可见的很少。因此，无论是写作还是理论，散文的创新是一个难度系数很大的课题。这值得我们深入地去探究。在我看来这里也体现了散文文体的独特。散文与小说同为散体文类，但小说的虚拟性创造着具有无限可能的新奇变幻的对象世界，而散文以自我的真诚记写真实的对象世界的文体规定性，使得主体、文本与书写对象物之间具有更为直接的关联。这种真实的直接的关联生成了散文的体性品格，但它也影响着散文创造的自由度。从某种角度而言的小说的创造更多表现为基于虚构的想象力和叙事形式，而散文写作是一种“无技巧写作”，形式的意义退到次要的位置，作品的内容以及所含情思意蕴本身才是读者评估作品价值的主要指数。从根本上说，理想的散文，是主体基于自我的独立自由而富有深度的说话。主体的精神存在决定着散文创作的水准，反过来一个时代的散文也映照着一个时代的精神。先秦时代百家争鸣，成就了诸子散文的高度，“五四”张扬个性，创造了20世纪二三十年代散文的“绚烂”，及至20世纪90年代，社会转型，文化开放，在全球化的时代信息汇流，人们思想异常活跃，由此也迎来了一个散文的时代。说到底，散文的创造有赖于主体精神的创造。

（二）散文创新：从问题出发

一般地讨论散文的创新，是没有实际意义的。散文的创新，需要从问题出发。而观照当下散文存在的问题，我们不难发现，正视并解决其中的一些问题，其实最需要的可能不是创新，而是回归散文本有的写作伦理。梳理目前散文写作的问题，在我看来，主要的问题大略有以下几种。一是书斋文字多，体验性书写少。从文体反映对象的方式视之，散文是偏于表现性的文体，主体对于书写对象独特而深刻的感受，是写作发生的关键，是优秀散文生成的基础。读现在的散文，纸面的文字太多。作者居处舒适的书斋，将读书转换成写作已经成为他们常态的生活，从文字到文字，作者大约算是做着文字的搬运工。这类文字作者可能以所谓的博知而自得，然而没有了作者生命体温的写作，只是靠掉书袋而为，终究没有多少价值。也许有作者自觉取法周作人，把自己设计成“文抄公”。在特殊的生存环境中，周作人选择了“闭门读书”的自我保护性生活姿态，有大量的文章可谓是“巧妙的抄书”。其实散文家周作人真正的价值，是在于他能写作《乌篷船》《喝茶》《故乡的野菜》这样具有作者实感、冲淡而有韵味的美文，而不在于那些掉书袋的文章。二是历史打捞多，现实观照少。对于历史题材的热衷，是20世纪90年代以来文学创作中值得关注的一种普遍现象，历史小说、史志报告文学、历史纪实等写作大行其道，而历史散文则占了此间散文格局的大块地盘，有时到了散文言必称历史的地步。应当说，散文的题材是无限广阔的，历史的种种应该在散文中得到有意义的存活。但问题是，散文的过度历史化，有故意躲避现实的嫌疑，而且也明显地表示着无视主体基于现实的感悟。我们现在当然不能简单说，散文是反映现实生活的“轻骑兵”，但是无疑的是，散文应该重视对于现实的观照，重视主体在现实中独特的身心感悟，书写现实中人生的状态、心态，以及人性的现在进行时态等。散文题材的过度历史化，与历史大散文的风行有关。其实有意义的历史文化散文，不只是一种向后的写作，其间应当灌注主体当代的思想和情怀。三是诗化散文多，生活本真纪实少。散文本是一种贴着地面行走、呼吸着主体生命气息的文字，真诚真实是散文的基本品格。但受制于杨朔“将散文当作诗一样”的观念，也有片面地理解文学“主旋律”的意义，追求一种“装饰性”的散文写作，散文少了一种生活的质地和生活的分量。生活不只是有诗的漂亮与烂漫，也有许多难耐与痛苦。在中国社会发生着前所未有的深刻转型时期，人的物质存在和精神存在都出现了重大的变动，有的主动地适应着新的时代、新的生活，分享着诸多的快乐、幸福，而有的则是“被转型”，在物质中心时代，经济社会的利益优先原则与公共社会均衡性原则的内在矛盾，使得弱势者既无法获取丰裕的经济利益，同时在精神层面又难以承受生活之重。散文可以有轻歌曼舞，也可以面对历史文化作多声部咏叹，但散文更需要记录现实生活多种的本相。四是宏大叙事多，个体生命感悟少。散文的这种状况既与中国散文“文以载道”的历史传统有关，又是20世纪中国文学政治化规制的影响惯性作用的一种表征。在散文创作中“集团”之道的演绎总是强于个人之志的书写。在我看来，所谓文化大散文，其实就是一种“新载道”散文。理想的文化大散文是基于个人生命感悟的一种具有某种现实关怀的历史书写，面对历史存在，主体生发独特的感悟与思考，是文化散文写作发生的前提。其实，问题不在于散文是载道还是言志，而在于道或志的生成有赖于作者源自生命本体的感知与体悟。离开了这种感知体悟，无论是载道还是言志，不过是一些浮泛之作。杨绛的《干校六记》，看题目就可以知道是反思重大历史之痛的散文，但作品叙事点的设置并不直接指向民族历史之大，而是着重叙写“大背景的小点缀，大故事的小插曲”，在这“大”与“小”之间，达成了散文写作所必需的宏大与具体的合致。五是琐屑絮语多，超越事象的精神深度写作少。看报纸特别是晚报的副刊，我们就会发现现在的散文越来越“一地鸡毛”了：个人记忆的碎片、有闲阶层日常生活的花絮等等，触摸即是。这些文字除了能填满报纸日益扩张的副刊，满足读者像不得不吃方便面一样“将就着读”的阅读之外，能够参与读者精神建构的元素是很少的。散文的絮语化相对于散文严整的政治代言，当然是一种历史的进步。散文的“散”，我想是包含了散漫之意在内的。或许在今天这样的散文格局中，絮语散文应是其中的一个版块。我所感到不足的，一是充斥着的絮语散文，以絮语的浮泛稀释了散文应有的精神含量和思想深度。所谓絮语散文很多成为一种文字快餐。二是散文摹写事象，抒发心性，要之能基于此而不拘于此，超然物外而抵达人性大端和人类精神的理想境界。

（三）散文创新的可能

现在看来，所谓散文的创新其实就是对散文当下存在不满的间接指说。散文主要不是一种技巧性的写作，所以在形制上过多地设计散文的创新，可能只是舍本求本的低效操作。“新散文”等对于散文创新的努力不可谓不大，但之所以收效未能尽如人意，其症结大概即在于偏重于追求外在的可见的创新，而未能得其根本。基于目前的问题，返本开新，在我看来不仅是必要的而且也是可能的。散文应是一种朴实的文体，其间应有生活的况味，生命的质感和精神含量，散文就是以个人的方式真切地真诚地抒写生活、生命以及深蕴个中的精神的文体。这就是散文文体的“本”。由此观照目前，我们的散文创作需要更多地贴近地面。这里的“地面”意指一种“实生活”。“实生活”是对散文泛历史文化写作的反拨，现在该是散文由历史回到现实的时候了。同时这也表示着放弃对“小女人”散文、“小男人”散文等“小生活”散文的留恋，走向底层普通人的大生活。小说家阎连科的散文《我的父辈》，就是我所认同的贴着地面，散发着底层人生活气息和杂味的作品。作品以作者经验中的父辈生活的纪实，其中也包括了作者少年青年的生活，以一种“原装”的方式存录了“我”“你”“他”父辈一代人、或是一个时代的生活本相，其中有欢乐，有感动，更多的是苦涩，是沉重。散文之“本”，指向真实的生活，也指向个体的生命。散文作为一种纪实性写作，所写无论是外在的客体，还是主体自身，其进入文本的前提是要经由作者作为生命个体独特的感受。没有主体独特而又深刻的感受，散文是难以达成高品质的，充其量不过是漂亮的“作文”。所以抵达生命成为散文写作的关键之所在。而在这样一个高度的物化了的时代，生命感知的钝化，严重地影响着散文这样需要主体具有更为敏感更为活跃感知系统支撑的文学写作。如果有什么感受，那更多的也是娱乐和狂欢，缺少的是来自生命深部的疼痛感。我想起了史铁生的《我与地坛》，这是一篇公认的当代优秀散文。其优秀来自于充沛的生命感受、生命悟觉，来自于对于困厄的个体生命超越的通达，来自于对生命深部的抵达。作者以肢残之躯，居处地坛，静默之中充分感受着自己，也观照他者，且由一己命运念及自然大千，升腾起一种真实的感人之深的人类精神。生活、生命和思想是散文写作的基本要素。生活、生命之于散文，在我这里是有特指性的，前已有所述。至于思想，在散文中当然不需要每篇散文都要思想着，但作为一种类的存在，思想之于散文是不可或缺的。我们强调散文是一种自由的文体，是因为散文写作更需要主体的独立自持，更需要烂漫着作者的个性。而独立和个性是生成思想的最为重要的主体性条件。散文的思想表达有其特殊性，大约是介于小说与杂文之间的一种方式。抽空了思想的叙事抒情，散文就是表面化的制作，缺少了重量；而直白的言说，大约会演变为说教，没有了散文应有的滋味。散文家不仅要观察体认生活，还要思考生活。思考性散文不是没有，像林贤治、朱学勤等都曾是致力于思考性写作的散文作家，尽管他们的思想也许不少有失偏颇，但是，我以为有思想比没有思想好。现在以思想为美的散文太过稀缺了。

如上我说了一些散文创新的想法，核心的意思是基于问题回到散文的本来，此为返本而开新。至于散文的理论创新，以我之见，不妨从基础起步。晚近三十多年，散文研究的成果不少，但一些重要的研究者大多做着散文史或散文批评史的构建工作，对于最为基础的文体理论研究推进的很少。面对新的研究对象，散文理论批评原有的一套话语明显地不适用或不够用了，如短小精悍，真情实感，形散神不散，散文笔调，散文诗性，等等。我们可以回到新世纪散文创作的现场，基于生活滋味、生命质感、精神含量和个人方式等这些散文创作的关键词，推出得散文之体的理论批评话语。研究散文的学者评论家应该摆脱对散文史的一般梳理、对散文作家作品的浮泛评点这些重复性劳动，转向更为亟需的更具意义的散文理论创新性的研究。执着的播种一定会收获我们所期待的。

六、文体哲学：散文理论研究的深化

文体，或曰文体体性的认知与把握，对于文体创作及其批评都是极为重要的。就散文文体而言，正如林非所说："牢固地认识和把握散文文体的特征，确乎是提高散文创作自觉意识的关键。"[1]但是，我们在研究散文文体理论，这一构建散文理论大厦最为基础性的关键工程时，所面对的基本困难是可供我们支取的资源相当匮乏。这样，我们要做的研究，有的还必须"无中生有"，即从元初出发，并且需要理论创造的信心与某种事业心。

文或文体，在中国古代文论那里，并不专指散文体，它是一个"复体性"的范畴。其间，对于文或文体研究的遗产是颇为可观的。文在涉"体"时，意指体裁和诗文风格。曹丕《典论·论文》："夫人善于自见，而文非一体，鲜能备善，是以各以所长相轻所短。"刘勰《文心雕龙》有《体性》篇："然总其归途，则数穷八体：一曰典雅，二曰远奥，三曰精约，四曰显附，五曰繁褥，六曰壮丽，七曰新奇，八曰轻靡。"文体合词，基本的义项谓之人文雅有节的体态。贾谊《新书·道术》："动有文体谓之礼，反礼为滥。"用以言指文章，表示文章的风格或结构、体裁等。钟嵘《诗品》："宋征士陶潜诗，其源出应璩，又协左思风力，文体省静，殆无长语。"

（一）寻找散文文体的"元理论"

中国散文发达甚早，先秦诸子就开创了一个散文的时代。但对于散文的文体自觉却相当滞后。这种状况的出现与散文体"散"的独特和中国文化所具有某种特殊性大有关联。小说说事，主体与小说世界从外在看保持着一定的"间距"。戏剧借舞台和人物"表

① 林非：《我的散文之路》，载《海南师院学报》1996年第4期。

演”，主体可以“隐身”。诗起于感兴而表达有“格式”规范。散文主体与其通过对象世界（自然、生命、人类、社会诸类）的书写，所呈现出的意象情景语态之间存在着直接的关联性，这从某种角度上可以说，主体的精神存在决定或部分决定了散文文体的生成，并且，也影响着人们对于这种特殊文体的认知和诠释。散文文体意识的自觉，从根本说有赖于散文主体意识的自觉。而散文主体意识普遍的自觉，是以一个时代知识者主体意识的普遍自觉为前提的。中国古代文化的若干质性，宿命地告示了这样的主体自觉时代的后滞。此外，散文的“散”，增加了它的多样性、复杂性和不可确定性，这样也增大了研究者认识把握它的难度。正因为这样，所以国外可资我们借鉴的散文理论成果也是稀少的。

在我们有限的视镜中，所见有着文体学意义的“散文”一词，见于罗大经《鹤林玉露·刘锜赠官制》引用周益公语：“起头两句，须要下四句议论承贴，四六特拘对耳，其立意措词，贵于浑融有味，与散文同。”周益公只是对散文体文本的审美诉求作了点到为止的言说，并未作具体的展开。晚清以降，言谈散文的渐多。王韬以为：“文章所贵在乎纪事述情，自抒胸臆，俾人人知其命意之所在，而一如我之所欲吐，斯即佳文。”（《弢园文录外编·自序》）强调言由心出。梁启超倡导“新文体”：“务为平易畅达，时杂以俚语、韵语及外国语法，纵笔所至不检束。学者竞效之，号新文体，老辈则痛恨，诋为野狐。然其条理明晰，笔锋常带感情，对于读者，别有一种魔力焉。”（《清代学术概论》）他所描述的是“新文体”的一些体征。“五四”时期是中国文学史上具有“完全”意义的散文时代——散文自觉时代的开始。此间，不仅散文家星光璀璨，而且他们对于散文体的探询显示出前所未有的热情。作为作家的他们，在写作的同时，忙着命名散文，并阐释他们各自理解的何谓散文。周作人称名“美文”，王统照给出“纯散文”，而胡梦华谓之“絮语散文”；朱自清、梁实秋则分别发表了《论散文》和《论现代中国的小品散文》。他们在真正意义上开启了中国现代散文理论研究之门，具有重要的奠基性价值。其后，20世纪30年代的小品文研究和60年代的“笔谈散文”，特别是前者应该是20世纪中国散文理论研究史程重要的站点。

过往的散文研究比较多的是一种批评，包括作家作品评论和创作史、理论批评史的梳理与述评。另外，还有大量的是散文写作“指导”之类书籍。真正有理论含量、高端而又切实的研究相当匮乏。散文研究涉面是广泛的，但在我看来，最为重要的当是关于散文体自身特性的“元理论”研究。这种“元理论”研究要回答的是看似简单实为复杂的散文是什么的“常识”问题。它需要我们对散文文体的特性——其区别于其他文体的特质，有敏锐的发现和准确的把握。只有对散文的独特性有甚为“得体”的认识，我们才会对与散文有关的其他问题作出有意义的言说。王兆胜把20世纪散文研究的“比较偏狭、表面和简单化”，主要归因为研究者对散文本体理论认识缺位或不到位。“文体，在我看来主要是散文这一文类所独特的，是与其他文类如诗歌、小说和戏剧相区别的。换言之，散文文体就是散文家怎样用散文这一独特的体式去理解和把握人生和生命？如果从这一点出发，许多研究者过于简单地理解散文的文体就可以避免，散文的概念、范畴、特征和审美是否就会有新的解释？”[①]我以为这样的表述是深中问题的肯綮的。因此，只有避免“站在散文的‘外部’来谈散文文体”，回到散文体内，深察细析，我们才有可能获得对于散文文体本质的认识和理解。

有价值的散文文体理论研究，是一种基于研究主体现代意识的有机设计。这种有机设计寻求以哲学的方法构建研究对象的关联系统。既成研究中有明显缺失的是印象化的“点”式研究、“线”性研究，和更多地局限于文本的“外观”研究，忽视了将研究对象置于互为联系的结构中加以观照。结果各取所见，这样难免有失偏颇，不能得散文文体的“大道”。我以为现代文体观，应该是一个

---

① 王兆胜：《论20世纪中国散文研究》，载《徐州师范大学学报》2001年第4期。

开放的多维联动的文体哲学观。“文体是指一定的话语秩序所形成的文本体式，它折射出作家、批评家独特的精神结构、体验方式、思维方式和其他社会历史、文化精神……从表层看，文体是作品的语言秩序、语言体式，从里层看，文体负载着社会的文化精神和作家、批评家的个体的人格内涵。”①以我简言之，散文文体，是基于主体精神姿态的一种特殊的语式，它至少包含了作者主体、对象客体、语言本体在内的三维关系。因此，任何单体的、孤立的研究，都是不可取的。我们说周作人的《美文》是现代散文理论研究的奠基之作，这更多的是从某种象征性的符号意义上指认的。就其实际而言，《美文》则是一篇大略包含了“记述的，是艺术性的”，“须用自己的文句与思想”，这些他所认定的美文要素的随笔，所言是零碎的。20世纪60年代“笔谈散文”中提出的“形散神不散”之说，曾经风靡一时，但这是经不起反证的简单化的归纳。此类问题的出现以及类似的问题继续纠结着散文的理论研究，由此影响着散文研究的科学性和研究的“效率”。这大可归结为研究主体对于散文文体哲学化观照的缺失（其中有客观置备的尚无可能性）。

（二）散文文体研究深化的可能

林非作为当代研究散文重量级的学者，他的散文文体论对于匡正研究存有的普遍性缺失，作出了突出的贡献。林非有自己的散文观：“我自己的散文观，概括地说来就是它应该洋溢出主观和个性的色彩，以诚挚的感情去直面人生，无拘无束地自由挥洒，兴之所至地抒发与叙述，从流畅、明朗和洁净的美文当中，冲泻出内心深处感情和思想的旋涡，并且显示出对于人生的深刻见解。”（《我的散文之路》）在这一表述中，林非从“主观”“人生”和“美文”三者的联系中，强调了散文作家主体的精神存在，包括容

① 童庆炳：《文体与文体的创造》，云南人民出版社1994年版，第1页。

量（有容乃大）、品质、姿式、状态等对于散文“体质”决定性意义。这种强调是深入体察散文文体所具有的特殊性的后的发现。林非还提出“理想散文”的概念并加以阐述。“我觉得最为理想的散文作品大致可以列出如下几条具体的内容：（一）最能够触发读者长久地感动的；（二）最能够唤醒读者回忆起或向往着种种人生境遇和自然风光的；（三）最能够引起读者深刻地思索的；（四）最能够在艺术技巧和语言的文采方面满足读者审美需求的。”“从抒发至诚的情感，充满内心体验地描摹人生与宇宙，升华出深刻的真知灼见，以及在认真吸取种种艺术技巧时充分地注意文字的美质，如果真正能够异常努力地争取实现上述这四方面的要求，无疑就可以说是达到了一种十分理想的散文的境界”。[①]这里，林非从读者接受的角度，思考并回答散文应该具有的人生、自然、情感、理趣、技巧、语言等要素及其品位、品味要求。林非注重主体的因素对于散文的主导作用，但同时又充分考虑到了散文作为文学的语言样式，语言所具有的基本的物质载体意义。主体的存在是要通过富有美质的文字的呈现才能抵达读者的心灵的。他以为，散文表达的“深刻的思想必须伴随着生动的形象、浓郁的情感和美丽的文采，否则就会形成散文的异化和失落”。而散文作为一种美文，“必须在充满文采的氛围中间展开叙述”[②]。

在当代研究散文的中年学者中，陈剑晖大约是一位对散文文体理论研究最为“一往情深”的投入者了。陈剑晖的气质似乎很合适于做散文的研究。沉潜其间的陈剑晖形成了自己的研究格局和某些特征。其于散文文体的研究，视野较为开阔，既注意从中国古代文体理论的库存中提取可以作现代转化的元素为“我”所用，又能借取西方文学理论中相关部分作中国化的转移。同时研究又不作教

① 林非：《关于散文、游记和杂文的思考》，载《中国社会科学院研究生院学报》2000年第1期。

② 林非：《关于散文、游记和杂文的思考》，载《中国社会科学院研究生院学报》2000年第1期。

条主义地从理论到理论的玄虚推演，善于从现当代散文作家创作实践中提炼出有意义的理论质料。在我看来，陈剑晖散文文体研究更应为我们所看重的是研究的哲学品格。他不是“一地鸡毛”式的对散文文体进行细碎的、表面化的、就事论事的论析，表现出令人欣喜的整体性、系统性和深度。他先后发表在《中国社会科学》上的《论20世纪90年代中国散文的文体变革》和《中国散文理论存在的问题及其跨越》是晚近学界推出的关于散文理论研究极为重要的成果。前者是我所读到的关于散文文体思考最为系统深入的著述了。作者将文体分为“文类文体”“语体文体”“主体文体”“时代文体”四个层面，对其作新的界说和分析，概念明晰，并且能正确把握不同层次之间的逻辑联系。特别是结合20世纪90年代散文的景况，具体并富有识见地阐释了此间“语体文体”“主体文体”“时代文体”的种种存在，使我们看到了散文文体的现实时态。后者从梳理现当代散文理论批评史入手，分析以往研究中存在的问题，并有的放矢地设计“理清地基，规范文类，寻求变奏，建构话语”等实现新世纪散文理论研究跨越的策略。其中的“诗性”范畴及其设计是放出光彩的亮点。将“诗性”话语导入散文理论批评，陈剑晖可能不是首创者，但将“诗性”作为散文的核心概念，并且衍生出“精神诗性”“生命向度”“人格智慧”“文化本体性”等系列理论话语，加以有意味诠释，陈剑晖是第一人。在陈剑晖的意域里，“‘诗性’首先是建立在人的个体存在，人的生命本真和丰饶的内心世界，建立在事物的本源之上的诗性”。“它是散文最具心灵性的表达和情绪起伏的内在旋律，是人对社会生活、对大自然的总体感受。”“诗性”这一中心话语和“精神诗性”“生命向度”“人格智慧”“文化本体性”等概念，“共同构成了诗性多层面的内涵和外延”。应该说，陈剑晖的这些表达中还是存在着可以被人驳诘的不周密处，但是他这样的创新性的系统设计本身就值得我们推重。

散文文体，作为散文作者主体精神存在的语言空间，它是多质并且往往是异质共构的。正因为这样，这种文体才充满了内在的张力。张力是散文文体魅力生成的核心要素。但是，不少言论散文者看不到散文的这种特性，常常以自是其是排斥他人所是。结果，我们看到的是关于散文的说话可谓“众声喧哗”，有关散文的“定义”不一而足，自张的旗号林林总总，但是对于散文文体研究进程的推进到底有多大意义是值得怀疑的。散文文体多质异质并存，表示了它是一个多元素矛盾统一而相生的“共同体”。只有确立了这样的意念，我们才不会在“大散文”与“小散文”，“纯艺术散文”与“杂化散文”，自由与限制，真实与虚构，诗与非诗等话题上作无谓的争论。我们不能只看到这些并置的要素相矛盾的一面，也要看到它们之间兼容的一面。从总体上看，各要素之间的矛盾是本源性的，因为写作的主体、主体心灵感悟的对象世界和语言物化了的文本，本来是各具质性的。但是他们（它们）可以统一在散文这一语言化的精神空间中。统一的实现是主体自由有致从容有度的精神存在与散文文体从心而言随意而生的“散”的形态，融通为一个高度和谐的有机体。基于散文的这种特性，所以科学的研究方法当如王兆胜所说的“辩证地理解散文文体”。“关于‘散文文体’，众说纷纭，但普遍存在一元化、庸俗化和机械化的思想局限，缺乏辩证的思维方法，以至于散文阴阳失调、心神不宁和无家可归。只有辩证地理解散文文体，当下存在的诸多问题才能迎刃而解。”[①]既潜心散文理论探索，又擅长散文批评，以散文研究、林语堂研究成功塑造着自身学术形象和地位的王兆胜，根据辩证理解的思想，对“自由与限制”“真实与虚空”“边缘与中心”这些在不少人那里矛盾的概念进行了相反相成的阐释，这对我们纠正散文研究存有的问题，优化这一文体的理论建设是很有启发意义的。

20世纪90年代以来散文创作与散文理论批评之间，存在着显见的不对称性。一般来说，此间的创作，大体上是可观的。但是研究

① 王兆胜：《关于散文文体的辩证理解》，载《文艺争鸣》2005年第1期。

的状况与人们的期待尚有距离。这并不意指散文研究无人问津，而是说散文研究说者自说，实际的情形却是创新性成果无多，学理品格相对见浅。散文研究的专业化水准普遍较低，尽管涉及散文论说的不少，但真正将散文研究作为自己学术事业的只有寥寥数人。21世纪，散文文体理论研究要创出新境，我以为当指望研究散文的学人，以散文研究为业，切实优化研究方法，提升研究的学理层级，既有总揽全体、系统把握对象的大器，又有深入肌理、洞幽烛微的精细。同时应开放视野，不仅从相关的文学文体理论，特别是国外的文学文体理论中寻得借鉴，而且还可以从哲学、语言学、艺术学、历史学以及自然科学中获取可供迁移的因素。研究多质异质共构的散文，需要有“多质异质”学科背景的研究者。我所特别期待的，是散文文体哲学的建构。这并不是臆想，王兆胜、陈剑晖等学者的努力，表明这样的期待，不仅是可能的，而且将会成为实然。

七、散文史书写的历史抵达与主体生成

从某种角度说，文学史有着两种不同的存在形态，一是“自然态”的历史存在，以时代的推演为经，自在地生成由各式各类的文学汇聚延展的史程；二是“研究型”的历史存在，治史者基于各自操持的文学史观，对文学的客观存在进行分析，整理，选择和评价等，这样也就形成具有不同主体自觉的文学史。这两种不同形态的文学史当然是密切关联的。前者是后者研究的客体，是后者生成的前提与基础；但后者并不是前者“自然主义”的写真，也不应是对前者作“博物馆”式的陈列。但事实上两者的关系又是相当复杂的，其间既关涉形而上的文学史哲学的本旨，又有大量属于具体的操作层面的问题。中国是一个文学史编撰的大国，自从二十世纪初年苏州东吴大学黄人等著《中国文学史》起，百年来大约已有六千多部文学史出版，文学史的编写成为一门“显学”。但与此同时，出现了文学史写作“垃圾化”的尖锐批评。对“显学”与“垃圾化”这样的状况，我们不能简单地加以言说。文学史的写作包含的事项很多，而且不同的类别也有着各自不同的要求，文学通史与断代史，文学综合史与单一的文体史、专题史，国家文学史与地域文学史等，其书写策略及其规程存在着诸多差异。我在这里不拟就更具普泛意义的话题，对文学史的写作作出自己的阐释，而是想以范培松教授新近出版的100万多字的《中国散文史（20世纪）》为例，论述作为文体史的中国散文史写作的若干基本问题。

（一）散文史与散文文体观

范培松是国内著名的散文史家，他于20世纪90年代前期完成了《中国现代散文史》，至2000年出版了近50万字的《中国散文批评史（20世纪）》，在此基础上于2008年又推出了大型的20世纪中国散文史。作者这种比较完整的、成功的散文史写作实践，有可能给我们提供关于散文史，乃至各体文学史书写的历史哲学的启示和方法论的借鉴。在我看来，文学史的撰著是要梳理文学演进的有意义的历程，提取其中具有重要历史价值的作家作品，重要的文学现象进行评述，并且揭示文学生成与文学发展的内在规律。但是这样的梳理、提取评述和揭示等，应该是具有主体的独特性的。简言之，文学史的写作应以差异化的主体个性去求取作为公共资源的客体共同价值。这正是文学史编写的价值与魅力之所在。现在学界所颇有微词的文学史写作的“模式化”“垃圾化”，无不与治史者主体自觉的缺失有关。这当然和我们体制化的以集体生产方式编写文学史的机制有关。文学史的写作很大程度上变成了一种“公共写作”。而范培松的散文史写作是属于“一个人的写作”。我们这样指说，一方面从外在看，所著是作者一人为之，而从精神角度视之，作者在从事散文批评和散文史研究时，坚持秉具“弘扬‘自我’”[①]。但是这种“弘扬‘自我’”，决不意味着散文史的撰著可以任凭作者随心所欲，治史者的“自我”不能超越文学史本身先在的历史规定性。因此，我以为散文史的书写，关键的是要解决好“历史抵达”和“主体生成”的关系问题。所谓“历史抵达”，不是抵达碎片的、琐屑的自然状态的文学史，而是通过去粗取精、去伪存真、由表及里的筛选、“冶炼”，抵达本质化的文学史存在；而“主体生成”是要求作者基于对象的历史规定性，运用自己的理念、智慧，自己的方式，以语言物化为载体，呈现本质化的研究客体。

散文史的书写，必然首先会涉及书写者的散文观，就像文学史的写作会关联文学观一样，这是一个绕不开的问题。在文体个别史的书写中，散文史也许是最为复杂的。这是因为散文在很多的时候，它其实是一个文类的范畴。古代有所谓有韵为文，无韵为笔之说。举凡诗歌、骈文以外的散体文章，统括在散文之内。“五四”时期受西方文体分类的影响，我们对文体采用四分法，

---

① 范培松：《中国散文批评史（20世纪）》，江苏教育出版社2000年版，扉页自题辞。

即现在通行的小说、戏剧、诗歌、散文。但即便这样，散文所含依然是纷杂的。因此，我们在言说散文时，为了使所指更为明晰，便会给出广义散文与狭义散文的界定。而我们一般不会指称广义小说和狭义小说，诗歌、戏剧也是一样。这就是散文文体的一种特殊，治散文史不能不理会这样的特殊。因为它涉及了书写最前提性的问题，即具体的书写对象，我们只有划定了文体的边界，由此确认入史的散文作家和散文作品，才能展开散文史的结撰。这是一个常识性的问题。但是要解决这一问题并不容易。即便在现代语境中，散文文体的内涵与外延也是流动着的。一般而言，晚清至20世纪40年代散文包括的子类要比较的多一点，这里既有作为文化启蒙问题的杂感，也包括周作人所说的“美文”：“外国文学里有一种所谓论文，其中大约可以分作两类。一批评的，是学术性的。二记述的，是艺术性的，又称作美文，这里边又可以分出叙事与抒情，但也很多两者夹杂的。”[①]而到20世纪80年代后，随着原初包含在散文大类中的杂文、报告文学等的文体独立，并为学术界所认可，我们对散文更多地趋向于狭义的指认了。因此，散文史的写作应根据散文在不同时段的实际存在，调适对散文广义与狭义的掌握。正如孙玉石所说：“关于散文观念问题，应该怎样做到散文观念的严格与灵活的统一。什么是散文，既要严格同时要灵活，这是散文本体决定的。”[②]我们从范培松的《中国散文史（20世纪）》，可以发现著者对于散文内含的处理做到了“严格与灵活的统一”。如在第一编第二章有“现代散文的萌芽：杂感”，第二编第七章“散文的蜕变和杂文的兴盛”，第十一章第二节“战地速写”，第三节“‘孤岛’时期的杂文”等，而在第三编、第四编中，著者已把杂文和速写从散文分离了出去。由此可见，《中国散文史（20世纪）》在现代部分对散文文体的框定是相对从宽的，而到当代则从严掌握。这

① 周作人：《美文》，载《晨报》副刊，1921年6月8日。

② 孙玉石语，见范培松：《中国现代散文史》研讨会摘要，载《中国散文批评史（20世纪）》。

样的设置，是非常切合20世纪中国散文史的实际的。在现代时段，杂文、速写（报告文学）成为散文文类重要的有机构成部分，而其时在读者和研究者的视阈中，它们尚不是独立成体的子类。而在当代时段，杂文、速写（报告文学）已另立门户。杂文的专史多有治史者完成，报告文学在20世纪80年代蔚然而成大观，它的文体自足性十分明显，其自立不为我们的意志而转移。《中国散文史（20世纪）》对于散文的处理，显示着范培松清晰的散文文体意识，这为这部史著的写作设定了一个历史的逻辑化的基点和起点。

（二）散文史观：历史抵达中的“自我”

在给定了散文文类子体的处理这一前提后，散文史书写的关键是要确立科学的散文史观。所谓科学的散文史观，是基于散文的历史存在，对其作出整体的得其本质的总体把握，是对散文史基本价值一种总体的估价，也是对散文演进规律的一种认知和揭示。因此，确立科学的散文史观，对于史家眼光的造就，对研究客体的选择提取，对于史著结构的安置，对于具体的作家作品的价值判断和评析等等，都具有重要的意义。不同的散文史观，面对同样的散文史存在，其所得的散文史面貌差异很大。散文史观的建构其核心问题是治史者对于散文历史存在的宏观把握能力。这种宏观把握能力的生成，并不能急功近利地一朝而得。在物质中心主义时代，以学术换取实利对于学人诱惑很大，所谓治学实则成为许多人的一种生存的方式或手段，由此也对本体意义上的学术销蚀严重。因此在这样的时代出现诸如文学史“垃圾化”的现象其实已不足为怪了。于此情势中守住学术根本，以学术规律而治学显得特别重要。从学人学术能力生成提升的一般规律看，初事者或从作品、作家评论起首，历练以得最为基础性的对于微观研究对象的评述能力，而后再从事文学现象、文学社团、文学流派等中观的研究，最后水到渠成则可通治文学史。这样，我们所说的宏观把握能力当然应该假以时日的了，这也可应验了学术老话，板凳坐得十年冷，文章不写半句空。文学史的写作更当如此。范培松的《中国散文史（20世纪）》可以例证我以上的言说。表面上看《中国散文史（20世纪）》写了8年，其实准备写作有20多年。著作者在20世纪80年代末至90年代初，首先写了《中国现代散文史》，然后于2000年出版《中国散文批评史（20世纪）》，最后再是完成百年散文史的写作。作者这样一种史著写作层递的过程，为在较高的层次上治20世纪中国散文史奠定了坚实的基础。这样系统累进式的史料和史识的交互回环，一方面使得作者对于丰富复杂的散文存在能够不断地熟知，不断深化对它们的理解，从而能了然于胸，将外在的客体转化为主体的内存；另一方面，作者从局部的散文史的感性写作出发，经过对世纪散文批评史的研究，获得散文文体理性的陶冶，再进到研究一个世纪的散文史，在此基础上就能形成一种较为符合历史本真的散文观和散文史观。由此，作者对才会对20世纪中国散文史具有一种由外而内、由局部而整体的统摄能力。我们读范培松《中国散文批评史（20世纪）》的代序，能充分感受到史著者对“百年中国散文之命运”有一种超越庸常的把握能力。这样的一种能力正得之于作者的“厚积”。此代序其实是范著20世纪中国散文史的纲要。这一纲要集中地表达了作者的世纪散文史观。作者并没有纠缠于琐屑的、本无大序的散文之种种，而是取精于宏，从纷杂的客体世界抽出极具概括力的三组语词“载道”和“言志”“激进”和“中庸”“都市”和“乡村”。[①]这种高屋建瓴的概括反映了治史者对20世纪中国散文史的本质具有了整体的、深刻的认识。我们说散文史书写的“历史抵达”，决不是要摄照历史的原初存在，而是应以具有标志性的客体对象为研究的主要内容，由此抵达一种本质化的历史存在。范培松以这样三组语词加以概括历史，反映了他对20世纪中国散文发展大端把握的努力，并且在我看来这种把握是成功的。

① 范培松：《中国散文批评史（20世纪）·代序》，江苏教育出版社2000年版，第1—12页。

史识的获得来源于作者对20世纪中国社会存在与散文关系的深刻洞察，来源于作者对散文文体自身演进图式的敏感的认知。散文不是纯然非虚构的文体，它具有显著的纪实性。它以更为直接的方式反映主体对于对象世界的认识、理解，因此它与现实的关系也更为紧密。社会的存在既是散文写作的客体，同时它又深度地制约了散文的写作。散文作为一种时代的文体，作为文学部类中的“轻骑兵”，其时代的烙印极其深刻。同时，中国的散文传统是“文以载道”，作为“载道”之器的散文，在20世纪这种极度政治化的中国语境中，“道”不仅成为散文写作的第一要素，而且也规定了其基本的价值取向。“五四”时期杂文盛极一时，是因为它应合了新文化运动的启蒙之需。20世纪40至80年代，知识分子的散文写作被置换成“工农兵”代言人和“后‘工农兵’”代言人写作，这也体现着特定时代政治制导的意志。政治影响下的“道”，在20世纪大部分的时间里与散文如影随形。这是一种基本存在，不管治史者本人是否愿意看到这样的史实，但这是不能忽视或遮蔽的。但与此同时存在的是，20世纪的中国毕竟是中国融进世界、现代性因素应运而生的世纪，民主自由与个人性在某些时段和某种程度上，得到了接受与肯定。这样的世纪，散文不仅要“载道”，而且也要“言志”，言文人或知识分子的自由自适自得之志。正如范培松所说：“回眸百年散文，载‘道’与离‘道’却始终或明或暗地主宰和影响着散文的命运”[①]，而所谓“离‘道’”即意味着“言志”。因此，涉及20世纪中国散文史的书写，“载道”与“言志”理应是作为第一关键词读解的。如果说“载道”与“言志”概括了20世纪中国散文两大相对的主旨取向，那么“激进”和“中庸”则是关联着主旨定向的散文趣味与面目。一般而言，“载道”之文颇多“激进”，而“言志”之作大约趋向“中庸”，以杂文为主的“五四”社会派散文和以美文为主的“五四”人生派散文，正可表征两种不

① 范培松：《中国散文批评史（20世纪）·代序》，江苏教育出版社2000年版，第1页。

同模式的散文，所具有的不同类型的主题特征和审美特征。第三组语词“都市”和“乡村”，主要给出了20世纪中国散文的基本话语空间。通过以上简要的论析，我们可以知道范著对于书写对象从外在形态到内在精神的观照与理解，大体上是得史真谛的。具有治史者主体自觉的散文史观，为整部史著的展开起到了立定根本而纲举目张的作用。从史著的现象直观看，其基本内容的安排为作者所操持的散文史观决定着。如第一编数章基本格局设计为“怨怒之音”的杂文和“趋美”“冲淡”的美文。这种安排对接了作者关于“载道”与“言志”“激进”和“中庸”的散文史识，并对其史识作了具体的注释。

（三）散文史著的去模式化

要实现散文史书写的历史抵达与主体化生成的有机统一，我们除了要注意确立正确的散文观、散文史观外，还必须处理好散文史书写中的一些重要的“技术”问题。比如史著框架和史著结构的设计，对于对象价值评估尺度的统一运用，对于作家作品的具体评析等等。只有切实地处理好这些“技术”问题，才有可能使我们理想中的历史抵达与主体化生成统一了的散文史写作落到实处。文学史著结构的模式化多为人所诟病。

要实现散文史书写的历史抵达与主体化生成的有机统一，我们除了要注意确立正确的散文观、散文史观外，还必须处理好散文史书写中的一些重要的“技术”问题。比如史著框架和史著结构的设计，对于对象价值评估尺度的统一运用，对于作家作品的具体评析等等。只有切实地处理好这些“技术”问题，才有可能使我们理想中的历史抵达与主体化生成统一了的散文史写作落到实处。

文学史著结构的模式化多为人所诟病。结构的问题表面看来是一种形式的问题，实际上它反映了设计者的思维品质。文学史著结构的习见问题，一是将社会史的发展直接等同于文学史的发展，其结构模式只是作了挪移。虽然我们可以把文学发展史视为社会发展史的一部分，而且社会的发展从根本上影响了文学的发展，但是文学的发展却有着它自身的规律和运行节奏。一个社会阶段终结了，但文学可能还依着它的某种惯性继续滑行着。二是偷懒的“十年制”式铺排。这主要体现在现当代文学史的编写中，有三十年代文学，四十年代文学，八十年代文学，九十年代文学等，以简单的时序展开。在大的框架定下后，再组成由时代背景（社会思潮、文学思潮等），文学社团、流派，作家作品等构成的内置模式。这样一些状况，既给读者造成了阅读疲劳，同时也忽视了研究对象内在的发展经络。对这样的问题，范培松保持了足够的警惕。他的《中国散文史（20世纪）》结构是卓然异众的，百万字的史著被分成了四编：“异军突起（1918年—20年代末）”，“裂变分化（20年代末—40年代中期）”，“消融聚合（40年代中期—80年代中期）”，“和而不同（80年代中期—90年代末）”。

结构是研究者思维的外化，片言只语或时段的分割，却可以见出作者文学史的观察能力。如用“异军突起”标目民国初年的散文，就十分符合文学史实。20世纪中国散文开局即见精彩，“五四”时期的散文既是现代散文的一个标志，同时也是一个标高。所以以“异军突起”指称是得大体的。而我特别感到有意义的是“消融聚合”一编，作者把横跨两个不同社会发展时段的文学历史关联了起来。这肯定不是人为地标新立异，而是反映着著者对分属不同社会时期文学的内在属性的一种独到的发现。而能将表面看来“异体”的存在加以关联起来的，正是“工农兵代言人写作”这一很有意味的命名。尽管对这一说法可能会有一些异议，但在我看来它符合这一时段散文史的总体真实和内在图式。这里既抵达了本质化的历史，又凸现了主体的个人存在。这样一种结构安排成为《中国散文史（20世纪）》的一大学术看点和亮点。

文学史的结构不是一个空壳，它的搭建为文学史实的进入和治史者的评析提供了平台。哪些史实可以进入文学史结构，这需要作出一种有眼光的选择。而选择已经涉及选择者对所选对象的价值评判的问题。文学价值评判的尺度应该是有的，但往往见仁见智。文学史的编写“遗珠之恨”在所难免，而让一些不当入史的进入文学史则是应该避免的。这里关联着一个重要的课题就是对象价值评价尺度的统一化。当然这种统一不是统一在一个低位，而是站在文学史的高度，以对象的历史的、文体的价值作为一个基准的尺度。比如写作现代部分的散文史，从流派角度观照，有了京派散文，自然应该收入海派散文。而叙写海派散文，则其代表性人物张爱玲就不能阙如。一般来说这些显见的存在是不会发生差池的，问题发生多的经常是离编史者历史距离和空间距离近的存在。即使像《中国散文史（20世纪）》也有这样的一些不足。最为明显的是表现在对作家作品的选择上，史的尺度在裁量特定的研究对象时并没有能够统一掌握。也许著者是江苏学者，所以对江苏散文家的选择就放得宽了。我注意到了孙绍振教授的意见。他对《中国散文史（20世纪）》以“带来了突破性的冲击”加以高度评价。但他也认为，作为史家著者“虽然坚持文体艺术一元化的准则，但在涉及具体作品，往往免不了动摇”[①]。孙绍振以“江南斜姿散文”等为例，说明范著在局部处置上存在的价值评价尺度不统一的问题。我认同孙绍振的观点。虽然将“江南斜姿散文”纳入散文史在著者想来也未尝不可，但在我看来这样的安排主体性倒是体现了，而最终却不能抵达历史。因此虽则历史抵达与主体化生成在散文史书写中同样重要，但很显然主体化生成必须以历史抵达为前提。

① 孙绍振：《百年散文史识：文体建构的曲折和辉煌——评范培松〈中国散文史〉》，载《文学评论》2009年第1期。

八、林贤治的散文观及其批评实践

林贤治并不是一个主流的散文理论家或批评家。他首先是以一个有分量的研究鲁迅和现代知识分子史的学者形象，出现在学术界的。《人间鲁迅》《胡风集团案：20世纪中国的政治事件与精神事件》等著述，使他成为一个棱角分明的具有思想者品格的学者。其于散文理论批评，是以一种另类者的姿势进入的。所谓“另类者”，是指非“学院派”的另外一种存在。从林贤治的个人经历可知，他没有接受过系统而又刻板的学院教育。这对林贤治而言固然带有一种“学理性”滋养“先天”不足的遗憾，但却可能又成就了他“无拘无束”自由说话的品格。作为另类者，林贤治研究散文，只是基于生命主体面对研究对象所生成的独特的感受和思考，真实真诚地书写，尽管这种书写并不体系化，似乎也不严谨，甚至有失偏颇，但是它们是属于言说者自己的，具有一种可贵的“偏执”的深刻。

（一）“自由”“真实”和“个性”

散文作为一种边缘的、互文的、开放的文类体系，它并不能如小说、诗歌、戏剧那样建立起一个大致能自足的理论批评系统。它涉及的因素很多，试图以一些核心的文体理论批评话语加以统摄，现在看来显然是困难的。而且，散文更多的是主体精神存在的直接现实，它可操作的形式化空间相对较小，其作为一种艺术的形制，我们可以用以设计的具有信度的元素，也是有限的。因此，从事散文理论批评的学者，主要是“学院派”的研究者，尽管他们勉力于散文体性的寻找与散文创作价值的发现，但是其事功并不令人满意。正如南帆所说：“散文并没有形成一个系统的文类理论，散文的游移不定致使它的文类理论始终处于一鳞半爪之中。”[①]当然，这不是抹杀“学院派”散文研究者的努力，他们确实也在以自己的方式在建构散文批评的天地，只是他们的研究太过学究气了，喜欢从理论到理论作似乎很逻辑但又显得虚空的推演，忽视对鲜活的散文创作实践进行实证式的归纳细析；他们的研究也太保持斯文了，不能以主体的怀具的散文之心，去看取散文特有的文心，论说四平八稳，只是少了论者的性情与识见。林贤治正是在这样的语境中显示了他散文理论批评的价值的。林贤治的散文批评文字并不多，主要有《五十年：散文与自由的一种观察》《90年代散文：世纪末的狂欢》《90年代最后一位散文家》等。作为一种知识分子型的学者，林贤治是以散文的精神进行他的散文研究的。所谓“散文的精神”，就是自由的精神，就是追求真实，崇尚个性的精神。我们检索林贤治的批评文字，可以发现“自由”“真实”和“个性”等，构建了他散文观的基本内核，是他用以散文批评的核心关键词。而“自由”“真实”和“个性”，也正可以反映研究者自身的人格和精神气质。林贤治本身的人生旅程和心路历程，将他塑造成一个特立独行的“孤僻的思想者”。林贤治是体制外的在野者，底层的历练和氛围养成了他自然由性的“草根”本性，而长期研究鲁迅，鲁迅对其浸润甚多，灵魂中也就平添了很多鲁迅或鲁迅式的精神气息。其于知识分子史的研究，思考的是他们历史存在和个人存在中的宿命。在我看来林贤治对于鲁迅的研究、对于知识分子的研究和后来对于散文的发言，其间有一种精神线索扭结着。这就是基于知识分子的基本立场，来观照、分析、把握他自选的研究对象。“知识者从本质上说，是自由思想者和言说者。自由在这里有自由权利和自由精神这样内外两个层面。”[②]真实的知识分子，以自由的追寻和自由的守护作为他的重要的职志，而他们个人又往往以真实、独立的、自由化的另类者的形象行

① 南帆：《文类与散文》，载《文学评论》1997年第4期。

② 林贤治：《五十年：散文与自由的一种观察》，载《书屋》2000年第3期。

世。而散文又如有学者所说的那样，是知识分子最为朴素的存在方式，是他们作自由说话的体己的文体。从这里我们可以知道，林贤治与散文之间具有一种双向互通的相得性。

从散文理论的建设看，林贤治的散文观并没有对此作出新的贡献，“自由”“真实”和“个性”等其实在已有的散文理论资源早已是置备了的。我们或许可以将它们称之为散文的常识。问题是我们经常缺乏常识或者人为地遮蔽常识。林贤治的意义很大程度上是在为散文的常识布道。他是新世纪初的第一个散文常识的布道者。但林贤治不是坐而论道或者以道论道地“布道”，他是在参照了具体的散文创作的历史存在，并参悟了对于散文的个人心得后，阐释他对散文的理解的。这样尽管所论大约还是常识，但却是属于个人经验的了。

在“自由”“真实”和“个性”这组关联着现代散文核心价值的语词中，林贤治是最为看重自由的。在他看来，自由是散文文体品格生成的必要前提，也是他观察散文生态脉流的重要尺度。《五十年：散文与自由的一种观察》是林贤治研究散文最重要的文字，全篇近十万字。形制是一篇长篇论文，但内涵和容量具有史著的规模，是一部别致的当代中国散文史。五十年的散文存在林林总总，但是林贤治删繁就简，只取自由作为观察研究对象的视窗。这是一种深得散文本性的智慧而深刻的选择。散文的课题中包含了很多变化着的因素，但其总根在于自由。自由既是一种时代的规定，也是散文作家作为主体的一种精神存在状态。以自由观察当代散文，林贤治对他的研究对象的总体评价就可想而知的了。文学是自由的，这是文学生成的基本条件。而于散文言之，林贤治以为“散文对自由精神的依赖超过所有文体”[①]。他引用洪堡特的话，对散文与自由的关系作了具体的阐释。洪堡特认为，散文“在人的精神活动的所有表现形式中出现。散文与每个思想、每一感觉相维系。

① 林贤治：《五十年：散文与自由的一种观察》，载《书屋》2000年第3期。

在一种语言里，散文利用自身的准确性、明晰性、灵活性、生动性以及和谐悦耳的语言，一方面能够从每一个角度出发充分自由地发展起来，另一方面则获得了一种精微的感觉，从而能够在每一个别场合决定自由发展的适当程度。有了这样一种散文，精神就能够得到同样自由、从容和健康的发展”。这是问题的一个方面，即散文是自由精神的表征，另一个方面，自由精神又是滋生出色散文的决定因素。“如果一个民族的智能特性不够有力，不足以上升到这一高度；或者，如果一个文明民族在智力方面走上了下坡路，其语言脱离了精神，即脱离了它的强大力量和旺盛生命的唯一源泉，那就决不可能构造出任何出色的散文；而如果精神创造变成了一大堆平淡无奇的学问，优秀的散文就会濒于崩溃。”[①]林贤治不惜篇幅大段引述“他者”的言说，不只是表示他对所引观点的认同，而简直就是将言者引为异域知音。

中国当代史的行进中，有相当的时段是不利于散文自由精神的生成的。对这样的境况，林贤治在《五十年：散文与自由的一种观察》中作有细致的分析。他从体制设置、知识分子的遭际、人道主义、自由主义的命运等多个方面，绘制了散文的社会生态地图。居于这样的情势中，散文名义上虽然还有，但那只是一种集体的声音，是被统一制作的代言品。因此，对这一时段的散文，总体上林贤治微词甚多，但其间若干的存在，还是被他作为难得的光亮加以肯定的。比如五十年代徐懋庸等的杂感、六十年代《三家村札记》、“文革”中的“地下散文”等，这些作品在林贤治看来，是作者在非常年代内心自生自由独立思想的语言形式。由此可见，林贤治对研究对象的肯定或否定全关系于自由的尺度。散文的自由不仅会受限于以权力为标志的政治文化，而且也会被以货币为符号的物化生态所制控。正是有了这样的认知，林贤治对九十年代的散文样态作了另外的一种解释。一般而言，九十年代是一个相对开放自

① 参见林贤治：《五十年：散文与自由的一种观察》，载《书屋》2000年第3期。

由的年代，因而也是一个“散文的时代”。但在林贤治看来，我们从一端获得了应有的自由，却为另一端所牢笼。这种“牢笼”是由物质中心主义所构造的。九十年代“出现了越来越多的‘自由撰稿人’，他们在摆脱原单位之后，却常常为金钱所左右”：“‘教训文学’的市场大大缩小，与此同时，政治意识淡化，道德感衰退，情况也都越来越严重。”林贤治以为货币有时与权力一样，它也能“禁锢个性，奴役个性，而与精神为敌”。“自由撰稿人”是社会走向开放多元的一种象征。但是开放时代的不少作家，身份虽然自由，心灵却是物质化了。林贤治以为九十年代的散文家“缺乏鲜明的思想立场，缺乏独立自由的胆魄，缺乏批判的能力；在艺术上缺乏探索的热情，惟模仿‘大师’或‘大师’的蜡像写作”[①]。这种种的缺乏，归根到底是缺乏一种守住内心真实的自由情志。由此而推论所谓的“散文热”，可能更多是不具有精神品格支撑的、只是文类被批量复制的表面景象。

“真实”在文学理论中有时被表述得很模糊，因而也就显得有些不真实了。当然这与真实指向的多意性和复杂性是有关的。真实既有一个层次的问题，包括价值层面的和操作层面上的，也有一个文类差异性的问题，在小说中谈论真实性与在报告文学中讨论这个问题，必然是不一样的。在林贤治散文观的框架里，真实被放在一个十分重要的位置上。他以为：“写作，诚实是起点，思想代表深度。对于非虚构的文体来说，散文是比小说更讲究真实的。”[②]“如果要把写作同时代联系起来的话，那么，散文更多的是表现社会制度的细部变化，是情感、意识、态度的变化，是对世界的最实际的描写，最质朴的叙述，最由衷的咏叹。真正的散文是不带面具的。”[③]散文是一种纪实性的文体，对其真实性的某种总体的规定，各家都是认同的。在林贤治这里，真实已不是关于概念的玄

---

① 林贤治：《90年代散文：世纪末的狂欢》，载《文艺争鸣》2001年第2期。
② 林贤治：《90年代散文：世纪末的狂欢》，载《文艺争鸣》2001年第2期。
③ 林贤治：《五十年：散文与自由的一种观察》，载《书屋》2000年第3期。

虚辩说，而成为置于具体背景中深中肯綮的贴切之言。在林贤治看来，真实在今天的散文言说中，并不是一个理论问题，而是一个急迫而重要的实践问题，散文成为一种行为艺术。“真实是重要的，但要正视它和表现它并不容易，在今天来说将变得更加困难。今天生活的最大危险是，随着资本、物质、市场的扩大与增殖，耽于幻想的未来，而放弃了对过去的错误、罪恶、缺陷以及产生这一切的责任的追究。”①具体说来今天的散文可能在三个方面缺乏真实或回避、遮蔽了真实。其一，写作“个人化”的追求，忽视社会的现实存在。“如果作家仅仅满足于告白自己，完全撇开所在的社会环境于不顾，那么，不管有意无意，说到底还是隐瞒。”②基于此，林贤治对“小女人散文”一类作出了自己的判断：“本来让文学接近日常生活，以‘微小叙事’打破由来的‘假大空’现象，不无革命的意义；然而，作者都是都市知识女性，她们并没有能够在写作中践行‘大众主义’，反而以中产阶级的新贵自居。在消费生活的叙述中，明显拒绝‘问题社会’，无所谓匮乏，富有而安逸，充满了一种贵妇人般的满足感。他们以平庸、鄙俗、毫无品位为品味，矫情，炫耀，而沾沾自喜，就像一位西方诗人所形容的那样，‘似乎声音就贴在自己的脸颊上’。这种文字，其实在相当多的所谓‘专业作家’那里，也都作为‘地位性商品’而被大量制作。”③这里林贤治给出了“地位性商品”一词，深有意味。“地位”只属于少数人个人的。作为记录他们（她们）个人私人生活风景的专题片“兜售”，这样的制作离社会的实生活是很远的。其二，满足于“上层”的主流真实，而忽视底层的“问题真实”。不可否认，中国社会在社会全面转型中取得了为世人瞩目的成就，一般而言，这也是一个值得讴歌和应该讴歌的年代。但这只是社会存在的一个方面，另一方面林贤治看到：“在90年代，转型时期的各种矛

① 林贤治：《90年代散文：世纪末的狂欢》，载《文艺争鸣》2001年第2期。
② 林贤治：《90年代散文：世纪末的狂欢》，载《文艺争鸣》2001年第2期。
③ 林贤治：《90年代散文：世纪末的狂欢》，载《文艺争鸣》2001年第2期。

盾与冲突，较之80年代有增无已。社会问题，往往集中或被转嫁到广大底层。”“可是，我们的作家距离底层甚远”，“在我们的散文那里留下了些什么呢？既没有相关的人物，情节和细节的描述，无论直接或间接，自然也没有正义感的种种表现，没有愤怒与痛苦，没有悲悯，愧疚，以及无奈的唏嘘”。[①]其实，从局部的个别的角度来说，也有散文家是紧贴着地面在写作的，这些作家林贤治也注意到了“在大量平庸的、失态的文字中，还可以读到卢跃刚的报告文学，廖亦武的采访手记，刘亮程的乡土哲学。或者形而下，或者形而上，但都一样真诚，真实，有着不满与不平”。[②]但是从整体上看，对于底层状态书写的缺位是散文创作的一个突出问题。底层可能蕴涵了生活更多的本真。散文底层本真叙事的不足，使散文因生活质感和分量的不足，呈现出一种悬浮失重。林贤治的观察和感受是敏锐的，提出的问题是真实而普遍的，因而具有重要的当下意义。其三，强化了外在形相的真实，而对于自身作为主体的个性真实有所淡化。这是林贤治在对九十年代“散文热”作了冷思考所给出的一种判断。“大家都来写作一种叫作‘散文’的东西。小说家，艺术家，明星，大腕，果然都被出版商动员起来了，一时间热闹得很。散文写作成了大众文化的一部分。它的要害是：一无个性，完全的群体化写作；二是虚幻性，由于追逐时尚写作，以市场的价值需求代替主体思考，遮蔽了自身处境的真实性。”[③]应该说，主体自身的真实是散文真实层级中的高级层次。如果缺失了这一点，那么散文的真实品格就会打折。综上分析可知，林贤治的散文真实观包含了社会性真实、底层性真实和主体个性真实。这种关于真实的细分，使他的真实观显得具体而清晰。

“自由”“真实”和“个性”构成了林贤治散文观的基本要

① 林贤治：《90年代散文：世纪末的狂欢》，载《文艺争鸣》2001年第2期。
② 林贤治：《90年代散文：世纪末的狂欢》，载《文艺争鸣》2001年第2期。
③ 林贤治：《五十年：散文与自由的一种观察》，载《书屋》2000年第3期。

素。这三个要素之间并不是各自分离的，而是具有某种内在的逻辑关联性。自由是散文的基本精神，真实是散文一种品格，而个性则是它的一种境界。自由是散文写作的前提，没有自由，就不可能写出真实的、具有个性的散文。没有真实，个性就无从谈起；仅有一般层次上的真实，而没有个性的彰显，这样的散文也不会是好散文。因此，林贤治，更关注散文是否具有鲜明的个性。他将个性视为散文的重要特点："要说特点，恐怕最简括的，还是回到个人性上面。首先，在内容方面，散文更重个人经验和内心体验。生活，劳作，读书，旅行，都是关于个人或者由个人参与的。即使作为旁观者，看重的也是个人的眼光；因此在形式上，也就十分注重所谓'个人笔调'。"①林贤治在这里所表达的散文个性（个人性），主要是指经由个人经验、体验，个人思考和个人方式等呈现出的"异质性"。这里的个人并不意味着对于私人化写作的求取，而是强调散文作家在其写作中应该渗透自己独特的精神气息，凸现具有自身特点的表达语式。这样散文在表现有意味的对象的同时，也为作家自己雕塑了可以触摸的精神形象。

（二）有思想的感性批评

在散文的系统内，林贤治更引人注目的也许不是他的散文观念，而是他的散文批评方式。林贤治本身具有他所说的自由、真实和个性突兀的人格特征。主体的这种人格特征明显地影响了他的批评实践。林贤治这人是散文化的人，他的散文批评文字就风致而言也是散文的。林贤治是一个典型的率性散文批评家，面对他的批评对象，他怀具自由的心志，心有所想，形诸笔端，全无遮拦，因而显得特别的真实，是一个典型的率性散文批评家。作为一个率性散文批评者，具有一种只基于内心感受，不顾及"面子"的实话实说

① 林贤治：《五十年：散文与自由的一种观察》，载《书屋》2000年第3期。

的批评勇气。这在相对“甜蜜化”的批评环境中，显得难能可贵。在他的《五十年：散文与自由的一种观察》《90年代散文：世纪末的狂欢》等著述中，论评到的当代散文家很多，其中有些是通常被我们指称为名家的，如余秋雨、贾平凹、王蒙、张中行等。面对这样的散文家，林贤治不取仰视的姿势，而只作平视甚至是俯视的评说。惟实地说来，林贤治的“俯视”研究，可能会与一些“仰视”研究一样，不可避免地会出现过分的主观化的缺陷，批评的片面是必然的。对散文家余秋雨的评价，学术界有不同的声音，这很正常。但以我之见，写作《文化苦旅》和《山居笔记》的余秋雨，在其时特定的背景中是具有某种价值的。尽管可能不是像孙绍振所说的那样高拔：“余秋雨散文出现之后，散文作为文学形式正在揭开历史的新篇章”，[①]但余秋雨的确是以迥然异于此前散文的面目和方式进入我们的视野的，对当时的散文气象有一种冲击的力量。余秋雨后来的自我复制和蜕化，是另外的问题。而林贤治却以为《文化苦旅》“以合乎规范的文字讲说史事，且不乏陈腐的说教，应当没有什么魅力可言”，[②]“作为历史知识的大众普及读本，余秋雨的散文，思想是腐朽的，情调是没落的，风格是远不成熟的”。[③]这样的断语没有建立在对于文本作细析精研的基础之上，也没有充分注意到将研究对象置于文体史演进的图谱中定位把握，缺乏必要的严谨论证，因此，说服力见弱。林贤治之所以基本否定余秋雨的《文化苦旅》，在我看来这与他操持的散文观念有关。他所希望的散文要更多地关注现实的社会存在，关注现时底层的状态，并能作出具有思想穿透力量的解析。林贤治认定“余秋雨散文中的所有材料及其黏合剂，其实都是从死人那里借来的，是以一种呆板的书面语言，程式化的结构，对古代知识分子轶事的拼凑和复制”，[④]这

---

① 孙绍振：《为当代散文一辩》，《当代作家评论》1994年第1期。
② 林贤治：《90年代散文：世纪末的狂欢》，载《文艺争鸣》2001年第2期。
③ 林贤治：《五十年：散文与自由的一种观察》，载《书屋》2000年第3期。
④ 林贤治：《五十年：散文与自由的一种观察》，载《书屋》2000年第3期。

样，在他这里当然不会有高评。

但这只是林贤治率性批评的一个方面。更多的时候，林贤治对于对象的批评是准确的，他往往能敏锐地发现并直截了当地指出对象的特质，正面的或是负面的。林贤治的这种本领得之于他能忠实于阅读作家作品所获得的本初感觉。感觉在林贤治的评论中一种“真理性”的存在，他不会像一些批评家那样，考虑种种人为的因素，对真实的“第一感觉”作某种“自我意识形态化”的改写。这是林贤治之为林贤治的根本所在。批评发生的基础是感觉和感悟。感觉有时体现为批评者对于批评对象的一种整体把握能力。比如林贤治指说贾平凹，着眼的就是整体的定位：“贾平凹远离庙堂而亲近山林，却沾带了现代都市的气息。作为农裔作家，已然失去原先的同情和淳朴，愈到了后来愈是如此，整个地名士化了。”这样的文字很简约，但我以为很得对象的大体，且言人之未言，远胜于一堆絮叨而不能涉及根本的冗长之论。有时林贤治对散文家的批评则是从小处洞悉其大的。林贤治对于张中行总体是作肯定的评价的：“他的著作，非官方，非正统，非权威，非形而上，即使他在讲说老庄玄佛，到底还是关乎人的生命和智慧，回到他的大题目那里去：为人生。”[①]但林贤治从张中行养螳螂这一小的细节里放大出“小民知识分子”一段论议，由张中行一类的写作打量中国知识分子的精神生态。思考的背景是宏阔的。“俄国知识分子常常为真理献身，中国知识分子基本倾向不是求真的，而是求美的，自赏的，带有私人消费性质。如果说俄国知识分子富于公民意识，中国知识分子则只有‘臣仆意识’‘小民意识’，根本不存在那种对抗权力者和上层社会的立场，在缺少公共空间的情况下，若有牢骚，只能街谈巷议，指桑骂槐，甚至腹诽。张中行的小民意识，主要表现为安于日常生活的一种本然状态。他的养螳螂，在时下中国作家兴养宠物的风气中，应当算是最平民化的例子了。当他述及本事时，笔

① 林贤治：《五十年：散文与自由的一种观察》，载《书屋》2000年第3期。

端确乎流露着对螳螂的无限怜爱，但结末忽然一下子滑到《浮生六记》中的芸娘那里去了。他希望有一个小园，以女主人的慧心安顿，令螳螂从此乐不思蜀。这等美艳的幻想，实在是只有国产的‘小民知识分子’才可以有的。”[①]这里我们且不说林贤治的联想生发是否可以成立，但这样的思路设置究竟是忠实于他的散文观念和对研究对象的判断的。林贤治的散文观是入世的，是带刺的，他对闲适似乎兴趣不大：“长期以来，在我们的评论家和读者中间已经形成了一种正统的文学观念，就是：所谓散文，是用于叙事和抒情的具有适度篇幅结构的温和的文体。”[②]很显然，林贤治对于作为“温和”的散文是不看重的。

林贤治是喜欢思想的，思想有一种刚性的质感。但是在散文批评的文本中，他似乎不习惯于思想表达的那种逻辑演绎的学院派做法。他主要将感觉凸现了出来，有时给出的是一种富有意味、趣味的直觉。他在比较苇岸、王小波和张承志调动所有相关的感觉或直觉：“苇岸并不像王小波那般‘有趣’，毋宁说是清苦；但也不能说是枯燥乏味的，他的心是一个宁谧的湖，文字有水样的柔润。如果说‘有趣’是一群潜伏的水鸟，随时亮翅起飞；那么‘无趣’就是一丛芦苇，永远地守望湖岸。‘有趣’与‘无趣’，在这里都一样的风光诱人。王小波是科学的，苇岸是诗的。王小波用大脑思索，分割一切，判断一切；苇岸则用心灵承载，拥抱一切，感悟一切。苇岸也不同于张承志，虽然他们一样着重精神和信仰世界。从精神的源头来说，张承志是东方的，苇岸是西方的。张承志固守一个中心，苇岸没有中心，散漫然而整饬。张承志是英雄崇拜，苇岸则是生命的本体论者，崇拜生命自身。因此，苇岸会像安详的传教士一样宣扬博爱，人道主义，非暴力主义；张承志则如一名游侠，一意鼓吹抵抗和仇杀。无疑地，他们都是信仰主义者，张承志是属

① 林贤治：《五十年：散文与自由的一种观察》，载《书屋》2000年第3期。
② 林贤治：《五十年：散文与自由的一种观察》，载《书屋》2000年第3期。

于宗教的，苇岸则是伦理的，关注的是‘大地道德’。在美学方面，两个人都为农业文明所培育，张承志是耐旱作物；而苇岸不免显得柔弱，渴望情感的滋润，所以始终凝望天际的雨云。”[①]这就是率性的散文批评者的文字。他所构建的是基于“印象”的以直觉判断为主的非系统存在。在这里，“印象”式的判断琳琅满目。“印象”或得之于阅读对象时所产生的灵感，或经由具体的经验而得出的结论，只是把“三段论”式论证过程作了省略。论者的判断有抽象的，也有以物事譬说的，文字背面论者留有很多的空白。这种表达方式，营造了一个可能的容量增大的意义空间。在集约化的比较中，将苇岸、王小波和张承志各自的特质和价值有限地呈现了出来。不过这样的感觉批评的最后完成，是有赖于读者他们的足够阅读经验的。

---

① 林贤治：《五十年：散文与自由的一种观察》，载《书屋》2000年第3期。

后　记

比之于小说，诗歌和戏剧，在我看来，散文更多是一种非技术文体。作者的经验、思想、情感、智慧、趣味等建构的主体精神世界，直接规约着散文的写作，决定了散文的格调和品质。文如其人，其文或多指散文，它关涉的主要是特殊的散文写作伦理；直接而具体的“我在”，是散文的一种独特。散文写作的复杂性，抑或难度，也正在这里。我想，散文文体理论建构的国际性滞后就与此相关。从某种意义上说，散文，是精神存在的一种独特表情。它既显现着时代精神的投影，更可映照出作者精微的心灵世界。小说叙事中的“我”，非为实在之“我”，更多的是一种叙事设计。泰戈尔说，“诗像一条小河，被两岸夹住，流得曲折，流得美”，“散文就像涨大水时候的沼泽，两岸被淹没了，一片散漫”。虽然说是“诗言志”，但“两岸”这诗的种种形式规矩会“夹住”诗人情志的表达。散文是没有纪律的，“散漫”是它的特质，这源于作者精神存在的丰赡。“散漫”的达成，需要“两岸被淹没”，作者精神世界的放达自由和时代社会给予这种放达自由的可能。这样散文的基本精神得以酿造，它是自由、真实和真诚，等等。

先秦是一个散文的时代，诸子散文即为表征。“百家竞作，九流并起”，时代的思想自由，释放了思想者自由表达的活力和能量，一时间演绎成叹为观止的璀璨星空。《论语》语约意丰，于寻常中蕴含大要，启人之思；《老子》玄深哲思与精妙诗语合致，表达的人类思想智慧，令人景仰；《庄子》文学性最为流溢，奇思妙想，汪洋恣肆，形中有意，意中有味，后人不易企及。“五四”也是一个散文的时代，“王纲解纽”，个性解放，散文似春花绽放，恰如在场者朱自清说：“确实绚烂极了，有种种的样式，种种的流派，表现着，批评着，理解着人生的各面迁流蔓衍日新月异。有中国的名士风，有外国的绅士风，有隐士有叛徒，在思想上是如此。或描写，或讽刺，或委屈，或缜密，或劲健，或绮丽，或洗练，或流动，表现上是如此。”

散文，作为作者的精神表情，它当是自然自在自由的表情。正如苏轼在《自评文》所说的模样：“如万斛泉源，不择地皆可出。在平地滔滔汩汩，虽一日千里无难，及其与山石曲折，随物赋形，而不可告也。所可告知者，常行于所当行，常止于不可不止。如此而已矣。”，好的散文“大略如行云流水”，“文理自然，姿态横生”。更为重要的，作为作者的心灵面影，散文的表情必须是真实、真诚的。法国散文家蒙田言说自己的作品“这是部坦白的书”，告诉我们的就是这样的意指，“我要人们在这里看见我的平凡、淳朴和天然的生活，无拘束亦无造作，因为我所描画的就是我自己，我的弱点和本相，在公共礼法所容许的范围内，都在这里面尽情披露”。其实，这已不是一人之见，日本文艺家厨川白村所强调的“在essay比什么都紧要的要件，就是作者将自己的个人底人格底色彩，浓厚地表现出来”，essay（散文）“其兴味全在于人格底调子（personalnote）”，也是同样的看法。由此可见，在散文这里，我们需要的是读其文而能见其人，看到作者人格的基调。

感悟于有关散文的阅读所得，我将这部小书起名为“精神的表情”。看书中的内容，读者就会知道这只是一个大约的名字罢了。这里的文字，不是有计划写作出来的，前后绵延有十多年，写得散漫而自由，这一点上倒有一点散文的意味。所收的文章先前发表在多种报刊上，其中不少是刊物的主持者给我布置的作业。当初自然不会有全局观念，完成一篇作业，如同不会下棋的人随意落下一颗子，不曾想有朝一日会集成一体。现在把它们汇聚一起，加以修葺整理，好像也有些著作的模样。小书辑为三编，编一为散文史论，凡九篇，选媒体生态与现代散文、现代散文的公共性与个人性、文化散文中的“历史”与“自我”等具有散文史意义的话题进行论述；编二散文作家作品论，也是九篇，所论作家有晚清“五四”时的散文史人物梁启超、鲁迅、周作人，也有当代散文创作有成就的苏叶、周晓枫、彭程，解读的作品有王充闾、李欧梵、彭学明的散文集；第三编是散文批评论，是散文批评之批评，有对“五四”散文命名的释义，对林贤治散文观的解析等，共八篇。

写作这篇后记，刚好是丁酉立春。春雨惊春清谷天，夏满芒夏暑相连，大自然以自己固有的节律运行着。我们是自然之子，各自寻找着适合自己的方式春播秋收。语言生活是我们人生的重要内容，阅读、默想，间或有一些文字的写作，使人感觉静安和充实。走在学业的小径上，自然感念感谢引领我的师长。范培松先生治现代散文，我的博士论文做的是文化生态与报告文学，有点偏离了范老师的学术专攻，后来回归到散文，算是继承了导师的一点学统。博士后师从的是朱晓进教授，朱老师研究“五四”文学，我的博士后出站以晚清“五四”散文为题。由此可见老师的治学对我为学也有直接影响。我也感谢给我布置作业、刊发我文章诸多刊物的编辑老师，他们直接促成了我学术的成长。为学经年，学思悟觉，研究对象渐渐地会浸润自己的人格心性。文学研究是基于文学美学的价值观照，对象的自在价值会影响研究者人生的价值取向。报告文学的研究，使我更重视其非虚构真实的品格，坚守知识分子写作的公理良知；散文之旅，为看庭前花开花落、望天上云卷云舒的精神行走。我许愿自己有一颗散文之心，淡远而充实，从容以自持，真诚有滋味。

这里，我特别感激陈剑晖教授给我的学术帮助。早在2005年他在为《文艺争鸣》组织散文研究专题时，就约我撰写了有关散文理论研究创新与深化的文章。2016年剑晖教授更是真诚地将我的散文研究，向广东人民出版社作推介，使我的小书得以进入由他和孙绍振先生主编的“百年散文探索丛书”。我还要衷心感谢为拙著出版付出辛勤劳动的编辑。南国名社致力于中国散文理论建设，令我们心生敬意。“潮平两岸阔，风正一帆悬”。散文研究的新景，值得我们期待！

2017年2月3日写于聆湖轩

百年散文探索丛书

孙绍振　陈剑晖　主编

第一辑

孙绍振《审美、审丑与审智：百年散文理论探微与经典重读》
陈剑晖《诗性想象：百年散文理论体系与文化话语建构》
王兆胜《新时期散文的发展向度》
谢有顺《散文的常道》

第二辑

林　非《散文的昨天和今天》
范培松《散文脉络的玄机》
吴周文《散文审美与学理性阐释》
郑明娳《现代散文理论垫脚石》

第三辑

张　炜《走得遥远和阔大：张炜谈文论艺》
王充闾《只缘胸次有江湖：王充闾谈散文》
丁晓原《精神的表情：现代散文论》
陈亚丽《文化的截屏：现代散文面面观》